संक्षिप्त

पर्यायवाची शब्दकोश

सिविल सर्विस, बैंक पी.ओ, रेलवे, टी.ई.टी, स्कूल व कॉलेज के छात्र-छात्राओं एवं सभी प्रतियोगी परीक्षाओं के अभ्यर्थियों के लिए विशेषतः उपयोगी

अरुण सागर 'आनन्द'

वी एण्ड एस पब्लिशर्स

प्रकाशक

F-2/16, अंसारी रोड, दरियागंज, नई दिल्ली-110002
☎ 23240026, 23240027, 23240028
✉ info@vspublishers.com • 🌐 www.vspublishers.com

Online Brandstore: amazon.in/vspublishers

क्षेत्रीय कार्यालय : हैदराबाद
5-1-707/1, ब्रिज भवन (सेन्ट्रल बैंक ऑफ इण्डिया लेन के पास)
बैंक स्ट्रीट, कोटी, हैदराबाद-500 095
☎ 040-24737290
✉ vspublishershyd@gmail.com

फ़ॉलो करें:   

BUY OUR BOOKS FROM: AMAZON FLIPKART

ISBN 978-93-505711-4-9

नवीन संस्करण

मुद्रक : परम ऑफसेटर्स, ओखला, नई दिल्ली-110020

प्रकाशकीय

वी एण्ड एस पब्लिशर्स ने पिछले दिनों विज्ञान से सम्बन्धित कई शब्दकोश प्रकाशित किये हैं। इसी क्रम में जब हमारा ध्यान मातृभाषा हिन्दी की ओर गया तो बाजार में हिन्दी से सम्बन्धित अन्य शब्दकोशों की कमी को महसूस करते हुए पर्यायवाची शब्दकोश संकलित करने का निश्चय किया गया। हमारे निर्देशानुसार लेखक अरुण सागर 'आनन्द' ने लम्बे समय तक परिश्रम करने पश्चात् छात्र-छात्राओं, शिक्षकों, लेखकों, कवियों तथा तमाम हिन्दी प्रेमी पाठकों की जरूरतों को देखते हुए हिन्दी पर्यायवाची शब्दकोश का संकलन किया है। इस पर्यायवाची शब्दकोश में पाठकों की सुविधा के लिए शब्दों का संपादन वर्णमाला अनुक्रम के अनुसार किया गया है। शब्द पर्याय के लिए तत्सम्, तद्भव, देशज, विदेशज आदि सभी प्रकार के शब्दों का संकलन किया गया है। वैसे आंचलिक शब्दों को इस शब्दकोश से हटा दिया गया हैं जिसकी सर्वमान्यता पर किसी प्रकार का संदेह उत्पन्न हो।

हमें पूर्ण विश्वास है कि प्रस्तुत पर्यायवाची शब्दकोश पाठकों के शब्द सामर्थ्य को बढ़ाने में अत्यंत उपयोगी साबित होगा। प्रकाशन सम्बन्धी किसी त्रुटि या भूल सुधार के लिए पाठकों से सुझाव सादर आमन्त्रित हैं।

आपकी सेवा में सदैव समर्पित!

प्रस्तावना

प्रिय छात्रगण,

वर्तमान समय कठिन प्रतियोगिता का है लेकिन प्रतिभाशाली व्यक्ति प्रत्येक परिस्थिति में सफलता प्राप्त कर लेते हैं। एक सफल प्रतियोगी में दृढ़-इच्छाशक्ति, कड़ी मेहनत एवं सटीक रणनीति का होना अतिआवश्यक है। इस सटीक रणनीति का एक हिस्सा सर्वोत्तम पुस्तकों का चयन करना है।

हिन्दी भाषा को सामान्य रूप से व्यक्त करने के लिए पर्यायवाची तथा विलोम शब्दों की आवश्यकता हर विद्यार्थी को होती है, ख़ासकर आई.ए.एस की परीक्षा देने वाले विद्यार्थियों को। इसके बग़ैर हिन्दी में उत्कृष्ट लेखन संभव नहीं है।

प्रस्तुत शब्दकोश में भाषण, संवाद लेखन एवं साहित्य सृजन में सामान्य रूप से प्रयुक्त होने वाले शब्द तथा उनके सटीक पर्यायवाची व विलोम शब्द उपलब्ध कराये गये हैं। इसके अतिरिक्त सामान्य रूप से हिन्दी में प्रयुक्त होने वाले उर्दू शब्दों तथा उनके पर्याय व विलोम शब्दों को भी इस कोश में सम्मिलित किया गया है, जिससे इसकी उपयोगिता और बढ़ गयी है।

मैं उम्मीद करता हूँ कि यह शब्दकोश सभी हिन्दी एवं अहिन्दी भाषियों के लिए उपयोगी साबित होगा। किसी भी भाषा को साहित्यिक दृष्टि से बोलने, लिखने तथा उनकी हमें शुद्धता के लिए उन सटीक शब्दों की ज़रूरत होती है, जो हिन्दी साहित्य की गरिमा में चार चाँद लगा दे। साहित्य के सृजन में पयार्यवाची एवं विलोम शब्दों का अपना महत्त्व है।

इस कोश में भाषा की शुद्धता पर पूरा ध्यान रखा गया है और यदि इसका क्रमबद्ध रूप से अध्ययन किया जाये तो सामान्य अध्ययन पर कम से कम श्रम में अधिक से अधिक शब्दों को स्मरण किया जा सकता है।

आशा है कि यह कोश उपयुक्त शब्द तलाश करने वालों और आई.ए.एस. प्रतियोगिता के साथ अन्य सभी प्रतियोगी छात्रों के लिए लाभप्रद सिद्ध होगा।

विषय-सूची

भूमिका

हिन्दी भाषा उद्‌भव सबसे प्राचीन भाषा संस्कृत से हुआ है। संस्कृत भाषा के दो रूप हैं, वैदिक संस्कृत और लौकिक संस्कृत। उन दिनों संस्कृत वैदिक भाषा होने के साथ-साथ आम बोलचाल की भाषा भी थी जिसे लौकिक संस्कृत कहा जाता है। संस्कृत का विकास उत्तरी भारत में बोली जाने वाली वैदिक कालीन भाषाओं से माना जाता है। आठवीं शताब्दी से इसका प्रयोग साहित्य में होने लगा था रामायण तथा महाभारत महाकाव्य की मूल रचना संस्कृत भाषा में की गयी। पाँचवीं सदी तक आते-आते संस्कृत कालीन बोलचाल की भाषा पाली में बदल गयी। महात्मा बुद्ध के काल में पाली ही यहाँ की लोकभाषा थी। आगे चलकर पाली अपभ्रंश में जिन्हें मगधी, सौरसेनी, महाराष्ट्री, पैशाची ब्राचा तथा अर्धमागधी में बदल गयी। अपभ्रंश भाषा के दो रूप मिलते हैं– पश्चिमी और पूर्वी। समय के साथ भाषा के स्वरूप में परिवर्तन होता गया। बौद्धकाल में ग्रन्थों की रचना पाली भाषा में होने लगी। यही कारण है कि बुद्धकालीन धार्मिक ग्रन्थों की रचना पाली भाषा में सम्पन्न हुई है। पाली के बाद अपभ्रंश बोलियों के रूप में आयी। अपभ्रंश को पुरानी हिन्दी का मध्यकाल कहा जाता है। इसी दौरान मुसलमानों का आगमन भारत में हुआ। इन दिनों भारत में साहित्य-रचना सौरसैनी अपभ्रंश में होती थी। जब देश में मुगलों का शासन था तब तत्कालीन कवियों ने साहित्य की रचना ब्रज तथा अवधि भाषा में की। मुगलों के शासनकाल में यहाँ की राजभाषा पर ईरानी भाषा का भी हिन्दी पर विशेष प्रभाव पड़ा। कई इरानी शब्द हिन्दी में समाविष्ट किये गये। मुगलों के पश्चात् भारत आने वालों में फ्रांसीसी, पुर्तगाली (डच) और अंग्रेज प्रमुख थे। फारसी, तुर्की, डच आदि भाषाओं के शब्द हिन्दी के साथ घुलमिल गये वे विशेषण शब्द कहलाते हैं। ये सभी शब्द हिन्दी से इस प्रकार घुलमिल गये हैं कि आम आदमी के लिए अब इसे अलग करना मुश्किल है।

भारतवर्ष में खासतौर पर उत्तरी भारत को हिन्दी भाषी क्षेत्र का दर्जा दिया जाता है। जिसमें उत्तर प्रदेश, उत्तरांचल, बिहार, झारखण्ड, मध्यप्रदेश, छत्तीसगढ़, हरियाणा, हिमाचल प्रदेश, राजस्थान और पंजाब राज्य प्रमुख है।

हिन्दी अपने-आपमें एक समृद्ध भाषा है। कोई भी शब्द बदलते समय और परिवेश के अनुसार अपना अर्थ बदलता रहता है। मानव सभ्यता के विकास तथा

अलग-अलग संस्कृति के लोगों के आपस में मिलने से एक ही शब्द के समान अर्थ वाले कई शब्द जुड़ते चले गये। उनमें से कुछ शब्दों का समय के साथ लोप हो गया तो कुछ शब्द आज भी अपनी गरिमा बनाये रखने में सफल है। अन्य भाषाओं के मिलने से हिन्दी भाषा के शब्द भंडार में अतुलनीय वृद्धि हुई है। कोई भी रचनाकार वाक्य विन्यास करते हुए वक्त की जरूरत और अपनी सुविधा के अनुसार समकालीन उपयुक्त शब्दों का चयन करता है।

किसी भाषा की समृद्धि में शब्द के साथ उसके पर्यायों का बहुत बड़ा योगदान होता है। हर शब्द का एक विशेष अर्थ होता है। एक शब्द का अर्थ दूसरे से मिलता-जुलता हो सकता है परन्तु वह मूल शब्द से किंचित भिन्न रहता है। एक सृजनात्मक लेख की सफलता का मूल्यांकन इस बात पर निर्भर करता है कि उसमें किस तरह के शब्दों का चयन हुआ है। प्रस्तुत पर्यायवाची शब्दकोश के संकलन के पीछे इस तथ्य का विशेष ध्यान रखा गया है कि किसी छात्र, शिक्षक या रचनाकार को शब्दों के चयन में उसके रचना के अनुरूप शब्द मिले। कई बार जब लेखक मनोवांछित शब्द नहीं पाता है तो छटपटाहट में आंचलिक या हिंग्लिस शब्दों का प्रयोग करने लगता है। आजकल हमारे समाज में हिंग्लिस शब्दों का प्रयोग धड़ल्ले से हो रहा है जिसके कारण हिन्दी भाषा की गरिमा को गहरा धक्का लगा है।

इस शब्दकोश में लेखक ने उन व्यावहारिक शब्दों का चयन किया है जिसका हिन्दी लेखन परम्परा में अधिक प्रचलन है। इस पर्यायवाची शब्दकोश के संग्रह के पीछे हमारा उद्‌देश्य है कि हिन्दी भाषा के किसी रचनाकार को अपने मनोवांछित शब्द नहीं मिलने पर आंचलिक या हिंग्लिश शब्दों का प्रयोग नहीं करना पड़े।

अ

अ - देवनागरी और संस्कृत कुटुंब की अन्य वर्णमालाओं का पहला अक्षर और स्वर वर्ण है। इसका उच्चारण स्थान कंठ है। व्यंजन वर्णों का उच्चारण 'अ' वर्ण की सहायता के बिना नहीं हो सकता। यथा क+अ = क, ख+अ = ख आदि वर्ण अकार के साथ बोले और लिखे जाते हैं। उपसर्ग के तौर पर 'अ' का प्रयोग करने से यह रहित, उलटा के अर्थों में प्रयुक्त होते हैं। उदाहरण- स्वस्थ-अस्वस्थ। स्वस्थ के पूर्व 'अ' वर्ण का प्रयोग करने से इसका अर्थ उलटा हो जाता है।

अंक–1. संख्या, नंबर, आँकड़ा; 2. निशान, चिन्ह, छाप; 3. गोद, अंकवार, आँक; 4 दाग़, धब्बा।

अंकन–अनुरेखन, प्रत्यंकन, अनुरेखण, रेखानुरेखण, अक्स बनाना, ख़ाका बनाना, लेखन।

अँकाई–मूल्यांकन, अंदाजा, आँकने की क्रिया।

अँकुर–अँखुआ, आँख, कोंपल, कलिका, नोक, प्ररोह, कनखा, भराव, उपरोपिका, किसलय, नवपल्लव।

अंकुश–1. दबाव, रोक, अंकुसी, गजांकुश; 2. हाथी को नियंत्रित करने की कील; 3. नियंत्रित करने या रोकने का तरीक़ा।

अंग–1. भाग, अवयव, हिस्सा, संघटक, घटक, उपादान; 2. अंश, खंड, टुकड़ा; 3. शरीर, तन, देह, गात, गात्र।

अंगज–1. बेटा, लड़का, सुत, सुवन, आत्मज, तनुज, तनय, नन्दन, लाल, पुत्र; 2. रोम, केश, बाल।

अंगजा–बेटी, लड़की, सुता, आत्मजा, तनुजा, तनया, नंदिनी, दुहिता, पुत्री।

अँगड़ाई–आलस्य दूर करने के लिए शरीर को खींचना, मोड़ना, चेतन होने के लिए उपक्रम करना।

अंगद–1. बाजूबंद, भुजबंध; 2. बालिपुत्र, बालिकुमार, तारेय, बालितनय।

अँगना–कामिनी, वामा, सुंदरी, सुमुखी।

अंग-भंग करना–अपंग करना, विकलांग्र करना, अंगहीन करना, हाथ-पैर काट देना; 2. मोहित करने के निमित, स्त्री की कटाक्ष क्रिया।

अंगार–चिनगारी, अँगारा, दहकता हुआ कोयला, धुँआरहित कोयला।

अंगिया–वक्ष-स्थल को ढँकने के लिए स्त्रियों द्वारा प्रयुक्त अंतर्वस्त्र, बॉडिस, चोली, कुरती, कंचुकी।

अंगी–1. मुख्य, प्रमुख, प्रभावकारी; 2. रस प्रमुख भाव।

अंगीकरण–स्वीकार, स्वीकारोक्ति आत्म-स्वीकृति, क़बूल करना, अंगीकार, मंजूर।

अंगीठी–प्रतप्त कोयलों का समूह रखने को एक पात्र, बोरसी, आतिशदान, सिगड़ी।

अँगूठी–मुद्रा, मुँदरी, छल्ला, मुद्रिका, अंगुष्ठिका, अंगुलिमुद्रा, अँगुश्तरी।

अंगूर–दाख, किशमिश, द्राक्षा।

अँगोछा–गमछा, तौलिया, उपवस्त्र।

अँग्रेज़–फिरंगी, गोरा, आंग्लदेशी।

अंचल–1. आँचल, पल्ला, पल्लू, छोर; 2. सीमा प्रदेश (सीमांत) क्षेत्र; 3. किनारा, तट।

अंजन–1. सुरमा, काजल; 2. आँजन, काजल।

अंजुमन–संघ, सभामण्डली, सभायोजन, संगठन।

अँटसँट–अंडबंड, अव्यवस्थित, अनावश्यक, अनुपयुक्त, ऊटपटांग।

अंड–1. अंडा, डिंबा; 2. अंडकोश, फोता।

अंत–1. समाप्ति, इति, इतिश्री; 2. छोर, किनारा, सिरा; 3. मृत्यु, मरण; 4. नाश, उन्मूलन, निरसन, उत्सादन; 5. फल, नतीजा, अंजाम, परिणाम।

अंतःकरण–अंतर्मन, अंतरात्मा, हृदय, मन।

अँतड़ी–आँत, अंतड़ी, अन्त्र।

अंतःपुर–ज़नानखाना, रनिवास, हरमखाना, महल के भीतर स्त्रियों के रहने की जगह।

अंतर–1. भेद, फ़र्क़; 2. आड़, परदा, ओट; 3. फ़ासला, दूरी।

अंतरात्मा–अंतःकरण, अंतर्मन, हृदय।

अंतरिक्ष–अंबर, आकाश, आसमान, अनत, गगन, नभ, व्योम, महाव्योम, शून्य, ज्योतिष्पथ।

अंतर्गत–शामिल, सम्मिलित, भीतर आया हुआ गुप्त।

अंतर्दृष्टि–ज्ञानचक्षु, सूझ, आत्मचिन्तन।

अंतर्द्वंद्व–मानसिक संघर्ष, दुविधा।

अंतर्धान–ओझल, गायब, लुप्त, अदृश्य।

अंतर्हित–अदृश्य, छिपा हुआ, गायव, लुप्त, गुप्त, तिरोहित।

अंदाज़–1. अनुमान, अटकल; 2. नाप-जोख, कूत, परिणाम; 3. ढंग; 4. हाव-भाव, भाव, मटक, ठसक।

अंदेशा–1. सोच, चिन्ता, फ़िक्र, खटका; 2. भय, ख़तरा, भास; 3. सन्देह, आशंका; 4. दुविधा, असमंजस, पसोपेश।

अंधकार–अंधेरा, अंधेरी, अँधियारा, अँधियारी, तम, तिमिर, तमस, कालिमा, धुन्धकार।

अंधकारमय–तमोमय, तमाच्छादित तिमिरावृत्त।

अंधा–1. अंध, नेत्राहीन, चक्षुहीन, सूरदास; 2. मूर्ख, अज्ञानी, विवेकशून्य।

अँधेर–1. अँधेरखाता, धाँधली, अन्याय, बेइंसाफ़ी; 2. अशांति, विप्लव।

अंधेरी रात–तमी, तामसी, तमस्विनी, श्यामा।

अंब–1. अंबा, माता, जननी।

अंबर–1. आकाश, आसमान, गगन; 2. कपड़ा, वस्त्रा, वसन; 3. बादल, मेघ, घन, वारिद, नीरद।

अंबार–ढेर, राशि।

अंबिका–1. माता, माँ; 2. पार्वती, देवी, दुर्गा, देवकन्या; 3. अंबाष्ठालता।

अंश–1. हिस्सा, भाग, अवयव, खंड टुकड़ा; 2. अंश की भिन्न की रेखा से ऊपर संख्या।

अंशु–किरण, प्रभा, ज्योति, सूर्य।

अकड़–1. ऐंठ, तनाव;, 2. अभिमान, घमंड, शेखी; 3. धृष्टता, ढिठाई।

अकड़ जाना–कठोर हो जाना, पथरा जाना, ऐंठ जाना।

अकथ–अनिर्वाच्य, अवाच्य, अवचनीय, अकथ्य, वर्णनातीत, अवर्णनीय।

अकल्याण–1. अशुभ, अमंगल; 2. अहित, अनिष्ट, ख़राबी, हानि।

अकस्मात्–अचानक, सहसा, तत्क्षण, संयोगवश, अकारण, अनायास, दैवयोग, यकायक, हठात्, एकाएक, एकदम।

अकारण–बेमतलब, बेबात, बेवजह, बेसबब, नाहक, कारणरहित, निष्प्रयोजन।

अकारथ–बेकार, व्यर्थ।

अकाल–1. दुर्भिक्ष, भुखमरी, कुसमय, काल, दुष्काल; 2. महँगी, मूल्यवृद्धि, तेज़ी।

अकिंचन–तुच्छ, दरिद्र, ग़रीब, निर्धन, कंगाल, दीन।

अकुलाना–1. आकुल होना, घबराना, व्याकुल होना, अधीर होना; 2. ऊबना, उकताना।

अकृतज्ञ–कृतघ्न, एहसानफ़रामोश।

अकेला–1. एकाकी, तनहा, एकमात्र, अद्वितीय, अनन्य; 2. अकेले-अकेले, अकेले-दम।

अकेलापन–एकांतिकता, एकांतवास, एकाकीपन, विविक्तता।

अक्खड़–अनौपचारिक, धृष्ट, नियम विरुद्ध, शिष्टाचार विहीन, ग़ैररस्मी, बेतकल्लुफ़।

अक्षर–1. वर्ण, हरुफ; 2. अविनाशी।

अकसर–प्रायः बहुधा, अधिकतर, प्रायशः, अधिकांशतः।

अखंड–1. पूरा, समूचा, पूर्ण, अविभक्त; 2. अजस्र, निरंतर, लगातार; 3. अक्षय, अक्षुण्ण।

अखंडता–सततता, निरंतरता, अविच्छेदता, अविच्छिन्नता, अछिन्नता, पूर्णता।

अखरना–1. बुरा लगना, अप्रिय लगना; 2. कष्टदायी लगना, दुःखदायी लगना, खलना।

अखाड़ा–1. मंडली, मठ; 2. व्यायाम-शाला, मल्लयुद्ध करने का स्थान, तमाशा दिखाने वाले या नाच-गान करने वालों का जमावड़ा, साधुओं की मण्डली।

अखिल–1. पूरा, समूचा, संपूर्ण; 2. अंखड, अक्षय, अक्षुण्ण।

अख़्तियार–अधिकार, वश, प्रभुत्व, सामर्थ्य।

अगड़म–बगड़म-प्रकाष्ठ, निरर्थक पदार्थ, काठ-कबाड, बेकार की चीज़, अंगड़-खंगड़।

अगणित–1. असंख्य, बेशुमार, अनगिनत; 2. अनंत, अपार, अमित, अपरिमित, असीम, निस्सीम।

अगम, अगम्य–1. कठिन, दुर्बोध, मुश्किल, दुश्वार, अज्ञेय; 2. अथाह, गहरा, अपार; 3. विकट, बहुत अधिक।

अगर–यदि, जो, यद्यपि, अगरचे।

अगर-मगर (करना)–टालमटोली करना, टालना।

अगल-बगल–आसपास, आजु-बाजू, निकट।

अगला–अग्र, अग्रवर्ती, सामने का, पहले वाला, आगे आने वाला, पहला, प्रथम।

अगस्त्य–शिव, तीर्थ, दक्षिण का एक प्रसिद्ध तीर्थ, एक ऋषि का नाम, वृक्ष।

अगाध–1. अथाह, गहरा; 2. अज्ञेय, दुर्बोध; 3. अपार, असीम, बहुत।

अगुआ–अग्रणी, मुखिया, नेता, सरदार, नायक, प्रधान, मार्गदर्शक, पुरोगम, पुरोधा, विवाह सम्बन्ध ठीक करने वाला।

अगोचर–1. अप्रकट, अव्यक्त, इंद्रियातीत, अप्रत्यक्ष, अप्रकाशित, अप्रकाशमान्, गुप्त; 2. ईश्वर।

अगोरना–1. रखवाली करना, पहरा देना, रखाना, चौकीदारी करना, यत्न से रखना; 2. प्रतीक्षा करना, इंतज़ार करना, बाट देखना।

अग्नि–1. आग, पावक, अनल; 2. दावानल वन की आग; 3. बड़वानल-समुद्र की आग; 4. जठरानल-पेट की आग।

अग्निकण–स्फुल्लिंग, चिनगारी।

अग्निकांड–अग्निदाह, प्रचंड अग्नि, दीपन, ज्वलन, प्रचंड ज्वाला, प्रज्वलन।

अग्निज्वाला–ज्वाला, शिखा, अग्निशिखा, भस्मनी, लूक, लुकारी, लपट, लौ।

अग्नि संताप–संज्वर, संताप, दाह, झुलस, जलन।

अग्र–1. आगा, अग्रभाग; 2. सिरा, नोक; 3. श्रेष्ठ, उत्तम; 3. प्रधान, प्रमुख, मुख्य; 4. अगला, आगामी।

अग्रगण्य–1. प्रधान, प्रमुख, मुख्य; 2. प्रथम, पहला; 3. प्रसिद्ध, विख्यात, मशहूर, नामवर।

अग्रज–1. बड़ा भाई, बड़भ्राता; 2. अगुआ, नेता, नायक।

अग्रणी–1. नायक, नेता, मार्गदर्शक, अगुआ; 2. प्रधान, प्रमुख, मुख्य।

अग्रसूचना देना–पूर्वाभास देना, पूर्वज्ञान कराना, पूर्व चिन्ह बताना, पूर्व लक्षण बताना।

अग्राह्य–1. अनुचित, अनुपयुक्त; 2. अस्वीकार्य, अमान्य।

अघाना–तृप्त होना, पेट भरना, संतुष्ट हो जाना, छकना, पूर्ण हो जाना; जी भर जाना।

अचंभा–चकित, सन्न, आश्चर्य, ताज्जुब, विस्मय, हैरानी।

अचल–1. अविचल, अटल, अडिग, निश्चल; 2. दृढ़, स्थिर, अटूट।

अचला–धरती, पृथ्वी, मेदिनी, भूमि।

अचवना–मुँह धोना, कुल्ली करना, आचमन करना, अचवन करना।

अचानक–एकाएक, एकबारगी, सहसा, अकस्मात्, यक-ब-यक, अनायास, हठात्, दैवयोग से, संयोग से, संयोगवश, अप्रत्याशित रूप से, आकस्मिक रूप से, अनजाने ही।

अचिर–तुरन्त, बिना देरी के, फ़ौरन।

अचीन्हा–बे पहिचाना, अनजान।

अचूक–1. अमोघ, अनिष्फल; 2. (साधन, औषध आदि के सन्दर्भ में लाक्षणिक प्रयोग) रामबाण, ब्रह्मास्त्रा

अचेत–1. मूर्च्छित, बेहोश, विकल, विह्वल; 2. असावधान, अनजान, बेख़बर; 3. नासमझ, मूर्ख, जड़।

अच्छा–1. चोखा, चौकस, उम्दा, आला, श्रेयस्कर, बढ़िया; 2. कुशल, वर, उद्भट; 3. पुण्य, शुभ, सत्, सु, उचित, उपयुक्त; 4. सही, ठीक, दुरुस्त, नेक, शरीफ़; 5. स्वस्थ, नीरोग, भलाचंगा, सुन्दर; 6. हैं, हाँ।

सबसे अच्छा–1. श्रेष्ठ, उत्तम, अत्युत्तम; 2. सर्वश्रेष्ठ, सर्वोत्तम।

अच्छा लगना–1. प्रिय लगना, भाना, पसंद आना, सुहाना, रुचना, नज़र में चढ़ना; 2. जँचना, फबना, सजना, शोभा देना।

अच्छा न लगना–1. बुरा लगना, अखरना, खलना, चुभना, सालना; 2. एक आँख न भाना, फूटी आँख न भाना।

अछूत–1. अस्पृश्य; 2. हरिजन, अंत्यज, अनुसूचित जातीय।

अजनबी–अपरिचित, अज्ञात, अनजान, नावाकिफ़, अविदित।

अजय–पराजय, हार।

अजस्र–लगातार, निरन्तर, सिलसिलेवार, क्रमिक।

अजिर–1. आँगन, सेहन; 2. हवा वायु, पवन, वात।

अजीर्ण–अपच, बदहज़मी।

अजीब–अद्भुत, विचित्रा, विलक्षण, अनोखा।

अज्ञ–मूर्ख, अज्ञानी, बेवकूफ़, नासमझ।

अज्ञान–जड़ता, मूर्खता, अविद्या, मोह, अविवेक।

अज्ञानी–निर्बुद्धि, अनभिज्ञ, अज्ञ, मूढ़, अनजान, मूर्ख, बेवकूफ़, नासमझ।

अटकना–अड़ना, रुकना, फँसना, बझना, रुकावट पड़ना, बाधा पड़ना, टिकना, ठहरना।

अटकल–अनुमान, अंदाज़, कूत।

अटकाना–रोकना, ठहराना, टिकाना, अड़ाना, छेकना, रुकावट डालना, फँसाना, उलझाना, गति रोकना, अवरोध करना।

अटना–समाना, भर जाना, भरना, पर्याप्त होना।

अटल–स्थिर, अचल, अडिग, अविचलित, चिरस्थायी, पक्का, दृढ़, ध्रुव, निश्चित, अवश्यम्भावी, नियत, स्थायी, निश्चल, अचर, कृत संकल्प, दृढ़ संकल्प, दृढ़ प्रतिज्ञ, दृढ़ निश्चय, स्थिरमति, हठी, नित्य, अक्षय, शाश्वत, अमर।

अटूट–1. अखण्ड, निरन्तर; 2. अचल, दृढ़, अटल।

अणु–कण, छोटा टुकड़ा, रज, रजकण।

अण्डाकार–दीर्घवृत्तीय, दीर्घवृत्ताकार, अण्ड-वृत्ताकार।

अति–1. बहुत अधिक, अतिशय, अतीव, अत्यधिक, अतिमात्रा, ज़्यादा; 2. अनेक, असंख्य, अपार, अपरिमित, असीम, बेशुमार, बेहद, परम, विपुल, निपट; 3. अधिकता, ज़्यादती, अनाचार।

अतिक्रमण–संक्रामण, अतिचरण, उत्क्रमण, अतिचार, अवज्ञा, उल्लघंन।

अतिथि–अभ्यागत, मेहमान, गृहागत, पाहुना।

अतिरिक्त–1. सिवाय, अलावा; 2. भिन्न, अलग पृथक्, विभिन्न, जुदा, न्यारा।

अतिसार–उदरामय, अतीसार, पेचिश।

अतीत–1. भूत, गत, व्यतीत; 2. पृथक्, अलग, जुदा; 3. विरक्त।

अतीव प्रसन्नता–परमानन्द, हर्षातिरेक, हर्षोन्माद, अत्यानन्द, प्रहर्ष, मौज।

अतुल–1. अमित, असीम, अपरिमिति; 2. असमान, अनुपमेय।

अत्यंत–1. अधिक, अतिशय, अत्यधिक, काफी; 2. बेहद।

अत्याचार–1. अन्याय, ज़्यादती विरुद्धाचरण, शीलाघात, हिंसा, अनाचार, दुष्टता, व्यभिचार, पाप, दुराचार, बलात्कार; 2. आडम्बर, पाखंड, ढकोसला।

अत्याचारी–क्रूर व्यक्ति, दुष्ट मनुष्य, बदमाश आदमी।

अथाह–अगाध, गहरा, अतलस्पर्शी, अपरिमित, अपार, गंभीर गूढ़, कठिन।

अदद–गिनती, अंक, संख्या।

अदब करना–श्रद्धा रखना, पूजा-भाव रखना, भक्ति-भाव रखना, सम्मान करना, आदर करना, इज़्ज़त करना, शिष्टाचार।

अदरक–आदी, आर्द्रक, शृंगवेर।

अदला-बदली–विनिमय, आदान-प्रदान, उलटफेर, हेरफेर, परिवर्तन।

अदायगी–ऋण भुगतान, निपटाव, भुगतान, चुकती, भरपायी, वापसी, प्रतिदान, प्रत्यार्पण।

अदालती–1. क़ानूनी, न्यायिक, वैध, वैधानिक; 2. न्यायालय विषयक, न्याय सभा का।

अदृश्य–अलख, अगोचर, ओझल, अंतर्धान, तिरोहित, लुप्त, गायब, परोक्ष।

अद्भुत–1. विचित्र, विलक्षण, आश्चर्यजनक, स्वर्गीय, विस्मयजनक,

अनोखा, अप्रतिम, दिव्य, अनूठा, असांसारिक, निराला अपूर्व, अलौलिक, अपार्थिव, अतिप्राकृत, लोकातीत; 2. अजीब, अजब।

अद्वितीय–1. एकाकी, अकेला, एक; 2. बेजोड़, असाधारण, अनुपम; 3. विचित्र, विलक्षण, अद्भुत, अजीब; 4. प्रधान, मुख्य।

अधम–1. निकृष्ट, निम्न, पतित, नीच; 2. भ्रष्ट; 3. हेय।

अधर्म–1. विरुद्धाचरण, धर्मोल्लघंन, नीतिभंग, अपराध; 2. कल्मष, दुरित, अघ, दोष, कुकर्म, पातक, अपकर्म, पाप, दुष्कर्म, दुराचार, अनाचार, पापकर्म, गुनाह।

अधार्मिक–धार्मिक मत विरोधी, धर्मविमुख, धर्मविरत, नास्तिक।

अधिकता–बाहुल्य, बहुलता, बहुत्व, बहुविधता, विविधता, बहुरूपता, अनेकरूपता, विभिन्नता, प्राचुर्य, प्रचुरता, अनेकता, आधिक्य, वैपुल्य, विपुलता, पर्याप्ति, यथेष्टता, पुष्कलता, रेलपेल, अतिशयता, बहुतायत, उद्रेक, अतिरेक, अधिकाई, वृद्धि, स्फीति, प्रभूतता।

अधिकांश–भूयिष्ठ, अत्यधिक, अतिशय, अधिकतम, बहुतम, ज़्यादातर।

अधिकार–1. प्रभुत्व, आधिपत्य, स्वत्व, स्वामित्व; 2. दावा, हक़; 3. अख़्त्यार, वश, क़ाबू; 4. सत्ता, शासन, अधिकार; 5. शक्ति, प्रभाव, क्षमता, सामर्थ्य, योग्यता।

अधिकार क्षेत्र–अधिक्षेत्र, न्यायक्षेत्र, न्याय सीमा, अधिकार सीमा, अमलदारी, अस्तित्व क्षेत्र, प्रभाव क्षेत्र, कार्य क्षेत्र, कर्म क्षेत्र।

अधिकार छोड़ना–स्वत्व त्यागना, हाथ उठा लेना, दावा हटा लेना, दावा छोड़ देना।

अधिकारी–1. हक़दार, दावेदार, स्वत्वधारी, स्वामी; 2. कब्ज़ेदार, अधिपति, प्रभु; 3. सत्ताधारी, शासक, पदाधिकारी, अफ़सर; 4. विज्ञ, पात्र, योग्य।

अधिवक्ता–प्रतिनिधिवक्ता, मुखपात्र, पक्षवक्ता, वकील, नुमाइंदा।

अधीन–1. आश्रित, मातहत, वशीभूत, पराधीन, पराश्रित, आज्ञाकारी; 2. विवश, परतंत्र, परवश, अस्वच्छंद, गुलाम, लाचार, शरणागत।

अधीनस्थ–अतिरिक्त, सहायक, निम्न पदस्थ, उपाश्रित।

अधीनस्थ पदाधिकारी – उपाधिकारी, अधीनस्थ अभिकर्त्ता, सहायक कर्मचारी, निम्न पदाधिकारी, नायब अधिकारी, कनिष्ठ अधिकारी, उपाश्रित अधिकारी, पेशकार।

अधीर–धैर्यहीन, व्यग्र, बेचैन, व्याकुल, विह्वल, चंचल, अस्थिर, उतावला, आतुर, असंतोषी।

अधेड़–प्रौढ़त्व, प्रोढ़ावस्था, पक्की उम्र।

अधोलोक–पाताल, रसातल।

अध्यक्ष–सभापति, प्राध्यक्ष, प्रधान, संचालक, प्रबंधक, अधिष्ठाता, नायक, प्रमुख, मुखिया, सरदार, चेयरमैन।

अध्ययन–1. पठन, पढ़ना, पढ़ाई, पारायण; 2. अवलोकन, निरीक्षण, प्रेक्षण, पर्यवेक्षण; 3. अनुशीलन, परिशीलन।

अध्यापक–शिक्षक, गुरु, उस्ताद।

अनंत–1. असीम, बेहद, निस्सीम, अपरिमित; 2. अविनाशी, नित्य, अक्षम, अक्षुण्ण, अमर; 3. अतिशय, अधिक, अगणित, असंख्य, बहुत, बेशुमार; 4. आकाश, आसमान, नभ, गगन।

अनकहा–अव्यक्त, अनुक्त, गुप्त, अकथित, अध्वनित।

अनगिनत–अगणित, संख्यातीत, असंख्य, अनगिनत, बेहद, बेशुमार, असीम।

अनजान–1. अज्ञात, अपरिचित, अनभिज्ञ; 2. भोला–भाला, नासमझ, नादान, सीधा, अज्ञ, अज्ञानी।

अनदेखा–बिनदेखा, अदेखा।

अनन्तर–तदुपरांत, तत्पश्चात्, इसके पश्चात्, इसके बाद, उसकी पीछे, फिर।

अनपढ़–मुर्ख, गँवार, अपढ़, अशिष्ट, अशिक्षित, उजड्ड, अक्खड़ जाहिल, निरक्षर।

अनबन–1. मतभेद, वैमनस्य, विरोध, असहमति; 2. झगड़ा, तक़रार, विवाद, बखेडा, टंटा।

अनमना–उदास, अन्यमनस्क, उन्मन, विमुख, विरक्त, उदास, गतानुराग, अन्यमनस्क।

अनवरतता–नित्यता, लगातार, शाश्वतता, चिरन्तनता, चिरस्थायित्व, सनातनता, सातत्य, क्रमबद्धता, निरन्तरता, बिना रुके।

अनाज–अन्न, धान्य, गल्ला, दाना, खाधन्न।

अनाज गोदाम–धान्यागार, धान्यकोष्ठ, कोठार, खत्ती, अन्नागार, अन्नभंडार, गल्ला–गोदाम।

अनाड़ी–अदक्ष, अकुशल, अनभ्यस्त, अनभ्यासी, अननुभूत, अनिपुण, अनभिज्ञ, अपटु, अनुभवरहित, अनुभवहीन, कलारहित, अशिक्षित, नादान।

अनाथ–नाथहीन, असहाय, दीन, निःसहाय, बेकस, यतीम, दुःखी, निराश्रित, निरावलंब, निराश्रय, आश्रयहीन, बेसहारा, बेचारा, परितक्त, अशरण।

अनादर–अवहेलना, अवज्ञा, तिरस्कार, उपेक्षा, उपहास, अश्रद्धा, अवमान, अपमान, तौहीन, हिकारत, अपकर्ष, मानमर्दन, प्रतिष्ठा भंग, परिभव, पराभव, असम्मान।

अनादर करना–अवज्ञा करना, अपमान करना, उपेक्षा करना, तुच्छ समझना, अवहेलना करना, तिरस्कार करना, हेय समझना, निरादर करना।

अनादरपूर्ण–निरादरपूर्ण, असम्मान पूर्ण, अपमानपूर्ण, अवमानी, अपेक्षामय, पराभवपूर्ण।

अनाप-शनाप–1. अंटसंट, ऊटपटांग, अव्यवस्थित, बेहिसाब; 2. अपरिमित, असीम, बेहद, निस्सीम।

अनावश्यक–अनपेक्ष, निष्प्रयोजन, व्यर्थ, बेकार, अनपेक्षित, फिजूल, फ़ालतू, ग़ैर-लाज़िमी, ग़ैर-ज़रूरी, गौण।

अनिंद्य–अनिंदनीय।

अनियत–कदाचित, विरला, यदा-कदा।

अनियमित–अनियत, नियमविरुद्ध, बेक़ायदा, अनियमी, असमान।

अनिवार्य–1. अनावश्यक, अपरिहार्य, अवश्यक, बाध्यकर, ज़रूरी, लाज़िमी; 2. अटल, अवश्यम्भावी।

अनिवार्य गुण– सहज प्रवृति, नैसर्गिक प्रवृति, स्वाभाविक गुण, अपरिहार्य लक्षण, अत्यावश्यक गुण, भाव, निष्कर्ष।

अनिश्चय–असमंजस, दुविधा, उलझन।

अनिश्चित–अनिर्णयात्मक, अनिर्णीत, संदिग्ध, दुविधापूर्ण, संशयात्मक, दोलायमान, विचाराधीन, अनियमित, असंबद्ध, अनधिकृत, असंख्य, अगण्य, अस्पष्ट, अस्थिर, भ्रामक, संशयपूर्ण, शंकाकुल।

अनिष्ट–1. बुरा, अनुचित; 2. अशुभ, अहितकर, अमंगल, अकल्याण; 3. अवांछित, अनभिष्ट।

अनुकंपा–कृपा, दया, सहानुभूति।

अनुकरण–1. नकल, देखादेखी; 2. अनुसरण, अनुगमन, अनुवर्तन; 3. अनुकृति, प्रतिकृति।

अनुकूल–1. अनुसार, अनुरूप, मुआफ़िक, संगत, अविरुद्ध, पक्ष में अभिमत, सामंजस्यपूर्ण; 2. हितकर, लाभदायक, कल्याणकार।

अनुकूलता– अनुयोज्यता, अविरुद्धता, अनुरूपता, आनुकूल्य, अनुकूलनशीलता, अविमुखता।

अनुकूल होना–अनुरूप होना, ऐक्य होना, एकमत होना, एकरूप होना।

अनुचित–1. अनुपयुक्त, अवांछनीय, अयुक्तसंगत, युक्तहीन, असंगत; 2. नामुनासिब, इष्टप्रतिकूल, बेज़ा, ग़ैरमाकूल, नाजायज़, ग़ैरबाज़िब; 3. नीतिविरुद्ध, अनैतिक, असमीचीन, असमयोचित।

अनुपम–1. उपमारहित, असाधारण, अप्रतिम, निरूपम, अपूर्व, अद्वितीय, बेजोड़, अतुल, बेनजीर; 2. सुन्दर, बढ़िया, अच्छा, लाजवाब।

अनुपस्थिति–1. ग़ैरमौजूदगी, ग़ैरहाजिरी, अविद्यमानता; 2 अभाव, कमी, रहित, शून्यता।

अनुभव–तजुर्बा, अनुभूति, आपबीती, संवेदनशीलता, इंद्रियबोध क्षमता, इंद्रियबोध शक्ति, संवेदन, संवेदना।

अनुभवहीन–अकुशल, अपटु, अनिपुण, अनाड़ी, अनभ्यस्त, अनुभवरहित।

अनुभवी–कर्मप्रवीण, दक्ष, कुशल, निपुण, जानकार तजुर्बेकार।

अनुमति–1. आज्ञा, अनुज्ञा, हुक्म, इज़ाजत, स्वीकृति, समादेश; 2. सहमति, सम्मति, मंजूरी, मर्ज़ी, रजामंदी।

अनुमति-पत्र–अनुज्ञापत्र, आज्ञापत्र, पर्ची, परमिट, परवाना, इज़ाजतनामा।

अनुमान–1. अटकल, अंदाज़, कयास, कूत; 2. पूर्वानुमान, प्राक्कलन, मूल्यांकन, आकलन।

अनुयायी–1. अनुगामी, मतावलंबी, भक्त, अनुकर्त्ता, अनुगतिक, समर्थक; 2. नौकर, सेवक, अनुचर, चाकर, दास।

अनुरक्ति–अनुराग, प्रेम, स्नेह।

अनुरूप–आनुषंगिक, सदृश, समरूप, समान, तुल्यरूप, समान, एकरूप, मिलता–जुलता।

अनुरूपता–सामंजस्य, संगति, सादृश्य, संगतता, अनुकूलता, समरूपता, एकरूपता, तुल्यरूपता, समानता।

अनुरोध–प्रार्थना, विनय, विनती, निवेदन, अभ्यर्थना, याचना।

अनूठा–1. अनोखा, निराला, विलक्षण; 2. असाधारण, अनुपम, बेजोड़।

अनेक–विविध, नाना, कई, असंख्य, अगणित।

अनेकता–बहुरूपता, वैविघ्य, विविधता अनैक्य, विभिन्नता, नानात्व।

अनोखा–विलक्षण, विचित्र, असाधारण, अद्‌भुत, निराला, अजीब, विस्मयजनक, आश्चर्यजनक, अलौकिक, अपूर्व, अद्वितीय, अप्रतिरूप, अनूठा, बेजोड़, चमत्कारिक।

अन्न–धान्य, अनाज, दाना, गल्ला, शस्य, बीज्य, खाद्य-सामग्री, खुराक।

अन्य–1. दूसरा, इतर, और; अनंतर, बाद वाला।

अन्यथा–1. वर्ना नही तो; 2. और तरह, और कुछ।

अन्वेषण–जाँच, खोज, अनुसंधान अन्वेषण।

अपकार–1. अहित, अमंगल, अनिष्ट, हानि, बुराई, अनुपकार; 2. द्रोह, द्वेष, दुष्क्रिया, मंदकर्म।

अपकारी–कुकर्मी, अनर्थकारी, अहितकारी, अनिष्ठसाधक, बुरा करने वाला, दुष्टबुद्धि, कुबुद्धि, पीड़क।

अपकर्ष–अवनति, अधोगति, घटाव, उतार, पतन, अधोपतन।

अपढ़ आदमी–अशिक्षित व्यक्ति, निरक्षर व्यक्ति, निरक्षर भट्टाचार्य, अप्रबुद्ध व्यक्ति।

अपना–1. निज, निजी, व्यक्तिगत, वैयक्तिक; 2. स्व, स्वकीय, आत्म, आत्मीय।

अपनाना–1. स्वीकार करना, ग्रहण करना, आत्मसात् करना, क़बूल करना, अख़्तियार करना, अंगीकार करना; 2. अपना बनाना, आत्मीयता स्थापित करना, गले लगाना, कलेजे से लगाना, आश्रय देना।

अपनापन–स्वत्व, निजीपन, व्यक्तिगत, अपनत्व, आत्मीयता।

अपने आप–1. स्वयं, स्वमेव, स्वतः, खुद-ब-खुद; 1. अनायास, बेसाख्ता, बरबस, बेअख़्तियार; 3. हठात, यंत्रवत्।

अपमान–अनादर, अप्रतिष्ठा, अपयश, बेइज़्ज़ती, गौरवहीनता, अमान, तिरस्कार, अवहेलना, धिक्कार, निरादर, अवमानना, मानहानि, उपेक्षा, ज़िल्लत, बेक़द्री।

अपमानजनक–निरादरपूर्ण, तिरस्कारपूर्ण, उपेक्षापूर्ण, घृणास्पद, पराभवपूर्ण।

अपयश–अपकीर्ति, अयश, अकीर्ति, अपवाद, निन्दा।

अपराध–1. दुष्कर्म, गुनाह, ग़लती, दोष, पाप; 2. कसूर, ख़ता, जुर्म।

अपराधी–पापकर्मी, मुजरिम, अपराधशील, दण्डनीय, कृतापराध, अपराधोद्यत, पापी, सदोष, दोषी, कसूरवार, अपराध चैतन्य।

अपवित्र–1. अपावन, अशुचि, अशुद्ध; 2. अस्वच्छ, मलिन, दूषित, गंदा, पाप।

अपशकुनी–अपशाकुनिक, अनिष्टशंसी, अनष्टिकारी, अमंगलसूचक।

अपहरण–हर लेना, छीन लेना, ज़बरदस्ती उठा ले जाना अगवा।

अपार–अनंत, असीम, निस्सीम, बेहद, बेशुमार।

अप्रसन्न–नाराज, उदास, दुःखी, विरक्त, अन्यमनस्क, खिन्न, म्लान; 2. असंतुष्ट।

अप्रसन्नता–खिन्नता, म्लानता, नाराज़गी, रंजीदगी, असंतोष, उदासी।

अप्राकृतिक–असहज, असाधारण, अप्राकृत, पैशाचिक, प्रकृति विरुद्ध, अस्वाभाविक।

अप्रिय–अवांछनीय, बुरा, प्रतिकूल, अचारू, बेमज़ा, नागवार, अरुचिकर, अनचाहा, अप्रीतिकर, विरक्तिजनक, घृणास्पद।

अप्सरा–1. देवांगना, देवबाला, देववधू, सुरबाला, सुरनारी, सुरसुन्दरी, दिव्यांगना; 2. हूर, परी; 3. सुन्दरी, कामिनी, मोहिनी।

अफ़सोस–दुःख, खेद, विषाद, शोक, पश्चाताप, गम, म्लानि।

अब–1. इस समय, अभी, आज; 2. संप्रति, आजकल, इन दिनों; 3. आगे, भविष्य में।

अभयदान–रक्षावचन, सुरक्षादान, सुरक्षण, रक्षण।

अभागा–हतभाग्य, बदनसीब, भाग्यहीन, अभाग्यशाली, मनहूस, बदकिस्मत, मंदभाग्य, दुःखापन्न।

अभाग्य–दुर्दैव, दुर्भाग्य, अदिष्ट, विधिवाम, कुसमय, बदकिस्मती, भाग्यहीनता।

अभाव–कमी, तंगी, टोटा, हीनता, क्षीणता।

अभिनंदन–प्रशंसा, वंदना, नमन, अभिवादन, प्रणाम, प्रार्थना।

अभिनय करना–इंगित करना, हाव-भाव व्यक्त करना, नाटकीय प्रदर्शन, स्वाँग।

अभिनेता–नट, भाँड, नाटक पात्र, मंचनायक, अदाकार पात्र, नायक, छद्‌मवेशी।

अभिन्नता–ऐकात्म्य, ऐक्य, अभेद, तादात्म्य, सायुज्य, एकात्मता, अनन्यता, पूर्णता।

अभिप्राय–1. तात्पर्य, आशय, विचार, मंतव्य, उद्‌देश्य, ध्येय, लक्ष्य, प्रयोजन; 2. इरादा, नीयत, मंशा, मुराद; 3. अभिलाषा, इच्छा, आकांक्षा, स्पृहा, कामना।

अभिमन्यु–सौभद्र, पार्थनंदन, पाण्डुपौत्र।

अभिमान–1. गर्व, गौरव, नाज, फ़ख़्र; 2. अहंकार, अहमन्यता, दर्प, दंभ, मद, मदांधता, गरूर; 3. अकड़, घमंड, शेखी, डींग।

अभिमानी–गर्वी, दर्पी, दम्भी, घमंडी, अहंकारी, मदांध, गर्वीला, मगरूर, शेखीबाज़।

अभिलेख–शिलालेख, उत्कीर्ण लेख, ऐतिहासिक प्रमाण, लिखित प्रमाण, सुरक्षित विवरण, वृत्तलेख, पुरातत्व ग्रंथ, ऐतिहासिक प्रलेख, तारीख़ी दस्तावेज़।

अभिवादन–नमस्कार, प्रणाम, सलाम, वंदना।

अभेद्य–अकाट्य, अखंडनीय, अटूट, दृढ़, दुर्भेध।

अभ्यास–1. बार-बार अनुशीलन, पुनरावृत्ति, मश्क़, दोहराव, रियाज़; 2. स्वभाव, आदत, बान, टेव।

अमर–1. अमर्त्य, मृत्युंजय, अनश्वर, अनादि, दीर्घजीवी, अविनश्वर, अविनाशी, अक्षय, सदाजीवी, अनंत, अमिट, अजर; 2. शाश्वत, नित्य, निरंतर, चिरस्थायी; 3. दिव्य, अलौलिक, देवता, सुर, देव।

अमरूद–पेरुक, अमृतफल, बिही, सफरी।

अमानत–थाती, धरोहर, उपनिधि, न्यास।

अमानतदार–निक्षेपधारी, न्यासी, प्रन्यासी, न्यासधर, न्यायधारी, धरोहर रक्षक।

अमान्य–अस्वीकार्य, अनधिकृत, नामंजूर, अस्वीकृत।

अमावस्या–कुहू, अमा, अमावस, कृष्णपक्ष की अंतिम तिथि।

अमीर–1. कुलीन, अभिजात; 2. धनी, धनवान, संपन्न, धनकुबेर, रईस।

अमीरी–सम्पन्नता, धनबाहुल्य, वैभव, समृद्धि, मालदारी, दौलतमंदी।

अमूल्य–अनमोल, बहुमूल्य, मूल्यवान, क़ीमती, बेशक़ीमती।

अमृत–1. जीवित, अमर, अनश्वर, अमर्त्य; 2. सुधा, पीयूष, अमिय, सोम, आबेहयात।

अयोग्य–अक्षम, अनुपयुक्त, अनुपयोगी, नालायक, बेकार, असमर्थ, अगुण सम्पन्न, योग्यताहीन, व्यर्थ, गुणहीन।

अयोग्य ठहराना–अनर्हित ठहराना, अपात्र ठहराना, अक्षम ठहराना, अनुपयुक्त बताना, नालायक सिद्ध करना, गुणहीन सिद्ध करना, बेकार सिद्ध करना।

अयोग्यता–अनर्हता, अपात्रता, अक्षमता, अनुपयोगिता, अपटुता, अदक्षता, गुणहीनता, अनुपयुक्त।

अयोध्या–अवध, अवधपुरी, विमला, साकेत।

अरवी–घुइयाँ, आलुकी, गजकर्ण, अरुई।

अराधना–पूजना, जपना, सुमिरना, स्मरण करना।

अरुचि–जुगुप्सा, घृणा, अप्रीति, विराग, विरक्ति, नापसंदगी, नफ़रत, विराग, विमुखता, अनिच्छा, ऊब, नीरस, बोर।

अरुण–सूर्य, दिनकर, दिवाकर, भास्कर, दिननाथ।

अर्जुन–धनंजय, कुन्तिसुत, पांडुनंदन, पार्थ, विजयरथ, गांडीवधर, कपिध्वज, सव्यसाचि, धनुर्धर।

अर्थ–1. अभिप्राय, आशय, मतलब, तात्पर्य, अभिमत, प्रयोजन, मायने, इष्ट, हेतु, निमित्त, ध्वनि, मत, भाव बोधगम्यता, उद्‍देश्य, विवक्षा; 2. धन, संपत्ति।

अर्थहीनता–प्रयोजनहीनता, आशयहीनता, अनर्थकता, धनहीन।

अलंकार–1. आभूषण, भूषण, गहना, ज़ेवर, ज़ेवरात; 2. काव्यालंकार।

अलग–पृथक्, भिन्न, जुदा, न्यारा, अलहदा, विविक्त, विभक्त, असंबद्ध, वियुक्त, विलग, अलग–थलग।

अलगाना–अलग करना, पृथक् करना, वियुक्त करना, असंयुक्त करना, असंबद्ध करना।

अलगाव–विच्छेद, पार्थक्य, अपयोजन, वियोजन, पृथक्करण, पृथक्ता, विलगता, वियोग, बिलगाव, विश्लेष, विभाजन, असंयोजन, बँटवारा।

अलबेला–1. बाँका, छैला, रंगीला, रसिक, रसिया; 2. लुभावना, सुहावना, मनोहर, चित्ताकर्षक, मनोरम, मनोरंजक।

अलसाना–सुस्ती करना, ऊँघना, तंद्रित होना, मंद होना, ठंडा पड़ना, सुस्ताना, झपकना, प्रमत्त होना, उनींदा होना, तन्द्रित होना।

अलापना–गीत गाना, गाना गाना, गायन गाना, तराना छेड़ना, स्वरकंपन करना, राग छेड़ना।

अलौलिक–1. असाधारण, अपूर्व, अद्‍भुत, लोकोत्तर, विलक्षण, विचित्र, अनूठा, अनोखा, असांसारिक, ग़ैर दुनियावी; नैतिक।

अल्प–अप्रचुर, बहुत कम, थोड़ा, नाकाफ़ी, नाममात्र को, न्यून, अत्यल्प, नहीं के बराबर, जरा-सा।

अल्पानुमान–अवमानन, न्यूनानुमान, अल्पमूल्य निरूपण, कम अंदाज़ा।

अवकाश–समय, मौक़ा, छुट्‍टी, फुर्सत, विश्राम।

अवकाश ग्रहण करना–रिटायर होना, सेवा निवृत्त होना, निवृत होना, कर्म त्याग करना, कार्य निवृत्ति ग्रहण करना, अपदस्थ होना, पदच्युत होना, पेंशन ले लेना, काम से हट जाना।

अवकाश प्राप्त–निवृत्त, कर्म विरत, अवसर प्राप्त, पेंशन प्राप्त, रिटायर्ड।

अवज्ञा–अवहेलना, अवमानना, अनादर, निरादर, तिरस्कार, अपमान।

अवनति–अधोगति, अपकर्ष, पतन, ह्रास, उतार, घटाव, गिराव।

अवमानना–अनादर करना, अपमान करना, निरादर करना, अवहेलना करना, तिरस्कार करना, उपेक्षा करना।

अवलोकन–निरीक्षण, निरूपण, प्रेक्षण, पर्यवेक्षण।

अवश्य–ज़रूर, असंशय, निश्चय ही, निःसंदेह, अनिवार्यत; लाज़िमी तौर पर।

अवस्था–आयु, उम्र, वय, दशा, हालत, स्थिति।

अविवाहिता–युवती, किशोरी, कुमारिका, कुमारी, बाला अल्पवयस्का, कन्या, कुँवारी।

अविश्वसनीय–अविश्वास्य, अयुक्त, अप्रमाणिक, जाली।

अवैध–अमान्य, नाजायज़, ग़ैर-क़ानूनी, अवैधानिक, नियम विरुद्ध, असंगत, नीति विरुद्ध।

अव्यवस्था–क्रमभंग, अनवस्था, अनियमता, अस्तव्यस्तता, अनियंत्रण, गड़बड़।

अव्यवस्थित–1. क्रमहीन, बेतरतीब, अनियमित, अस्त–व्यस्त, विपर्यस्त; 2. अटपटा, बेतुका, बेढंगा, बेक़ायदा, बे सिर-पैर का; 3. अंट-संट, अंड-बंड, उलटा-पुलटा; 4. ऊटपटाँग, ऊलजलूल, अनाप-शनाप।

अशकुन–अपशकुन, अशगुन, अशुभ, अमंगल।

अशांति–अस्थिरता, चंचलता, उतावलापन, उकताहट, आकुलता, व्याकुलता, व्यग्रता, असंतोष।

अशिक्षित–अशिष्ट, अपढ़, अनपढ़, मूर्ख, गँवार, उजड्ड, अक्खड़, जाहिल।

अशुद्ध–1. अपवित्र, दूषित, मलिन, अशुचि, सदोष, दोषयुक्त, ऐबदार; 2. ग़लत, त्रुटिपूर्ण, झूठा, मिथ्या।

अशुभ–1. अशिव, अपशकुन, अमंगल, अकल्याण, अहित, पाप; 2. अपवित्र, अशुचि, मलिन, दूषित।

अश्लील–अशिष्ट, ग्राम्य, बेशर्म, गंदा, अभद्र, कुत्सित, फूहड़, लज्जास्पद, लज्जाकर, लज्जाप्रद, बुरा, अपकीर्तिकर, ख़राब, शर्मनाक, असंस्कृत, गँवारू, भद्दा, देहाती, ओछा, कमीना, असभ्य, अविनीत, अयोग्य, अनुचित, लचर।

अश्लीलता–असभ्यता, बेहूदगी, भद्दापन, गँवारपन, अशिष्टता, बेशर्मी, अभद्रता, फूहड़पन, ओछापन, कमीनापन।

असंतोष–नाराजगी, अतृप्ति, खिन्नता, विराग, अपराग, अनुरक्ति, अभक्ति, अश्रद्धा, असन्तुष्टि।

असंभव– असंभाव्य, नामुमकिन, गैरमुमकिन।

असत्य–झूठा, मिथ्या, अवास्तविक, काल्पनिक, बनावटी, जाली, कृत्रिम, कृतक खोटा

असफलता–विफलता, असिद्धि, नाकामयाबी।

असभ्य–अशिष्ट, गँवार, उजड्ड, अभद्र, अविनीत, दुःशील, असंस्कृत, कुशील, अकुलीन, हीनाचार, असौम्य, अननुग्रही, असंस्कृत।

असभ्यता–अविनय, अशिष्टता, अभद्रता, ग्रात्यता, गँवारपन, उजड्डपन, वन्याचरण, बर्बरता, निष्ठुरता, धृष्टता, प्रगल्भता, ढिठाई, गुस्ताख़ी।

असमंजस–दुविधा, उभयसंकट, हिचक, अनिश्चय, उहापोह, कशमकश, किंकर्तव्यविमूढ़ता।

असमान–विषमरूप, विषम, विरोधी, भिन्न, असदृश, असम, अतुल्य, बेमेल।

अमानता–असादृश्य, असाम्य, वैषम्य, पार्थक्य, पृथकता, विभिन्नता, भिन्नत्व, भिन्नता, भेद, अन्तर, फ़र्क़, विषमता, विभेद, असमता, असदृशता।

असरदार–प्रभावशाली, प्रभावपूर्ण, प्रभावी, फलप्रद, प्रभावोत्पादक, ज़ोरदार।

असली–1. यथार्थ, वास्तविक, तथ्यपूर्ण, यथार्थिक, अवितथ; 2. सच्चा, खरा, असल, सत्य, तात्विक।

असहनशीलता–असहिष्णुता।

असहनीयता–सहिष्णुता, अक्षमता, अक्षन्तव्यता, अमर्षणीयता।

असहमति–आपत्ति, विरोध, एतराज़, हुज़्ज़त, नापसन्दगी।

असहाय–1. अनाथ, निःसहाय, बेकस, यतीम, बेसहारा, निराश्रित; 2. विवश, लाचार, वशीभूत, दीन, मजबूर।

असाधारण–1. अद्वितीय, अन्यतम, अनन्य, अतुल, अतुलनीय, अप्रतिम, बेजोड़, बेमिसाल, बेनजीर, लाजवाब, अनुपम, निरुपम; 2. अनूठा, अद्‌भुत, अनोखा, निराला, विचित्र, विलक्षण, अजब, अज़ीब, अज़ीबोग़रीब; 3. अपूर्व, विशिष्ट, अपने ढंग का, कमाल का, गज़ब का, लाखों में एक; 4. मूर्धन्य, धुरंधर, दिग्गज, सिद्ध, प्रसिद्ध।

असाधारणता–अपप्रकृतत्व, अपसामान्यतया, विसामान्यतया, स्तरच्युति, वैरूप्य, विलक्षणता, अस्वाभाविकता।

असावधान–1. बेपरवाह, लापरवाह, बेख़बर, गाफ़िल; 2. बेहोश, अचेत, प्रमादी।

असावधानी–1. बेपरवाही, लापरवाही, गफलत; 2. अनवधान, प्रमाद, बेहोशी।

असीम–अपरिमित, अमित, अनंत, असीमित, अपार, असंख्य, अकूत, बेहिसाब, बेहद।

असुन्दर–1. कुरूप, बदसूरत, बदशक्ल, बेडौल, भौंडा; 2. अनुपयुक्त, भद्‌दा, बेतुका, बेढब, बेढंगा।

असुर–दनुज, दैत्य, दानव, दैतेय, इंद्रारि, दितिसुत, सुरद्विष, राक्षस, निशचर, तमीचर, निशाचर।

अस्त–1. तिरोहित, अदृश्य, लुप्त; 2. नष्ट, ध्वस्त; 3. लोप, अदर्शन।

अस्तित्व–1. सत्ता, वजुद; 2. विद्यमानता, उपस्थिति, मौजूदगी।

अस्त्र-शस्त्र–हथियार, आयुध, औज़ार।

अस्थायी–1. अस्थिर, क्षणिक, क्षणभंगुर, अनित्य, नाशवान, फ़ानी; 2. सामयिक, आरज़ी, कच्चा, नापायदार, काग़ज़ी।

अस्थिर–1. विचलित, विकंपित, डाँवाडोल, डगमग; 2. चंचल, चपल, अधीर, अशांत, गतिमान, चलायमान, कंपायमान, दोलायमान; 3. अस्थायी, क्षणभंगुर, अनित्य, नाशवान।

अस्पताल–औषधालय, रुग्णालय, दवाख़ाना, उपचारगृह।

अस्पष्ट–1. अवाच्य, दुर्वाच्य, अपाठ्य, अव्यक्त, गिचपिच; 2. संदिग्ध, अनियत, अनिश्चित, अनिर्दिष्ट, गोलमाल, डाँवाडोल; 3. अतीन्द्रिय, अप्रत्यक्ष, अगोचर, अलक्ष्य, अगम्य, अविभाव्य, इंद्रियातीत, इंद्रियागोचर, धुँधला, धूमिल।

अस्वीकार करना–1. इनकार करना, मना करना, नकारना, न मानना; 2. ठुकरा देना, अनंगीकार करना, ग्रहण न करना; 3. खंडन करना, मुकर जाना, प्रत्याख्यान करना।

अस्वीकृति–अमान्य, नामंजूर, अस्वीकार, असम्मति, विरोध, नापसंदगी।

अहंकार–गर्व, अभिमान, दर्प, मद, मान, चित्त।

अहंकारी–गर्वित, अकड़ू, मगरूर, अकड़बाज़, गर्वीला, आत्माभिमानी, ठस्सेबाज़, घमंडी।

अहसान–1. उपकार, भलाई अनुग्रह; 2. कृतज्ञता, आभार।

अहितकर–अनिष्टकारी, कष्टप्रद, अशुभकारी, अमंगलकारी, अकल्याणकर।

अहीर–गोप, ग्वाल, गोपाल, यादव, अहिर, भीर।

आ - देवनागरी वर्णमाला का दूसरा वर्ण। 'अ' का दीर्घ रूप।

आँकना–अंदाज़ना, अनुमान करना, अंदाज़ा लगाना, निरखना, समझना, कूतना, आकलन करना, प्राक्कलन।

आँख–अक्ष, अक्षि, चश्म, चक्षु, नयन, नेत्र, विलोचन, लोचन, लोयन, नैन, दीदा।

आँगन–चौक, सहन, सेहन, अहाता, प्रांगण।

आँधी–अंधड़, तूफ़ान, बवंडर, चक्रवात, झंझावात।

आँसू–अश्रु, अश्क, नयनजल, नेत्रजल, नयनवारि, नयननीर, लोचन जल, टसुआ।

आँसू भरा–अश्रुपूरित, अश्रुपूर्ण।

आइसक्रीम–मेवों की बर्फ़, जल की बर्फ़, जमाई गई मिठाई, मलाई बर्फ़।

आकर्षक–चित्ताकर्षक, मोहक, विमोहक, विमोही, प्रलोभक, मनमोहक, मनोहारी, मनोहर, मुग्धकारी, सुन्दर, मनमोहक, प्रलोभनकारी, स्पर्शी, दिलचस्प, हृदयग्राही, लुभावना, दिलकश, चिन्ताहारी।

आकर्षण–सम्मोहन, खिंचाव, कशिश, दिलकशी।

आकर्षित करना–समाकर्षित करना, आकृष्ट करना, लुभाना, खींचना, मुग्ध करना, मोहना।

आकलन–प्राक्कथन, अगणन, अर्धगणन, मूल्य निरूपण, आँक, कूत, तखमीना।

आकस्मिक–अनअनुमानित, आपाती, अकारण, औपलक्षणिक, अप्रत्याशित, अचानक।

आकाश–अभ्र, व्योम, अंबर, नभ, अंतरिक्ष, गगन, अनंत, आसमान, फ़लक, फलक, महाव्योम, दिव, अर्श, नीलांचल, शून्य, मेघवेश्म, विष्णुपद, उर्ध्वलोक, खगोल, नभमंडल।

आकाश गंगा– आकाशनदी, स्वर्गनदी, मंदाकिनी, नभगंगा, सुरदीर्घिका।

आकुल–व्यग्र, व्यस्त, उद्विग्न, क्षुब्ध, उद्वेलित, विक्षुब्ध, बेचैन, अधीर, विकल, बेकल, बेसब्र, बेहाल, व्याकुल, अशांत, आर्त, अकल, आतुर, बेक़रार, बेताब, व्याप्त, दुःखित, व्यग्र, उतावला।

आकृति–1. बनावट, ढाँचा, गढ़न, अवयव, आकार, चेहरा-मोहरा, डील-डौल, नैन-नक्श; 2. मूर्ति, चित्र, अनुकृति, प्रतिकृति, प्रतिबिंब, प्रतिरूप, प्रतिमूर्ति; 3. आलेख्य, रूपरेखा।

आक्रमण–1. हमला, चढ़ाई, धावा, अभियान; 2. प्रहार, वार, आघात।

आक्षेप–1. आरोप, अभियोग, इल्ज़ाम, दोषारोपण; 2. व्यंग्य, कटुभाषण।

आख़िर–1. अंतिम, पिछला, समाप्त, खतम; 2. अंत, समाप्ति, उपसंहार; 3. नतीजा, परिणाम, फल।

आख़िरकार–अंततोगत्वा, अंततः, फलतः, परिणामतः, शेषतः।

आख्यान–कथा, कहानी, क़िस्सा, वृत्तांत, वर्णन, बयान।

आख्यायिका–उपन्यास, प्रसिद्ध कथा, लोककथा।

आग–अग्नि, दव, पावक, अनल, हुताशन, रोहिताश्‍व, उष्मा, ताप, तपन, जलन, आतिश, पांचजन्य, ज्वाला, दावानल, दावाग्नि।

आगामी–आने वाला, भविष्यत्, भविष्य।

आगे–अग्रे, अग्र, पूर्व, प्रथम, पहले, सामने, सम्मुख।

आचरण–समानुष्ठान, अनुचेष्टा, चेष्टा, चर्या, गतिविधि, व्यवहार, बर्ताव, चाल-चलन, शिष्टाचार, सदाचार।

आचार–व्यवहार, आचरण, अनुष्ठान, बर्ताव।

आचार्य–1. गुरु, अध्यापक, प्राध्यापक; 2. विज्ञ, ज्ञाता, पंडित, विद्वान।

आज्ञा–आदेश, हुक्म, फरमान, शासनादेश, निर्देश, निदेश, अनुशासन, समादेश, इजाजत, सहमति।

आज्ञाकारी–आदेशपालक, व्यवस्थाप्रिय, अनुगत, हुक्मबरदार।

आडंबर–1. बनावटी, टीमटाम, दिखावा, स्वाँग; 2. ढकोसला, पाखंड, ढोंग, प्रपंच, छल प्रपंच।

आड़–1. ओट, पर्दा, ओझल; 2. रोक, टेक, थूनी, रोध, अवरोधक, अवरोध, बाढ़, 3. शरण, आश्रय; 4. रक्षा, सुरक्षा।

आतंक–1. संत्रास, अतिभय, दहशत; 2. होहल्ला, भगदड़, कोलाहल, उपद्रव, हुड़दंग।

आत्मत्याग–आत्मपरित्याग, आत्मनिरोध, आत्मनियम, स्वार्थत्याग, इच्छा दमन, स्वार्थहोम, मन को मारना।

आत्मदर्शन–आत्मपरीक्षण, अंतरावलोकन, अंतर्निरीक्षण, अंतर्दर्शन, अंतर्दृष्टि।

आत्मसंयम–आत्मनियन्त्रण, आत्मनिग्रह, इंद्रियसंयम, जितेन्द्र।

आत्मसात करना– आत्मीकरण करना, सम्मिलित कर लेना, मिला देना।

आत्मा–1. चित्त, मन, अंतरात्मा, रुह, अंतःकरण, अंतर, अंतर्मन, हृदय; 2. जीव, जीवात्मा।

आदत–1. स्वभाव, प्रकृति; 2. टेव, बान, लत; 3. अभ्यास, रियाज़, मश्क, दोहराव, पुनरावृति।

आदरणीय–मान्य, माननीय, सम्मानीय,पूजनीय, पूज्य, श्रद्धास्पद, श्रद्धेय,पूज्यपाद।

आदरवचन–स्तुतिवाक्य, स्तुतिवचन, प्रशंसोक्ति, विनयोक्ति।

आदर्श–1. दर्पण, शीशा, आईना; 2. प्रतिमान, प्रतिरूप, मानक, नमूना।

आदि–1. प्रथम, पहला, आरंभिक; 2. आरंभ, शुरुआत; 3. इत्यादि, वगैरह; 4. मूलकारण, बुनियाद; 5. ईश्‍वर, परमात्मा।

आदी होना–आसक्त होना, लिप्त होना, अभ्यस्त होना, लत डालना, लत लगाना।

आदेश–1. आज्ञा, हुक्म, फ़रमान, अध्यादेश, निर्देश, अनुदेश, हिदायत।

आदेशात्मक–आज्ञा सम्बन्धी, अधिदेशी, अधिदेश विषयक, नियोजनीय।

आधा–अर्द्ध, अर्धांश, अद्धा।

आधार–1. नींव, जड़, मूल, बुनियाद, मानदंड, मापदंड, कसौटी, आधारशिला, आधार स्तंभ, मूल तत्व, मूल कारण, सहारा, आश्रय, अवलंब।

आधारहीन–1. निराधार, अमूल, निर्मूल, निराश्रय, भित्तिशून्य, बेबुनियाद; 2. अवास्तविक, अवास्तव, मिथ्या, बेअसल, सरासर ग़लत।

आधुनिक–अर्वाचीन, अप्राचीन, वर्तमान, नूतन, नूतनकालीन, वर्तमानकालीन, आजकल का।

आनंद–उल्लास, आह्लाद, हर्ष, मोद, प्रमोद, लुफ़्त, मज़ा, सुख।

आनंददायक–परिहासपूर्ण, हास्यात्मक, प्रमोदपूर्ण, विनोदात्मक, रसिक, आनंदी, आनंदकर, दिलचस्प, रसदायक।

आना–1. आगमन होना, पदार्पण करना, प्रवेश करना, पधारना, शुभागमन, तशरीफ़ लाना, 2. आ धमकना, आ टपकना, उपस्थित होना, हाज़िर होना।

आनाकानी–उपेक्षा, अनसुनी, कतराना, टालना, बहाना करना, बचाना, जी चुराना।

आपत्ति–दुःख, क्लेश, विपत्ति, आफ़त, आपात्, आपदा, विपदा, संकट, मुसीबत, वज्रपात, विघ्न, दोषारोपण।

आभासी–प्रतीपमान, आभासमान, भासित, प्रकाशित, बोधगम्य, द्युतिमान।

आभूषण–अलंकरण, अलंकार, भूषण, आभरण, ज़ेवर, गहना।

आमंत्रित करना–आह्वान करना, बुलाना, सभा बुलाना, संयोजन करना, संयोजित करना।

आम–1. साधारण, सामान्य, मामूली; 2. अंब, आम्र, फलश्रेष्ठ, रसाल, सहकार, कामशर, प्रियंबू।

आयु–अवस्था, जीवन, काल, वय, उम्र।

आयुधागार–शस्त्रागार, शस्त्रशाला, आयुधोद्योगशाला, शस्त्रकर्मशाला, हथियार घर।

आयुष्मान–चिरायु, शतायु, चिरंजीव, चिरंजीवी, दीर्घायु, दीर्घजीवी।

आरंभ–1. प्रारंभ, शुभारंभ, शुरू, सूत्रपात, शिलान्यास, उपक्रम, श्रीगणेश, इब्तदा, आग़ाज़, बिस्मिल्ला; 2. आविर्भाव, प्रादुर्भाव, उदय, उत्पत्ति, जन्म; 3. अथ, आदि।

आरक्षण–प्रारक्षण, रक्षण, पूर्वरक्षण, संरक्षण।

आराम–बाग़, उपवन, वाटिका, बगीचा, फुलवारी, सुख, चैन, स्वास्थ्य, चंगापन, विश्राम, शांति, राहत, क़रार, सुकून, सुविधा, ऐशोआराम।

आरोग्य–स्वास्थ्य, पुष्ट, दृढ़, तंदुरुस्त, सेहतमंद, सेहत।

आरोपित करना–थोपना, मत्थे मढ़ना, इलजाम लगाना, लांछन लगाना।

आर्थिक–वित्तीय, राजस्व सम्बन्धी, अर्थ विषयक, वित्त विषयक।

आलम–1. जगत, दुनिया, संसार, दशा, हालत, अवस्था।

आलसी–सुस्त, स्फूर्तिहीन, निकम्मा, मंद, टीला, शिथिल, श्लथ, काहिल, अनुद्योगशील, कामचोर, दीर्घसूत्री, चेष्टाहीन, अकर्मण्य, काहिल, निखट्टू, अहदी, ठलुआ, निरुद्योगी।

आलसी आदमी–तंद्रालु व्यक्ति, निरुद्योगी व्यक्ति, आलसी, अकर्मण्य व्यक्ति, काहिल आदमी, निखट्टू आदमी।

आलिंगन–प्रेमालिंगन, परिरंभण, अंकमाल, अँकवार।

आलोचना–1. समीक्षा, टीका-टिप्पणी, गुण-दोष निरूपण; 2. छिद्रान्वेषण, नुक्ताचीनी।

आवर्तमान–घूर्णी, भ्रामी, चक्रिल, चक्रावर्ती, परिभ्रामी, घूर्णमान, घूम-घूमकर चलने वाला, रोटरी।

आवश्यक–1. अपेक्षित, ज़रूरी, प्रयोजनीय; 2. अनिवार्य, अपरिहार्य, लाज़िमी, अवश्यकरणीय; 3. महत्त्वपूर्ण, अनुपेक्ष्य, सारभूत, अनुपेक्षणीय।

आवश्यकता–ज़रूरत, अपेक्षा, गरज, अनिवार्यता, अपरिहार्यता, महत्ता।

आवाज़–1. ध्वनि, शब्द, स्वर, वाणी; 2. नाद, निनाद, सुर, तान, रव; 3. सदा, पुकार।

आवारागर्दी–आवारापंथी, गुंडई, चरित्र-हीनता, शोहदापन।

आवेग–1. जोश, वेग, स्फूर्ति, उत्तेजना, मनोवेग, संवेग, सनक, उद्वेग।

आशय–अभिप्राय, तात्पर्य, मतलब, निमित्त, उद्देश्य, नीयत।

आशा– आस, उम्मीद, प्रतीक्षा, इंतज़ार।

आशान्वित–आशापूर्ण, आशामय, आशावान।

आशीर्वाद–आशीष, मंगलकामना, शुभवचन, आर्शीवचन, दुआ, शुभकामना, धन्यवाद।

आश्चर्य–अचरज, अचंभा, वैकल्य, विस्मय, कुतूहल, कौतूहल, कौतूक, हैरानी, हैरत, ताज्जुब, चमत्कार, करिश्मा, करामात, कमाल, गज़ब।

आश्चर्यचकित–विस्मित, भौचक्का, हक्का-बक्का, चकराया हुआ।

आश्रम–मठ, मुनिवास, ऋषिकुल, ऋषिवास।

आश्रय–आसरा, भरोसा, अवलंब, पनाह, प्रश्रय, सहारा, शरण।

आश्रित–अधीनस्थ, शरणागत, अधीन, निर्भर, मातहत।

आश्वासन–विश्वास, भरोसा, यकीन, निश्चय।

आसन–चौकी, सिंहासन, तख्त, आसंदी, आसनी, सीट।

आसपास–प्रत्येक दिशा में, हर तरफ़, चारों ओर, इधर-उधर, पड़ोस, नज़दीक, निकट।

आह भरना–उच्छ्वास लेना, दीर्घ निश्वास छोड़ना, ठंडी सांस लेना।

आहार–खाद्य-पदार्थ, भोज्यपदार्थ, भोजन, भक्ष्य–पदार्थ।

इ – देवनागरी वर्णमाला का तीसरा (स्वर) वर्ण। इसका उच्चारण स्थान तालू है।

इंद्र–मधवा, पुरंदर, वज्री, सूरपति, देवराज, महेन्द्र, अमरेश, अमरपति, देवेश, प्राचीपति, वज्रपाणि, सुरेश, सुरपति, सुरपाल, सुरेश्वर, मेघराज, सुरश्रेष्ठ, देवेन्द्र, देवपति।

इंद्र का पुत्र–जयंत, उपेन्द्र, ऐंद्रि।

इंद्र का वज्र–कुलिश, वज्र, पवि, अशनि, भिदुर, भेदी शतकोटि।

इंद्र का हाथी–अभ्रमातंग, गजेन्द्र, ऐरावत।

इंद्रधनुष–इन्द्रायुध, शक्रधनु, ऋजुरोहित।

इंद्रपुरी–अमरावती, देवपुरी, इंद्रलोक, देवलोक।

इंद्राणी–शची, पुलोमेंजा, इन्द्रवधू, पूतक्रतायी, माहेंद्री, जयवाहिनी, ऐंद्री, पौलोमी।

इकट्ठा–1. समवेत, संयुक्त, समन्वित; 2. एकत्र, संचित, संकलित, संग्रहीत।

इकट्ठा करना–1. सम्मिलित करना, समवेत करना, संयुक्त करना, मिलाना, जोड़ना, एक जुट करना; 2. कोषबद्ध करना, संचित करना, जमा करना, बचाना, संकलित करना, संग्रहीत करना, एकत्र करना, ढेर लगाना।

इकरार–संविदा, नियमपत्र, क़रार, सट्टा, ठेका, पट्टा, वायदा, कौल, करार, प्रतिज्ञा।

इकरार करना–संविदा करना, पट्टा लिखना, अनुबंध लिखना, ठेका करना, इकरारनामा लिखना, सट्टा लिखना, क़रार करना।

इच्छा–वांछा, चाह, मनोरथ, लालसा, अभिलाषा, उत्कंठा, ईप्सा, आकांक्षा, एषणा, कामना, मनोकामना, लिप्सा, स्पृहा, ललक, अभीप्सा, ईहा, वासना, तृष्णा, ख्वाहिश, मुराद, आरज़ू, हसरत, अरमान, मर्ज़ी, अभिरुचि, रुचि, चाव, शौक़, तलब।

इच्छुक–अभिलाषी, आतुर, चाहने वाला, आकांक्षी।

इठलाना–चोंचले करना, नखरे करना, इतराना, ऐंठना, हाव-भाव दिखाना, शान दिखाना, दिखाना, शेखी, मदांध मारना, तड़क-भड़क दिखाना, अकड़ना, मटकाना, चमकाना।

इतिहास–इतिवृत, प्राचीनकथा, पुरावृत्त, पूर्ववृत्तांत, पुराण, पूर्वकथा, अतीत कथा, पूर्ववृत।

इत्यादि–आदि, प्रभृति, वगैरह।

इनकार–अस्वीकृति, निषेध, अनंगीकरण, नकार, खंडन, प्रत्याख्यान, निवर्तन, प्रत्याख्या, अनंगीकार, अस्वीकार।

इनाम देना–पुरस्कृत करना, पारितोषित करना, पारितोषिक देना, पुरस्कार देना, बख्शीश।

इमली–अम्लिका, चिंचा।

इरादा–1. निश्चय, संकल्प, विचार; 2. अभिप्राय, प्रयोजन, आशय, उद्देश्य, हेतु, मंशा, नीयत।

ईर्द-गिर्द—मंडलाकार मार्ग में, चक्करदार रास्ते पर, घेरे में, चतुर्दिक, आपपास, चारों दिशाओं में।

इशारा—संकेत, इंगित, लक्ष्य, निर्देश।

इशारे करना—संकेत करना, इंगित करना, मौन संभाषण करना, आँखों से भाव प्रकट करना।

इष्ट—1. वांछनीय, इंच्छित, अभीष्ट, मनोवांछित, इच्छायोग्य, श्रेय, मनोनुकूल; 2. आराध्य, पूज्य, पूजित।

इसलिए—अतः, अतएव, परिणामतः, फलतः, तदनुसार, तदनुरूप, इस कारण, इस वास्ते, उसके मुताबिक।

ई

ई - देवनागरी वर्णमाला का चौथा (स्वर) वर्ण और 'इ' का दीर्घ रूप है। इसका उच्चारण स्थान तालू है। इसका प्रत्यय के समान कुछ शब्दों में लगाकर संज्ञा, विशेषण, स्त्रीलिंग आदि और भाववाचक संज्ञा, क्रिया विशेष आदि बनते हैं।

ईमानदार—सच्चा, नेकनीयत, दयानतदार, शुद्धमति, निश्छल, निष्कपट, सत्यनिष्ठ, सत्यपरायण, सदाशय, ऋजु।

ईमानदारी—यथार्थता, सच्चाई, सत्यता, निश्छलता, दयानतदारी, सत्यपरायणता।

ईर्ष्या—1. द्वेष, डाह, जलन, कुढ़न; 2. स्पर्धा, प्रतिस्पर्धा, प्रतिद्वंद्विता, लाग—डाँट; 3. मनमुटाव, मनोमालिन्य, वैमनस्य।

ईर्ष्यालु—ईर्ष्यायुक्त, स्पृहाशील, स्पृहालु, डाहीद्वेषी, विद्वेषी।

ईश्वर—ईश, परमेश्वर, परआत्मा, ब्रह्मा, सच्चिदानन्द, अलख, अगोचर, अज, अनादि, अनंत, गुणातीत, व्यापक, महेश्वर, सर्वेश्वर, प्रभु, स्वामी, परमपिता, साईं, अन्नदाता, अविनाशी, जगदीश, जगन्नाथ, दीनदयाल, देवेश, दीनबंधु, दीनानाथ, निराकार, निरंजन, भगवान, भुवनेश, विश्वनाथ, परमेश्वर, नारायण, गोविन्द, सर्वव्यापी, स्वयंभू, अल्लाह, ग़रीबनवाज़, परवरदिगार, अंतर्यामी।

उ - देवनागरी वर्णमाला का पाँचवाँ (स्वर) वर्ण है। इसका उच्चारण स्थान ओष्ठ है।

उकताना—1. चिढ़ना, खीझना; 2. ऊबना, घबराना, उकता जाना, बाज आना, आज़िज आना; 3. चिढ़ाना, खिजाना; 4. उबाना, घबरा देना, तंग करना, परेशान करना, खोपड़ी खाना।

उकसाना—उत्तेजित करना, जोश दिखाना, भड़काना, उभारना, प्रेरित करना, उत्प्रेरित करना।

उगना—उत्पन्न होना, निकलना, फूटना, उपजना, पैदा होना, अँकुराना, बढ़ना, अँकुरित होना।

उग्रता—उग्रत्व, प्रचंडता, प्रबलता, रौद्रता, उद्दंडता।

उचटना—उखड़ना, टूटना, बिचलना, बिखरना, खिन्न होना, उचाट होना, बिचलित होना, उदास होना।

उचित—युक्त, ग्राह्य, श्रेयस्कर, योग्य, अनुकूल, सटीक, संगत, मुनासिब, वाज़िब, जायज़, समीचीन, सम्यक, सही, अच्छा, ठीक, तर्कसम्मत, उपयुक्त।

उजड्ड—ढीठ, अक्खड़, असभ्य, अशिष्ट, गँवार, असंस्कृत, अविनीत, अभद्र।

उजाड़—1. वीरान, सुनसान, वियाबान; 2. गिरा पड़ा, टूटा—फूटा, ध्वस्त।

उजाला—प्रकाश, रोशनी, दीप्ति, द्योत, प्रभा, विभा, आलोक, तेज़, ओज।

उड़ान—उड्डयन, उत्पतन।

उतार—1. अवरोहण, अवरोहन, अधोगमन।

उतारना—1. नीचे लाना, नीचे रखना; 2. पार पहुंचाना, पार लगाना।

उतावला—जल्दबाज़, हड़बड़िया, व्यग्र, व्याकुल, आतुर, अधीर, अशांत, असहिष्णु, अतिउत्सुक।

उतावलापन—अधीरता, व्यग्रता, व्याकुलता, अधैर्य, उत्सुकता, अशांति, आतुरता, जल्दबाज़ी।

उत्कंठा—लालसा, चाव, उत्सुकता, औत्सुक्य, चाह, आकुलेच्छा, प्रबलेच्छा।

उत्कंठित—उन्मन, अभिलषित, इच्छित, अभीच्छित, वांछित, प्रेच्छित।

उत्तम—1. श्रेष्ठ, उत्कृष्ट, प्रकृष्ट, विशिष्ट; 2. ललित, रुचिर, चारू, कांत, पवित्र, शोभायुक्त, शोभित, मनोरम, मंजु, मंजुल, सुदेश, श्रेष्ठ, सुहावन, सुन्दर, रुचिकर, सरस।

उत्तर—1. प्रत्युत्तर, जवाब्र; 2. पिछला, बाद का, पीछे; 3. उदीची, वामवर्ती।

उत्तेजित—उत्साहित, प्रोत्साहित, प्रेरित, जोश में, उद्दीपित।

उत्थान—उत्क्रमण, आरोह, आरोहण, ऊर्ध्वगमन, उद्गमन, उपरिगमन, उत्कर्ष, चढ़ाव, उठाव, उभार, प्रगति।

उत्पत्ति—1. उद्भव, व्युत्पति, जन्म, आविर्भाव, प्रादुर्भाव, पैदाइश, सृष्टि, उदय; 2. प्रारम्भ, शुरू, आरंभ, शुरुआत।

उत्पात—1. उपद्रव, बखेड़ा, हुल्लड़, दंगा—फ़साद, हंगामा, टंटा,ऊधम 2. अशुभ, अमंगल, विघ्न।

उत्सव—समारोह, ज़श्न, त्योहार, पर्व, मंगलकार्य, जलसा, आनंद।

उत्साह—उमंग, उछाह, जोश, हौसला, जोश-खरोश, उबाल, उद्यम, अध्यवसाय।

उथल-पुथल—क्रांति, विप्लव, परिवर्तन, इन्कलाब, हेर—फेर, रद्दोबदल।

उदार—1. सरल, सीधा, फ़राख़दिल, दरियादिल, विनीत, शिष्ट, उदारचित्त, उदारचेता, सहृदय, विशाल हृदय, सज्जन, महामना, सदाशय, महाशय, दाता, दानी, उदारशील।

उदारता—सहृदयता, दयालुता, दानशीलता, दरियादिली, फ़राख़दिली, विशालहृदयता।

उदास—अन्यमनस्क, विमनस्क, म्लान, अनमना, खिन्न, उचाट, निरुत्साहित, विरक्त, ग़मगीन, उद्विग्न, म्लान, खिन्न, चिंताकुल।

उदासी—विषाद, म्लानता, खिन्नता, उद्वेग, अवसाद, ग्लानि, नैराश्य।

उदासीनता—अनमना, उदास, विमुख, विरक्ति, विराग, तटस्थ, निष्पक्ष।

उदाहरण—दृष्टान्त, मिसाल, कथा—प्रसंग, नज़ीर, नमूना।

उद्गम—मूल, उद्भव, निकास, आरंभ, उत्पत्ति, स्रोत, जन्म।

उद्घाटन—विगोपन, अनावृत्ति, समारंभ, श्रीगणेश, अभिमुखीकरण।

उद्देश्य—1. लक्ष्य, ध्येय, साधन, इष्ट, निमित्त, नीयत, मंशा, मक़सद, हेतु, प्रयोजन, अभीष्ट; 2. तात्पर्य, मतलब, अभिप्राय, प्रयोजन, अर्थ।

उद्धार—1. मुक्ति, छुटकारा, निस्तार, त्राण, परित्राण, विमुक्ति, बचाव, मोक्षण।

उद्धारक—तारक, उद्धारकर्त्ता, मोक्षदाता, मुक्तिदाता।

उद्यम—1. उद्योग, यत्न, प्रयत्न, प्रयास, कोशिश; 2. मेहनत, श्रम, परिश्रम, पुरुषार्थ, अध्यवसाय, व्यवसाय, व्यापार, उद्योग धंधा।

उद्यमी—कर्मठ, क्रियाशील, यत्नशील, उद्योगशील, उद्योगी, परिश्रमी, मेहनती, अध्यवसायी, कर्मठ।

उद्योगी—श्रमजीवी, सक्रिय, कार्यवाहक, कार्यकारी, कर्मकारी, कार्यशील, पुरुषार्थी।

उधार—ऋण, क़र्ज़।

उन्नतशील—आरोही, उदीयमान।

उन्नति—उत्थान, विकास, प्रगति, तरक़्क़ी, बढ़ती, अभिवृद्धि, उदय, अभ्युदय, प्रवर्द्धन, प्रसार, श्रीवृद्धि, उरूज, बढ़ोत्तरी, वृद्धि, समद्धि, उत्कर्ष, चढ़ाव।

उन्माद—पागलपन, विक्षिप्त, सनक, जुनून, दीवानापन, खब्त।

उपकरण—वैज्ञानिक यंत्रादि, यंत्र, उपस्कर, सामान, औज़ार।

उपकार—भलाई, नेकी, उद्धार, अच्छाई, परोपकार, कल्याण, अहसान, आभार।

उपचार—चिकित्सा, इलाज़, उपाय।

उपचारिका—परिचारिका, चारिका, सेविका।

उपज—1. शस्य, कृषिफल, पैदावार, फ़सल, संग्रहीत शस्य; 2. नवोन्मेष, सूझ।

उपजाऊ—उर्वर, उर्वरा, जरखेज, फलप्रद।

उपदेश—1. शिक्षा, सीख, नसीहत; 2. दीक्षा, गुरुमंत्र।

उपमा—समानता, तुलना, साम्य, सादृश्य।

उपयुक्त—अनुकूल, माकूल, मुनासिब, युक्तिसंगत, योग्य।

उपयोग—प्रयोग, व्यवहार, प्रयोजन, उपभोग, काम में लाना, काम लेना, बरतना, इस्तेमाल।

उपयोगिता—लाभकारिता, लाभप्रदता लाभदायकता, अर्थकरता, हितकरता, उपयुक्तता, उपादेयता।

उपयोगी—1. उपादेय, कारगर, कार्यसाधक, उपयुक्त, व्यावहारिक, काम का, फायदेमंद, सुविधाजनक, कार्यकर; 2. लाभप्रद, लाभदायक, मुफ़ीद, फलप्रद, हितकर।

उपवन—उद्यान, बाग़, बगीचा, वाटिका, पुष्पोद्यान, फुलवारी, पुष्पवाटिका, गुलशन, गुलिस्तान, चमन।

उपवास—लंघन, निराहार, व्रत, फ़ाका।

उपस्थित—विद्यमान, प्रस्तुत, मौजूद, हाज़िर, वर्तमान समुपस्थित।

उपहार—भेंट, तोहफ़ा, सौगात, पुरस्कार, नजराना, नज़र।

उपाय—तदबीर, चेष्टा, कोशिश, प्रयत्न, तरकीब, यत्न, तरीक़ा, साधन, युक्ति, उपचार, विधि, जुगत, ढंग, पद्धति।

उपासना—1. सेवा, परिचर्या; 2. आराधना, चिंतन, पूजन, ध्यान, अर्जन, अर्चना, भक्ति।

उपेक्षा—1. उदासीनता, लापरवाही, विरक्ति; 2. अनादर, तिरस्कार, अवहेलना, अवज्ञा, अवमानना, निरादर, अपमान।

उपेक्षा करना—ध्यान न देना, सुनी अनसुनी कर देना, दृष्टि फेर लेना, मुँह मोड़ लेना, अवज्ञा करना, अनादर करना, अपमान करना, उदासीनता दिखाना, उपहास करना, अवहेलना करना, महत्त्व न देना।

उफनना—खौलना, उबलना, गरमा जाना, उफ़ान आना, उबाल आना, जोश में आना।

उमर—उम्र, वय, अवस्था, आयु, जीवनकाल, वयस।

उम्मीदवार—प्रत्याशी, आकांक्षी, आशा करने वाला, प्रार्थी, अभ्यर्थी, परीक्षार्थी, अभिलाषी।

उलझन—1. दुविधा, अनिश्चय, असमंजस; 2. पेंच, गाँठ, फँसाव, भँवरजाल, जंजाल, चक्कर।

उलझाना—1. दुविधा में डालना, असमंजस में डालना, भ्रमित करना, भ्रम में डालना, सम्भ्रम करना, विभ्रम करना, विस्मित करना; 2. जटिल बनाना, क्लिष्ट बनाना, पेचीदा बनाना, दुरुह बनाना, कठिन बनाना, मुश्किल बनाना; 3. लिपटाना, फँसाना।

उलटा—विपरीत, प्रतिकूल, विरुद्ध, ख़िलाफ़, औंधा।

उल्लंघन—1. विरोध, अवमानना, उपेक्षा, तिरस्कार; 2. अतिक्रमण।

उल्लास—हर्ष, आनंद, आह्लाद, परमानंद, अत्यानंद, प्रमोद, रंगरेली, खुशी।

उल्लू—घुग्घू, उलूक, लक्ष्मी वाहन, मूर्ख, बेवकूफ, उलूक़, चुगद।

उल्लेख करना—चर्चा करना, वर्णन करना, ज़िक्र करना, बयान करना, कहना।

उस्तादी—दक्षता, कुशलता, निपुणता, प्रवीणता, होशियारी।

ऊ - देवनागरी वर्णमाला का छठा (स्वर) वर्ण है। इसका उच्चारण स्थान ओष्ठ है। यह 'उ' का दीर्घ रूप है। कहीं-कहीं यह अव्यय के रूप में भी और सर्वनाम के रूप में वह के अर्थ में प्रयुक्त होता है।

ऊँघ—तंद्रा, अर्द्ध-निद्रा, झपकी, ऊँघाई।

ऊँघना—झपकी लेना, तंद्रिल होना, तंद्राभिभूत होना, अलसाना, सुस्त पड़ना, पलक मारना, निद्रालु होना, अर्द्धनिद्रित होना, औंघाना, झपकी।

ऊँचा—उच्च, ऊर्ध्व, उत्तुंग, उत्ताल, उन्नत, बुलन्द, ऊपर, शीर्षस्थ, गगनचुम्बी, उच्च कोटि का, बढ़िया, अच्छा, चोटी का।

ऊँचाई—बुलंदी, उठान, उच्चता, तुंगता, बुलन्दी।

ऊँचा करना—उन्नत करना, उत्थित करना, ऊपर उठाना।

ऊधम—उत्पात, उपद्रव, दंगा, फ़साद, हुल्लड़, हंगामा, होहल्ला, धमाचौकड़ी।

ऊल-जलूल—अव्यवस्थित, बेढंगा, बेतुका, बेमेल, अक्रमिक, अविचारित, अस्तव्यस्त।

ऊषाकाल—प्रातःकाल, सवेरा, तड़का, अरुणोदय, प्रभात, प्रातः, उदयकाल, सुबह, अमृतबेला, सूर्योदय।

ऊष्मा—तपन, गरमी, ताप, जलन।

ऊसर—अनुर्वर, अनुपजाऊ, बंजर, वंध्या, भूमि।

ऋ - देवनागरी वर्णमाला का सातवाँ (स्वर) वर्ण है। इसका उच्चारण स्थान मूर्धा है।

ऋण–उधार, क़र्ज़।

ऋणी–क़र्ज़दार, देनदार।

ऋतु–1. रुत, मौसम; 2. मासिक धर्म, रजःस्राव।

ऋद्धि–बढ़ती, समृद्धि, सफलता, संपन्नता, वृद्धि।

ऋषि–मुनि, मनीषी, साधु, मन्त्र द्रष्टा, तपस्वी, महात्मा, योगी, सूक्तद्रष्टा।

ए - देवनागरी वर्णमाला का 11वाँ, ऋ, लृ, को छोड़ने पर 8वाँ (स्वर) वर्ण है। इसका उच्चारण स्थान कंठ व तालू है। 'ए' स्वर वर्ण अ और इ के योग से बनता है।

एक करना–एकीकरण करना, सम्मिलित करना, मिलाना, जोड़ना, संघटित करना, संगठन बनाना।

एकता–मेल, मेलजोल, मेलमिलाप, संगठन, संघ, समानता, बराबरी, सामंजस्य, समन्वय, एकरूपता, एकसूत्रता, एकत्व, संश्रय, सद्भाव, सुमति।

एकरूप–समरूप, तुल्यरूप, अभिन्न, अनुरूप, समानता, सादृश्य, अभेद।

एकांत–निर्जन, सूना, शांत, शून्य, सुनसान, अकेला, एकाकी, तनहा, वीरान, विथावान।

एकांतप्रेमी–एकांतिक, एकांतप्रिय, लज्जालु, लज्जाशील, संकोची, शर्मीला।

एकांतवास–निर्जनवास, गुप्तावास, विजनवास।

एकाग्रता–दत्तचित्तता, लगन शीलता, तन्मयता, तल्लीनता।

ऐ - देवनागरी वर्णमाला का 12वाँ, ऋ, लृ, को छोड़कर 9वाँ (स्वर) वर्ण है। इसका उच्चारण स्थान कंठ व तालू है।

ऐंठन–ऐंठ, मरोड़, बल, तनाव, अकड़, गर्व, घमंड, कुटिल भाव।

ऐंठना–उमेठना, मरोड़ना, इतराना, अकड़ना, शेखी बघारना।

ऐंद्रिक–ऐंद्रिय, इन्द्रियगत, इंद्रिय विषयक, इंद्रियजनित, इंद्रियजन्य।

ऐच्छिक–स्वैच्छिक, वैकल्पिक, इच्छानुसारी।

ऐबी–बुरा, खोटा, दुष्ट, अवगुण, खराबी, गलती, खामी, त्रुटि।

ऐयाश–कामी, कामुक, भोगी, लम्पट, विलासी, विषयी, भोगनिरत, विषयासंक्त, कामाचारी, व्यभिचारी।

ऐयाशी–काम, कामचारिता, विलासता, भोग, विषयासक्ति, इंद्रियलोलुपता।

ऐश–1. सुख, चैन, आराम; 2. ऐयाशी, विलास, भोग-विलास, व्याभिचार।

ऐश्वर्य–1. धन-सम्पत्ति, विभूति, वैभव, समृद्धि, सम्पन्नता, ऋद्धि-सिद्धि।

ओ - देवनागरी वर्णमाला का 13वाँ, ऋ, लृ, लॄ को छोड़कर 10वाँ (स्वर) वर्ण है। इसका उच्चारण स्थान कंठ व तालू है। यह अ+उ के मेल से बना है।

ओंकार—प्रणव, बीज-मंत्र, वेदमाता, ओउम्।

ओंठ—अधर, ओष्ठ, होंठ, रदनच्छद, लब।

ओखली—उलूखल, ऊखल।

ओछा—अधम, नीच, तुच्छ, कमीना, क्षुद्र, छिछोरा, नगण्य, बुरा, खोटा, छिछला, उथला, घटिया, हलका।

ओज—बल, ज़ोर, ताक़त, दम, शक्ति, सामर्थ्य, बलबूता, पराक्रम, पौरुष।

ओजस्वी—बलवान, बलशाली, बलिष्ठ, पराक्रमी, ज़ोरावर, ताक़तवर, शक्तिशाली, शक्तिमान, ज़ोरदार, सशक्त, सबल, वीर्यवान, कांतिवान, दीप्तिमान, तेजस्वी।

ओझल—अदृश्य, अंतर्धान, तिरोहित, लुप्त, छिपा हुआ, गायब, विलुप्त।

ओझाई—अभिचार, पिशाचविद्या, श्मशानतंत्र, इंद्रजाल, मन्त्र, जादू, टोना।

ओट—आड़, परदा, छिपाव, दुराव।

ओढ़ना—पहनना, धारण करना, लपेटना, ढकना।

ओर—दिशा, तरफ़, पक्ष, किनारा, छोर, सिरा, अन्त।

ओला—करका, बिनौरी, तुहिन, हिमोपल, जलमूर्तिका।

ओस—तुषार, तुहिन, निशाजल, शीत, तुहिन कण, नीहार, नीहार कण।

औ - देवनागरी वर्णमाला का 14वाँ, ऋ, लृ, लॄ को छोड़कर 11वाँ (स्वर) वर्ण है। इसका उच्चारण स्थान कंठोष्ठ है। यह अ+ओ के मेल से बना है।

औज़ार—उपकरण, यंत्र, हथियार।

और—1. दूसरा, भिन्न, अन्य, पराया; 2. अधिक, ज़्यादा; 3. एवं, तथा व; 4. के साथ, के अतिरिक्त, के साथ-साथ।

औषधालय—1. चिकित्सालय, अस्पताल, हस्पताल, चिकित्सा भवन; 2. दवाख़ाना, शफ़ाख़ाना।

क - देवनागरी वर्णमाला का पहला (व्यंजन) वर्ण है। इसका उच्चारण स्थान कंठ है।

कंकड़—कण, रोड़ा, गिट्टी, बटिया, गुटिका, काँकर।

कंगाल—कंगला, निर्धन, ग़रीब, दरिद्र, निराश्रित, निराश्रय, भुक्खड़, दीन, अनाथ, रंक, मुफ़लिस, मुहताज।

कंचन—1. सुवर्ण, स्वर्ण, सोना; 2. धन, सम्पत्ति, ऐश्वर्य, 3. नीरोग, स्वस्थ; 4. स्वच्छ, साफ़, निर्मल; 5. सुन्दर, मनोहर, मनोरम, आकर्षक, अकिंचन।

कंजूस—सूम, कृपण, खबीस, मक्खीचूस, अनुदार।

कंदरा—गुफ़ा, बिल, खोह, गुहा, माँद, विवर, कुहर, गर्त।

कक्ष—घर, कमरा, दर्जा, श्रेणी, बगल, काँख।

कच्चा—अपक्व, अनपका, अपरिपक्व, कमज़ोर, अनभ्यस्त, अप्रमाणिक।

कछुआ—कूर्म, कमठ, कच्छप, कच्छ।

कटाक्ष—1. तिरछी नज़र, चितवन; 2. व्यंग्य, आक्षेप, छींटाकशी, तंज।

कटु—1.कड़वा, तीखा, तेज, तीक्ष्ण; 2. कर्कश, कड़ा, रुक्ष, शुष्क, व्यंग्यपूर्ण, उपहासपूर्ण।

कट्टर—धर्मोन्मत्त, धर्मांध, मतान्ध, उन्मत्त, हठधर्मी, असहनशील, असहिष्णु।

कट्टरता—हठधर्मिता, कट्टरपन, धर्मान्धता, धर्मोन्माद, मतान्धता।

कठिन—कड़ा, कठोर, दृढ़, सख़्त, दुष्कर, दुस्साध्य, कष्टसाध्य, क्लिष्ट, गूढ़, दुर्गम, दुर्लभ, दूभर, पेचीदा, प्रचंड, विकट, विकराल, दुशवार, मुश्किल, मुहाल, दुरूह, जटिल, टेढ़ी खीर, दुर्जेय, भारी।

कठोरता—1. निर्दयता, कर्कशता, निष्ठुरता, निर्ममता, दयाहीनता, हृदयहीनता; 2. कड़ापन, कठिनता, सख़्ती।

कड़ा—1. उग्र, कर्कश, प्रचंड, तीव्र, तीक्ष्ण; 2. दुष्कर, चुस्त, अनम्य, अनमनीय, रूखा, तगड़ा, दृढ़, तनाव, सख़्त, ठोस, कठोर, वलम; 3. कंगन, चूड़ा, वलय।

कड़ाई—कर्कशता, निर्दयता, निष्ठुरता, क्रूरता, रूखापन, रुक्षता, सख़्ती।

मुसीबत—दुःखद घटना, त्रासदी, दुखान्तिका, दारुण मुसीबत, घोर संकट, भारी विपत्ति।

कण—ज़र्रा, कन, कणिका, कनी, अणु, परमाणु, बूँद।

कतार—पंक्ति, माला मालिका, सिलसिला, श्रेणी, शृंखला, झुंड, समूह, दल, जत्था, ढेर।

कतिपय—कितने ही, कई, कुछ, कुछ एक, थोड़े से।

कथन—1. कहना, बोलना; 2. वक्तव्य, बयान, मत, विचार; 3. उक्ति।

कन्या—युवती, किशोरी, कुमारिका, कुमारी, बाला, बालिका, नारी, अविवाहिता लड़की।

कपट—छद्म, छल, दंभ, पाखंड, षड्यंत्र, धोखा, चकमा, झाँसा, दगाबाज़ी, मक्कारी, धूर्तता।

कपटी–धूर्त, धोखबाज़, चालबाज़, पाखंडी, काइयाँ, मक्कार, रंगासियार, छली, फ़रेबी।

कपड़ा–वस्त्र, पहनावा, पोशाक, चीर, पट, वसन।

कपाट–किवाड़, पट, द्वार, पल्ला।

कबूतर–कपोत, परेवा, पारावत।

कब्ज़ा–अधिकार, अधिग्रहण, आधिपत्य, प्रभुत्व, स्वत्व, स्वामित्व, अधिकारिता, दख़ल, अधिकार।

कब्र–मज़ार, समाधि, मकबरा।

कभी-कभी–कदाचित, यदा-कदा, विरले, बहुत कम, जब-तब।

कमख़र्ची–मितव्यय, मितव्ययिता, किफ़ायत।

कमज़ोर–1. निर्बलता, दुर्बल, दौर्बल्य, अशक्तता, क्षीणता, जीर्णता, अशक्ति, शक्तिहीन।

कमर कसना–कमर बाँधना, तैयार हो जाना, काम पर टूट पड़ना, प्रारंभ करना।

कमल–अब्ज, अम्बुज, कुंज, कंज, कँवल, कुमुद, राजीव, पुंडरीक, कोकनद, नलिन, जलज,पद्म, सरोज, सरसिज, नीरज, पंकजन्य, पंकज, इंदीवर, महोत्पल, उत्पल, मकरंदी।

कमाना–अर्जित करना, धनोपार्जन करना, धनार्जन करना, उपार्जन करना, अर्जन करना, पाना, आमद, आमदनी, आय, पैदा।

कमाल–परिपूर्णता, निपुणता, कुशलता, आश्चर्य, ताज्जुब, अद्भुत।

कमी–1. न्यूनता, अल्पता, अभाव, तंगी, घटाव, लघुत्ब, अवनति, किल्लत; 2. घाटा, हानि, नुक़सान, टोटा।

कमीना–ओछा, नीच, क्षुद्र, मक्कार, अधम, मंद, निकृष्ट, घटिया, बदजात।

कर–1. हाथ, पाणि; 2. महसूल, शुल्क, टैक्स।

करतूत–1. कर्म, करनी, काम, करतब; 2. कुकर्म, दुष्कर्म।

करनी–1. कर्म, कार्य, काम, कृति, कृत्य, करतूतं, कारनामा; 2. कुकर्म, दुष्कर्म।

कराह–आर्तनाद, चीख, दर्द, भरी आवाज़, परिवेदना, करुण चीत्कार, वेदना।

कराहना–आर्तनाद करना, पीड़ा से चीखना।

करीना–1. क्रम, व्यवस्था, तरतीब; 2. ढंग, तरीक़ा।

करीब–1. निकट, पास, आसपास, अदूर, निकटवर्ती, समीपस्थ, समीप, लगभग।

करुण–मर्मभेदी, मर्मस्पर्शी, दयनीय, हृदयस्पर्श, हृदयग्राही, करुणात्मक, अनुकम्प्य, दर्दभरा, हृदयविदारक।

कर्कश–कड़ा, कठोर, अक्खड़, रूखा, परुष, सख्त।

कर्ण–1. राधेय, अर्कनंदन, सूर्यसुत, सूतपुत्र, अंगराज; 2. कान, श्रुति।

कर्तव्य–करने योग्य, कार्य, काम, फर्ज़, धर्म, कर्म, क्रिया, कृति, कृत, कृत्य, कृत्यकर्म, जिम्मेवारी, दायित्व।

कर्मठ–नियमनिष्ठा, कर्मपरायण, नियमी, नियमाग्रह, उद्यमी, उद्योगशील, उद्योगपरायण।

कलंक–दोष, दाग़, लाँछन, अपवाद, अवक्षेप, तोहमत, धब्बा, आरोप, दोषारोप, अवशंसा, अपराध।

कलंकित–दूषित, दोषारोपित, लाँछित, आरोपित, दाग़दार, भ्रष्ट, विकृत, ख़राब।

कलई–1. सफ़ेदी, चूना; 2. कली, रांगा; 3. चमक–दमक, तड़क–भड़क, दिखावट, बनावट; 4. रहस्य, भेद, पोल, गुप्त बात।

कला–1. अंश, भाग, मात्रा; 2. कौशल, फ़न, हुनर, युक्ति, करतब; 3. तेज़, शोभा, छटा, विभूति; 4. प्रभा, ज्योति, किरण; 5.कौतुक, खेल, लीला।

कलाकार–1. कारीगर, शिल्पकार, कलामर्मज्ञ, कलाविज्ञ, कलाविद्, कलाप्रेमी, कलापारखी, शिल्पी, कलाकुशल; 2. अभिनेता, नट।

कली–मुकुलित, पुष्प, कलिका, कोरक, मुकुल, गुंचा, कोढ़ी, शिगूफा।

कल्पना–1. उद्भावना, अनुमान, धारणा, अटकल, अंदाज़ा; 2. मनगढ़ंत रचना।

कल्पवृक्ष–कल्पतरु, कल्पद्रुम, कल्पलता, कामतरु, पारिजात, सुरतरू।

कल्याण–मंगल, भलाई, शुभ, हित, अच्छा, भला, हितकर।

कवच–1. आवरण; 2. तनुत्राण, तनुत्र, तनुवार, शरीरत्राण, उरस्त्राण, ज़िरह-बख़्तर, अँगरी, वक्षस्त्राण, बख्तर, सन्नाह।

कवि–पंडित, कोविद, सुधी, काव्यप्रणेता, शायर।

कसक–टीस, साल, दर्द, पीड़ा, दुःख।

कसरत–व्यायाम, कवायद, शारीरिक प्रशिक्षण।

कहानी–कथा, कथानक, गाथा, उपाख्यान, आख्यायिका, आख्यान, क़िस्सा, दास्तान, अफ़साना, वृत्तांत, हाल, गल्प।

कहानीकार–कथाकार, आख्याता, उपन्यासकार, गल्पकार अफसानानिगार।

कहावत–लोकोक्ति, नीतिवचन, सूक्ति, संक्षिप्त कथन, संक्षिप्त, अर्थपूर्ण, मसल, कहनौत ।

कहासुनी–वाग्युद्ध, विवाद, झगड़ा।

काँटा–कंटक, शूल, खार, तराजू, तुला।

काजल–अंजन, सुरमा, कालिख, कलिमा।

कान–कर्ण, श्रवण, श्रुति, श्रवणेन्द्रिय।

क़ानून–विधि, अधिनियम, नियम, राजनियम।

काफ़ी–पर्याप्त, यथेष्ट, पूरा, बहुत, उपयुक्त, प्रचुर, प्रभूत, समुचित, ।

काम–1. कामना, वासना, चाह, तृषा, प्यास, आकांक्षा, अभिलाषा, इच्छा, मनोरथ; 2. कार्य, कर्म, कर्त्तव्य; 3. प्रयोजन, उद्देश्य, मतलब, गर्ज़; 4. उपयोग, व्यवहार, इस्तेमाल; 5. कारोबार, व्यवसाय, रोज़गार; 6. कारीगरी, रचना, बनावट, दस्तकारी; 7. क्रिया, कृत, कृत्य, संकार्य।

कामकाजी–कर्मण्य, क्रियाशील, सक्रिय, कर्मठ।

कामचोर–निष्क्रिय, निकम्मा, आलसी, सुस्त, अकर्मण्य, काहिल, निठल्ला।

कामदेव–अनंग, स्मर, अदेह, बसंत सखा, कुसुमवाण, कुसुमशर, पुष्पध्वज, पंचभूत, पुष्पकेतु, मकरपति, मदन, मनोज, सारंग, मकरध्वज, रतिपति, काम, मनोभव, मकरकेतु, पुष्पचाप, मदन, मनाथ, रतिनायक।

कामधेनु–सुरधेनु, कामदुहा, सुरसुरभी, सुरभि।

कामना–स्पृहा, ईहा, वाँछा, आकांक्षा, अभिलाषा, मनोरथ, इच्छा, चाह, अभीष्ट, अभिप्सित।

कामाचारी–स्वैरी, स्वैर, स्वच्छंद, चपल, लोल, तरंगी, लहरी, मौजी, लंपट, व्यभिचारी।

कामातुर–कामुक, कामासक्त, कामांध, विषयी, भोगी, भोगासक्त, कामी, कुव्यसनी, विषयासक्त, स्वैरी, दुराचारी, लंपट, व्यभिचारी, असंयमी, स्वेच्छाचारी।

कामी—कामार्त, कामातुर, मदोन्मत्त, मस्त, कामुक।

कामुकता—विषयासक्ति, कामातुर, कामांध, लैंगिगक्षुधा, ऐन्द्रिक, इंद्रिय–पिपासा, व्यभिचारिता, भोगासक्त, दुर्व्यसन।

क़ायदा—तरीक़ा, ढंग, रीति, विधि, नियम।

कायर—डरपोक, भीरु, बुजदिल, कातर।

कायरता—भीरुता, साहसहीनता, बुजदिली, डरपोकपन।

कायाकल्प करना—नवजीवन देना, जवान बनाना, तरुण बनाना।

कारगर—सफल, प्रभावी, कार्यसाधक, गुणकारी, असरदार, प्रभावकारी।

कारण—वज़ह, हेतु, निमित्त, उद्‌देश्य, अभिप्रायः, अर्थ, मतलब, प्रयोजन, आदि, मूल, साधन।

कारागार—कारावास, बंदीगृह, जेलख़ाना, यातनागृह, कारागृह, कैदख़ाना, हवालात।

कारोबार—व्यवसाय, व्यापार, तिजारत, सौदागरी।

कार्य—कृत्य, कर्म, काज, कृत, क्रिया, प्रक्रिया, कार्यवाही, काम, धंधा, पेशा, समय।

कार्यकाल—सत्र, अवधि, पदावधि।

काल—समय, वक़्त, अंत, मृत्यु, मौत, यमदूत, यमराज।

काशी—शिवपुरी, विश्वनाथपुरी, वाराणसी, बनारस।

काश्तकार—किसान, कृषक, खेतिहर, हलजीवी।

किताब—पुस्तक, ग्रन्थ, पोथी।

किनारा—छोर, तीर, तट, कूल, पुलिन, वेलाभूमि, कगार, साहिल, आंचल, बगल, सिरा।

किरण—अंशु, रश्मि, द्युति, मरीचि, किरन।

किला—दुर्ग, गढ़, गढ़ी, कोट, शहरपनाह।

किवाड़—कपाट, द्वार, पल्ला, दरवाज़ा, फाटक।

कीचड़—कीच, पंक, कीचा, गारा।

कीर्ति—ख्याति, यश, बड़ाई, प्रसाद, दीप्ति, पुण्य, नाम, प्रसिद्ध, शोहरत, प्रतिष्ठा।

कुआँ—कुवाँ, इनारा, जलाम्बिका, कूप।

कुंठा—संकोच, लाज, शर्म, झेंप, मंदता, जड़ता, हीनता, अवरोध, गतिहीनता।

कुंठित—कुंद, मंद, जड़, हीन, अवरुद्ध, गतिहीन, संकुचित, लजीला, झेंपू।

कुटिल—वक्र, टेढ़ा, तिरछा, बाँका, कपटी, छली, शठ, खल, दुष्ट, दगाबाज़।

कुतूहल—आश्चर्य, अचम्भा, अजूबा, इच्छा, उत्कंठा, अभिलाषा, कौतुक, क्रीड़ा।

कुत्ता—कुक्कुर, श्वान, शुनि, कूकुर, मृगारि, सारमेय।

कुत्सित—नीच, अधम, गर्हित, निकृष्ट, निंदित, बुरा, ख़राब।

कुबेर—यक्षराज, धनद, धनेश, धनपति, धनपाल, धनदेव, अर्थपति, देवकोषाध्यक्ष, धननाथ।

कुमार—1. पुत्र, बेटा, लड़का, आत्मज; 2. युवराज, राजकुमार, शहज़ादा, अविवाहित, कुँवारा।

कुमारी—अविवाहिता, कुँवारी, लड़की, कन्या।

कुमुद—कोई, मोदिनी, नलिनी, इंदुकमल, पदमिनी।

कुरूप—बदसूरत, बेडौल, भद्‌दा, असुन्दर, बदशक्ल, कुडौल, कुत्सित, कुगठित, विद्रूप, बेदंगा।

कुल—1. वंश, घराना, खानदान, जाति, कुटुंब, कौम, गौत्र; 2. समस्त, तमाम, सम्पूर्ण, पूर्ण, समग्र, सकल, सर्व, सारा, पूरा, समूचा।

कुलीन—शिष्ट, अभिजात, आर्य, उच्चवर्गीय, प्रतिष्ठित, सम्मानित।

कुशल—1. मंगल, शिव, कल्याण, खैरियत, भलाई, राजीखुशी; 2. चतुर, दक्ष, प्रवीण, निपुण, श्रेष्ठ, अच्छा, भला, पुण्यशील।

कूटनीति—कूटयुक्ति, कूटचाल, छलबल, घात, दाँवपेंच।

कूल—तट, किनारा, छोर, तीर, समीप, पास, निकट।

कृतज्ञ—आभारी, उपकृत, अनुगृहीत, कृतार्थ, अहसानमंद, शुक्रगुज़ार।

कृतज्ञता—आभार, अनुग्रहीतता, एहसानमंदी।

कृतार्थ—उपकृत, कृतकृत्य, धन्य, सार्थक, सफल, सफल मनोरथ, सफल काम, चरितार्थ, फालितार्थ।

कृत्रिम—बनावटी, दिखावटी, प्रदर्शनपूर्ण, नकली, अवास्तविक, झूठा।

कृपा—अनुग्रह, अनुकंपा, मेहरबानी, इनायत, फ़जल, करम, करुणा, नरमी, सहानुभूति, सुजनता, दया, रहमत।

कृष्ण—श्याम, साँवले, नंदनंदन, जनार्दन, यदुनंदन, देवकीनंदन, मुरमर्दन, वंशीधर, गिरिधर, द्वारिकाधीश, केशव, मुरलीधर, गिरिधर, कन्हैया, बनवारी, राधारमण, पुरुषोत्तम, चक्रपाणि, यादवेश, नंदलाल, यदुनाथ, योगिराज।

केतु—1. झंडा, पताका, ध्वज, ध्वजा; 2. दीप्ति, आभा, चमक, कांति, द्योति।

केवट—मल्लाह, कर्णधार, मांझी, नाविक, खेवट, धीवर।

केवल—1. मात्र, सिर्फ़, महज़, फ़कत; 2. ही, भर; 3. निरा, कोरा, बिलकुल।

केश—बाल, कुंतल, कच, अलकें, गेसू, लट, जुल्फ़, वेणी।

कैद—बंधन, फंदा, बँधना, निरोध, परिरोध, रोक, कारावास, कारागृह, जेलख़ाना, हवालात।

कैसे—किस माध्यम से, किस ज़रिये से, किधर से, कहाँ से, किस जगह से, किस तरह से।

कोंचना—चुभाना, धँसाना, गड़ाना, गोदना, बींधना भोंकना, घुसेड़ना, खोंसना।

कोख—कुक्षि, पेट, उदर, गर्भाशय।

कोमल—1. नर्म, मुलायम, मृदु, मृदुल, सुकुमार, सौम्य, नाजुक; 2. सुन्दर, मनोहर, स्निग्ध।

कोमलता—नजाकत, मृदुल, नरमाई, मृदुता, नर्मी, मृदुलता, सुकुमारता।

कोयल—कोकिल, कलघोष, कलकंठ, पंचमा, पिकी, पिक, मदालापी, मधुकंठ, वसंतदूत, श्यामा।

कोशिश—प्रयास, प्रयत्न, परिश्रम, चेष्टा, यत्न।

कोष—ख़ज़ाना, निधि, धनागार, कोषगृह, कोषागार, भंडार, भंडारागार।

कोसना—बुरा-भला कहना, गाली देना, बदकारना, शाप देना, कुढ़ाना, दुःखी करना।

कोहरा—धुंध, कुहासा, नीहा, कूहा, कुहरा, धूमिका।

कौआ—कौवा, काग, कागा, काक, काकोल, वायस, गूढ़कामी, एकाक्ष।

कौतुक—1. जादु, तमाशा, खेल; 2. आश्चर्य, कौतूहन, अचम्भा।

कौर—कवल, ग्रास, निवाला।

क्रम—1. तरतीब, कवर, तारतम्य, ताँता, श्रृंखला, माला; 2. दर्जा, श्रेणी।

क्रियाकर्म—अन्त्येष्टि, अन्त्येष्टि संस्कार, दाहकर्म, उत्तरकर्म, प्रेत संस्कार, शवदाह।

क्रूर—1. कर्कश, कठिन, निर्दय, निठुर, निर्मोही, नृशंस, निष्ठुर, दयारहित, दुष्ट, बर्बर, अत्याचारी, आततायी, ज़ालिम; 2. भयंकर, डरावना; 3. तीक्ष्ण, तीखा, कठिन।

क्रूरता—बर्बरता, बेरहमी, निर्दयता, कठिनता, निर्मोह, निर्मतता, भयंकरता, परुषता।

क्रोध—कोप, अमर्ष, रोष, रिस, गुस्सा, आवेश, तैश, नाराज़गी।

क्रोधी—गुस्सैल, कोपातुत, क्रोधोदिप्त, क्रोधाकुल।

क्षण—समय, मुहूर्त, बेला, काल, अवसर, निमेष, पल, मौक़ा, वक़्त, घड़ी।

क्षण-भंगुर—अनित्य, अस्थायी, नश्वर, अस्थिर, क्षणिक।

क्षत—घाव, ज़ख़्म, व्रण।

क्षति—हानि, नुक़सान, घाटा।

क्षतिपूर्ति—क्षतिपूरक, हानिसम्पूर्ति, प्रतिपूर्ति, प्रतिकर, बदला, मुआवज़ा, हर्ज़ाना।

क्षमता—योग्यता, पात्रता, प्रज्ञा, मेघा, प्रतिभा, प्रवणता, सामर्थ्य, शक्ति, ताक़त, बल।

क्षमा—मुआफ़ी, सहिष्णुता, सहनशीलता, तितिक्षा।

क्षमाशील—सहिष्णु, तितिक्षु, क्षमित, क्षमी, क्षमावान।

क्षय—यक्ष्मा, दिक, तपेदिक, राजरोग, अवनति।

क्षर—1. नाशवान्, नश्वर, मरणशील; 2.जल, पानी, नीर; 3.देह, शरीर, बदन, चोला; 4. मेघ, बादल; 5. अज्ञान, मूर्खता, जड़ता।

क्षिति—1. पृथ्वी, धरती, भूमि, मेदिनी, ज़मीन।

क्षीण—1.कृश, दुबला—पतला, कमज़ोर, दुर्बल, बलहीन; 2. अल्प, थोड़ा, सूक्ष्म, बारीक।

क्षीणता—1. कृशता, दुर्बलता, बलहीनता, कमज़ोरी।

क्षुद्र—1. अल्प, थोड़ा, मामूली; 2. छोटा, अधम, नीचा, तुच्छ; 3. कृपण, कंजूस, मक्खीचूस; 4. दरिद्र, निर्धन, ग़रीब।

क्षुब्ध—रुष्ट, क्रुद्ध, कुपित, नाराज़, विकल, व्याकुल, विह्वल, उद्विग्न, घबराया हुआ, चंचल, चपल, भयभीत, डरा हुआ।

क्षेत्र—1. भूमिखंड, भूभाग, खेत, मैदान, जोत; 2. इलाक़ा, हलका, दायरा, घेरा, परिधि; 3. पुण्य-स्थान, तीर्थस्थान, तीर्थ।

ख - देवनागरी वर्णमाला का दूसरा (व्यंजन) वर्ण है। इसका उच्चारण स्थान कंठ है।

खंड–अंश, भाग, टुकड़ा, हिस्सा, विभाग, प्रभाग, अनुभाग।

खंडन करना–खंड-खंड करना, टुकड़े-टुकड़े करना, विभक्त करना, विभाजित करना, अमान्य करना, ग़लत ठहराना, असत्य सिद्ध करना, रद्द करना, झूठा साबित करना, अप्रमाणित करना।

खखारना–कफ़ोत्सारण करना, बलगम निकालना, खाँसना।

खज़ाना–1. कोष, निधान, निधि, कोषाकार; 2. संग्रह, भंडार, गोदाम, अजायबघर।

खटका–आशंका, चिंता, फ़िक्र, अनिश्चय, अविश्वास, द्विविधा, अनिर्णय, सन्देह, संदिग्धावस्था, संदेहावस्था, खतरा, डर, भय।

खट्टा–अम्ल, तुर्श, चुक्क।

खत–1. पत्र, चिट्ठी, पाती; 2. रेखा, लकीर।

ख़तरनाक–संकटजनक, भयावह, जोखिम का, डरावना, खौफ़नाक, भयानक, आशंकाप्रद।

ख़तरा–भय, डर, खौफ़, आशंका, खटका, अंदेशा।

खतरे में डालना–आपत्ति में छोड़ना, संकट में डालना, विपत्ति में डालना, जोखिम में डालना, आपदग्रस्त करना, विपदा में डालना, विपन्न करना।

ख़बर–1. समाचार, हालचाल, वृतांत, संदेश, सूचना, जानकारी, संदेशा, पता, खोज; 2. सुधि, चेत, चेतना, संज्ञा, होश।

ख़बरदार–सतर्क, सावधान, सजग, जागरूक, होशियार, चौकन्ना, सचेत।

ख़बर देना–सूचना देना, अवगत कराना, सूचित करना, जानकारी देना, इत्तला करना, समाचार कहना, हाल बताना, आगाह करना।,

खरगोश–शश, शशक, खरहा।

खरा–1. अच्छा, बढ़िया, निर्दोष, शुद्ध, स्वच्छ, निर्मल; 2. निःसंकोची, निष्कपट, इमानदार, बेलाग, सच्चा।

ख़राबी–1. दोष, अवगुण, बुराई; 2. अधम, खोटा, गंदा, घटिया, बेकार, सड़ियल।

खरोंच–कटाव, निशान, दरार, भंग।

ख़र्च–व्यय, खपत, इस्तेमाल, उपयोग।

खल–नीच, दुष्ट, धोखेबाज़, छली, कपटी, दुर्जन, विश्वासघात, चुगलखोर, निर्लज्ज, कमीना।

खलबली–1. हलचल, शोर, हल्ला, कुहराम, हंगामा, शोर–शराबा; 2. व्याकुलता, आकुलता, व्यग्रता, कुलबुलाहट, उद्विग्नता, अशांति, घबराहट।

खाद्य–भक्ष्य, भोज्य, आहार्य, खुराक़, भोजन, भोज्य सामाग्री, आहार।

ख़ामोश–चुप, मौन, शांत, मूक, अनुच्चरित, ध्वनिरहित, नीरव, निशब्द, निरुत्तर, स्वरहीन, निस्तब्ध।

ख़ामोशी–मौन, चुप्पी, मूकता, निशब्दता, नीरवता।

खाल–चाम, चमड़ा, त्वचा, चर्म, चमड़ी, खल्ल, चमरू, चर्मिका।

ख़ाली–1. रिक्त, रीता, खोखला, असार, छूछा, सूना, निस्सार, रहित, विहीन; 2. केवल, कोरा, सादा, सिर्फ।

ख़ालीपन–शून्यता, शून्यगर्भता, नीरवता, निर्जनता, रिक्तता, निस्तब्धता, खोखलापन।

ख़ास–विशेष, मुख्य, प्रधान, निजी, आत्मीय, प्रिया, शुद्ध-विशुद्ध, खालिस।

खिन्न–व्यथित, चिंतित, विकल, व्यग्र, व्याकुल, आकुल, दुःखी, उदास, निरानंद, विषण्ण, म्लान, अन्यमनस्क, अप्रसन्न।

खीझ–चिढ़, कुढ़न, झुंझलाहट, झल्लाहट, रोष।

खीझना–झुंझलाना, ठुनकना, झल्लाना, चिढ़ना।

खुश–सानंद, सोल्लास, प्रोत्फुल्ल, प्रसन्न, प्रमुदित, हर्षोत्फुल्ल, हर्षजनक, हर्षित, आनंदित, आनंद।

खुशबूदार–सुवासित, सुगंधित, सुरभित, सुगंधपूर्ण।

खुशामद करना–चाटुकारिता करना, चापलूसी करना, झूठी तारीफ़ करना, तलवे चाटना, मक्खन लगाना।

खूँखार–1. क्रूर, निर्दय, निर्मम, ज़ालिम; 2. भयानक, भयंकर, भयावह, दारुण, डरावना, रौद्र; 3. खूनी, हिंसक, घातक, जानलेवा, प्राणघातक।

खूँटी–मेख, टंगनी, कील।

खूनी–रक्तपिपासु, हत्यारा, क़ातिल, हिंसक।

खूबसूरती–लावण्य, मनोहरता, सुन्दरता, रमणीयता, चारुता, सौंदर्य, सुगठन, कांति, शोभा, श्री, मनोज्ञता।

खेती–कृषि, कृषिकर्म, किसानी, काश्तकारी, काश्त, कृषिकार्य, खेतीबाड़ी।

खेद–ग्लानि, दुःख, रंज, शोक, मनोव्यथा, अनुताप, कचोट, संताप, अफ़सोस, मलाल, रंज।

खोज–तलाश, अनुसंधान, आविष्कार, अन्वेषणा, जाँच–पड़ताल, अन्वेषण, शोध, अन्वीक्षण, छानबीन, तफ़्तीश, तहकीकात।

खोजना–मालूम करना, ढूंढ़ निकालना, टोह लेना, पता लगाना, ढूँढ़ना, जाँच-पड़ताल करना, गवेषणा करना, छानबीन करना, अनुसंधान करना, अन्वेषण करना, तलाश करना, पूछताछ करना, तफ़्तीश करना, तहकीकात करना।

खोजने वाला–अनुसंधानकर्त्ता, अन्वेषणकर्त्ता, अन्वेषक, पता लगाने वाला, तलाश करने वाला।

खोटा–1. अशुद्ध, मिलावटी, दूषित, विकृत; 2. झूठा, नकली, बनावटी; 3. अनुचित, ख़राब, बुरा।

ख़्याल–1. ध्यान, विचार भाव, सम्मति; 2. आदर, लिहाज़, सम्मान, मनोवृति, ध्यान।

ग – देवनागरी व्यंजन में कवर्ग का तीसरा वर्ण है। इसका उच्चारण स्थान कंठ है।

गंगा–भागीरथी, जाह्नवी, मंदाकिनी, सुरसरि, देवापगा, त्रिपथगा, सुरध्वनी, नदीश्वरी, सुरापगा, अलकनंदा, सुरनदी, देवनदी विष्णनदी, अमरतरणि, भुवनपावनी, पापमोचनी, त्रिधारा, पुरंदरा, सूरसरिता, स्वर्गापगा।

गंदा–1. मैला, मलिन, अस्वच्छ, गँदला, अपरिष्कृत, कलुषित, बुरा, अशुद्ध, ख़राब; 2. घृणित, घिनौना, गलीज़, फूहड़, कुत्सित, वीभत्स, भ्रष्ट, अशिष्ट, अश्लील।

गंधर्व–देवजन, सुरगायक, विद्याधर, दिव्यगायक, किन्नर।

गंभीर–1. अथाह, गहरा, अतल; 2. घना, गहन, सघन; 3. भारी, विकट, घोर; 4. भावसंयमी, भावगोप्ता, संयत, धीर, शांत, सरल, अप्रदर्शनशील; 5. गूढ़, जटिल, कठिन; 6. दुर्गम, दुर्भेद्य, दुरुह।

गँवार–1. देहाती, ग्रामीण, गँवई; 2. असभ्य, उजड्ड, मूर्ख, अशिष्ट, बेवकूफ़।

गगन–आकाश, आसमान, अंतरिक्ष, व्योम, शून्य, महाव्योम।

ग़ज़ब–1. आश्चर्य, कमाल, अजूबा; 2. क्रोध, गुस्सा, रोष, कोप; 3. विपत्ति, आपत्ति, संकट; 4. अन्याय, जुल्म, अंधेर, अनर्थ, अनिष्ट।

गण–1. झुंड, समूह, समुदाय, जत्था, क़बीला; 2. श्रेणी, जाति, कोटि, वर्ग; 3. सेवक, दूत, अनुचर, अनुयायी।

गणना–हिसाब-किताब, जनगणना, आकलन, गिनती, संख्या।

गणेश–लंबोदर, हेरम्ब, एकदंत, मूषकवाहन, गजवदन, गणपति, शिवसुत, विनायक, गजास्य, मोददाता, गजानन, मोदकप्रिय, आदिपूज्य, गजकर्ण, गौरीसुत, सिद्धि दाता, गणनाथ, हस्तिमुख, परशुपाणि, पार्वती सुवन, भालचन्द्र, पर्शपाणि।

गति–1. चाल, वेग, रफ़्तार, गमन, हरकत, स्पंदन; 2. दशा, अवस्था, हाल, हालत, स्थिति; 3. माया, लीला।

गतिशील–चल, अस्थिर, चलनशील, चलंत, चलता-फिरता, गतिमान।

ग़दर–हलचल, खलबली, उपद्रव, बलवा, विद्रोह, बग़ावत, क्रांति।

गधा–गदहा, गर्दभ, खर, खोता, वैशाखनंदन, शीतलावाहन, शंखकर्ण, मूर्ख, बेवकूफ़, बुद्धिहीन।

गरदन–ग्रीवा, गला।

गरम–उष्ण, तप्त, तपित, प्रचण्ड, तीक्ष्ण, उग्र, क्रुद्ध, क्रोधी।

ग़रीब–निर्धन, दरिद्र, दीन, दीनहीन, कंगाल, मुफ़लिस, अभावग्रस्त।

गरुड़–नागांतक, सुपर्ण, वैनतेय, विष्णुवाहन, खगेश्वर, खगपति, पक्षिराज, खगकेतु, खगेश, भुजगंभोजी, विहंगराज, शाल्मली, हरिवाहन।

गर्भ–भ्रूण, गर्भपिण्ड, अर्भ, अर्भक।

गर्म–उष्ण, उत्तप्त, तप्त, ज्वलंत।

गर्व–गौरव, नाज़, फ़ख्र, अभिमान, घमंड।

गवाही–अभिसाक्ष्य, मौखिक, साक्ष्य, मुखसाक्ष्य, प्रतिज्ञान, प्रमाणित कथन, शब्द–प्रमाण, शपथपूर्वक घोषणा, प्रत्यादर्शी, साक्षी।

गहन–1. अभेद्य, दुर्गम; 2. घना, निविड़, सघन, गंभीर, गहरा।

गाँव–बस्ती, ग्राम, आबादी, पुरी, देहात, पुरवा, मौजा।

गाड़ी–शकट, सवारी, वाहक, यान, वाहन, बैलगाड़ी।

गाय–1. सुरभी, गौ, धेनु, प्यस्विनी; 2. सीधा, सीधा–सादा, भोला–भाला, सरल चित्त।

गायत्री–वेदमाता, सावित्री, ब्राह्मीसरस्वती।

गायब–ओझल, अदृश्य, अंतर्धान, तिरोहित, लुप्त, विलुप्त, विलीन, छूमंतर, रफूचक्कर, नौ दो ग्यारह, अविद्यमान, गुम, लापता।

गाली–अपशब्द, दुर्वचन, अशिष्ट-उक्ति, अश्लील कथन, गाली-गलौज, अपभाषा, कुत्सित भाषा, बदजबानी।

गिड़गिड़ाना–अनुनय करना, विनय करना, विनती करना, निवेदन करना, मिन्नत करना, प्रार्थना करना, याचना करना, अभ्यर्थना करना, घिघियाना।

गिनती–गणन, गणना, लेखा, हिसाब।

गिरना–1. पतित होना, स्खलित होना, फिसलना-फिसलाना, नीचे आ जाना; 2. कमी आना, धटना, गिरावट आना, पतन, लुढ़कना।

गिरवी रखना–बंधक रखना, रेहन रखना।

गिरावट–अपकर्ष, अधःपात, पतन, अधः पतन, अपकर्षण।

गीदड़–स्यार, शृगाल, जम्बुक, निशामृग, डरपोक, बुझदिल।

गीला–आर्द्र, अशुष्क, सिक्त, तर, नम, भीगा।

गुंजाइश–1. स्थान, जगह, अवकाश; 2. सुभीता, समाई, सहूलियत।

गुंडा–लुच्चा, लफंगा, बदमाश, आवारा, उपद्रवकारी, शोहदा, आततायी, कलहकारी, अत्याचारी, आतंकी, उद्‍दंड, दुष्ट।

गुड़िया–पुत्रिका, पुत्तलिका, पांचालिका, पुतली।

गुण–विशेषता, खूबी, योग्यता, निपुणता, प्रवीणता, काबिलियत।

गुणगान करना–वंदना करना, स्तुति करना, स्तवन करना, कीर्तन करना, यशोगान करना।

गुणी–1. गुणवान, गुण संपन्न, निष्णात, प्रवीण, पारंगत; 2. योग्य, लायक, हुनरमंद।

गुदगुदाना–सहलाना, खुजलाना, सिहरा देना, पुलकित कर देना।

गुप्त–1. छिपा हुआ, अप्रत्यक्ष, परोक्ष, अप्रकट, गोपित, गूढ़, प्रच्छन्न, अंतर्निहित, गूढ़; 2. कठिन, जटिल।

गुप्तचर–चर, खुफ़िया, जासूस, भेदिया।

गुमराह–भ्रांत, विभ्रांत, विपथगामी, पथभ्रष्ट, मार्गच्युत, भूलाभटका।

गुमसुम–चुप, खोया–खोया, अन्यमनस्क, आत्मविस्मृत, आत्मविभोर।

गुरु–शिक्षक, अध्यापक, आचार्य, उस्ताद, प्राध्यापक।

गुलछर्रे उड़ाना–आमोद-प्रमोद करना, खुशी मनाना।

गुलाम–दास, सेवक, नौकर, अनुचर, परतंत्र, पराधीन, परवश।

गूँगा–मूक, आवाक्, मौन, चुप, नीरव, वाणीहीन, बेजबान।

गूँज– प्रतिनिनाद, निनाद, प्रतिनाद, प्रतिध्वनि।

गूँजना–ध्वनि निकालना, कूंजना, प्रतिध्वनित होना।

गूढ़–1. गुप्त, अप्रकट, अज्ञात, अदृश्य, अदृष्ट, अस्पष्ट, प्रच्छन्न, गोपनीय, अप्रकाशित; 2. जटिल, दुरुह, दुर्बोध, रहस्यमय, गहन, गंभीर, गूढार्थ, रहस्यपूर्ण, पेचीदा, रहस्यमय, सांकेतिक, क्लिष्ट।

गोद–अंक, अंकवार, गोदी।

गोप–गोरक्षक, अहीर, ग्वाला गोपालक।

गोबरगणेश–मूर्ख, अनाड़ी, बेवकूफ़, जड़।

गोरा–गौर, धवल, श्वेतवर्ण, हिमवर्ण।

गौ–गऊ, गाय, धेनु, गो, सुरभी।

गौण–अप्रसांगिक, अप्रधान, अप्रमुख, सहायक।

गौतमबुद्ध–शाक्यसिंह, गौतम, मायासुत, शाक्यमुनि, मारजित्, लोकजित्।

गौरव–1. स्वाभिमान, गर्व, घमंड; 2. बड़प्पन, महत्त्व, गुरुता, गुरुत्व; 3. इज़्ज़त, सम्मान; 4. अभ्युत्थान, उत्कर्ष, उन्नति; 5. गंभीरता, गहराई, गहनता, गूढ़ता, कीर्ति।

ग्वालिन–अहिरिन, गोपी, गोपवधू।

घ - देवनागरी वर्णमाला के व्यंजनों में से कवर्ग का चौथा व्यंजन है। इसका उच्चारण स्थान कंठ या जिह्वा-मूल है।

घट—1. कलश, घड़ा, कुम्भ; 2. देह, शरीर, काया, बदन; 3. अन्तःकरण, हृदय, मन।

घटक—1. कलश, घड़ा, कुम्भ; 2. संघटक, कारक, तत्व, अवयव, अंग, उपांश, भाग, उपादान।

घटना—वाक़या, माज़रा, मामला।

घटाना—कम करना, न्यून करना, हलका करना, अल्पीकरण, अवशमन करना।

घटिया—हेय, हीन, हलका, निकृष्ट, कुत्सित, गर्हित, अपकृष्ट, ओछा, तुच्छ, अधम नीच, खोटा।

घड़ा—घट, कलश, कुम्भ, गागर, गगरा, जलपात्र।

घन—मेघ, बादल, जलधर, जलद।

घना—घन, सघन, घनीभूत, घनघोर, गझिन, घनिष्ठ, गहरा, अविरल।

घबड़ा देना—अवाक् कर देना, व्याकुल कर देना, हतबुद्धि कर देना, किंकर्तव्यविमूढ़ कर देना, भौंचक्का कर देना, क्षुब्ध करना, आकुल करना, व्यग्र करना, उ द्विग्न कर देना, विमूढ़ कर देना, विक्षिप्त करना, स्तब्ध करना, चौंका देना, भ्रांत कर देना, विक्षुब्ध करना, उलझन में डालना, चकरा देना, अभिभूत करना।

घबराना—हड़बड़ाना, उतावला होना, अधीर होना, क्षुब्ध होना, व्यग्र होना, अकुलाना, व्याकुल होना, विचलित होना, चलायमान होना, हैरान होना, परेशान होना, अशांत होना, आतुर होना।

घबराहट—आकुलता, व्याकुलता, उद्विग्नता, विमूढ़ता, अधीरता, क्षोभ, व्यग्रता, हड़बड़ी, परेशानी, आतुरता, कातरता, खलबली, हैरानी, बेचैनी, विक्षिप्ति।

घर—गृह, गेह, सदन, निकेतन, धाम, भवन, मकान, आवास, निवास, ग़रीबख़ाना, दौलतख़ाना।

घरेलू—हिला-मिला हुआ, सधा हुआ, पला हुआ, पालतू।

घाट—भरणतट, घट्ट, नदीतट अवस्थानतट।

घाटा—हानि, टोटा, नुक़सान।

घातक सांहातिक—प्राणनाशक, प्राणांतक, मारक, विनाशक, विषैला, विनाशकारी, मारू, जानलेवा, मृत्युजनक।

घायल—ज़ख़्मी, आहत, क्षत—विक्षत।

घाव—ज़ख़्म, व्रण, क्षत, चोट, चीरा।

घिनौना—घृण्य, घृणोत्पादक, घृणास्पद, तिरस्करणीय, घृणाजनक, फूहड़, भद्दा, भोंडा, विरक्तकर, अरुचिकर, अप्रिय, जुगुप्साजनक, गृहणीय, घिन, नफरत, अरुचि, चिढ़, वितृष्णा।

घुटना—ठेघुँना, घुटिक, रान, साँस रूकना।

घुड़सवार—अश्वारूढ़, अश्वारोही, चाबुक सवार, घुड़चढ़ा, अश्वपति, तुरंगी।

घुमाना—1. चक्कर देना, फेरा देना, नचाना, गोलाई में चलाना; 2. सैर कराना,

टहलाना, भ्रमण कराना, रमाना, विचरण कराना।

घुसना—1. प्रवेश करना, पैठना, अन्दर जाना, दाख़िल होना; 2. भेदन करना, चुभना, आरपार होना।

घूँघट—मुखावरण, पर्दा, नकाब, अवगुंठन, बुर्का।

घूँसा—मुष्टिक, मुष्टिका, मुक्का।

घूस—1. रिश्वत, उत्कोच, चाँदी का जूता; 2. बड़ा चूहा।

घृणा—नफ़रत, घिन, जुगुप्सा, अरुचि, कुत्सा, विराग, अप्रीति, चिढ़ विरक्ति, विमुखता, ऊब।

घृणाजनक—घृणात्मक, घनौना वितृष्णाजनक, कुत्सित, विरक्तिकर, वमनोत्पादक, अप्रीतिकर अप्रिय।

घृणापूर्ण—अवज्ञासूचक, तिरस्कारी, घृणित, तिरस्कारपूर्ण, अवमानी, अवहेलनात्मक।

घृणित—हेय, तुच्छ, नगण्य, हीन, नीच, बुरा, ख़राब, निंद्य, तिरस्करणीय, तिरस्कृत।

घेरा—मंडल, वलय, वृत्त, चक्र, परिधि, क्षेत्र, दायरा, सीमा, मर्यादा।

घोड़ा—अश्व, तुरग, तुरंग, तुरंगम, हय, घोटक।

घोड़ी—अश्वा, घोटिका।

घोर—1. विकराल, भीषण, भयंकर, भयानक, भयावह, डरावना; 2. उग्र, दारुण, तीव्र, प्रचंड; 3. अतिशय, अधिक, अत्यधिक, प्रचुर, बहुत।

घोषणा—उद्घोषण, ऐलान, सूचना, विज्ञप्ति, अधिसूचना, मुनादी, डुग्गी।

घोषणा-पत्र—ज्ञापन-पत्र, नीति-घोषपत्र, घोष-पत्र, मैनिफैस्टो।

च - देवनागरी वर्णमाला का छठा व्यंजन, चवर्ग का पहला वर्ण है। इसका उच्चारण स्थान तालू है।

चंचल—1. उतावला, डाँवाडोल, क्षणिक, पलायनशील, परिवर्तनशील, अस्थिर, अधीर, अशांत; 2. चुलबुला, नटखट, चपल, अगंभीर, अवज्ञापूर्ण, अलमस्त।

चंट—चतुर, चालाक, धूर्त, धृष्ट, सयाना।

चंदन—चंद्रकांत, तमाल, दारुसार, पीतगंध, पीतसार, मलयगिरि, श्रीखंड, गंधराज, गंधसार, हरिगंध, सन्दल, एकांग श्रीखंड, गंधराज, सर्पावास, मलयोद्भव, मलराज।

चंद्रमा—चाँद, चंद्र, मयंक, हिमकर, शशि, हिमांशु, रजनीपति, राकेश, इन्दु, सोम, सुधांशु, सुधाकर, कलानिधि, अंशुमाली, कुमुदनाथ, तारापति, निशाकर, सोमराज, शशांक, विभाकर, रजनीश, तारकेश, तारकेश्वर, महताब, नक्षत्रेश।

चंद्रिका—1. चाँदनी, ज्योत्स्ना, जुन्हैया, चन्द्रप्रभा, कौमुदी, हिमकर, चंद्रमरीची; 2. चंदवा, चंद्रातप ।

चकराना—चक्कर खाना, सिर घूमना, घूमना, फिरना, घूमता-सा दिखाई देना।

चकोर—जिवाजिव, ज्योत्स्नाप्रिय, मनाल, जीवंजीव, जलचंचु, चंद्रिकायायी, सुलोचन।

चक्र—1. पहिया, चक्की, फेरा, चक्कर, भँवर, घूर्णन, आवर्त, घुमाव, फेर, घूम, बल, पेंच; 2. तमशा, पदक, मेडल।

चढ़ना—1. अधिरोहण करना, आरोहण करना, सवार होना, सवारी करना; 2. उदय होना, निकलना, ऊपर उठना, ऊपर होना।

चढ़ाव—आरोहण, आरोहन, प्ररोहण, आरोह।

चतुर—कोविद, प्रवीण, विज्ञ, कुशल, दक्ष, निपुण, पटु, योग्य, सयाना, होशियार, अकलमंद, मतिमान, विज्ञ, चालाक, प्रगल्भ।

चमक—प्रकाश, ज्योति, रोशनी, आभा, स्फुरण, दमक, प्रभा, कांति, दीप्ति, झलक, झलमल, प्रगल्भ, झलमलाहट, चमक-दमक, रौनक, जगमगाहट, कौंध।

चमकीला—देदीप्यमान, आभामय, उज्ज्वल, चमकदार, प्रकाशमान, चटकीला, भड़कदार, आलोकित, अमिताभ।

चमत्कार—करिश्मा, करामात, करतब, तिलस्म।

चरण—पग, पाँव, पैर, पद।

चरित्र—चाल-चलन, चलन स्वभाव, व्यवहार, आचरण, करनी, करतूत, शील, सदाचार, आचार।

चरित्रहीन—चरित्रभ्रष्ट, दुश्चरित्र, अनैतिक, दुराचारी, कामुक, लंपट, व्यभिचारी, भोगासक्त, व्यसनी, बदकार, बदचलन, अधम, अवारा।

चर्चा—वर्णन, विवेचन, ज़िक्र, बयान, वार्तालाप, बातचीत, अफ़वाह।

चलना—गमन करना, आगे बढ़ना, पधारना, पदार्पण करना, चलायमान

होना, बढ़ना, प्रस्थान करना, निकलना, जाना।

चश्मा—1. सोता, स्रोत, झरना; ऐनक, गॉगल।

चहल—1. आनंदोत्सव, धूमधाम, चहल-पहल, रौनक।

चांडाल—अंत्यज, श्वपच, शुद्र, अस्पृश्य, अछूत, श्वपाक, नीच, पतित।

चाँदनी—चंद्रिका, ज्योत्स्ना, कौमुदी, चंद्रप्रभा, चंद्रपुष्पा, चंद्रशाला, जुन्हाई, उजियारी।

चाटुकारी—चापलूसी, अनुनय, खुशामद, लल्लोचप्पो।

चापलूस—चाटुकार, खुशामदी, प्रियवदी, मिठबोला, पराश्रमी, मक्खनबाज़, चमचा, परजीवी, अत्यनुरोधी।

चाबुक—कषा, कश, बेंत, सोंटा, चमोटी।

चाल—1. गति, वेग, रफ़्तार; 2. आचरण, चाल—ढाल, चलन; 3. आकर—प्रकार, ढब, बनावट; 4. रीति, रस्म, प्रथा, परिपाटी; 5. ढंग, प्रकार, विधि; 6. दांव, दांव—पेंच, चालाकी, चतुराई।

चाल—चलन-समानुष्ठान, अनुचेष्टा, चेष्टा, आचरण, गतिविधि, व्यवहार, बर्ताव, शिष्टाचार, सदाचार।

चाह—1. प्रेम, प्रीति, अनुराग; 2. इच्छा, स्पृहा, ईहा, उत्कंठा, वांछा, कामना, अभिलाषा, अरमान, ललक, आकांक्षा, मनोरथ; 3. आवश्यकता, ज़रूरत, मांग; 4. रहस्य, मर्म, गुप्त भेद।

चिन्ता—1. ध्यान, फ़िक्र, सोच, ऊहापोह, विभावन, परवाह, विचार; 2. उद्विग्नता, अधीरता; 3. रंज, दुःख, शोक व्यथा।

चिकना—स्निग्ध, तैलाक्त, तेलिया, रोगनी, तैलवत, पिच्छिल, स्नेहिल, निर्जज्ज, बेशर्म, बेहया।

चिकित्सा—उपचार, इलाज, दवादारू।

चिकित्सालय—अस्पताल, दवाख़ाना, शफ़ाख़ाना, औषधालय।

चिट्ठी—पत्र, खत, पाती, चिट्ठी-पत्री।

चिड़चिड़ा—तुनुक-मिज़ाज, बिगड़ैल, बदमिजाज।

चिढ़ना—कुढ़ना, खीझना, चिड़चिड़ाना, झल्लाना, अप्रसन्न होना।

चितकबरा—कबरा, चितला, शबल, कबुर्, कर्बुरित, रंजित, चित्रक, नानावर्ण, बहुवर्णी, बहुरंगी, चित्र—विचित्र।

चिन्ह—लक्षण, निशान, छाप, पहचान, संकेत, प्रतीक, सूचक, द्योतक।

चीख—क्रंदन, आक्रंदन, कर्कशनाद, चीत्कार, चिल्लाहट, कूक।

चीज़—पदार्थ, वस्तु, द्रव्य।

चीनी—शर्करा, शक्कर, खांड।

चीरफाड़—शस्त्र कर्म, शस्त्र क्रिया, शस्त्रोपचार, शल्यकर्म, शल्योपचार, अस्त्रचिकित्सा।

चुंगी—उत्पादन कर, पथकर, सीमाकर, सीमाशुल्क, उत्पादशुल्क, उत्पादकर, सरकारी महसूल, आबकारी, शुल्क।

चुकौती—निस्तार, निस्तारण, भुगतान, ऋणमुक्ति, ऋणमोचन, ऋण भुगतान।

चुगली—परिवाद, प्रवाद, कुत्सा, निंदा, द्वेषपूर्णवार्ता, चुगलखोरी।

चुप—मौन, अवाक्, चुपचाप, ख़ामोश, निशब्द, शांत, गुमसुम, नीरव, निरुत्तर।

चूँकि—कारण यह है कि, क्योंकि, यह देखते हुए कि, जबकि, इसलिए कि।

चूड़ी—कंकण, कंगन, कंगना, चूड़ा।

चूहा—मूषक, मूस, गणेशवाहन।

चेतना—चेत, होश, ज्ञान, मनोज्ञान, संज्ञा, सुधबुध, बोध, विचारना, समझना, सावधान होना।

चेला—शिष्य, शागिर्द, छात्र, विद्यार्थी।

चोटी—शिखा, वेणी, चुटिया, तुंग, शिखर, चोटी, शिखा।

चोर—तस्कर, गिरहकट, उठाइगीर, कजाक, चोट्टा, उचक्का, जेबक़तरा, निशाचर, रजनीचर।

चोली—अंगिया, कंचुकी, अंगरखा, वक्षरक्षिका, वक्षावरण।

चौंध—झलक, झपक, चमक, झिलमिलाहट।

चौक—आँगन, सेहन, चबूतरा, चौहट्टा।

चौकन्ना—सतर्क, सावधान, सजग, होशियार, जागरूक, ख़बरदार, सचेत, चौकस।

चौकसी—निगरानी, निगहबानी, सावधानी, होशियारी सजगता, सर्तकता।

चौकीदार—रक्षक, संरक्षक, रक्षी, आरक्षी, संरक्षी, प्रहरी, संतरी, पहरेदार, सिपाही, रक्षापुरुष, रखवाली।

छ - देवनागरी वर्णमाला में चवर्ग का दूसरा व्यंजन है। इसका उच्चारण स्थान तालू है।

छटा–1. शोभा, सौंदर्य, सुन्दरता; 2. प्रकाश, प्रभा, झलक, कांति, आभा, चमक।

छल–कपट, धोखा, प्रपंच, धूर्त्तता, कूटकर्म, धोखेबाज़ी, चकमा, फ़रेब, दग़ा, दग़ाबाज़ी, छलना, झाँसा, ठगी, वंचना, प्रवंचना, कूटयोजना, तिकड़म।

छलना–कपट करना, धोखा देना, चकमा देना, बेवकूफ़ बनाना, आँख में धूल झोंकना, प्रवंचना करना, परिहार करना, ठगना, झाँसा देना, उल्लू बनाना, प्रतारणा करना, वंचना करना, वंचित करना, दग़ा देना।

छाती–1. वक्ष, वक्षस्थल, उर, सीना; 2. उरोज, कुच, पयोधर।

छानबीन–जाँच–पड़ताल, पूछताछ, तहकीकात, तफ़तीश, अनुसंधान।

छाप–1. ठप्पा, साँचा, मुहर 2. चिन्ह, निशान, असर, प्रभाव।

छाया–छाँह, छाँव, परछाई, प्रतिबिम्ब, प्रतिकृति, साया, प्रतिच्छाया।

छिछला–अल्पबुद्धि, अल्पमति, तुच्छ, ओछा, उथला, कम गहरा, हल्का, सतही।

छिछोरापन–ओछापन, क्षुद्रता, तुच्छता, लघुता, नीचता।

छिद्र–छेद, रंध्र सूराख़, विवर, बिल, गड्ढा, कोटर।

छिन्न-भिन्न–टूटा-फूटा, तितर-बितर, बिखरा, छितराया हुआ, अस्त–व्यस्त।

छीछालेदर–दुर्गति, दुर्दशा, अगति, फजीहत, किरकिरी।

छुटकारा–मुक्ति, छूट, निस्तार, निजात, रिहाई, विमोचन, विमुक्ति, मोक्ष, मोचन।

छुट्टी–अवकाश, फुर्सत, रुखसत, विश्राम, विराम, कार्यनिवृत।

छूट–1. मुक्ति, छुटकारा, निस्तार; 2. रियायत, सुविधा, सहूलियत, शैथिल्य, ढील, कटौती।

छोर–सीमा, पराकोटि, अत्यंत, अंत, सिरा, किनारा।

छोह–ममता, स्नेह, प्रेम, दया, कृपा, अनुग्रह।

ज - देवनागरी व्यंजन में चवर्ग का तीसरा अक्षर है। इसका उच्चारण स्थान तालू है।

जंगम—अस्थायी, अस्थिर, चलनशील, गमनशील, चल, चलायमान, अस्थावर।

जंगल—वन, अरण्य, विपिन, बियाबान, कानन।

जँचना—फबना, सजना, अच्छा लगना, शोभा देना।

जगमगाता हुआ—दीप्त, चमकदार, प्रकाशमय, देदीप्यमान, आभासित, भासमान।

जगह—1. स्थान, स्थल, ठाँव, ठौर, अवस्थान, ठिकाना, मुकाम, पड़ाव; 2. अवसर, मौक़ा; 3. पद, ओहदा, स्थिति।

जगाना—सक्रिय बनाना, चेष्टायुक्त करना, प्रबुद्ध करना, चेतन बनाना, जागरूक करना, जागृत करना, उठाना।

जटिल—1. पेचीदा, पेचीला, पेंचदार, उलझा हुआ; 2. क्लिष्ट, दुर्बोध, दुरुह, गहन, दुर्गम, गूढ़, कठिन, विकट, विषम, मुश्किल।

जड़—1. निर्जीव, अचेतन, प्राणरहित, विचेतन, निश्चेष्ट, चेतनाशून्य, बेसुध, चेतनारहित, अचर, स्थावर; 2. आधार, बुनियाद, नींव।

जड़ता—स्थिरता, निश्चेष्टता, अचलता, निष्क्रियता, गतिहीनता, अनुद्योग, आलस्य, सुस्ती, मंदता, अप्रखरता, मूढ़ता, मंदबुद्धिता।

जन—1. लोक, लोग, प्रजा; 2. सामान्य व्यक्ति, आदमी, सर्वसाधारण।

जनक—1. जन्मदाता, पिता, बाप; 2. राजर्षि, विदेह, मिथिलेश, विवेकनिधि।

जनता—जनसमूह, जनसमुद्र, बहुजन, समुदाय, जमघट, भीड़, भीड़—भड़क्का, आमलोग।

जननी—माता, माँ, अम्माँ, मम्मी, माई, मैया।

जनसेवक—पौर, अधिसेवक, असैनिक, पदाधिकारी, लोकसेवक, लोकाचारी।

जन्म—1. उत्पत्ति, उद्‌गम, उद्‌भव, पैदाइश, आविर्भाव; 2. जनन, प्रसव, प्रसूति; 3. जीवन, आरम्भ, शुरुआत, श्रीगणेश।

जन्मजात—जन्मज, जन्मगत, सहजात, आजन्मिक, सहज, वंशगत, स्वभावज, स्वाभाविक, पैतृक, प्राकृत, प्राकृतिक, अकृत्रिम, नैसर्गिक, असली, वास्तविक, पैदाइशी।

जब तक—यदा, जब, जिस समय में, जिस बीच में, जिस अर्से में, पर्यन्त, की अवधि तक, के समय, इतने में, दौरान में, कालावधि तक।

जय—विजय, जीत, फ़तह; जय—जयकार, जयनिनाद, जयध्वनि, हर्षध्वनि।

जय-जयकार—अभिनंदन, शुभकामना, अभिवादन, प्रणाम, नमस्कार, स्वागत, हर्षध्वनि।

जल—पानी, सलिल, नीर, अम्बु, वारि, तोय, उदक, जीवन, मेघ।

जल्दी—शीघ्रता, त्वरा, स्फूर्ति, फुर्ती, अभी, तुरंत, फौरन, शीघ्र।

जवान–1. युवा, युवक, नवयुवक, किशोर, तरुण, नौजवान; 2. फौजी, सिपाही।

जवानी–तरुणाई, यौवन, युवावस्था, तारुण्य, कौमार्य, यौवनकाल, तरुणावस्था।

ज़हरीला–ज़हर मिला, ज़हर भरा, विषैला, विष भरा, विषाक्त, विषयुक्त, प्राणहारी।

जहाज–जलपोत, जलयान, पोत, बेड़ा, तरणी, नौका, समुद्रयान, वायुयान, विमान, हवाई जहाज।

जागरूक–प्रबुद्ध, सावधान, सचेत, सजग, ख़बरदार, चेतन, होशियार, चौकस, सर्तक, चौकन्ना।

जादू–इंद्रज़ाल, माया, तिलस्म, कौतुक, चमत्कार, वशीकरण, सम्मोहन।

जानकार–1. परिचित, वाकिफ़; 2. विज्ञ, निपुण, दक्ष, कुशल, प्रवीण।

जानदार–सजीव, जीवंत, सप्राण, प्राणवान।

जानना–1. ज्ञान होना, इल्म होना, कुशल होना, दक्ष होना; 2. ज्ञात होना, विदित होना, मालूम होना, अवगत होना, परिचित होना, पता होना, मालूम होना।

जानलेवा–प्राणान्तक, घातक, प्राणघातक, मारक।

जालसाज़ी–षड्यंत्र, प्रवंचना, कपट, जाल, धोखाधडी, ठगी।

ज़ालिम–पाशविक, क्रूर, नृशंस, निर्दय, हिंसक, बर्बर, निष्ठुर, बेदर्द, बेरहम।

जासूस–चर, गुप्तचर, भेदिया, गुर्गा, खुफिया।

ज़िगर–कलेजा, यकृत, दिल, मन; साहस, हिम्मत, उत्साह।

जिज्ञासा–उत्कंठा, उत्सुकता, कौतूहल, कुतूहल, प्रबल, इच्छा।

ज़िद्दी–हठी, दुराग्रही, दुर्दान्त, दृढ़प्रतिज्ञ, अदम्य, हठीला, धृष्ट, दुःसाहसी, ढीठ, गुस्ताख़।

ज़िम्मा–दायित्व, उत्तरदायित्व, जवाबदेही, ज़िम्मेवारी, उत्तरदायी।

ज़िम्मेदार–उत्तरदायी, उत्तरदेय, उत्तरदाता, उत्तरबाध्य, ज़िम्मेवार, जवाबदेह।

जी–1. मन, दिल, चित्त; 2. हिम्मत, जीवट, साहस।

जीत–जय, विजय, फ़तह।

जीभ–1. रसना, जिह्वा, जीहा, चपला, रसिका, रसेन्द्रिय, रसज्ञा, ज़बान; 2. निब।

जीव–प्राण, जान, आत्मा; 2. प्राणी, प्राणधारी, देहधारी, देही।

जीविका–वृत्ति, जीवनोपाय, रोज़ी, उपजीविका, गुज़ारा, रोज़गार, काम, व्यवसाय, धंधा, पेशा, जीवन साधन, निर्वाह।

जुटाना–1. जोड़ना, एकत्र करना, इकट्ठा करना, बटोरना, संचय करना, संग्रह करना।

जुलाब–विरेचक, रेचक, दस्तावर।

जुलाहा–तंतुवाय, तंतुक, कोरी, बुनकर, कोली।

जूता–पदत्राण, उपानह, पादत्र, पादुका, पनही, चर्मपादुका।

जैसे–उसी तरह से, जिस तरह से, ज्यों ही, जिस प्रकार।

जोंक–रक्तपा, जलूका, जलाका, जलोका, जलौका।

जोकर–वैहासिक, विदूषक, ठिठोलिया, भाँड, मसखरा, हँसोड़।

जोख़िम उठाना–आग से खेलना, आग में कूदना, अंगारों पर पैर रखना, तलवार

की धार पर चलना, ओखली में सिर देना, साहसपूर्ण कार्य करना, संकट का सामना करना, दाँव पर लगाना, ख़तरा मोल लेना।

ज़ोर–1. बल, शक्ति, ताक़त, ऊर्जा; 2. वश, अधिकार, हक़, प्रभुत्व; 3. वेग आवेश, झोंक; 4. परिश्रम, मेहनत, श्रम।

ज़ोरदार–1. प्रबल, सबल, शक्तिशाली, शक्तिवान्, बलशाली; 2. ओजस्वी, प्रभावशाली, प्रभावी, असरदार।

जोश–1. उन्माद, उत्साह, उमंग, आवेश; 2. उफान, उबाल, झोंक, सरगर्मी।

जोशीला–सोत्साह, अत्युत्साही, उत्साहशील, उमंगी, उन्मादित, उत्साही।

ज्ञान–बोध, विबोध, इल्म, जानकारी, परिचय, विवेक, आत्मज्ञान।

ज्येष्ठ–जेठा, बड़ा अग्रज।

ज्योतिषी–दैवज्ञ, गणक, भविष्यवक्ता, खगोलज्ञ, नजूमी।

ज्वाला–1. लपट, लौ, अग्निशिखा; 2. ज्योति, शिखा, गर्मी, ताप, दग्धता, जलन

झ - देवनागरी व्यंजन वर्ण का नवाँ और चवर्ग का चौथा वर्ग है। इस वर्ण का उच्चारण स्थान तालू है।

झंझट—झमेला, बखेड़ा, पचड़ा, प्रपंच, कलह, षट्राग, झगड़ा-झंझट, बवंडर, बवाल।

झंडा—पताका, निशान, ध्वज, ध्वजा, केतु, केतन, चिन्ह।

झगड़ा—कलह, तक़रार, कहासुनी, वैमत्य, मतभेद, खटपट, टंटा, लड़ाई, विवाद, विरोध, संघर्ष।

झगड़ालू—युद्धप्रिय, कलही, कलहप्रिय, फसादी, लड़ाका, दंगाई।

झटकना—छीनना, मार लेना, लूट लेना, उचक लेना, हथिया लेना, ऐंठना।

झटपट—द्रुतगति से, वेगपूर्ण, तीव्रता से, तुरंत, जल्दी से, तेज़ी से।

झड़प—झंझट, झगड़ा, टंटा, तू—तू—मैं—मैं, बखेड़ा, हाथापायी, तक़रार।

झपकी—निद्रालुता, तन्द्रा, हल्की नींद, ऊँघाई, ऊँघ, उनींदापन।

झरोखा—वातायन, गवाक्ष, खिड़की, दरीचा, रोशनदान।

झाँई—1. प्रतिबिंब, परछाई, बिंब, प्रतिच्छाया; 2. झलक; 3. धोखा, छल, कपट, फ़रेब।

झिझक—दुविधा, अनिर्णय, असमंजस, संकोच, हिचकिचाहट, आगा-पीछा, पशोपेश।

झींसी—फुहार, जलकण।

झुंड—समूह, गिरोह, समुदाय, जत्था, गण, भीड़, दल, मंडली, जमघट, टुकड़ी।

झुकाव—प्रवृत्ति, रुझान, रुख।

झूठ—असत्य, मिथ्या, निस्सार।

झूठा—1. मिथ्या, असत्य, अयथार्थ, अप्रकृत, अवास्तव; 2. नकली, बनावट, कल्पित, कूट, दिखावटी; 3. मिथ्यावादी, असत्यवादी, असत्यवादी।

झूमना—काँपना, हिलना, डोलना, लहराना, झोंका खाना, झूलना।

झूला—हिंडोला, पालना, झूलना।

झेंपना—लज्जित होना, सकुचाना, लजाना, शरमाना, शर्मिन्दा होना।

झोंकना—1. फेंकना, ढकेलना, गिराना; 2. डालना, घुसेड़ना।

झोंपड़ी—पर्णकुटी, उटज, पर्णशाला, कुटी, कुटिया, कुटीर, झुग्गी।

ट - देवनागरी वर्णमाला में टवर्ग का पहला वर्ण व्यंजन है। इसका उच्चारण स्थान मूर्धा है।

टंकार—टंकोर, ध्वनि, झनकार।

टंटा—उपद्रव, दंगा, फसाद, झगड़ा, तक़रार, प्रपंच।

टकराना—टक्कर खाना, भिड़ना, चोट खाना, मुठभेड़ होना, लड़ जाना, ठोकर खाना।

टका—सिक्का, रुपया, धन, द्रव्य।

टक्कर—1. ठोकर, मुठभेड़, भिडंत, समाघात, धक्का, संघर्ष; 2. बराबरी, मुकाबला, सामना; 3. घाटा, हानि, नुक़सान।

टपकना—चूना, रिसना, झरना, स्रावित होना।

टहलना—सैर-सपाटा, घूमना, मटरगश्ती, भ्रमण करना, चलना, फिरना।

टाँकना—लगाना, नत्थी करना, जोड़ना, सिलाई करना, अटकाना, जोड़ना।

टाँका—सिलाई, सीवन, थिगली, चिप्पी, जोड़।

टाँग अड़ाना—हस्तक्षेप करना, बेज़ा पैर फैलाना, रोड़ा अटकाना, विघ्न डालना, प्रतिरोध उत्पन्न करना।

टालना—1. खिसकाना, हटाना, दूर करना, हटा देना, टरकाना, टाल देना; 2. ध्यान न देना, अवहेलना करना, उपेक्षा करना, अनसुनी करना, बहाना बनाना, बात बनाना, टालमटोल करना, हीला-हवाला करना।

टालमटोल—हीला-हवाला, आनाकानी, बहाना।

टिकट—प्रवेशपत्र, प्रमाणपत्र, अधिकार पत्र, स्टाम्प।

टिकना—बसना, रहना, ठहरना, रुकना, थमना, अड़ना।

टिकाऊपन—अनश्वरत्व, स्थिरता, चिर-स्थायित्व, स्थायित्व, टिकाव।

टिका हुआ—अवलंबित, सहारा लिए हुए।

टिमटिमाना—झिलमिलाना, चमचमाना, जगमगाना।

टीका—1. तिलक, चिन्ह, निशान, दाग़, धब्बा; 2. श्रेष्ठ पुरुष, प्रभावशाली व्यक्ति, शिरोमणि; 3. युवराज, टिकैत; 4. भाष्य, वृत्ति, टिप्पणिका, व्याख्या, विवरण, टिप्पणी, अर्थकार, विवेचक।

टीकाकार—भाष्यकार, व्याख्याता, कुंजीकार, विवरणकार, वृत्तिकार, वृत्तकार, व्याख्याकार, समालोचक, भाषान्तरकार।

टीमटाम—ठाठबाट, धूमधाम, आडंबर, दिखावा, बनाव, सिंगार, प्रदर्शन।

टीस—शूल, पीड़ा, वेदना, व्यथा, कसक, चुटकी, ऐंठन, चुभन, हूल, यंत्रणा, कष्ट, दर्द, तकलीफ़।

टुकड़ा—1. अंश, खंड, टूक, भाग; 2. ग्रास, कौर, निवाला; 3. हिस्सा, विभाग, अवयव; 4. चिन्दी, कतरन।

टूटा—1. खंडित, भग्न, क्षत—विक्षत; 2. दुबला, कमज़ोर, शिथिल; 3. निर्धन, दीन, ग़रीब, हीन।

टेढ़ा—1. वक्र, कुटिल, टेढ़ा-मेढ़ा, तिर्यक, बलदार, घुमावदार, सर्पिल, प्रतिनत्; 2. पेंचीदा, अटपटा, जटिल; 3. कठिन, मुश्किल, क्लिष्ट।

टोकरी—झाँपी, झपोली, डलिया, दौरी, चँगेरी, खाँची, छाबड़ी।

टोला—मुहल्ला, टोली, पुर, पुरवा, कूचा, उपनगरी, कालोनी।

टोहना—टोह लेना, पता लगाना, खोजना, ढूँढ़ना, अनुसंधान करना, अन्वेषण करना, थाह लेना।

ठ - देवनागरी वर्णमाला (व्यंजन) में टवर्ग का दूसरा वर्ण है। इसका उच्चारण स्थान मूर्धा है।

ठंडा–1. शीतल, सर्द; 2. शांत, गम्भीर, धीर; 3. सुस्त, मंद, धीमा, दीर्घसूत्री; 4. उदासीन, तटस्थ, भावहीन।

ठग–छली, धूर्त, धोखेबाज़, शठ, वंचक, दगाबाज़, जालसाज़, प्रवंचक, फरेबी, गिरहकट, अड़ीमार, चाइयाँ।

ठगना–छलना, धोखा देना, भुलावा देना, झाँसा देना, चकमा देना, भुलावा, लूटना, लूट लेना, चूना लगाना, मूँड़ना, ऐंठना।

ठगी–कपट, मायाजाल, कपटयोजना, छल, बेईमानी, धोखेबाज़ी, उचक्कापन, फ़रेब, जालसाज़ी।

ठसक–1. नखरा, चोंचला, मान; 2. अभिमान, दर्प, शान, गर्व, घमंड।

ठहरना–रुकना, थमना, टिकना, अड़ना, विराम लेना, स्थित होना; 2. प्रतीक्षा करना, इंतज़ार करना, बाट जोहना।

ठाट–1. तड़क–भड़क, वैभव, शोभा, सजावट, आडम्बर; 2. ढंग, प्रकार, शैली; 3. आयोजन, तैयारी, व्यवस्था, प्रबंध, अनुष्ठान; 4. झुंड, दल, समूह।

ठिकाना–1. स्थान, जगह, ठौर, अड्डा; 2. आयोजन, प्रबंध, व्यवस्था।

ठिठक जाना–ठहर जाना, सहमना, रुकना, ठिठकना।

ठिठुरना–शीत लगना, काँपना, थरथराना, सिकुड़ना।

ठिठोली–चुहल, व्यंग्योक्ति, फ़बती, व्यंग्य, मज़ाक़, उपहास, दिल्लगी।

ठीक–1. उचित, उपयुक्त, मुनासिब, समुचित, अनुकूल; 2. अच्छा, भला; 3. शुद्ध, सही, दुरुस्त; 4. प्रमाणिक, विश्वसनीय।

ठीक-ठीक–पूर्णरूपेण, पूरी तरह से, सही तौर पर, सीधे–सीधे तौर पर, भली प्रकार से, ठीक तरह से।

ठुकराना–1. तिरस्कार करना, उपेक्षा करना, अपमान करना, अवज्ञा करना, तुच्छ समझना; 2. अस्वीकार करना, नामंजूर करना, लात मारना, असहमति प्रकट करना।

ठुड्डी–चिबुक, ठोड़ी, हनु, दाढ़ी।

ठेका–प्राक्कलन पत्र, निविदा, प्रस्ताव, टेण्डर, संविद, जिम्मा, इजारा, पट्टा।

ठेठ–1. निपट, निरा, बिलकुल; 2. शुद्ध, निर्मल, खालिस।

ठेलना–खिसकाना, बढ़ाना, ढकेलना, धकियाना, सरकाना।

ठोकर–1. धक्का, टक्कर; 2. आघात, चोट, ठेस।

ठौर–1. स्थान, जगह, ठिकाना; 2. अवसर, मौक़ा।

ड

ड - देवनागरी वर्णमाला (व्यंजन) में टवर्ग का तीसरा वर्ण है। इस अक्षर का उच्चारण स्थान मूर्धा है। इसके दो रूप और दो उच्चारण है जैसे- ड - डब्बा और ड़ - लड़का।

डंडा—दंड, सोंटा, लाठी, छड़ी।

डकारना—डकार लेना, गरजना, दहाड़ना।

डगमगाना—डावाँडोल होना, अस्थिर होना, काँपना, हिलना, डिगना, लड़खड़ाना, थरथराना, विचलित होना।

डफला—डफ, चंग, खंजरी।

डब्बा—डिब्बा, ढक्कनदार बर्तन, केस, कम्पार्टमेन्ट।

डर—संत्रास, सम्भ्रम, भीति, भय, खौफ़, आतंक, त्रास, दहशत, धाक, रौब।

डरना—भयभीत होना, शंकित होना, त्रास पाना, आतंकित होना, भय खाना, त्रस्त होना।

डरपोक—भीरु, भयभीत, भीत, त्रस्त, बुज़दिल, कायर, कायर, कापुरुष।

डराना—संत्रस्त करना, आतंकित करना, भयभीत करना, हतोत्साहित करना, भयातुर करना, थर्रा देना।

डरावना—भयावह, भयंकर, भयानक, भयप्रद, विकराल, आतंकपूर्ण, विकट, वीभत्स, दहशतवाला, खौफ़नाक, खतरनाक।

डरा हुआ—आशंकित, आतंकित, भयभीत, भयग्रस्त, त्रस्त, सशंक।

डसना—डंक मारना, डाँस मारना, काटना, दंश।

डाँटना—तिरस्कार करना, भर्त्सना करना, फटकारना, भला-बुरा कहना, आड़े हाथों लेना, लानत देना, ताड़ना, डपटना, झिड़की देना, धुत्कारना, धौंस, धमकी, धिक्कार, झिड़की, झाड़ना, झिड़कना, प्रताड़ित करना, लताड़ना।

डाँवाडोल—1. अस्थिर, चित्त; 2. संशयग्रस्त, गतिशील, सचल, परिवर्तनशील, विचलित, डगमगाता हुआ।

डाका डालना—अपहरण, लूटमार करना, लूटना, राहजनी, डाकाजनी।

डाकू—दस्यु, डकैत, लूटेरा, राहजन।

डायन—1. डाकिनी, पिशाचनी, भूतनी।

डायरी—दिनचर्या, रोज़नामचा, दैनिकी, दैनंदिनी।

डाल—1. शाखाा, शाख, टहनी।

डाह—जलन, दाह, कुढ़न, ईर्ष्या।

डींग मारना—डींग हांकना, शेखी बघारना, बड़ी-बड़ी बातें करना, गप्प मारना, लंबी-चौड़ी मारना।

डील-डौल—रूप, स्वरूप आकृति, आकार, ढाँचा, बनावट, कदकाठी, लम्बाई-चौड़ाई, शरीर रचना, अंग संहति, देह विन्यास, शारीरिक गठन।

डुबकी लगाना—अवगाहन करना, गोता लगाना।

डुबाना—निमज्जित करना, जल समाधि देना, निमग्न करना, डुबो देना, प्लावन करना, बुड़ाना।

डूबना—1. समाना, डुबकी लगाना, गोता लगाना; 2. मग्न होना, तल्लीन होना; 3. गर्क होना, बर्बाद होना, नष्ट होना।

डेरा—1. ठिकाना, [illegible]ाम; 2. पड़ाव, शिविर, छावनी; 3. खेमा, तंबू, शमियाना; 4. घर, निवास, वास, वासस्थान।

डोरा—धागा, तंतु, डोर, तागा, सूत्र, सूत, ताँत, सूता, रस्सी।

डोरी—डोर, रस्सी, सुतली, तंतु, ताँत, जेवरी, तनी।

डोली—पालकी, शिविका, सवारी, पालकी, डोला, मियाना।

ढ

ढ - देवनागरी वर्णमाला (व्यंजन) में टवर्ग का चौथा वर्ण है। इसका उच्चारण स्थान मूर्धा है। इसके दो रूप होते हैं- ढ-ढक्कन और ढ़ - चढ़ना।

ढंग–1. शैली, रीति, पद्धति, प्रणाली, ढब, ढर्रा; 2. प्रकार भाँति, तरह; 3. रचना, बनावट, ढाँचा; 4. युक्ति, उपाय, सलीक़ा, तदबीर; 5. आचरण, व्यवहार, चाल–ढाल, शऊर; 6. हीला, बहाना, भुलावा; 7. लक्षण, आसार, पहचान; 8. अवस्था, दशा।

ढहाना–उद्ध्वस्त करना, खंडकरण करना, तोड़–फोड़ देना, ढहवाना, गिराना, गिरवाना।

ढाढस–आश्वासन, सांत्वना, धीरज, तसल्ली, दिलासा।

ढिठाई–अशिष्टता, असभ्यता, अविनय, गुस्ताखी, उजड्डता, बेअदबी, निर्लज्जता, दुराग्रह, हठ, ज़िद्द, ज़िद्दीपन, मुँहज़ोरी।

ढिलाई–शैथिल्य, शिथिलता, ढीलापन, सुस्ती, आलस्य।

ढीठ–अशिष्ट, असभ्य, गुस्ताख, उद्दंड, उजड्ड, बेअदब, निर्लज्ज, दुराग्रही, हठी, ज़िद्दी, मुँहज़ोर।

ढीला-ढाला–1. श्लथ, शिथिल; 2. अकर्मण्य, आलसी, काहिल, सुस्त।

ढेर–1. राशि, अम्बार, पुंज, पिंड, जमाव, संचय; 2. बहुत, ज़्यादा, अधिक, बहुतायत।

ढोंग–पाखंड, स्वाँग, कपट, छल, दुराव, छिपाव, आडंबर।

ढोंगी–पाखंडी, धूर्त, छली, बगुलाभगत, रंगा सियार, प्रपंची, ढकोसलेबाज़।

त

त - देवनागरी वर्णमाला (व्यंजन) में तवर्ग का पहला वर्ण है। इस अक्षर का उच्चारण स्थान दन्त है।

तंग—1. कसा, दृढ़, जकड़ा; 2. दुःखी, परेशान, हैरान; 3. धनहीन, ग़रीब, दरिद्र; 4. सँकुचित, सँकरा, संकीर्ण।

तंतु—सूत, डोरा, धागा, तागा, सूत्र, डोर, ताँत।

तंद्रा—1. ऊँघ, अर्धनिद्रा, झपकी, जँभाई, आलस्य, अर्धमूर्च्छा; 2. क्लांति, थकावट।

तंबू—खेमा, शामियाना, डेरा, छोलदारी।

तक़रार—हुज्जत, विवाद, लड़ाई, झगड़ा, कहासुनी, कटुवार्ता, रार, संघर्ष।

तकलीफ़—1. कष्ट, दुःख, पीड़ा, क्लेश, संताप, दर्द, वेदना; 2. संकट, विपत्ति, मुसीबत, आफ़त; 3. रोग, बीमारी, अस्वस्थता।

तट—किनारा, कूल, तीर, साहिल।

तटस्थ—उदासीन, निरपेक्ष, निष्पक्ष, निर्लिप्त, अलग, निर्विकार।

तत्पर—उद्यत, सन्नद्ध, कटिबद्ध, मुस्तैद, तैयार।

तथापि—तदपि, इस पर भी, तो भी, फिर भी, तिस पर भी, इसके बावजूद।

तदबीर—ढंग, उपाय, युक्ति, रीति, विधि, तरीक़ा।

तनिक—ज़रा सा, थोड़ा सा, तृणमात्र, किंचित, कणमात्र, लेशमात्र, रंचमात्र, तिल भर, चुटकी भर, रत्ती भर, छटाँक भर।

तनु—1. दुबला, पतला, कृश; 2. अल्प, थोड़ा, कम; 3. देह, शरीर, तन, काया।

तन्मय—लीन, तल्लीन, दत्तचित्त, लवलीन, ध्यानमग्न, मग्न।

तन्मयता—एकाग्रता, तल्लीनता, ध्यानस्थ, लगन, लिप्तता।

तपस्वी—तापस, तपी, व्रती, योगी, जितेंद्रिय, वैरागी, साधू, तापस।

तम्बू—वितान, शिविर, खेमा, डेरा, छौलदारी।

तरंग—लहर, वीचि, ऊर्मि, उल्लोल, हिलोर, ऊर्मिका, कंपन, स्पंदन, मौज, लहर।

तरकारी—भाजी, शाक, सालन, सब्ज़ी।

तरी—1. गीलापन, आर्द्रता, नमी; 2. ठंडक, शीतलता, सर्दी; 3. रसा, तलछट।

तरीक़ा—1. विधि, ढंग, रीति; 2. युक्ति, उपाय; 3. चाल, व्यवहार, आचरण।

तरुण—1. युवा, जवान, युवक; 2. नया, नूतन, नवीन।

तलछट—काल्क, क्लेद, निषाद, अवसाद, साद, अवशेष, शेष, तलौंछ, गाद।

तलवार—कटार, तेग, कृपाण, करवाल, खंजर, वक्र खड्ग, तेगा, असि, शमशेर।

तसल्ली—दिलासा, ढाढ़स, सांत्वना।

ताकना—देखना, घूरना, निहारना।

तागा—धागा, सूत, डोरा।

तात्पर्य—अभिप्रायः, अर्थ, आशय, मतलब, हेतु।

तादात्म्य—1. ऐकात्म्य, ऐक्य, एकात्मता, अभिन्नता, अभेद, सादृश्य; 2. समरूपता, एकत्व, तल्लीनता।

तान–1. खींच, फैलाव, विस्तार; 2. लय, स्वर, सुर।

ताना–1. व्यंग्य, आक्षेप, उपहास, भर्त्सना, खिल्ली, उपालम्भ, उलाहना, कटाक्ष; 2. सूत।

तानाशाह–अधिनायक, एकाधिपति, एकशास्ता, एकाधिकारी, निरंकुश शासक, डिक्टेटर, स्वेच्छाचारी।

तारतम्य–1. एकरूपता, सदृश्यता, समानता, बराबरी; 2. सिलसिला, क्रम, अनुक्रम, क्रमिक अनुगमन, अनुक्रमण।

तारा–1. नक्षत्र, सितारा, तारक, उड्गन, नखत; 2. किस्मत, भाग्य, ग्रह।

तारीख़–तिथि, दिनाँक, मिति।

तालमेल–स्वरसंवादिता, सहस्वरता, समस्वरता, समन्वय, सामंजस्य, सामरस्य, समरसता, समध्वनि, समताल, स्वरसंगति, स्वरसाम्य, स्वैरक्य, तालैक्य।

तालाब–जलाशय, सरोवर, पोखर, ताल, सर, जोहड़, झील, वांवड़ी पद्माकर, पुष्करण।

तालिका–सूची, फ़हरिस्त, सारणी, सूचीपत्र।

तिरस्कार–1. अपमान, उपेक्षा, अनादर; 2. भर्त्सना, फटकार, डाँट।

तीखा–1. तिक्त, तीता, कड़ुवा, कटु; 2. तीक्ष्ण, तेज, प्रखर, तीव्र; 3. पैना, प्रचंड, उग्र, तेज, सख्त।

तीर–तट, किनारा, कूल, वाण।

तीव्र–1. तेज़, त्वरित, सत्वर, द्रुत, क्षिप्र; 2. तीक्ष्ण, प्रखर, पैना; 3. कटु, कड़ुवा, तीता।

तुंग–1. ऊँचा, गगनचुंबी, उन्नत; 2. उग्र, तीव्र, प्रचंड; 3. प्रधान, मुख्य।

तुच्छ–1. खोखला; 2. सारहीन, थोथा, निःसार; 3. अल्प, थोड़ा, कम, नगण्य; 4. हीन, क्षुद्र, नीच, ओछा, खोटा, प्रतिष्ठाहीन, घटिया, दो कौड़ी का, दुष्ट, पापिष्ठ।

तूफ़ान–आंधी, प्रभंजन, झंझा, झंझावत, महावात, प्रवात, चक्रवात, द्रुतगामी, तीव्रगति।

तेज–1. दीप्ति, कांति, चमक, प्रकाश, आभा; 2. पराक्रम, ज़ोर, बल, वीर्य; 3. प्रताप, रोब, वर्चस्व, प्रभाव।

तेज़–1. अग्र, तीव्र, प्रचंड, प्रखर; 2. सत्वर, त्वरित, द्रुत, क्षिप्र, वेगवान, शीघ्रगामी; 3. तीक्ष्ण, तीखा, तीता, कड़ुवा; 4. महँगा, क़ीमती, मूल्यवान; 5. चपल, चंचल, अस्थिर।

तेजस्वी–कांतिमान्, तेजयुक्त, तेजवान्, प्रकाशमय, तेजोमय, उर्जस्वी, वर्चस्वी, प्रतापी, ज्योतिर्मय, आलोकमय, प्रभावशाली।

तैयार–उद्यत, तत्पर, प्रस्तुत, कटिबद्ध, मुस्तैद, उपस्थित, सन्नद्ध, उत्सुक, उन्मुख।

तोता–शुक, सूआ, कीर, प्रियदर्शन, सुवना, सुग्गा, मियाँमिट्ठु।

तोष–1. तुष्टि, संतोष, तृप्ति; 2. प्रसन्नता, आनंद, खुशहाली।

त्योहार–उत्सव, पर्व, समारोह।

त्राण–1. रक्षा, बचाव, सुरक्षा; 2. हिफाजत, प्रतिरक्षा, रखवाली।

त्रास–1. भय, डर, आशंका; 2. दहशत, संत्रास।

त्रुटि–1. कमी, न्यूनता, अभाव, अशुद्धि; 2. भूल, चूक; 3. अपराध, दोष।

थ - देवनागरी वर्णमाला (व्यंजन) में तवर्ग का दूसरा वर्ण है। इसका उच्चारण स्थान दन्त है।

थकान—थकन, थकावट, श्रांति, क्लांति, परिश्रांति।

थका माँदा—क्लान्त, श्रान्त, परिश्रान्त, थका हुआ, उकताया हुआ, आज़िज।

थपेड़ा—1. थप्पड़, चपत, चपेट;तमाचा, झापड़, चाँटा; 2. आघात, धक्का, टक्कर, मुठभेड़, भिडंत।

थल—1. स्थान, जगह; 2. धरती, भूमि, ज़मीन।

थाह—1. अंत, सीमा, हद, छोर; 2. पता, परिचय, जानकारी, टोह; 3. अंदाज़, आकलन।

थोड़ा—1. न्यून, कम, अल्प, तनिक, नगण्य, मामूली, किंचित, चन्द, ज़रा, लेशमात्र, लेश, कणमात्र, स्वल्प, मात्र; 2. परिमित, मित, प्रमित।

थोथा—1. खोखला, खाली, पोला; 2. निःसार, सारहीन, व्यर्थ; 3. तुच्छ, ओछा, दुष्ट, निकम्मा।

थोपना—1. लेपना, तह चढ़ाना, तह जमाना; 2. आरोपित करना, मत्थे मढ़ना, कलंकित करना, बदनाम करना, अभियोग लगाना, मढ़ना, आरोपन, चिपकाना।

द - देवनागरी वर्णमाला (व्यंजन) में तवर्ग का तीसरा वर्ण है। इसका उच्चारण स्थान दन्तमूल के जिह्वा के अग्रभाग के स्पर्श से होता है।

दंग—1. विस्मित, चकित, स्तब्ध, भौचक्का; 2. घबराहट।

दंगा—1. उपद्रव, उत्पात, ऊधम, हुल्लड़, शोरगुल; 2. लड़ाई, झगड़ा, टंटा, फ़साद।

दंड—1. डंडा, सोंटा, लाठी, छड़ी; 2. जुर्माना, हरज़ाना, अर्थदंड; 3. सज़ा; 4. घड़ी, मिनट।

दक्ष—निपुण, कुशल, चतुर, होशियार।

दगाबाज़—कृतध्न, नमकहराम, बेवफ़ा, धोखबाज़, कपटी, छली।

दफ़ा—बार, मर्तबा, बेर, आवृत्ति।

दफ़्तर—कार्यालय, आफ़िस।

दबदबा—1. रोब, प्रभाव, बोलबाला; 2. डर, खौफ़, भय, आतंक।

दबाव—1. बाध्यता, अनिवार्यता, प्रभाव, रोब, चाप, दाब; 2. भार, वजन।

दया—करुणा, रहम, तरस, कृपा, मेहरबानी, सहृदयता, हमदर्दी, सहानुभूति, अनुग्रह, अनुकंपा, सहानुभूति।

दयामय—दयायुक्त, दयावान, दयालु, दयाशील, करुणामय, करुणानिधि, सहृदय, रहमदिल, ग़रीबपरवर, ग़रीबनवाज़, दीनबंधु।

दयाहीन—हृदयहीन, निर्मोही, संगदिल, बेदर्द, संवदेनाशून्य, बेदिल, अकरुण, बेरहम, निर्दय, कठोर, निर्मम।

दरबान—द्वारपाल, प्रतिहार, चोबदार, ड्योढ़ीदार।

दरवाज़ा—द्वार, किवाड़, कपाट, पल्ला।

दरार—निर्भ्रंश, छिद्र, कटान, फटन, दरज, अवकाश, छेद, दरक, रंध्र, शिगाफ।

दरिद्र—रंक, निर्धन, कंगाल, दीन, अकिंचन, ग़रीब, फटीचर, फटेहाल।

दर्जा—1. श्रेणी, कोटिवर्ग; 2. पद, पदवी, ओहदा; 3. मर्तबा, बार, दफ़ा; 4. हद, सीमा, कक्षा, क्लास, वर्ग, श्रेणी।

दर्द—1. पीड़ा, व्यथा, दुःख, तकलीफ़, यंत्रणा, यातना; 2. सहानुभूति, करुणा, दया, तरस, रहम।

दर्प—1. घमंड, अहंकार, गर्व, अभिमान; 2. उदंडता, अक्खड़पन, उजड्डपन; 3. रोब, दबदबा, प्रभाव, बोलबाला।

दर्पण—मुकुर, आईना, ऐना आदर्श, शीशा, आरसी।

दर्शन—भेंट, मुलाकात, साक्षात्कार, आमना-सामना, देखा-देखी, निरीक्षण।

दल—1. पत्र, पत्ता, पंखुड़ी; 2. समूह, झुंड, गिरोह, जत्था, गुट, गिरोह।

दलना—1. पीसना, रौंदना, कुचलना, मसलना; 2. नष्ट करना, ध्वस्त करना, तोड़ना, खंडित करना।

दवा—1. औषध, औषधि, दवाई; 2. इलाज़, चिकित्सा, उपचार, दवा-दारू।

दशा—अवस्था, हालत, स्थिति, हाल।

दस्ता—1. मूठ, हत्था, बेंट; 2. डंडा, सोंटा, छड़ी; 3. गोट, मगजी, संजाफ़, जत्था, टुकड़ी, दल, समूह।

दस्तावेज़—अधिकारपत्र, प्रलेख प्रपत्र, क़ानूनी काग़ज़, डीड।

दस्यु—डाकु, चोर, लुटेरा, डकैत, तस्कर, राहजन।

दाँव—1. दफ़ा, बार, मरतबा, पारी; 2. अवसर, मौक़ा, घात; 3. दाँवपेच, युक्ति, चाल।

दाई—धात्री, उपमाता, धाय, आया।

दाग़—धब्बा, निशान, चिन्ह, अंक, ऐब, दोष, कलंक।

दादा—पितामह, बाबा, आजा, भैया।

दादी—पितामही, आजी।

दानव—असुर, राक्षस, शम्बर, निशाचर, दैवारि।

दावा—1. अधिकार, स्वत्व, हक़; 2. अभियोग, मुकदमा, नालिश; 3. ज़ोर, सामर्थ्य; 4. गर्व, घमंड।

दास—सेवक, भृत्य, किंकर, चेटक, परिचर, अनुग, अनुचर, अनुगामी, चाकर, नौकर, कर्मचारी, कर्मकार, सेवी, जीवक, टहलुआ, टहलू, सहचारी, सेवाजान।

दासी—परिचारिका, अनुचरी, भृत्या, बाँदी, नौकरानी।

दिखावटी—दर्शनार्थ, दिखाऊ।

दिनकर—सूर्य, भास्कर, आदित्य, दिनेश, दिनमणि, दिनमान, अरूण, दिवाकर, प्रभाकर।

दिमाग़—1. मस्तिष्क, जेहन, मगज, भेज़ा; 2. स्मरण शक्ति, मानसिक शक्ति, बुद्धि, समझ; 3. प्रज्ञा, मेधा, समझ।

दिल—1. हृदय, कलेजा, उर; 2.चित्त, जी, मन; 3. जिया, हिया, घट।

दिलावर—शूर, बहादुर, साहसी, वीर, उत्साही, निर्भीक, साहसिक, हिम्मती, दिलेर, जीवटवाला।

दिलासा—आश्वासन, ढाढस, तसल्ली, सान्त्वना, धैर्य, धीरज।

दिव्य—1. स्वर्गिक; 2. अलौलिक, लोकोत्तर, लोकातीत; 3. प्रकाशवान्, चमकीला, द्युतिमान; 4 मनोहर, सुन्दर, भव्य।

दिशा—1. ओर, तरफ़, सिम्त, जानिब; 2. दिक्।

दीक्षा—1. गुरुमंत्र; 2. मंत्रोपदेश 3. उपनयन संस्कार।

दीप—दीपक, चिराग़, दीया, प्रदीप, तिमिरहर, बत्ती, संदीप, अग्निशिख, शमा, वर्तिका।

दीप्ति—1. प्रकाश, उजाला, प्रभा, आभा, चमक, कांति, रोशनी, द्युति; 2. छवि, शोभा।

दीर्घ—बड़ा, आयत, लंबा, विशाल, बड़ा, ऊँचा, विस्तृत।

दीवाली—दीपावली, दीपमाला, दीपमालिका, दीपोत्सव।

दुःख—1. आपत्ति, विपत्ति, संकट, विपदा, आपदा; 2. कष्ट, क्लेश, वेदना, ग्लानि, पीड़ा, व्यथा, शोक, संताप, विषाद, अनुताप, यंत्रणा, परिताप, यातना, दर्द, तकलीफ़, उद्वेग, कसक, टीस, अवसाद, आफ़त, मुसीबत।

दुबला—1. कृश, पतला, क्षीण, तनु; 2. अशक्त, कमज़ोर, निर्बल, दुर्बल।

दुर्गम—औघट, दुर्जेय, दुर्बोध, दुस्तर, विकट, कठिन, अभेद्य, अगम्य, अपारगम्य, दुर्गमनीय।

दुर्गा—चण्डिका, दुर्गविनाशिनी, कालिका, चामुण्डा, पार्वती, चण्डी, काली, भवानी, महाकाली, अंबा, अंबिका।

दुर्जन—दुष्ट, खल, धूर्त, असाधु, अपकारी, पतित, शठ।

दुर्दशा—बुरी दशा, ख़राब हालत, शोचनीय अवस्था, छीछालेदर, जिल्लत, दुर्गति, फजीहत।

दुर्लभ—1. दुष्प्राप्य, अलभ्य, नायाब, असुलभ; 2. अनोखा, विरल, विलघण, अनूठा, कठिन, दुर्गम, दुस्तर।

दुविधा—1. धर्मसंकट, संशय, सन्देह, असमंजस, आगा-पीछा, ऊहापोह, कशमकश, पशोपेश, अंतर्द्वद्ध, उभयापत्ति, उभयदंश, उधेड़बुन, अनिश्चिय।

दुःशील—अविनीत, असभ्य, अभद्र, अशिष्ट, परुषस्वभाव, अक्खड़, उद्दंड, उजड्ड।

दुश्मनी—वैर, शत्रुता, वैमनस्य, विद्वेष, द्वेषभाव, अदावत।

दुष्ट—खल, पाजी, दुराचारी, दुर्जन, धूर्त, अच्छृंखल, असौम्य, लुच्चा, बदमाश।

दूत—1. संदेशवाहक, चर, प्रणिधि; 2. राजदूत, राजनयिक प्रतिनिधि, राजनयिक कासिद, सफ़ीर।

दूध—दुग्ध, क्षीर, पय, स्तन्य, पीयूष, गोरस।

दूर—परे, विलग, पृथक, अलग, भिन्न।

दृढ़—1. प्रगाढ़, पुष्ट, सुदृढ़, मज़बूत, कड़ा, फौलादी, शक्तिशाली; 2. स्थायी, अटल, अचल, अविचल, निश्चल, अडिग, अटूट; 3. निडर, ढीठ, निर्भय, दृष्टि, मत, व्रिचार, सिद्धान्त, नजरिया।

दृष्टिकोण—मत, विचा, परिप्रेक्ष्य, नजरिया।

देखभाल—भृति, देखरेख, निर्देशन, रखवाली, निगरानी, निरीक्षण।

देवता—अमर, देव, सुर, सुपर्वा, सुमना, त्रिदिवेश, अमर्त्य, अजर, विश्वरूप, अदितिसुत, आकाशचारी, त्रिदश, अदितेय।

देवबाला—देववधू, देवांगना, अप्सरा, परी, मेनका।

देवमंदिर—देवालय, प्रासाद, देवस्थान, मंदिर।

देह—शरीर, तन, बदन, काया।

दैत्य—असुर, राक्षस, रजनीचर, निशाचर, पिशाच, खर, चण्ड, दानव, तामिस्र, दितिसुत, सुरशत्रु, अमानुष।

दोगला—मिश्रज, संकर, वर्णसंकर, जारज़, हरामी, अधर्मज।

दोष—1. अवगुण, ऐब, ख़राबी, विकृति, विकार, नुक़्स, खामी, दूषण, बुराई; 2. अपराध, कुसूर, खता, जुर्म।

दोषी—अपचारी, कदाचारी, अनाचारी, अपराधी, कसूरवार, दुर्गुणी, ऐबी।

द्रव्य—1. वस्तु, पदार्थ, चीज़, सामग्री, सामान, उपादान; 2. धन, दौलत, रुपया—पैसा।

द्रुत—तेज, शीघ्रगामी, त्वरित, क्षिप्र।

द्रोपदी—द्रुपदसुता, पांचाली, कृष्णा, याज्ञसेनी, सैरंध्री, द्रुपदसुता।

द्वंद्व—दुविधा, कशमकश, पशोपेश, उधेड़बुन, उहापोह।

द्वेष—शत्रुता, वैर, दुश्मनी, विद्वेष, खार, विरोध।

ध - देवनागरी वर्णमाला (व्यंजन) में तवर्ग का चौथा वर्ण है। इसका उच्चारण स्थान दन्तमूल है।

धंधा–1. काम, कामकाज, उद्योग, प्रयत्न, उद्यम; 2. व्यवसाय, कारोबार, रोज़गार, व्यापार।

धक्का–1. टक्कर, ठोकर, आघात, झोंका; 2. संकट, विपत्ति, मुसीबत, आफ़त; 3. हानि, घाटा, टोटा, नुक़सान।

धड़का–1. खटका, आशंका, अंदेशा; 2. भय, डर, खौफ़; 3. फ़िक्र, सोच, चिन्ता।

धनंजय–1. अर्जुन, पार्थ, कौन्तेय; 2. अग्नि, आग, अनल, पावक।

धन–द्रव्य, दौलत, सम्पत्ति, अर्थ, वैभव, ऐश्वर्य, सम्पदा, ज़र, पैसा, वित्त, लक्ष्मी, काँचन, माया, विभव, धनराशि, पूँजी।

धनवान–धनिक, धनी, श्रीमंत, धनाढ्य, मालदार, दौलतमंद, वैभवशाली, सम्पन्न, धनेश्वर, अमीर, समृद्ध।

धनुर्धर–तीरदांज, कमनैत, धन्वी, निषंगी, धनुष्मान, धानुष्क।

धनुष–चाप, शरासन, कोदंड, धनु, कमान, पिनाक, धन्वा।

धन्यवाद–1. आभार, कृतज्ञता, शुक्रिया, मेहरबानी, वाहवाही; 2. श्लाघा, प्रशंसा, बड़ाई, शाबासी, तारीफ़।

धब्बा–1. चिन्ह, निशान, अंक; 2. दाग़, कलंक, लाँछन, दोषारोपण; 3. ऐब, दोष, ख़राबी, बुराई।

धमकी–घुड़की, भभकी, झिड़की, डाँट, फटकार, भर्त्सना, भयदर्शन।

धरती–धरा, धरणी, धरित्री, क्षिति, पृथ्वी, मही, भू, भूमि, भूतल, महीतल, धरातल, भूमंडल, अवनि, अचला, ज़मीन।

धरोहर–अमानत, थाती, जमा, प्रतिभूति, निक्षेप, प्रतिभू, गिरवी, न्यास।

धवल–1. श्वेत, उजला, सफ़ेद; 2. निर्मल, कुफ, स्वच्छ, साफ़, झकाझक; 3. मनोहर, सुन्दर, आकर्षक।

धाँधली–1. उत्पात, उपद्रव, ऊधम; 2. पाजीपन, शरारत, बदमाशी; 3. कपट, छल, धोखा; 4. स्वेच्छाचारिता, ज़बरदस्ती, अंधेर।

धाक–1. भय, आतंक, दबदबा, डर; 2. ख्याति, प्रसिद्धि, शोहरत।

धात्री–धाय, दाई, आया, उपमाता।

धाम–1. घर, मकान, गृह; 2. तीर्थ, देवस्थान, पुण्यस्थान।

धार–तेज, किनारा, तेज सिरा, तेज नोंक, सिरा, किनारा, छोर।

धीर–1. धैर्यवान, धीरजवान, आत्मनिष्ठ, सहिष्णु, सहनशील, दृढ़चित्त; 2. गहन, गम्भीर, गहरा, शांत; 3. मंद, मंथर, धीमा।

धीरज–1. धैर्य, सब्र, संतोष, तोष, मन स्थिरता, अचंचल; ढाढस, सान्त्वना, दिलासा, आश्वासन।

धीरे-धीरे–शनैः-शनैः, धीमे-धीमे, सहज-सहज, हौले-हौले, आहिस्ता- आहिस्ता, रफ़्ता-रफ़्ता, दबे पाँव, चोरी से।

धुंध—कोहरा, कुहासा, नीहार।

धुन—1. प्रवृति, लगन, झुकाव, लगाव; 2. तरंग, लहर, मौज।

धूम—1. हल्ला; 2. ठाटबाट, समारोह, उत्सव, आयोजन, चहल-पहल।

धूमकेतु—पुच्छल तारा, उल्का।

धूर्त—लुच्चा, मक्कार, शठ, खल, दुष्ट, दुर्जन, लफंगा, असज्जन, कपटी, धोखेबाज़, बदमाश, चार सौ बीस, दम्भी, छली, छद्‌मी।

धूर्तता—मक्कारी, शठता, दुष्टता, असज्जनता, चालाकी, चालबाज़ी, बदमाशी।

धूल—गर्द, धूलि, रेणु, रज।

धृष्ट—1. प्रगल्भ, निर्लज्ज, बेहया; 2. ढीठ, उद्‌दंड, गुस्ताख।

धोखा—1. छल, भुलावा, भ्रम, संदेह; 2. कैतव, कूटता, कपट, धूर्तता, दगाबाज़ी, फ़रेब, मक्कारी, घात, चाल, बेईमानी।

धोखेबाज़—कपटी, विश्वासघाती, मक्कार, ठग, धूर्त, कुटिल, प्रतारक, चालबाज़, छद्‌मी।

धौंस—1. धमकी, डाँट, धौंस, रोबंदार।

ध्यान—1. एकाग्रता, लीनता, तन्मयता, तल्लीनता, मनोयोग; 2. स्मृति, याद, ख़्याल; 3. समझ, विचार, बुद्धि, मनन, चिंतन; 4. सावधानी, सतर्कता, सजगता, जागरुकता।

ध्रुव—स्थिर, अचल, दृढ़, पक्का, निश्चित, केतन, केतु, झंडा।

ध्वज—1. चिन्ह, निशान, अंक; 2. झंडा, पताका, ध्वजा, तोरण।

ध्वनि—1. स्वर, शब्द, नाद, आवाज़; 2. अर्थ, आशय, अभिप्राय, निनाद।

ध्वस्त—1. खंडित, भग्न, टूटा-फूटा, नष्ट-भ्रष्ट; 2. पराजित, विजित, हारा हुआ।

न - देवनागरी वर्णमाला (व्यंजन) में तवर्ग का पाँचवाँ वर्ण है। इसका उच्चारण दाँत और नासिका है।

नंगा—1. नग्न, वस्त्रहीन, दिगम्बर, अनावृत; 2. निर्लज्ज, बेहया, बेशर्म; 3. दुष्ट, लुच्चा, पाजी।

नंदन—1. लड़का, पुत्र, बेटा, आत्मज; 2. स्वर्ग उद्यान, सुरवाटिका, देव उपवन।

नंदिनी—लड़की, पुत्री, बेटी, आत्मजा।

नंबर—1. अंक, अदद, संख्या; 2. गणना, गिनती।

नकली—1. कूट, बनावटी, दिखावटी, जाली, झूठा, असत्य, अपकृत, कृत्रिम, अवास्तविक।

नक्षत्र—ऋक्ष, तारा, उडु, तारिका, नखत, नभचर, तमचर, खद्योत।

नखरा—चुलबुलापन, चोंचला, नाज़, हावभाव, चुलबुलाहट, चपलता।

नग—1. अडिग; 2. पर्वत, पहाड़, भूधर; 3. पेड़, वृक्ष, द्रुम; 4. नगीना, रत्न, मणि; 5. अदद, संख्या।

नगर—नगरी, पुर, पुरी, शहर।

नज़र—1. दृष्टि, निगाह; 2. कृपादृष्टि, दयादृष्टि; 3. निगरानी, देखरेख, ध्यान; 4. भेंट, उपहार, सौगात; 5. परख, पहचान, चितवन।

नटी—1. नर्तकी, नृत्यांगना; 2. अभिनेत्री, मंचनायिका, मंचतारिका।

नदी—सरिता, तरंगिणी, सलिला, वाहिनी, तरंगवती, दरिया, आपगा, तटिनी, धरावती, तटी।

नम—गीला, तर, आर्द्र, भींगा हुआ।

नमकीन—नमकयुक्त, लावणिक, लवणमय, लवणयुक्त।

नम्र—1. विनम्र, विनीत, विनयी, विनयशील, विनत, प्रणत; 2. शालीन, शिष्ट, सुशील; 3. नम्य, सुनम्य, लचीला।

नया—1. नवल, नूतन, अभिनव, नव, नव्य, अछूता, कोरा, अपूर्व, नवेला, नवीन; 2. हाल का, ताजा; 3. आधुनिक, अर्वाचीन।

नरक—यमलोक, यमपुर, जहन्नुम, दोज़ख।

नरम—1. कोमल, मुलायम, स्निग्ध, मृदुल; 2. पिलपिला, लचीला, लचकदार।

नरेंद्र—1. राजा, नरेश, भूपति, नरपति; 2. विषवैध, विष चिकित्सक।

नलिन—1. पद्म, कमल, नीरज, जलज; 2. नीलिका, नील; 3. जल, पानी, वारि, तोय; 4. नीम, निंब।

नवयुवक—नौजवान, तरुण, किशोर, कुमार, वर्धमान, यौवनोन्मुख।

नवल—1. नव्य, नवीन, नूतन; 2. अनोखा, विलक्षण, अद्भुत, सुन्दर, बढ़िया।

नश्वर—ऐहिक, विनाशशील, लौकिक, सांसारिक, दैहिक, शारीरिक, शरीरी, अपारलौकिक, मर्त्य, मरणशील, अनित्य, विनाशी, कालधर्मी, मर्त्यधर्मी।

नष्ट—1. चौपट, बरबाद, ध्वस्त, भग्न, टूटा-फूटा; 2. व्यर्थ, बेकार।

नाग—1. साँप, सर्प, विषधर; 2. हाथी, गज, कुंजर।

नाज—1. ठसक, नखरा, चोंचला, हावभाव, अदा, चटक-मटक, बनाव-सिंगार; 2. घमंड, गर्व, अभिमान, दर्प, मान।

नाजुक—1. कोमल, सुकुमार; 2. सूक्ष्म, पतला, संकटपूर्ण, बारीक।

नाता—रिश्ता, वास्ता, लगाव, सम्बन्ध।

नाम—1. संज्ञा, अभिख्या, अभिधान, आख्या, शीर्षक; 2. प्रसिद्धि, ख्याति, यश, कीर्ति।

नामी—विख्यात, प्रख्यात, प्रसिद्धि, मशहूर, नामवर लब्धप्रतिष्ठ, विश्रुत।

नारी—स्त्री, महिला, वनिता, मानवी, कामिनी, रमणी, ललना, अबला, औरत, वामा, त्रिया।

नाविक—मल्लाह, कर्णधार, केवट, खेवट, खेवैया, माँझी।

नाश—1. अवपात, पतन, अवनति, गिरावट, अपक्षय; 2. विध्वंस, संहार, क्षय, विनाश, बरबादी, तबाही।

नाशवान—नश्वर, मर्त्य, क्षणभंगुर, क्षणिक, अस्थिर, अस्थायी।

नासमझ—मूर्ख, गँवार, नादान, अबोध, अनाड़ी, बुद्धिहीन, मतिहीन, निर्बुद्धि, मूढ़।

निंदा—अपकीर्ति, अपयश, आक्षेप, भर्त्सना, बदनामी, बुराई, बदगोई, तौहीन, तिरस्कार।

निकट—पास का, समीप का, अनुपार्श्व, संपार्श्व, पास-पास, साथ-साथ, पार्श्व, आसन्न, नजदीक, सन्निकट।

निकम्मा—बेकार, अकर्मण्य, निठल्ला, निखट्टू, गोबरगणेश, मिट्टी का माधो।

निकाय—समूह, संस्था, समुदाय, संगठन, संघ, समुच्चय, घर।

निकृष्ट—बुरा, ख़राब, घटिया, नीच, कमीना, पाजी, उजड्ड, गँवार।

निकेतन—घर, आवास, निवास, मकान, गृह, निलय, आलय।

निखट्टू—निकम्मा, आलसी, अकर्मण्य, निठल्ला।

निगोड़ा—1. अकर्मण्य, बेकार, निठल्ला, निखट्टू; 2. अभागा, भाग्यहीन, निराश्रम।

निग्रह—1. नियंत्रण, बंधन, रोक, अवरोध; 2. संयम, दमन।

निचोड़—आशय, सार, सारांश, सत, सारतत्त्व, खुलासा।

निजी— व्यक्तिगत, अपना, खुद का।

निडर—1. निर्भय, निर्भीक, निःशंक, दिलेर, बेधड़क; 2. साहसी, हिम्मती, दिलावर; 3. धृष्ट, ढीठ, उद्दण्ड।

निढाल—थका—माँदा, शिथिल, सुस्त, अशक्त, उत्साहहीन।

नित्य—1. शाश्वत, अमर, अनश्वर, अमर्त्य, अविनाशी; 2. प्रतिदिन, रोज़, नित, सदा, अनुदिन, नितप्रति, हररोज, हर रोज।

निद्रा—नींद, शयन, सुषुप्ति, सुप्ति, तंद्रा, सुप्तावस्था।

निधान—1. आधार, आश्रयं, सहारा, अवलंब; 2. निधि, कोष, भंडार।

निधि—1. ख़ज़ाना, कोष, संपत्ति; 2. आगार, भंडार।

निपट—1. निरा, विशुद्ध, खाली, एकमात्र; 2. एकदम, सरासर, बिलकुल; 3. बहुत, अधिक, नितांत।

निपुण—दक्ष, कुशल, चतुर, प्रवीण, अनुभवी, पटु, योग्य, काबिल, निष्णात, विशारद, अभिज्ञ, पूर्णतः, निहायत।

निमंत्रण–बुलावा, न्योता, आह्वान, आमंत्रण।

निमित्त–1. हेतु, कारण, उद्देश्य; 2. लिए, वास्ते, सबब, वजह।

नियंत्रण–क़ाबू, वश, अंकुश।

नियति–1. होनी, होनहार, प्रारब्ध, भाग्य, भावी, अदृष्ट; 2. किस्मत, तकदीर, अदृष्ट।

नियम–सिद्धांत, विनियम, क़ायदा, विधि, विधान, ढंग, उसूल, दस्तूर, परम्परा, रिवाज़।

नियुक्त–1. तैनात, मुकर्रर, अधिकृत, पदासीन, पदारूढ़, नियत, निर्धारित।

निरंतर–अटूट, अनवरत, अविरल, अविराम, आठों पहर।

निरपेक्ष–1. बेपरवाह, लापरवाह, निश्चिंत, बेफ़िक्र; 2. अनाश्रित, निरालंब, निराश्रित; 3. रहित, अलग, तटस्थ, उदासीन।

निरर्थक–1. बेकार, अर्थहीन, बेमानी, असम्बद्ध, अर्थशून्य, बेमतलब का; 2. निष्प्रयोजन, निष्फल, व्यर्थ, असंगत, बेक़ायदा, फ़िज़ूल।

निराकार–आकारहीन, आकाररहित, रूपहीन, अमूर्त, निर्गुण।

निराधार–1. आधाररहित, बेबुनियाद, निर्मूल, निरावलंब; 2. अनुपयुक्त; 3. झूठ, मिथ्या, असत्य; 4. तर्कहीन, प्रमाणरहित।

निराला–अद्भुत, विलक्षण, अनूठा, अपूर्व, असाधारण, अनोखा, बेजोड़, अनुपम, विचित्र, अद्वितीय, अप्रतिम, एकांत, निर्जन, सुनसान।

निरोध–रोक, अवरोध, रुकावट।

निर्जीव–1. गतप्राण, सारहीन, निष्क्रिय, निश्चेष्ट, निष्प्रभाव; 2. मृत, मुर्दा, प्राणरहित, प्राणहीन, निष्प्राण, दिगवंत, बेजान।

निर्णय–निश्चय, निष्कर्ष, परिणाम, फ़ैसला, निपटारा।

निर्दय–निष्ठुर, दयाहीन, निर्मम, क्रूर, नृशंस, दारुण, बर्बर, ज़ालिम, बेदर्द, बेरहम, निष्करुण, संगदिल, अविनीत, जल्लाद।

निर्दोष–निरपराध, निष्कलंक, दोषरहित, बेगुनाह, बेकसूर।

निर्धन–धनहीन, दरिद्र, दीन, अकिंचन, रंक, कंगाल, ग़रीब, मुफ़लिस।

निर्बल–1. कमज़ोर, अशक्त, निःशक्त; 2. क्षीण, दुर्बल, दुबला–पतला।

निर्मल–शुद्ध, पवित्र, निर्दोष, मलरहित, साफ़, अम्लान, स्वच्छ, निखरा हुआ।

निर्वासन–निकालना, निष्कासन, देश-निकाला।

निवास–1. घर, मकान, गृह, भवन।

निशा–निशी, निशीथिनी, रात, रात्रि, रजनी।

निशाकर–1. चंद्रमा, शशि, चांद, विधु; 2. कुक्कुट, मुर्गा।

निशाचर–राक्षस, निशिचर, असुर, दैत्य, दानव, अमानुष।

निशान–1. चिन्ह, धब्बा; 2. पहचान, लक्षण, संकेत; 3. ध्वजा, झंडा, पताका।

निश्चय–1. विश्वास, यकीन; 2. दृढ़-संकल्प, पक्का इरादा, पूरा इरादा, पक्का विचार; 3. व्रत, प्रतिज्ञा, पण; 4. निर्णय, फ़ैसला, परिणाम।

निश्चित–तय, निर्णीत, दृढ़, पक्का।

निश्चेतनता–मूर्छा, संन्यास, अचेतावस्था, अचेतनता, बेहोशी, निश्चेतावस्था।

निष्कलंक–निर्दोष, बेएब, बेदाग़, निर्मल।

निष्ठा–1. विश्वास, श्रद्धा, यकीन; 2. अनुरक्ति, प्रवृति, लगाव।

निष्पत्ति–इति, समाप्ति, पूर्णता, सिद्धि।

निस्तब्धता–ख़ामोशी, सन्नाटा, शांति, नीरवता।

निस्संदेह–अवश्य, ज़रूर, सचमुच, बेशक, वास्तव में।

नीर–जल, पानी, तोय, पय, अम्बु।

नीरज–जलज, वारिज, तोयज, अम्बुज।

नीरव–निःशब्द, चुप, मौन, स्तब्ध, निस्तब्ध, शांत।

नीलकमल–नीलाम्बुज, नीलाब्ज, कुवलय, मृदूत्पल, इंदीवर।

नीलम–नीलमणि, असिरत्न, शनिप्रिय, इंद्रनील, नील, नीलक, महानील।

नुक़सान–कमी, घाटा, क्षति, हानि।

नुकीला–कंटाग्र, तीक्ष्णाग्र, निशित, पैना, नोकदार, नोक वाला।

नूतन–1. नया, नवीन, ताज़ा, अभिनव; 2. अर्वाचीन, आधुनिक।

नृप–राजा, नरपति, नृपाल, भूपति।

नृशंस –क्रूर, निर्दय, अकरुण, ज़ालिम, बेदर्द, अनष्टिकारी, अत्याचारी।

नेकी–1. भलाई, उपकार, सज्जनता, भलमनसाहत, शिष्टता।

नेता–अगुआ, नायक, अग्रणी, मुखिया, मार्गदर्शक, पथप्रदर्शक।

नेत्र–आँख, चक्षु, नयन, दीदा।

नौका–नाव, तरणि, तरनी, बेड़ा, डोंगी।

नौबत–1. हालत, दशा, अवस्था; 2. दुर्दशा, दुर्गति; 3. शहनाई।

न्यायाधीश–न्यायकर्ता, न्यायमूर्ति, जज, धर्माधिकारी।

न्यायालय–अदालत, कचहरी, कोर्ट।

न्यारा–1. अनोखा, निराला, अजीब, अद्‌भुत; 2. अलग, जुदा, पृथक; 3. अन्य, दूसरा, भिन्न।

न्यून–1. अल्प, कम, थोड़ा; 2. क्षुद्र, नीच, ओछा; 3. हलका, घटकर।

न्योता–बुलावा, निमंत्रण, आमंत्रण।

प - देवनागरी वर्णमाला (व्यंजन) में पवर्ग का प्रथम वर्ण है। इसका उच्चारण स्थान ओष्ठ है।

पंक—कीचड़, कीच, कर्दम।

पंकिल—गंदला, गंदा, मैला, मलिन, मलीन, कीचयुक्त।

पंडित—विद्वान, बुद्धिमान, कुशल, दक्ष, निपुण, चतुर, योग्य।

पंथ—1. मार्ग, रास्ता, राह; 2. धर्म, सम्प्रदाय, मत।

पंथी—1. पथिक, राही, बटोही; 2. मतानुयायी, धर्मावलंबी, समर्थक।

पकड़ना—1. थामना, ग्रहण करना, धरना; 2. काबू करना, वश में करना, बाँधना; 3. गिरफ़्तार करना, कैद करना, बंदी बनाना।

पक्का—1. पका, परिपक्व, पुष्ट; 2. अनुभवी, तजुरबेकार; 3. सुदृढ़, मज़बूत, दृढ़; 4. कुशल, निपुण, दक्ष; 5. अभ्यस्त, आदी; 6. निर्दिष्ट, निश्चित, नियत, पुष्ट, प्रामाणिक, अचूक।

पक्ष—1. पख, पर, डैना; 2. पाख, पखवारा; 3. दल, वर्ग, समुदाय; 4. स्थिति।

पक्षी—खग, विहंग, विहग, शंकुत, द्विज, नभचर, चिड़िया, पंछी।

पगड़ी—1. पाग, पगिया, मुरैठा, साफ़ा; 2. प्रतिष्ठा, मान-मर्यादा; 3. पेशगी, नज़राना, भेंट, उपहार।

पचड़ा—झंझट, बखेड़ा, प्रपंच, तक़रार।

पछतावा—पश्चात्ताप, प्रायश्चित, अनुताप, संताप, ग्लानि, खिन्नता, दुःख, खेद।

पट—1. वस्त्र, कपड़ा, पोशाक, परिधान; 2. आवरण, पर्दा, चिक; 3. द्वार, दरवाज़ा, किवाड़, कपाट; 4. घूँघट, पर्दा, बुर्का।

पटरानी—स्त्री, महारानी, राजमहिषी, राजपत्नी, बड़ी रानी।

पटु—1. कुशल, दक्ष, निपुण, प्रवीण, 2. चतुर, चालाक, होशियार, 3. धूर्त, मक्कार, छली, धोखेबाज़, 4. निर्दय, निर्मम, निष्ठुर; 5. नीरोग, स्वस्थ, तंदुरुस्त; 6. तीक्ष्ण, तेज़, उग्र, प्रचंड; 7. स्पष्ट, साफ़, व्यक्त, प्रकाशित; 8. मनोहर, सुन्दर, आकर्षक।

पटुता—प्रवीणता, निपुणता, होशियारी, चतुराई, चालाकी।

पड़ताल—1. अनुसंधान, खोज, अन्वेषण; 2. छानबीन, जाँच, खोजबीन।

पड़ौसी— समीपवर्ती, निकटस्थ, निकटवर्ती, पास का, पड़ौस का।

पढ़ाई—अध्ययन, विद्याम्यास, पठन—पाठन।

पण—1. दाँव, जुआ; 2. बाज़ी, शर्त; 3. निश्चय, प्रतिज्ञा, कौल, करार; 4. दाम, क़ीमत, मूल्य; 5. फ़ीस, शुल्क; 6. धन, दौलत, सम्पत्ति; 7. रोज़गार, व्यवसाय, व्यापार; 8. माल, सौदा; 9. इनाम, पुरस्कार, पारितोषिक, पारिश्रमिक।

पतंग—1. सूर्य, सूरज, आदित्य, भास्कर; 2. पतिंगा, शलभ, परवाना, भुनगा, फतिंगा, पतंगा, टिड्डी, मधुमक्षिका;

3. कंदुक, गेंद; 4. शरीर; 5. गुड्डी, कनकौआ, चंग, तुक्कल।

पतला—1. झीना, महीन, झिनझिना; 2. अशक्त, दुर्बल, निर्बल, कमज़ोर, शक्तिहीन, तरल, कृश, कृशित, छरहरा, तन्वंग।

पताका—झंडा, ध्वजा, ध्वज, फरहरा, तोरण, झंडी।

पति—1. अधिपति, स्वामी, भर्ता, भरतार, परिणेता, आर्य, खसम, खाविन्द, शौहर, साजन, सैंया, घरवाला, बालम, नाथ, प्राणेश, प्राणाधार, दूल्हा; 2. ईश्वर, प्रभु, ईश, भगवान।

पतोहू—पुत्रवधू, वधू, बहुरिया।

पत्तन—1. नगरी, नगर, शहर, पुरी; 2. बन्दरगाह।

पत्ता—पत्र, किसलय, दल, पर्ण, पत्रक, पल्लव, पात, पत्ती, कोंपल।

पत्थर—1. प्रस्तर, पाषाण, पाहन, पत्थर, शिला, अश्म, संग; 2. ओला, उपल, इन्द्रोपल, बिनौला।

पत्नी—भार्या, वधू, सह-धर्मिणी, सहचरी, गृहणी, जनि, साथिन, सजनी, स्त्री, अर्द्धांगिनी, वामा, वामांगिनी, संगिनी, लुगाई, जोरू, बीबी, औरत, घरवाली, दारा, परिणीता, कुलवंती, कुलश्री।

पत्र—1. पत्ता, पत्ती, पर्ण, पल्लव, किसलय; 2. खत, चिट्ठी, 3. समाचार पत्र, अख़बार।

पत्रा—1. तिथिपत्र, पंचांग, जंत्री; 2. वर्क, पत्तर, चद्दर; 3. पन्ना, पृष्ठ, सफ़ा।

पथ—1. मार्ग, रास्ता, राह; 2. रीति, आचरण, ढंग।

पथिक—यात्री, राही, राहगीर, मुसाफ़िर, पंथी, पथिल, पथि, बटोही।

पथ्य—उपयुक्त, आहार।

पद—1. चरण, पैर, पाँव, क़दम; 2. डग, पग; 3. चिन्ह, निशान, छाप; 4. स्थान, जगह; 5. दर्जा, ओहदा; 6. पदक, उपाधि; 7. मोक्ष, पंक्ति, छंदपाद, छंदांश, श्लोकपाद।

पदक—तमगा, सम्मानजनक उपाधि, मेडल।

पनपना—समृद्ध होना, सफल होना, उन्नति करना, फलना-फूलना, विकसित होना, विकास करना।

पनवाड़ी—तमोली, बरेजा, पनवारी, तांबूलिक।

पनाह—शरण, बचाव, रक्षा स्थान, सुरक्षा।

पपीहा—चातक, मेघजीवन, पपिहरा।

परंतु—पर, किन्तु, लेकिन, मगर।

परम्परा—रीति, रिवाज, प्रथा, रूढ़ि, परिपाटी।

परख—जाँच, जाँच-पड़ताल, खोजबीन, परीक्षा, पहचान, छानबीन, देखभाल, परीक्षण।

परछाई—प्रतिच्छाया, छाया, प्रतिबिम्ब, साया, प्रतिरूप, छायाकृति, छाँह, छाँव, अक्स, झलक।

परतंत्र—पराधीन, परवश, गुलाम, पराश्रित, परमुखापेक्षी, अधीन।

परदा—1. आड़, व्यवधान, ओट, ओझल, आवरण, छादन, यवनिका, चिक, छिपाव; 2. तह, तल, परत; 3. गोपनीयता, गुप्तता, प्रच्छन्नता, संगोपन, छिपाव, दुराव, गोपन, संगूहन।

परमार्थ—1. उपकार, भलाई, परोपकार; 2. मोक्ष, निर्वाण।

पराक्रम—शक्ति, बल, पुरुषार्थ, पौरुष, उद्योग, ताक़त, बहादुरी, वीरता।

पराजित—परास्त, विजित, हारा हुआ, पराभूत।

पराया—दूसरा, और, अन्य, ग़ैर, बेगाना, अनात्मीय।

परिचय—1. ज्ञान, अभिज्ञता; 2. पहचान, मेल, मुलाकात, जानकारी, वाकफ़ियत।

परिचर—सेवक, नौकर, चाकर, टहलुआ, अनुचर।

परिचर्या—गोष्ठी, बातचीत, संगोष्ठी, परिसंवाद।

परिणय—विवाह, शादी, पाणिग्रहण।

परिणाम—नतीजा, निष्कर्ष, फल, अंजाम।

परिताप—1. जलन, आँच, ताप, गर्मी; 2. दुःख, क्लेश, पीड़ा, व्यथा, संताप, दर्द, तकलीफ़; 3. पश्चात्ताप, प्रायश्चित, पछतावा; 4. भय, डर, खौफ़, आतंक।

परितोष—1. संतोष, तृप्ति, संतुष्टि; 2. प्रसन्नता, खुशी, हर्ष।

परिपाटी—1. क्रम, सिलसिला, श्रेणी; 2. रीति, प्रणाली, शैली, ढंग, पद्धति।

परिभव—अनादर, अपमान, तिरस्कार, उपेक्षा।

परिमित—सीमित, नपातुला, थोड़ा, कम, अल्प।

परिवर्तन—1. घुमाव, चक्कर, फेरा; 2. तब्दीली, उथल-पुथल, इनकलाब, बदलाव, हेर-फेर, रूपान्तर, कायापलट; 3. संशोधन, रद्दोबदल।

परिवाद—निन्दा, बुराई, शिकायत, अपवाद।

परिवार—कुटुम्ब, कुनबा, खानदान, कुल, घराना।

परिश्रम—श्रम, उद्यम, मेहनत।

परिश्रमी—कर्मठ, क्रियाशील, यत्नशील, उद्योगशील, उद्योगी, अविश्रांत, उद्यमी, मेहनती, पुरुषार्थी, अध्यवसाय।

परिष्कार—शुद्धि, सफ़ाई, स्वच्छता, संस्कार, निर्मलता, परिमार्जन, मार्जन, परिशोधन, सुधार।

परिष्कृत—1. शुद्ध, साफ़, स्वच्छ, निर्मल, परिमार्जित, प्रांजल; 2. अलंकृत, सुसज्जित; 3. शिष्ट, सुसंस्कृत।

परुष—1. कठोर, कर्कश, कड़ा; 2. उग्र, प्रचंड, तीव्र; 3. अप्रिय, रसहीन, नीरस; 4. निष्ठुर, निर्दय, हृदयहीन, संगदिल।

परेशान—उद्विग्न, क्षुब्ध, चिंतित, व्याकुल, आंदोलित, खिन्न, बेज़ार, आजिज, उद्विग्न।

परोक्ष—अगोचर, अप्रत्यक्ष, ओझल, तिरोहित, गुप्त।

परोपकार—हित, भलाई, उपकार, कल्याण, दान, नेकी, परकल्याण, परहित।

पर्यवसान—1. समाप्ति, अंत, खात्मा; 2. निश्चय, दृढ़ता।

पर्याप्त—काफ़ी, यथेष्ट, बहुत, प्रचुर, पूरा, भरपूर, विपुल।

पर्वत—1. पहाड़, भूधर, भूभृत्, महीभृत, शैल, अचल, गिरि, आद्रि, शिखरी, नग, भूमिधर, महीधर, मेरू, धराधर; 2. पेड़, वृक्ष, द्रुम; 3. शिखर; 4. शिखा, श्रृंग, कूट, मेरु।

पल—1. क्षण, लम्हा, दम, निमिष; 2. दम (दम भर में)।

पलटन—1. सेना, फौज, लश्कर; 2. दल, समूह, समुदाय, झुंड।

पल्लव—कोंपल, किसलय, पर्ण, पत्ता, पात।

पल्ला—1. आँचल, छोर, दामन; 2. किवाड़, पट, पटल।

पवन—1. वायु, हवा, प्राण, अनल, प्रभंजन; 2. श्वास, साँस।

पवित्र—शुचि, अमल, विमल, शद्ध, निर्मल, साफ़, पावन, पुनीत, पूत, पुण्य, पापरहित, विशुद्ध, स्वच्छ।

पशु—जानवर, चतुष्पद, चौपाया, मवेशी, डंगर, ढोर, मवेशी।

पश्चात्ताप—अनुताप, संताप, ताप, परिताप, मनस्ताप, पछतावा, अफ़सोस, ग्लानि, खेद।

पसीना—स्वेद, श्रमकण, श्रमवारि, श्रमसीकर, प्रस्वेद, श्रमविन्दु।

पसोपेश—दुविधा, असमंजस, आगा-पीछा, सोच-विचार, ऊहापोह।

पस्त—1. पराजित, हारा हुआ; 2. थका हुआ, शिथिल; 3. दबा हुआ, झुका हुआ।

पहनावा—पहरावा, पहिनावा, पहिरावा, पोशाक, परिधान, लिबास।

पहरा—गश्त, चौकी, गारद, रक्षा, निगरानी, देखभाल, निगहबानी, चौकीदारी, चौकसी।

पहाड़—पर्वत, गिरि, शैल, अचल, भूधर, नग, अद्रि, धराधर, श्रृंगी, भूभृत।

पहिया—चक्का, चक्र, चक्कर, घिर्री, घिरनी, गड़ारी।

पांडुलिपि—पांडुलेख, हस्तलिपि, मसौदा।

पाँव—पैर, पग, चरण, पद, पाद, क़दम।

पाखंड—ढोंग,आडम्बर,ढकोसला,मिथ्याचार, प्रपंच, मिथ्याडंबर, दंभ; 2. छल, कपट, धोखा, धूर्तता, चालबाज़ी।

पागल—विक्षिप्त, मतिभ्रष्ट, बावला, नासमझ, बौरहा, बौरा, सनकी, मत्त, उन्मत्त, मतवाला, नासमझ, बेवकूफ़, दीवाना, जुनूनी, मूर्ख।

पाट—1. पाटा, पीढ़ा; 2. राजगद्दी, सिंहासन, राज्यासन; 3. चौड़ाई, फैलाव, विस्तार; 4. तख्ती, पटिया, शिला।

पाठ—1. सबक, पाठ; 2. पढ़ाई, पाठन, उच्चारण, वाचन।

पाठशाला—विद्यालय, मदरसा, गुरुकुल, विद्यामंदिर, सरस्वती भवन, मकतब, स्कूल, विद्यापीठ।

पाणि—हाथ, कर, हस्त।

पातक—पाप, गुनाह, कलुष, अपराध, दोष, प्रकीर्ण।

पात्र—1. बरतन, भाजन, भांड, भांडा; 2. अभिनयकर्त्ता, अभिनेता, नट, नायक; 3. अधिकारी, उपयुक्त व्यक्ति।

पादम—वृक्ष, पेड़, द्रुम।

पाप—1. अध, अपकर्म, अपकृति, अपधर्म, अधर्म, विधर्म, कुधर्म, कुकर्म, गुनाह; 2. अपराध, कसूर, जुर्म; 3. अहित, अनिष्ट, ख़राबी।

पामर—दुष्ट, कमीना, पापी, अधम, नीच, पातकी, पापिष्ठ, दुरात्मा।

पारावार—1. समुद्र, सागर, जलधि, जलनिधि; 2. सीमा, हद।

पारिहास्य—हँसी—ठट्ठा, व्यंग्य, परिहास, दिल्लगी, मज़ाक।

पारी—बारी, पाली, अवसर, क्रम। पार्थक्य—1. पृथकता, अलगाव; 2. भेद, प्रभेद, भिन्नता, अन्तर; 3. वियोग, जुदाई।

पार्वती—उमा, कात्यायनी, गौरी, ईश्वरी, भवानी, सर्वमंगला, अर्पणा, आर्या, अभया, नंदा, पर्वतजा, मालवी, गिरिजा, त्रिभुवनसुंदरी, देवेशी।

पालन—1. लालन—पालन, पालन—पोषण, भरण—पोषण, परवरिश; 2. अनुसरण, अनुवर्तन, अनुगमन, कार्यान्वयन।

पावन—पवित्र, शुचि, पवित्रक, शुद्ध, स्वच्छ, निर्मल, निर्दोष, निष्कलंक, पाक।

पाश—बंधन, जाल, फंदा।

पाषाण—पत्थर, प्रस्तर, शिला, पाथर, पाहन, अशनि।

पास—1. ओर, तरफ़, दिशा; 2. निकटता, सामीप्य; 3. अधिकार, कब्ज़ा; 4. निकट, समीप, नज़दीक, क़रीब, आसपास; 5. अधिकार में, कब्ज़े में, वश में; सफलीभूत, सफल।

पाहुना—1. अतिथि, मेहमान, अभ्यागत; 2. जामाता, दामाद, जमाई।

पिक—कोयल, कोकिला, अलि, पंचमा, वसंतदूती, कादम्बरी, कलकंठ, पिकी।

पिचकना—सिमटना, सिकुड़ना, दबना, धँसना, चुचुकना, बिचकना।

पिछलग्गा—अनुगामी, अनुचर, सेवक, नौकर, खिदमतगार, अधीन, आश्रित, टहलुआ, चेला, अंधानुयायी।

पिता—तात, जनक, जनपिता, जनिता, बाप, बापू, बाबू, बप्पा, जन्मदाता, पितृ, पापा, अब्बा, किबला, वालिद।

पिपासा—1. तृष्णा, तृषा, प्यास; 2. लोभ, लालच, इच्छा।

पीछे—1. अनंतर, अंत में, पश्च, बाद में, फिर, उपरांत, पश्चात्; 2. अनुपस्थिति में, अविद्यमानता में, नामौजूदगी में, अभाव में; 3. वास्ते, लिए, कारण, बदौलत, पिछले भाग में, पृष्ठ भाग में।

पीड़ा—1. पीड़ायुक्त, क्लेशयुक्त, दुखित, दुखाक्रांत; 2. कष्ट, टीस, दर्द, वेदना, व्यथा, शूल।

पीन—1. माँसल, स्थूल, मोटा; 2. हृष्ट-पुष्ट, विशालकाय।

पीयूष—1. अमृत, सुधा, देवरस, प्राणरस; 2. दूध, क्षीर, पय, अमिय, आवेहयात।

पीला—पीत, ज़र्द, केसरिया, सुनहला, पिंगल, जोगिया, पांडु, हल्दिया, ज़ाफरानी, हरिद्राभ, चम्पई, बसंती, शरबती, नारंगी, कपिल, पीताभ, संदली, जाफरानी, नारंगी।

पीवर—1. मोटा, माँसल, स्थूल; 2. भारी, दीर्ध, विशाल; 3. पीन, बलिष्ठ, तगड़ा, ताक़तवर।

पुंज—संग्रह, समूह, राशि, ढेर; 2. श्रेणी, वर्ग, कतार, दल; 3. पुंगीफल, सुपाड़ी, छाली।

पुंडरीक—1. कमल, नीरज, पंकज; 2. श्वेत कुष्ठ, सफ़ेद कोढ़, सफ़ेद दाग़; 3. शर, बाण, तीर; 4. आकाश, आसमान, गगन; 5. अग्नि, आग, अनल।

पुकार—हाँक, टेर, दुहाई, फरियाद, बुलावा, आवाज, आवाहन, गुहार।

पुख़्ता—पक्का, दृढ़, मज़बूत, टिकाऊ।

पुण्य—1. पवित्र, पावन, शुभ, मंगलदायक, कल्याणकारी; 2. धर्म, सुकृत, सत्कर्म, शुभ कर्म, उत्तम कर्म।

पुण्यकृत—पुण्यकर्त्ता, धार्मिक, सुकृति, पुण्यात्मा, पुण्यवान्, धर्मात्मा, ने।

पुत्र—आत्मज, तनय, सूनु, सुत, पूत, तनुज, औलाद, वत्स, नंदन, लाल, नंद, बेटा, संतान, लड़का, सुवन, अंगज, औरस, लाल, औलाद, अंगज।

पुत्री—कन्या, आत्मजा, दुहिता, तनुजा, सुता, अपत्या, पुत्रिका, स्वजा, तनया, तनजा, नंदिनी, बेटी, लड़की, अंगजा, धिया।

पुनीत—पवित्र, पाक, पावन, शुद्ध, निर्मल, स्वच्छ, साफ़।

पुरखा—1. पूर्वज, पूर्वपुरुष, अग्रजन्मा; 2. पिता, पितामह, बड़ा-बूढ़ा, वृद्ध, बुजुर्गवार, वयोवृद्ध।

पुरातन—1. प्राचीन, पुराना, पूर्वकालीन, पहले का; 2. जीर्ण—शीर्ण, फटा—पुराना।

पुरी—पुर, नगर, शहर।

पुरुषार्थ—1. पौरुष, पुरुषत्व, उद्योग, पराक्रम; 2. शक्ति, बल, ताक़त, सामर्थ्य; 3. साहस, हिम्मत, जीवट।

पुष्कर—1. तालाब, सरोवर, जलाशय, पोखरा; 2. कमल, पद्‌म, पंकज।

पुष्ट—1. दृढ़, मजबूत, सुदृढ़; 2. बलिष्ठ, बलवान, शक्तिशाली, ताक़तवर; 3. मोटा-ताजा, स्थूल, मांसल; 4. भरा-पूरा, परिपूर्ण, पूरित, भरा हुआ।

पुष्टि—अनुमोदन, समर्थन, हिमायत; स्थूलता, मांसलता, मोटाई।

पुष्प—फूल, कुसुम, सुमन, प्रसून, पुहप, गुल।

पूँछ—1. पुच्छ, लांगूल, दुम; 2. पुच्छल, पिच्छल, पश्चभाग; 3. पिछलग्गू, अनुचर, चापलूस, चमचा।

पूछताछ—जाँच-पड़ताल, तहकीकात, जिरह।

पूजा—1. पूजन, अर्चना, अर्चन, आराधना, वंदना, उपासना, इबादत, स्तुति, स्तवन; 2. आदर, सत्कार, आवभगत, सेवा, टहल, ख़ातिरदारी।

पूज्य—1. पूजनीय, अर्चनीय, वंदनीय, आराध्य, उपास्य; 2. मान्य, माननीय, सम्मानीय, आदरणीय, मान्यवर, श्रद्धेय, श्रद्धास्पद।

पूरा—1 भरा हुआ, पूरित, परिपूर्ण, भरपूर; 2. समग्र, समूचा, सारा, कुल, समस्त, सब, सकल, तमाम, पूर्ण, संपूर्ण; 3. काफ़ी, पर्याप्त, प्रचुर, यथेष्ट।

पूर्वतर—पहला, पहले का, पूर्व का।

पृथक्—1. पृथक्कृत, विच्छिन्न, विभक्त, असम्बद्ध, न्यास, भिन्न, अलग, जुदा; 2. अन्य, दूसरा, अतिरिक्त।

पृथु—1. चौड़ा, मोटा, विस्तृत, विस्तीर्ण; 2. अधिक, बहुत, विपुल, प्रचुर; 3. बड़ा, महान, विशाल; 4. अगणित, असंख्य, अनगिनत; 5. चतुर, चालाक, होशियार।

पृथ्वी—भूमि, ज़मीन, भू, अचला, स्थिरा, वसुमती, वसुन्धरा, निश्चला, धरातल।

पृष्ठपोषण—1. समर्थन, अनुमोदन, हिमायत; 2. सहायता, मदद।

पेचीदा—1. पेचदार, टेढ़ा—मेढ़ा; 2. कठिन, मुश्किल, जटिल।

पेट—1. उदर, जठर, आमाशय, पचौनी; 2. गर्भ, कोख, गर्भाशय, हमल; 3. अंतःकरण, मन, दिल; 4. गुंजाइश, अवकाश, समाई; 5. रोज़ी, जीविका।

पेड़—1. रुख, तरु, वृक्ष, विटप, दरख्त, पादप, कुट, कुज, बिरवा, भूमिरुह, द्रोण, शाखी।

पेश—समक्ष, सामने, सम्मुख, आगे।

पेशकश—1. उपहार, भेंट, नज़र; 2. तोहफ़ा, सौगात; 3. प्रस्ताव, तजवीज।

पेशा—धंधा, उद्यम, व्यवसाय, व्यापार, कार्य, काम, कर्म।

पैग़ाम—संदेश, ख़बर, समाचार, संदेशा।

पैदावार—उपज, उत्पादन, फ़सल।

पैना—धारदार, चोखा, तीक्ष्ण, तेज़, नुकीला।

पैशुन्य—चुगलखोरी, पिशुनता, परनिंदा, खलता, दुष्टता।

पैसा—धन, दौलत, संपत्ति, माल, द्रव्य, सम्पदा, रुपया-पैसा, नकदी, नकद-नारायण, टका, सिक्का।

पोखर—तालाब, सरोवर, जलाशय, पोखरा, पुष्कर।

पौरुष—1. पुरुषत्व, मर्दानगी, बल, शक्ति, ताक़त; 2. साहस, हिम्मत, जीवट, वीरता, बहादुरी, पुंसत्व।

प्यार—प्रेम, मुहब्बत, स्नेह, प्रीति, नेह, अनुरक्ति, ममत्व, वात्सल्य, रति, राग, अनुराग।

प्यारा—प्रिय, प्रेमी, स्नेही, लाडला, दुलारा, खूबसूरत, बढ़िया।

प्यारी—प्रिया, प्रेयसी, प्रणयिनी, वल्लभा, प्राणवल्लभा, वरा, श्यामा, माशूका, चहेती, जानी, दुलारी।

प्यास—पिपासा, तृष्णा, तृषा,कामना, लालसा, ललक।

प्यासा—1. पिपासित, तृष्ति, पिपासु, लालायित, इच्छुक, तृषित।

प्रकट—प्रगट, ज़ाहिर, प्रत्यक्ष, अभिव्यक्त, स्पष्ट, साफ़, प्रकाशित, व्यक्त, प्रकटित, खुला।

प्रकांड—उत्तम, सर्वश्रेष्ठ, सर्वोपरि, श्रेष्ठ।

प्रकार—1. भेद, क़िस्म, तरह; 2. भाँति, रीति, ढंग।

प्रकृत—1. वास्तविक, असली, यथार्थ, अविकृत, सत्य; 2. स्वाभाविक, सहज, साधारण।

प्रकृति—1. निसर्ग, कुदरत; 2. स्वभाव, शील, तासीर, मिज़ाज।

प्रख्यात—विख्यात, प्रसिद्ध, मशहूर, यशस्वी, कीर्तिमान।

प्रगति—उन्नति, तरक्की, विकास।

प्रगल्भ—1. उत्साही, हिम्मती, साहसी; 2. निर्भीक, निर्भय, निडर; 3. ढीठ, धृष्ट, उद्दंड, निर्लज्ज, बेहया; 4. अभिमानी, अहंकारी, घमंडी।

प्रचंड—1. तीव्र, तीक्ष्ण, तेज, उग्र, प्रखर; 2. भयंकर, भयानक, खौफ़नाक, डरावना, भीषण।

प्रचुर—बहुत, अधिक, विपुल, यथेष्ट, पर्याप्त, काफ़ी।

प्रचुरता—प्राचुर्य, प्रभूतता, बहुलता, आधिक्य, व्यापकत्व, बहुतायत, विपुलता, ज़खीरा, इफरात।

प्रच्छद—आच्छादन, आवरण, ढकना।

प्रजा—1. संतान, संतति, औलाद; 2. जनसमूह, जनता, रिआया, रैयत।

प्रजातंत्र—जनतंत्र, लोकतंत्र, गणतंत्र।

प्रज्ञा—बुद्धि, प्रतिभा, ज्ञान, मति, समझ, अक्ल।

प्रणय—प्रेम, अनुराग, प्रीति, स्नेह।

प्रणयिनी—1. प्रेयसी, प्रेमिका, माशूका, प्रिया, अंगना; 2. भार्या, पत्नी, स्त्री, वनिता, वामा।

प्रणाम—नमस्कार, अभिवादन, पादग्रहण, नमन, अभिवंदना, चरणवंदना, सलाम, आदाब, आदाबअर्ज़।

प्रणाली—1. ढंग, प्रकार, साधन; 2. तरीक़ा, पद्धति, व्यवस्था; 3. परम्परा, रीति, परिपाटी, प्रथा।

प्रणिधान—1. प्रयत्न, कोशिश, प्रयास; 2. उपासना, भक्ति, पूजा; 3. एकाग्रता, तल्लीनता, मनोयोग, ध्यान; 4. गति, प्रवेश, पहुँच, पैठ।

प्रणेता—1. नेता, नायक; 2. रचयित, रचनाकार, वृत्तिकार।

प्रताप–1. चमक, कांति, आभा, दीप्ति; 2. तेज़ी, प्रखरता, प्रचंडता; 3. पौरुष, पुरुषत्व, मर्दानगी; 4. बहादुरी, वीरता, शूरता; 5. प्रभाव, बोलबाला, दबदबा, इकबाल।

प्रतारक–धोखेबाज़, धूर्त, चालाक, ठग, वंचक, खल, शठ।

प्रति–1. समान, सदृश, जोड़ का, मुकाबले का; 2. ओर, दिशा, तरफ़; 3. अनुकृति, प्रतिलिपि, नकल, कापी।

प्रतिकार–प्रतिशोध, प्रतिकर्म, बदला, उत्तर, जवाब।

प्रतिकूल–विपरीत, विरुद्ध, ख़िलाफ़, अनुककूल, उल्टा, विपक्ष, विलोम।

प्रतिज्ञा–1. प्रण, संविद, वचन, वायदा; 2. शपथ, सौगंध, कसम।

प्रतिपत्ति–1. उपलब्ध, प्राप्ति, पाना; 2. ज्ञान, प्रबोध, बुद्धि, अक्ल, समझ; 2. ज्ञान, प्रबोध, बुद्धि, अक्ल समझ; 3. अनुष्ठान, अंदाज़, अटकल; 4. प्रतिपादन, निरूपण, प्रदर्शन, निर्धारण; 5. मान–मर्यादा, गौरव, प्रतिष्ठा; 6. प्रभाव, दबदबा, धाक, साख; 7. परिणाम, नतीजा, फल; 8. आदर, सत्कार, आवभगत, ख़ातिरदारी।

प्रतिफल–1. परिणाम, नतीजा, फल; 2. प्रतिकार, बदला, प्रतिशोध।

प्रतिबिंब–परछाई, छाया, अक्स।

प्रतिभा–1. बुद्धि, प्रज्ञा, मनीषा, ज्ञान, समझ, अक्ल; 2. चमक, दीप्ति, आभा; 3. मेधा, समझबूझ।

प्रतिमान–समानता, बराबरी, सादृश्य; 2. मानदंड, मानक, आदर्श।

प्रतियोगिता–होड़ी, मुकाबला, स्पर्धा प्रतिस्पर्धा, प्रतिद्वंद्विता।

प्रतिरक्षा–बचाव, सुरक्षा, रक्षा।

प्रतिरोध–1. रोक, रोध, अवरोध, रुकावट, निरोध; 2. बाधा, विघ्न; 3. उपेक्षा, तिरस्कार।

प्रतिलिपि–प्रतिलेख, कापी, अनुलिपि, प्रति, नकल, अनुकृति, प्रतिरूप।

प्रतिशोध–प्रतिहिंसा, प्रतिफल, प्रतिकार, बदला, प्रतिदण्ड।

प्रतिष्ठा–1. मान-मर्यादा, गौरव, इज़्ज़त; 2. आदर, सत्कार, आवभगत, ख़ातिरदारी; प्रसिद्धि, ख्याति; 3. कीर्ति, यश।

प्रतिस्पर्धा–होड़, प्रतियोगिता, प्रतिद्वंद्विता, मुकाबला।

प्रतिहार–द्वारपाल, दरबान, चोबदार, द्वाररक्षक, ड्योढ़ीदार।

प्रतीत–ज्ञात, विदित, अवगत।

प्रत्यक्ष–1. साक्षात्, एतबार, भरोसा, यकीन; 2. स्पष्ट, साफ़; 3. सम्मुख, समक्ष, सामने।

प्रत्याख्यान–1. खंडन; 2. अमान्य, अस्वीकार; 3. आपत्ति, निरोध।

प्रथा–1. चलन, प्रचलन, रीति, रिवाज़, परम्परा, फ़ैशन, रस्म, दस्तूर; 2. क़ायदा, नियम, प्रणाली, पद्धति, परिपाटी।

प्रदीप्त–1. चमकता, जगमगाता, प्रकाशित, प्रकाशवान, कान्तिवान; 2. उज्ज्वल, चमकीला।

प्रदेश–1. देश, क्षेत्र, भूभाग, भूखंड, शासनक्षेत्र, राज्यक्षेत्र, रियासत, सूबा, प्रान्त; 2. स्थान, जगह; 3. अंग, अवयव।

प्रधान–1. नेता, मुखिया, सरदार, सेनानायक; 2. मुख्य, ख़ास, सर्वोच्च, उत्कृष्ट, श्रेष्ठ।

प्रपंच–1. जंजाल; 2. झंझट, बखेड़ा, झगड़ा, झमेला; 3 छल, आडम्बर, कपट, ढोंग, धोखा।

प्रबल–1. शक्तिशाली, बलवान्, सबल, सशक्त, ताक़तवर; 2. उग्र, तेज, प्रचंड, प्रखर, तीक्ष्ण, तीव्र; 3. घोर, भारी, दुर्दम, दुर्दान्त, अदम्य, उद्दाम।

प्रभा–1. आभा, प्रकाश, दीप्ति, चमक, आलोक; 2. सूर्यबिम्ब, सूर्यमंडल।

प्रभात–प्रातःकाल, उषाकाल, तड़का, भोर, सवेरा, विहान, सुबह, सहर, निशांत, अरुणोदय।

प्रभु–1. ईश्वर, भगवान, अल्लाह, खुदा; 2. मालिक, स्वामी, पालक।

प्रभूत–बहुत, विपुल, प्रचुर, अधिक, काफ़ी, पर्याप्त।

प्रमत्त–1. मत्त, मदमस्त, मस्त, मतवाला, उन्मत्त; 2. पागल, बावला, विक्षिप्त; 3. अभिमानी, गर्वीला, घमंडी, गुमानी; 4. लापरवाह, असावधान, बेपरवाह।

प्रमाद–1. भ्रम, भ्रांति, भूल, भूल–चूक, विभ्रम; 2. असावधानी, लापरवाही, बेपरवाही; 3. बेहोशी, मूर्छा, संज्ञाहीनता, निश्चेतना; 4. बावलापन, पागलपन, विक्षिप्तावस्था।

प्रमुख–1. प्रथम, पहला, अव्वल; 2. प्रधान, मुख्य, श्रेष्ठ, विशिष्ट, उत्कृष्ट, परम।

प्रमोद–हर्ष, आनंद, उल्लास, खुशी, प्रसन्नता, मोद।

प्रयत्न–उद्योग, कृत्य, चेष्टा, कोशिश, प्रयास, अध्यवसाय, उद्यम, जतन, यत्न, दौड़धूप।

प्रयाण–1. कूच, प्रस्थान, गमन।

प्रयास–उद्योग, परिश्रम, मेहनत, प्रयत्न, यत्न, कोशिश, भगीरथ, जतन।

प्रयोग–1. इस्तेमाल, सेवन, व्यवहार, उपयोग; 2. जाँच, परीक्षण।

प्रयोजन–अर्थ, अभिप्राय, आशय, उद्देश्य, मतलब, हेतु, निमित्त।

प्रलाप–व्यर्थ बातचीत, अनर्गल, बक-बक, बक-झक, बकवास।

प्रलोभन–लोभ, लालच।

प्रवचन–भाषण, उपदेश, शिक्षा, व्याख्यान।

प्रवीण–निपुण, कुशल, दक्ष, होशियार, बुद्धिमान, सयाना, चालाक, चतुर।

प्रवीणता–निपुणता, चतुराई, होशियारी, कुशलता, चालाकी, दक्षता, पटुता।

प्रशंसा–श्लाघा, स्तुति, तारीफ़, सराहना, अभिनंदन, गुणगान, यशोगान, बड़ाई, प्रशस्ति, महिमा गान।

प्रशस्त–1. अच्छा, श्रेष्ठ, उत्तम, निर्दोष, निष्कलंक, उपयुक्त, भव्य, सुन्दर, स्वच्छ; 2. प्रशंसनीय, वंदनीय, स्तुत्य, सराहनीय, श्लाघनीय।

प्रश्रय–आधार, टेक, सहारा, अवलंब, आश्रय, आसरा, संरक्षण।

प्रसंग–1 प्रकरण, संदर्भ, विषय, अवसर, मौना, घटना।

प्रसक्त–1. संलग्न, संश्लिष्ट, संबद्ध; 2. अनुरक्त, आसक्त।

प्रसाधन–1 सजावट, शृंगार, अलंकरण, सौंदर्यवर्धन; 2. शृंगार-सामग्री, सजावट का सामान; 3. उपस्कर, सज्जा।

प्रसिद्ध–विख्यात, मशहूर, प्रख्यात, नामवर, प्रतिष्ठित, यशस्वी, गणमान्य, नामी-गिरामी, जाने-माने, लब्धप्रतिष्ठित, कीर्तिवान, मान्य।

प्रसिद्धि–1. ख्याति, शोहरत, नाम, यश, विश्रुति, गौरव, वैशिष्ट्य, कीर्ति, प्रतिष्ठा, मशहूरी; 2. परिचय।

प्रसून–पुष्प, फूल, सुमन, संतान।

प्रस्तावना–उपोद्घात, प्राक्कथन, आमुख, पुरोवचन, पूर्वरंग, भूमिका, प्रस्ताव, मुखबंध, नान्दीपाठ, मंगलाचरण।

प्रस्तुत–1. उपस्थित, मौजूद, हाज़िर, वर्तमान, विद्यमान, उद्यत, तैयार; 2. कटिबद्ध, मुस्तैद, आमादा।

प्रहरी–1. पहरेदार, चौकीदार, रखवाला, पहरुआ, संतरी, सुरक्षाकर्मी।

प्रांजल–1. सरल, स्पष्ट, सुगम्य, सुबोध, सुगाह्य; 2. स्वच्छ, शुद्ध, पवित्र, निर्मल, परिष्कृत, परिमार्जित, साफ़–सुथरा, निर्मल, परिनिष्ठित।

प्रागल्भ्य–1. प्रगल्भता, अहंकार, दर्प, घमंड, अभिमान; 2. प्रधानता, श्रेष्ठता, बड़प्पन; 3. साहस, हिम्मत, ज़िगर, जीवट; 4. वीरता, शूरता, बहादुरी; 5. धीरता, धैर्य, धीरज; 6. प्रबलता, सशक्तता।

प्राचीन–1. प्राक्कालीन, पूर्वकालीन, पुराना, पुरातन, भूतकालीन, आदिम, कदीम।

प्राचीर–चहारदीवारी, परकोटा, चारदीवारी।

प्राज्ञ–1. बुद्धिमान, समझदार, अक्लमंद, मेधावी, प्रतिभाशाली, प्रतिभावान; 2. चतुर, चालाक, होशियार।

प्राण–1. साँस, श्वास; 2. वायु, हवा; 3. ज़िन्दगी, जीवन, जान।

प्राणी–जीवधारी, प्राणधारी, जानवर, जीव, प्राणवान।

प्रातःकाल–प्रात, प्रातः, प्रभात, तड़का, सवेरा, विहान, प्रत्यूष, भोर, अरुणोदय, कल, दिनमुख, सकाल।

प्राप्त–1. लब्ध, उपलब्ध, गृहीत, मिला हुआ, पाया हुआ, मयस्सर।

प्रायः–1. अकसर, बहुधा, अधिकतर; 2. क़रीब-क़रीब, तकरीबन।

प्रारंभ–शुरू, शुरुआत, आरंभ, आदि।

प्रार्थना–1. विनती, निवेदन, याचना, माँगना, अनुनय, विनय, अभ्यर्थना, अर्ज़, गुजारिश; 2. भक्ति, उपासना, भजन, कीर्तन, इबादत, पूजा, इल्तिज़ा।

प्रिय–1. प्यारा, दुलारा, परमप्रिय, लाडला, वत्सल, प्रियतम, प्रणयी; 2. सुन्दर, इष्ट, अभीष्ट, मोहक, मनोहर, रुचिकर, आकर्षक; 3. पति, स्वामी, प्राणपति, साजन, प्राणाधार, प्राणेश्वर, प्राणनाथ, शौहर, खाविन्द; 4. प्रेमी, महबूब, आशिक, माशूक, सनम, हृदयेश्वर, चहेता, दिलबर, दिलरुबा, चितचोर।

प्रियदर्शन–मनोहर, सुन्दर, खूबसूरत, लुभावना, चित्ताकर्षक, मनोहारी, मुग्धकारी।

प्रिया–1. पत्नी, भार्या, अर्द्धांगिनी, सहचरी, जीवनसंगिनी; 3. प्रेमिका, प्रियतमा, प्रेयसी, चहेती, हृदयेश्वरी, प्रणयिनी, माशूका, महबूबा, सजनी, संगिनी।

प्रीति–प्रेम, प्यार, स्नेह, मुहब्बत, अनुराग, प्रणय, प्रीत।

प्रेक्षागार–रंगशाला, नाट्यशाला, नाट्यगृह, अभिनयशाला, प्रेक्षागृह।

प्रेम–1. प्रीति, मुहब्बत, प्यार, मोह, माया, स्नेह, प्रणय, राग, अनुराग, आसक्ति, रति, लगाव, चाह, आशनाई, ममता, वात्सल्य, दुलार; 2. मैत्री, दोस्त; 3. दुलार, ममता।

प्रेमी–अनुरागी, आसक्त, आशिक, प्रियतम, स्नेही, प्रिय, माशूक, दिलबर, चितचारे, दिलदार, अनुरक्त।

प्रेरणा–उत्तेजना, प्रोत्साहन, बढ़ावा।

प्रोत्साहन–बढ़ावा, प्रेरणा, उत्साहवर्धन, उत्प्रेरण, हौसलाअफ़जाई, हिम्मत, संवर्द्धन, उकसाहट।

प्रौढ़–परिपक्व, अधेड़, बालिग, वयस्क, सयाना, सुपरिपक्व।

फ – देवनागरी वर्णमाला (व्यंजन) में पवर्ग का दूसरा वर्ण है। इसका उच्चारण स्थान ओष्ठ है। इसे स्पर्श वर्ण कहते हैं।

फंदा–1. फाँस; 2. जाल, पाश; 3. छल, कपट, धोखा, फ़रेब।

फ़क़त–केवल, सिर्फ़।

फक्कड़–मस्त, अलमस्त, मौजी, लापरवाह, उद्दंड।

फणधर–साँप, नाग, सर्प, चक्षुश्रवा, उरग, व्याल, विषधर।

फणींद्र–शेषनाग, नागराज, सर्पराज, फणिपति, वासुकी।

फणी–साँप, सर्प, नाग, फणधर।

फ़तह–1. विजय, जीत, जय; 2. सफलता, कामयाबी।

फबती–व्यंग्य, चुटकी, उपहास, परिहास, चुहल, चुटकला।

फ़रेब–छल, कपट, धोखा, प्रवंचना।

फलक–तख्ता, पटल, फल, ब्लेड।

फ़लक–आकाश, आसमान, नभ, गगन, व्योम, अम्बर।

फलतः–इसलिए, फलस्वरूप, परिणामतः, अंततोगत्वा, अंततः, आख़िरकार।

फलाँग–उछाल, छलाँग, चौकड़ी।

फ़साद–1. उपद्रव, विप्लव, हंगामा; 2. दंगा, बलवा, लड़ाई-झगड़ा, मारकाट।

फ़ाका–अनशन, उपवास, व्रत, निराहार, अनाहार।

फ़ायदा–लाभ, नफ़ा, मुनाफ़ा, उपलब्धि।

फ़ालतू–1. निरर्थक, बेकार, अनावश्यक, ग़ैरज़रूरी, बेज़रूरत, रद्दी; 2. अवशेष, शेष बाक़ी, अवशिष्ट, बचा हुआ।

फ़िट–ठीक, उपयुक्त, मुनासिब।

फ़ितरत–1. स्वभाव, प्रकृति, आदत; 2. चालाकी, चालबाज़ी, होशियारी, धूर्तता।

फिर–1. तदुपरांत, तत्पश्चात्, अनंतर, उपरांत, इसके पश्चात्, इसके पीछे, इसके बाद; 2. दोबारा, पुनः, पुनि, बहुरि; 3. इसके अतिरिक्त, इसके अलावा, इसके सिवाय।

फ़िराक–1. वियोग, विछोह, जुदाई; 2. चिंता, सोच, फ़िक्र; 3. खोज, टोह, तलाश।

फीलपाँव–श्लीपद, पादवल्मीक, हाथीपाँव।

फुर्तीला–1. स्फूर्तिवान, सक्रिय, चुस्त; 2. उद्यत, तत्पर, अविलंब।

फूल–पुष्प, पुहुप, सारंग, कुसुम, प्रसून, सुमन, मंजरी, गुल।

फेर-फार–1. घुमाव-फिराव, चक्कर, पेच; 3. चालाकी, धूर्तता, छल।

फेरा–परिक्रमण चक्कर, परिक्रमा, प्रदक्षिण।

फेहरिस्त–सूची, तालिका, सारिणी।

फ़ोकट–1. मुफ़्त का, बिना पैसे का, बेदाम।

फ़ौज–1. सेना, लश्कर, कटक; 2. कुमक, चतुरंगिनी, पलटन, वाहिनी।

फ़ौजी–सैनिक, सैन्य, सिपाही, जंगी, लश्करी।

फ़ौरन–तुरन्त, तत्क्षण, तत्काल, जल्दी।

ब - देवनागरी वर्णमाला (व्यंजन) में पवर्ग का तीसरा वर्ण है। यह दोनों होठों को मिलाने पर उच्चारित होता है।

बंजर—अनुर्वरा, अनुर्वर, ऊसर, अनुत्पादक, मरु, अनउपजाऊ।

बँटवारा—विभाजन, वितरण, तकसीम, बँटाई, विनिधान, आबंटित करना।

बंदर—वानर, शाखामृग, मर्कट, कपि, कीश।

बंधन—1. गाँठ, पाश, बँधना; 2. विघ्न, बाधा, रुकावट, नियंत्रण, रोक, प्रतिबंध, कैद।

बंधु—भाई, भ्राता, सहोदर, अग्रज, अनुज।

बंधुता—1. भ्रातृत्व, भाईचारा, बंधुत्व; 2. दोस्ती, मैत्री, मित्रता, यारी।

बखान—1. वर्णन, कथन, व्याख्या; 2. तारीफ़, प्रशंसा, बड़ाई, स्तुति।

बखूबी—1. अच्छी तरह से, भली-भाँति, खूबी के साथ; 2. पूरी तरह से, पूर्णरूप से, पूर्णतया।

बखेड़ा—झंझट, झगड़ा, लड़ाई, टंटा, विवाद, हंगामा, फ़साद।

बग़ावत—1. विद्रोह, बलवा, अराजकता, गदर, क्रांति, विप्लव, राजद्रोह।

बगुला—बगला, बक, बलाका।

बचत—1. अवशेष, शेष, बाकी, संचय; 2. लाभ, मुनाफ़ा, उपलभ्य।

बचपन—बाल्यावस्था, लड़कपन, बालपन, बचपना, शैशवकाल।

बचाव—1. त्राण, रक्षा, प्रतिरक्षण, हिफ़ाजत; 2. प्रतिवाद, सफाई।

बजा—उचित, ठीक, सही, वाज़िब।

बटमार—1. डाकू, लुटेरा, डकैत, दस्यु; 2. ठग, गिरहकट, जेबकतरा, उचक्का।

बटोही—यात्री, राही पथिक, मुसाफ़िर, राहगीर, पंथी, बटाऊ।

बड़प्पन—महत्त्व, श्रेष्ठता, बड़ाई, गुरुता, महत्ता, महानता, गरिमा, उच्चता, वरीयता, वरिष्ठता।

बढ़ावा—प्रोत्साहन, उकसाव, प्रेरणा।

बढ़िया—अच्छा, उत्तम, श्रेष्ठ, विशिष्ट, प्रमुख, असामान्य, असाधारण, उत्कृष्ट, उम्दा।

बतौर—1. तरह, पर, रीति से, तरीक़े पर; 2. के सदृश, के समान, की भांति, के बराबर, के तुल्य।

बत्ती—1. दीपक, चिराग, मोमबत्ती, बाती, दिया; 2. प्रकाश, रोशनी, चमक, जगमगाहट।

बदगोई—निंदा, चुगली, शिकायत, बुराई।

बदज़ात—नीच, तुच्छ, कमीना, लुच्चा, लफंगा, अधम, निकृष्ट, दुष्ट, पाजी, बदमाश।

बदतमीज—अशिष्ट, अभद्र, असभ्य, गँवार, उदंड, उजड्ड, अविनीत।

बदन—शरीर, देह, तन, काया।

बदनाम—कुख्यात, कुप्रसिद्ध, लांछित, कलंकित।

बदबख़्त—अभागा, बदकिस्मत।

बदल—1. हेर—फेर, परिवर्तन, फेर—बदल, इन्कलाब; 2. पलटा, प्रतिकार; 3. एवज, मुआवज़ा, क्षतिपूर्ति।

बदला–1. प्रतिशोध, इंतकाम, प्रतिकार; 2. आदान-प्रदान, लेन-देन, विनिमय; 3. एवज, मुआवज़ा, क्षतिपूर्ति; 4. परिणाम, फल, नतीजा।

बदसलूकी–दुर्व्यवहार, कुव्यवहार, अशिष्टता, अभद्रता, कदाचरण।

बदहवास–1. उद्विग्न, विकल, व्याकुल, व्यग्र, घबराया हुआ, बौखलाया हुआ।

बदौलत–1. सहारे से, द्वारा, अवलंब से, कृपा से; 2. कारण से, वजह से।

बन–वन, जंगल, कानन, अरण्य।

बना–1.ठना-सुसज्जित, छबीला, अलबेला, सजा-सँवरा, साफ़- सुथरा, सुव्यवस्थित, परिष्कृत, सजीला; 2. रूप, शक्ल, स्वरूप धारण करना।

बनावट–1. बनाव, रचना, संरचना, निर्माण, गठन; 2. आकृति, आकार, डील-डौल, शक्ल, रूप; 3. ढंग, शैली, रीति, प्रकार, प्रणाली; 4. ढोंग, दिखावा, आडम्बर; 5. नकल, कृत्रिमता।

बरकत–1. अधिकता, आधिक्य, बेहुतायत, बहुलता, प्रचुरता; 2. लाभ, फ़ायदा।

बरक़रार–1. स्थिर, कायम; 2. उपस्थित, मौजूद, विद्यमान।

बरख़ास्त–पदच्युत, सेवामुक्त, सेवानिवृत, सेवाच्युत, निलंबित, निष्कासित।

बरतन–पात्र, भाँडा, बासन, भाण्ड।

बरबस–1. बलपूर्वक, हठात्, ज़बरदस्ती; 2. व्यर्थ, निरर्थक, फ़ज़ूल।

बरबाद–नष्ट, विनष्ट, चौपट, सत्यानाश।

बरबादी–नाश, विनाश, ख़राबी, तबाही, ध्वंस, तहस-नहस।

बराबर–1. तुल्य, एक-सा, समान, सदृश; 2. सम, समतल, चौरस, सपाट; 3. लगातार, निरंतर, सर्वदा, हमेशा, सदा; 4. साथ–साथ, एक साथ।

बरी–1. मुक्त, स्वतंत्र, आज़ाद, छूटा हुआ; 2. निर्दोष, बेकसूर, अपराध रहित, निरपराध, बेगुनाह।

बर्बर–1. जंगली, असभ्य, अशिष्ट, उद्दंड, उद्धत; 2. क्रूर, निर्दयी, अत्याचारी, हिंसक, संगदिल, कठोर।

बल–1. शक्ति, ऊर्जा, सामर्थ्य, ओज, ज़ोर, कुव्वत, बूता; 2. आश्रय, सहारा, भरोसा।

बलराम–बलभद्र, बलदेव, हलधर।

बलवा–1. दंगा, खलबली, मार-काट, नर-संहार, उपद्रव, संघर्ष, रक्तपात, खून–खराबा; 2. विद्रोह, बग़ावत, गदर, अराजकता, प्रजाक्षोभ, क्रांति।

बलवान–1. प्रबल, सबल, बली, शक्तिशाली, बलिष्ठ, बलशाली, ताक़तवर, बलयुक्त; 2. पुष्ट, मज़बूत, दृढ़।

बलात्कार–1. सतीत्व हरण, शीलभंग, स्त्रीत्व, हरण, बलात् संभोग, छलपूर्वक संभोग; 2. दुराचार, अनाचार, छल प्रयोग, बल प्रयोग, कुकर्म, दुष्कर्म।

बलिदान–प्राणत्याग, जीवनदान, प्राणोत्सर्ग, आत्मोत्सर्ग, प्राण न्यौछावर, कुर्बानी, पशुबलि, नरबलि।

बलिष्ठ–बलवान, शक्तिशाली, सबल, प्रबल, ताक़तवर, बली, हृष्ट-पुष्ट।

बलिहारी–निछावर, न्यौछावर, कुर्बान।

बस–1. पर्याप्त है कि, यथेष्ठ है कि, काफ़ी है कि; 2. सिर्फ़, केवल, मात्र; 3. समाप्त, खतम; 4. वश, अधिकार, काबू, ज़ोर।

बहस–तर्क-वितर्क, वाद-विवाद, वाग्युद्ध, तर्क, विवाद, बहस।

बहस करना–तर्क-वितर्क करना, विवाद करना तर्क करना, वादानुवाद करना, दलील देना, शास्त्रार्थ करना।

बहादुर–वीर, सूर, सूरमा, साहसी, साहसिक, शूर, भट, योद्धा।

बहादुरी–वीरता, शूरता, साहस, निडरता, निर्भीकता, हिम्मत, दिलेरी।

बहार–1. वसंतऋतु, पतझड़, ऋतुराज, कुसुमाकर; 2. आनंद, प्रफुल्लता, मज़ा, मौज, मस्ती।

बहिरंग–बाहरी, बाह्य, बाहर वाला, बाहर का।

बहुत–प्रचुर, विपुल, यथेष्ठ, अत्यंत बहुल, अतिशय, पर्याप्त, अत्यधिक, अपार, अमित, भरपूर।

बहुतायत–अधिकता, आधिक्य, प्रचुरता, बहुलता।

बहुधा–प्रायः, अकसर।

बहुल–अधिक, बहुत, ज़्यादा, प्रचुर, यथेष्ट, पर्याप्त, प्रभूत।

बहुलता–बाहुल्य, बहुत्व, प्राचुर्य, प्रचुरता, आधिक्य, अधिकता, वैपुल्य, प्रभूतता, बहुतायत।

बहू–1. पुत्रवधू, पतोहू, तनयवधू; 2. पत्नी, जोरू, लुगाई, घरवाली, भार्या, दूल्हन, अर्द्धांगिनी।

बाँका–1. बंक, टेढ़ा, तिरछा; 2. छैल-छबीला, बनाठना, ठाठदार, ठाठ वाला; 3. साहसी, शूर, वीर, बहादुर।

बाँट–1. विभाजन, बँटवारा, अलगाव; 2. भाग, हिस्सा, अंश।

बाँदी–दासी, सेविका, परिचारिका, नौकरानी, अनुचरी।

बाक़ी–1. अवशेष, शेषांग, अवशिष्टांश, बचत, अवशेष; 2. अंश, खंड, भाग; 3. किन्तु, परन्तु, मगर, लेकिन।

बाग़ी–राजद्रोही, देशद्रोही, अराजनिष्ठ, अराजभक्त, गद्दार, राजभक्तिहीन, विप्लवी।

बाज़ीगर–जादूगर, ऐंद्रजालिक।

बाट–1. राह, रास्ता, पथ, मार्ग, पंथ, डगर; 2. बाँट, बटखरा, बट्टा।

बाट जोहना–प्रतीक्षा करना, इंतज़ार करना, आसरा करना, रास्ता देखना, राह देखना, पथ निहारना, प्रत्याशा करना, आसरा लगाना।

बात–1. वार्ता, वाक्य, कथन, वचन, वाणी; 2. वार्तालाप, सम्भाषण, बातचीत; 3. चर्चा, ज़िक्र, प्रसंग; 4. मत, मंतव्य, विचार, सिद्धांत; 5. दोष, लाँछन, कलंक, दाग़, धब्बा; 6. इच्छा, कामना, अभिलाषा, चाह, काम; 7. आचरण, व्यवहार, बर्ताव; 8 लगाव, सम्बन्ध; 9. स्वभाव, प्रकृति, आदत, लक्षण; 10. वस्तु, पदार्थ, चीज़।

बातचीत–संलाप, वार्तालाप, संभाषण, संवाद, कथावार्ता, कथोपकथन, बोलचाल, आलाप, गपशप, गप्पी।

बाद–1. पश्चात्, अनंतर, पीछे; 2. अतिरिक्त, अलावा, सिवा।

बादल–वारिद, अम्बुधर, घन, मेघ, घटा, बदली, जलधर, जलद, धाराधार, धारावर, नमोगज, पर्जन्य, वारिधर।

बाधा–1. अवरोध, रोड़ा, विघ्न, अड़चन, व्यवधा, अड़ंगा; 2. संकट, कष्ट, मुसीबत, परेशानी, दुःख; 3. भय, डर, आशंका, खौफ़।

बानगी–उदाहरण, नमूना, मिसाल।

बाना–पहनावा, पोशाक, वेश, वेशभूषा, भेष, वेशविन्यास, बुनावट, बुनन, बुनाई, बिनावट।

बाबत—विषय में, सम्बन्ध में, प्रति, बारे में।

बारगाह—1. खेमा, डेरा, तम्बू, शिविर; 2. दरबार, राजसभा, कचहरी।

बार-बार—लगातार, बारम्बार, पुनः-पुनः, अनेकशः, बहुशः, प्रायः, मुहुर्मुहुः, फिर-फिर।

बारिश—1. वर्षा, झरी, जलवृष्टि; 2. वर्षा ऋतु, बरसात, पावस ऋतु।

बारीक—1. महीन, पतला, सूक्ष्म, झीना; 2. तनु, कृश, क्षीण, दुबला।

बाल—1. बच्चा, बालक, लड़का; 2. केश, शिरोरूह, चूल, अलक, कुंतल, लट।

बालिका—कन्या, लड़की, किशोरी, तरुणी, युवती।

बालू—रेत, बालुका, रेणुका, रेती, रेणु, सिकता, शिलाकण।

बाहुबल—पराक्रम, बहादुरी, शारीरिक बल, जिस्मानी कूबत, जिस्मानी ताक़त।

बिकाऊ—विक्रेय, विक्रयशील, बेचने लायक, पणितव्य।

बिगड़ैल—1. कुद्ध, क्रोधी, क्रोधित, गुस्सैल; 2. जिद्दी, हठी, अड़ियल, ढीठ।

बिगाड़—विकृति, विकार, भ्रष्टता, दोष, ऐब, द्वेष, वैमनस्य, मनमुटाव, अनबन, हानि, क्षति, नुक़सान।

बिछोह—विरह, वियोग, जुदाई, बिछोड़ा, अलगाव।

बिजली—विद्युत, चपला, चंचला, तड़ित, दामिनी, घनज्वाला, तमोमणि, सूर्यपुत्री, अणुभा, तड़ित, दामिनी, वज्र, विद्युत।

बिनती—विनय, निवेदन, प्रार्थना, चिरौरी, अनुनय, अनुरोध, अभ्यर्थना, अर्ज़।

बिना—बिना, बग़ैर, अतिरिक्त, सिवा, सिवाय, अलावा।

बियाबान—जंगल, वन, अरण्य, कानन, सुनसान, वीरान, उजाड़, निर्जन, जनशून्य।

बिलकुल—1. कुल, सब, सारा; 2. निरा, निपट, सर्वथा, नितांत, निहायत, सरासर, पूरी तरह, एकदम, सोलह आने, निश्चय ही, निस्संदेह, बेशक़; 3. कुछ भी, तनिक भी, कतई।

बिस्मिल्लाह—श्रीगणेश, आरम्भ, शुरुआत, शुरू, आदि।

बिसरना—विस्मरण होना, विस्मृत होना, भूलना, याद न रहना, भुला देना, याद न करना।

बीमारी—1. रोग, व्याधि, मर्ज़, रुग्णता; 2. बुरी आदत, बुरी लत, दुर्व्यसन।

बीवी—पत्नी, भार्या, अर्द्धांगिनी, वामा, लुगाई, मेहरारू, घरवाली।

बुख़ार—ज्वर, ताप, तापवृद्धि।

बुजुर्ग—वृद्ध, बूढ़ा, प्रौढ़, बड़ा।

बुढ़ापा—वृद्धावस्था, जीर्णावस्था, वृद्धत्व, जठरता, जश, वार्धक्य।

बुद्ध—ज्ञानी, ज्ञानवान, विद्वान, बुद्धिमान, ज्ञान संपन्न, सर्वज्ञ, प्रतिभावान्, गौतम, सिद्धार्थ, अमिताभ, तथागत।

बुद्धि—अक्ल, समझ, मनीषा, ज़हन, दिमाग़, विवेक, प्रज्ञा, प्रेक्षा, मेधा, मति, सूझबूझ, चेतन, धारणा, ज्ञान, बोध, प्रतिभा, भेज़ा, मगज़।

बुद्धिमान—अक्लमंद, ज़हीन, दानिशमंद, समझदार, सयाना, सुधी, धीमान, मेधावी, मनस्वी, मनीषी, प्रतिभावान्, ज्ञानी, विज्ञ, प्रज्ञ, विवेकी, चेतनमति, तीक्ष्णबुद्धि, कुशाग्रबुद्धि।

बुनियाद—1. नींव, आधार; 2. जड़, मूल, उद्गम, स्रोत; 3. असलियत, वास्तविकता।

बुनियादी—1. नींव का, नींव सम्बन्धी, आधारीय; 2. आरम्भिक, प्रारम्भिक, शुरू का।

बुहारी—झाड़ू, बढ़नी, सोहनी, कूची, बुहारनी, बटोरनी।

बूँद—1. जलकण, क़तरा, बिंदु, जलबिंदु, सीकर; 2. कण।

बू—1. गंध, वास, बास, महक; 2. दुर्गंध, बदबू, बुरी महक, कुवास।

बूझ—1. बुद्धि, समझ, अक्ल, प्रतिभा; 2. पहेली, बुझौवल, बुझारत, प्रहेलिका।

बूझना—जानना, समझना, ज्ञान, प्राप्त करना, बोध करना, हृदयंगम करना, मालूम करना, विदित करना।

बृहत्—बड़ा, विशाल, दीर्घ।

बृहस्पति—गुरु, सुरगुरु, देवाचार्य, देवगुरु, आंगिरस, सुराचार्य, वाचस्पति।

बेइज़्ज़त—अपमानित, बेक़दर, निरादृत, उपेक्षित, तिरस्कृत, जलील।

बेक़रार—बेचैन, विकल, व्याकुल, आकुल, व्यग्र, घबराया हुआ।

बेकस—1. निःसहाय, निराश्रय, अनाश्रित, आश्रयहीन, अनाथ, निराश्रित, दीनहीन, ग़रीब, लाचार, मोहताज़, यतीमं

बेकाबू—अनियंत्रित, निरंकुश, बेलगाम।

बेकार—निष्प्रयोजन, निरर्थक, अनुपयोगी, निरुपयोगी, विफल, निष्फल, अकारथ, बेकाम, बेमतलब, साररहित, निकम्मा, निठल्लू, व्यर्थ।

बेखटके—निस्संकोच, निधड़क, बेधड़क, निर्भय होकर, बिना आशंका के, निडर होकर, बेखटक।

बेख़बर—1. अनजान, नावाकिफ़, बेसमझ; 2. बेसुध, अचेत, निश्चेष्ट, संज्ञाहीन, चेतना रहित, असावधान।

बेगाना—1. ग़ैर, दूसरा, पराया, अन्य; 2. अनजान, अनभिज्ञ, नावाकिफ़, अपरिचित, अज़नबी।

बेचारा—1. निराश्रित, अनाश्रित, निःसहाय, अनाथ, दीन, हीन, ग़रीब, यतीम, कंगाल।

बेचैन—व्याकुल, विकल, आकुल, व्यग्र, चिन्तित, चिन्तातुर, बेताब, अद्विग्न, विषादमय, परेशान, अधीर, क्लान्त, उदास, अशांत।

बेजान—1. निर्जीव, निष्प्राण, प्राणरहित; 2. मुरदा, मृत, मृतक, मरा हुआ।

बेजोड़—अनुपम, अतुल, अनुपमेय, अनूप, अतुलनीय, अद्वितीय, अनूठा, असाधारण, निराला, अनोखा।

बेडौल—1. कुरूप, भद्दा, बदशक्ल, बदसूरत, अनाकार, आकारहीन, बेशक्ल, भोंडा; 2. बेढंगा, बेतरतीब, अनगढ़।

बेतहाशा—1. अकस्मात, तेज़ी से, अचानक, वेगपूर्वक, शीघ्रता से; घबराकर, बिना सोचे, बिना समझे।

बेताब—1. अधीर, बेसब्र, उत्सुक, उतावला, अधैर्यवान; 2. व्याकुल, आकुल, विकल, व्यग्र, घबराया हुआ।

बेदर्द—निष्ठुर, निर्मम, निर्दय, दयाहीन, क्रूर, अकरुण, कठोर।

बेदाग़—1. निष्कलंक, साफ़, स्वच्छ, निर्मल; 2. बे—ऐब, निर्दोष, दोषरहित, दोषहीन; 3. निरपराध, बेकसूर, अपराधरहित, बेगुनाह।

बेबस—विवश, लाचार, मज़बूर, पराधीन, परतंत्र, गुलाम, पराश्रित।

बेमेल—असमान, बेडौल, अनमेल, विरुद्ध।

बेशर्म—निर्लज्ज, बेहया, लज्जाहीन, चिकना घड़ा।

बेशुमार—अगणित, असंख्य, अनगिनत।

बेसुध—अचेत, बेहोश, निश्चेष्ट, संज्ञाहीन, आकुल, व्याकुल, व्यग्र, विकल, घबराया हुआ।

बेहतर—अच्छा, ठीक, बढ़िया, बढ़कर, श्रेष्ठ।

बेहद—1. असीम, अपार, अगाध, अपरंपार, सीमा रहित; 2. अतिशय, अतिमात्र, अधिकतम, अत्यन्त, अति, निहायत, बेशुमार।

बेहाल—1. व्याकुल, आकुल, विकल, बेचैन; 2. अचेत, संज्ञाहीन, बेहोश, निश्चेत।

बेहूदा—अशिष्ट, असभ्य, बदतमीज़, सदाचारहीन, अंटशंट, अंड-बंड, व्यर्थ, निरर्थक।

बेहोश—मूर्च्छित, बेसुध, अचेत, संज्ञाशून्य, जड़ीभूत, जड़वत।

बैठक—चौपाल, दालान, अतिथिकक्ष, वार्ताकक्ष।

बैर—शत्रुता, दुश्मनी, अदावत, वैमनस्य, दुर्भाव, वैर, द्वेष, विद्वेष, प्रतिद्वंद्विता।

बोझ—ढेर, भार, गुरुत्व, वज़न।

बोध—ज्ञान, जानकारी, समझ, बुद्धि, मति, विवेक।

ब्योरा—विवरण, वृत्तांत, उल्लेख, वर्णन, तफ़सील।

ब्रह्मांड—विश्व, जगत, संसार, दुनिया।

ब्रह्मा—विधाता, सृष्टिकर्त्ता, आत्मभू, स्वभू, स्वयंभू, सुरज्येष्ठ, चतुरानन, परमेष्ठी, पितामह, लोकेश, स्रष्टा, प्रजापति, प्रजाधिप, सदानंद, विरंचि, कर्तार, विधाता।

भ

भ - देवनागरी वर्णमाला (व्यंजन) में पवर्ग का चौथा वर्ण है। इसका उच्चारण स्थान ओष्ठ है।

भंग—1. ध्वंस, विध्वंस, नाश, विनाश, क्षय; 2. टुकड़ा, खंड; 3. भाँग, विजया, शिवाम्बु।

भंगिमा—अंगसंचालन, अंदाज़, अदा, भावप्रवणता, अभिनयप्रवणता, नज़ाकत, बांकपन।

भंगुर—नश्वर, अस्थायी, नाशवान, क्षणिक, त्रुटिशील, नाजुक।

भंडा—1. भेद, रहस्य, गुप्त बात।

भंडार—आगार, भंडारागार, गोदाम, मालख़ाना।

भगवान—ईश्वर, परमेश्वर, जगतपालक, चिन्मय, सृष्टिकर्ता।

भगिनी—बहन, बहिन, दीदी, जीजी, सहोदरा।

भगोड़ा—1. फ़रार, भागा हुआ; 2. डरपोक, बुझदिल, भीरू।

भट—1. योद्धा, सैनिक, सिपाही, वीर, लड़ाका, शूर, बहादुर।

भड़कीला—भड़कदार, चमकीला, सजीला, अलंकृत, सज्जायुक्त, चटकदार, चटकीला।

भद्दा—1. कुरूप, विरूप, बेडौल, भोंडा, बेढब, बेढंगा, बदसूरत, बदशक्ल; 2. अश्लील, फूहड़, गंदा, अशोभन, अशिष्ट, अभद्र, अशोभनीय, घृणित।

भद्र—1. सभ्य, शिष्ट, सुसंस्कृत, विनीत, विनयशील, सविनय, नम्र, शीलवान; 2. कल्याणकारी, मंगलकारी।

भद्रता—शिष्टता, सभ्यता, विनय, नम्रता।

भयंकर—1. डरावना, भयानक, भीषण, भयकारक, भयावह, भयप्रद, कराल, विकराल, खौफ़नाक; 2. हौलनाक।

भय—डर, खौफ़, आशंका, त्रास, भीति।

भयभीत—आशंकाग्रस्त, आशंकित, आतंकित, संत्रस्त, डरा हुआ, त्रसित।

भरपूर—परिपूर्ण, पूर्ण, पूरा-पूरा, प्रचुर, पर्याप्त, पूर्णरूपेण, पूर्ण रूप से, अच्छी तरह, भली-भाँति।

भरम—1. भ्रम, भ्राँति, संशय, संदेह; 2. भेद, रहस्य।

भरोसा—आश्रय, सहारा, अवलंब, आसरा, आशा, विश्वास, यकीन, संभावना, उम्मीद, आश्वासन, तसल्ली, ढाढ़स।

भर्ता—1. अधिपति, पति, खाविंद, खसम, भतार, जीवनसाथी; 2. स्वामी, मालिक, प्रतिपालक, रक्षक, पालक।

भर्त्सना—निन्दा, शिकायत, डाँट—डपट, दुत्कार, फटकार, तिरस्कार।

भला—1. सत्, साधु, सदाचारी, सज्जन, धर्मात्मा; 2. उत्तम, अच्छा, नेक, शुभ, बढ़िया, कल्याणकारी, मंगलदायक, हितकारी, लाभदायक, श्रेष्ठ।

भविष्य—भावी, मुस्तकबिल, अनागत, होनी, भवितव्य, आगामी समय।

भविष्यद्रष्टा—दिव्यदर्शी, दूरदर्शी।

भव्य—शानदार, आलीशान, आकर्षक, मनोहर, रमणीय, सुन्दर, दिव्य।

भाँड–1. भाँडा, बर्तन, पात्र; 2. मसखरा, विदूषक।

भाग–1. हिस्सा, खंड, अंग, टुकड़ा, अवयव; 2. बाँट, तकसीम, विभाग, विभाजन।

भाग्य–किस्मत, तकदीर, नसीब, मुकद्दर, प्रारब्ध, नियति, भावी, किस्मत।

भाग्यशाली–सौभाग्यशाली, भाग्यवान, खुशनसीब, नेकबख़्त, मुकद्दर का सिकन्दर।

भाट–भाँड, गवैया।

भानु–सूर्य, रवि, भास्कर, दिनकर, दिनमणि, आदित्य, मार्तण्ड, दिवाकर, सविता।

भामा–स्त्री, औरत, महिला, नारी, अबला।

भारत–भारतवर्ष, हिन्दुस्तान, आर्यावर्त, हिन्द, हिन्ददेश, हिन्दुस्तान, इंडिया।

भारती–सरस्वती, ब्राह्मी, विद्यादेवी, श्वेतवसना, हंसवाहिनी।

भारी–1. भारवान, सभार, बोझिल, भारयुक्त, वज़नी, वज़नदार; 2. कठिन, भीषण, बहुत।

भाल–कपाल, ललाट, मस्तक, माथा।

भाव–1. अस्तित्व, सत्ता; 2. आशय, तात्पर्य, अभिप्राय, मतलब, भावार्थ; 3. भावना, ख़्याल, विचार; 4. भक्ति, विश्वास, श्रद्धा; 5. दर, मूल्य, क़ीमत, निर्ख।

भावना–कल्पना भाव, विचार, ख़्याल।

भावुक–संवेदनशील, भावप्रवाण।

भाषांतर–उल्था, तरजुमा, अनुवाद।

भाषा–बोली, ज़बान, वाणी, उच्चारण, कथन, भाषण, भाषातत्त्व शास्त्र।

भाषा विज्ञान–शब्द शास्त्र, शब्द विज्ञान, भाषाशास्त्र।

भिक्षा–भीख, मधुकरी।

भिक्षुक–1. भिखमंगा, भिखारी, याचक; 2. साधु, संन्यासी, फ़कीर।

भिड़न्त–1. संघर्ष, मुठभेड़, टक्कर, धक्का; 2. मुकाबला, सामना।

भिन्न–1. असंगत, अनमेल, बेमेल; 2. अलग, पृथक्, जुदा; 3. अन्य, दूसरा, पराया।

भीड़–जनता, जनसमूह, जमघट, भीड़-भड़क्का, जमावड़ा।

भीत–डर, भय, खौफ़, त्रास, आशंका।

भीम–1. भीषण, भयानक, भयंकर, भयावह; 2. विशाल, बड़ा, भारी भरकम, बृहत।

भीरू–डरपोक, कायर, बुज़दिल, भयशील।

भीरुता–कायरता, बुज़दिली, डर, भय, भयशीलता।

भीषण–भयानक, डरावना, भयंकर, भयावह, विकट।

भुगतान–निबटारा, अदायगी, भरपाई, वापसी, निपटान, अदायगी, चुकती।

भुजंग–साँप, सर्प, अहि, फणी, फणधर, उरग।

भुज–भुजा, बाहु, बाँह, हाथ।

भुवन–जगत, संसार, दुनिया, विश्व, ब्रह्मांड, खल्क, चराचर, जगत।

भू–पृथ्वी, धरती, भूमि, ज़मीन, वसुन्धरा, स्थान, जगह, ठौर।

भूख–1. क्षुधा, बुभुक्षा; 2. कामना, अभिलाषा, ललक, लालसा, तीव्र इच्छा।

भूत–1. प्रेत, जिन, पिशाच, शैतान; 2. भूतकाल, अतीतकाल, बीता हुआ समय।

भूतिनी–चुड़ैल, डायन, प्रेतनी, पिशाचनी।

भूमिका–1. मुखबंध, पृष्ठभूमि, पूर्वपीठिका, आमुख, परिचय, प्राक्कथन, प्रस्तावना, उपक्रम; 2. अभिनय, कलाकारी, कलाबाज़ी, रोल, पार्ट।

भूल–1.ग़लत,चूक,भूल–चूक,त्रुटि,अशुद्धि; 2. अपराध, दोष, कसूर; 3. विस्मरण, स्मरणहीनता, छूट, बिसराव।

भेंट–मिलन, मुलाकात, नज़राना, सौगात, तोहफ़ा, इनाम, पारितोषिक, उपहार।

भेद–1. रहस्य, मर्म, गूढ़, अभिप्राय, अप्रकट, तात्पर्य, छिपी बात, गुप्त बात; 2. अंतर, फ़र्क़, विभिन्नता, विविधता, भिन्नता; 3. क़िस्म, तरह, प्रकार, भाँति।

भेषज–औषध, दवा, दवाई, औषधि।

भोजन–आहार, खाद्यपदार्थ, भोज्य वस्तु, खाद्य सामग्री, खाना, अन्न।

भोला–सीधा, सरल, निष्कपट, उदार, निश्छल, कपटहीन।

भौं–भ्रू, भौंह, भृकटी, तेवर, भँव, त्यौरी।

भौंरा–अली, आलिन्द, मिलिन्द, भृंग, मधुकर, भ्रमर, मधुप, भँवरा।

भौचक्का–हक्का-बक्का, आश्चर्यचकित, विस्मित, हैरान, चकित, व्यग्र, स्तंभित।

भ्रम–भ्रांति, धोखा, संशय, संदेह, शक, भूल, ग़लतफ़हमी।

भ्रष्ट–व्यसनी, दुश्चरित्र, बदमाश, लुच्चा, दूषित, पतित, दुराचारी, दुष्ट।

भ्रष्टाचार–भ्रष्टता, दुश्चरित्रता, दुराचरण, बदचलनी, दुराचारिता, व्यभिचार, अनैतिकता, दुराचार।

भ्रामक–भ्रांतिमय, संदेहास्पद, संशयास्पद, भ्रमात्मक।

म

म – देवनागरी वर्णमाला (व्यंजन) में पवर्ग का अंतिम व्यंजन है। इसका उच्चारण ओष्ठ और नासिका के द्वारा होता है। जिह्वा के अग्रभाग का दोनों होठों से स्पर्श होने से इस शब्द का उच्चारण होता है। यह स्पर्श और अनुनाशिक वर्ण है।

मँगनी—वरेच्छा, बरिच्छा, बरेखी, सगाई, कुड़माई।

मंगल—1. कल्याण, भलाई, हित, कुशलत; 2. अंगारक, भूमिसुत।

मंज़िल—1. लक्ष्य, पड़ाव, ठहराव, विश्रामस्थल; 2. तल्ला, खंड।

मंजुल—मनोहर, मनोरम, सुन्दर, आकर्षक, चित्ताकर्षक, लुभावना।

मंजूरी—अनुमोदन, समर्थन, अनुमति, स्वीकृति, मान्यता, रजामंदी, सहमति।

मंडन—1. शृंगार, सजावट, अलंकरण, रूप सज्जा; 2. समर्थन, अनुमोदन, सहमति, स्वीकृति, मंजूरी, पुष्टीकरण।

मंडल—1. घेरा, गोलाई, वृत्त, परिधि; 2. वर्ग, समुदाय, संघ, समाज, समूह, झुंड, संगठन।

मंडली—दल, समूह, झुंड, टोली, जत्था।

मंडित—आभूषित, अलंकृत, विभूषित, सज्जित, सजा हुआ, भूषित, शृंगारित, सुशोभित।

मंथन—1. मथना, बिलोना, विलोड़न; 2. छान-बीन, तलाश, खोज।

मंथर—मंद, धीमा, वेगहीन, वेगरहित।

मंदता—1. धीमापन, सुस्ती, वेगहीनता; 2. हल्कापन, निस्तेजिता; 3. कमज़ोरी, अक्षमता, असमर्थता।

मंदा—1. मंद, धीमा, सुस्त, वेगहीन; 2. ढीला, शिथिल, कसावहीन; 3. सस्ता, अल्पमूल्यवान।

मक्कार—धूर्त, वंचक, धोखेबाज़, दग़ाबाज़, कपटी, छली, विश्वासघाती।

मगज़—दिमाग़, मस्तिष्क, भेज़ा।

मगन—मग्न, प्रसन्न, खुश, आनंदित, प्रसन्नचित्त।

मगर—ग्राह, नक, घड़ियाल।

मगरा—धमंडी, उद्दंड, अहंकारी, अभिमानी, जिद्दी, धृष्ट, मगरूर।

मछली—मत्स्य, मच्छ, मीन, जलचर, जलजीवन।

मज़दूर— श्रमिक, सेवक, कुली, कामगार, दास।

मज़बूत—1. दृढ़, पुख्ता, ठोस, चीमड़, स्थिर, अटल, अचल; 2. हृष्ट-पुष्ट, हट्टा-कट्टा, सबल, तंदुरुस्त, बलवान, शक्तिशाली, सुपुष्ट, शक्तिमान।

मज़लिस—सभा, महफ़िल, गोष्ठी, मीटिंग।

मट्ठा—माठा, छाछ।

मत—सम्मति, राय, विचार, मंतव्य, धारणा।

मतभेद—मतद्वैध, विभेद, असम्मति, असहमति, वैषम्य, विरोध, प्रतिकूलता, भिन्नमत, विमत।

मत्सर—डाह, जलन, द्वेष, विद्वेष, ईर्ष्या।

मद—नशा, मादकता, मदहोशी, मद्य, शराब, सुरा, गर्व, अभिमानी, अहंकार, घमंड।

मदिरा—मद्य, शराब, सुरा, वारुणी, दारू।

मधुकर—भ्रमर, भौंरा, मधुप।

मध्य—बीच, दरम्यान, माँझ।

मध्यम—मध्य का, बीच का, औसतमान का।

मन—1. चित्त, हृदय, अंतःकरण, मानस, मनवा, उर, दिल, अंतर, जिया; 2. इच्छा, इरादा, विचार, तबीयत।

मनगढ़ंत—काल्पनिक, कल्पित, संकल्पज, परिकल्पनीय, ख़्याली।

मनचाहा—इच्छित, अभिलषित, अभीष्ट, वांछित, चाहा हुआ।

मनन—चिन्तन, अवबोधन, अवधारण, स्मरण, अनुशीलन, मनःशीलन, विचार, ध्यान।

मनस्ताप—1. मनः कष्ट, मानसिक दुःख, आन्तरिक दुःख, संताप, मनः परिताप, मनः पीड़ा, मानसिक यंत्रणा; 2. अनुताप, पश्चाताप, पछतावा।

मनीषी—ज्ञानी, पंडित, विद्वान, विचारशील, बुद्धिमान, अक्लमंद, विचारवान, चिन्तक, विचारक।

मनुष्य—मानव, मनुज, मानुष, व्यक्ति, जन, आदमी, इंसान।

मनुहार—मनावन, खुशामद, विनय, विनती, प्रार्थना, अनुरोध, सिफ़ारिश।

मनोज्ञ—सुन्दर, मनोहर, मनभावन, चित्ताकर्षक, रमणीय, मनोरम, हृदयग्राही।

मनोरंजन—मनोविनोद, मनबहलाव, आमोद-प्रमोद, तफ़रीह, आनंद, मज़ा, परितोषण।

मरघट—श्मशान, मसान, मुर्दाघाट, शवदाह स्थान, मरनघाट, चिताभूमि, प्रेतगृह।

मरतबा—1. दफ़ा, पारी, बार, पद, ओहदा।

मरना—दिवंगत होना, देहावसान होना, परलोक सिधारना, देहांत होना, शरीर छोड़ना, प्राणांत होना, मृत्यु होना, प्राण त्यागना, चल बसना, निधन होना।

मरम्मत—सुधार, सँवार, जीर्णोद्धार, त्रुटि-शोधन, त्रुटिनिवारण।

मरा हुआ—निर्जीव, गतप्राण, निष्प्राण, मृत, दिवंगत, प्राणहीन, मुर्दा, बेजान।

मर्कट—बन्दर, वानर, कपि, कीश।

मर्द—1. मनुष्य, पुरुष, नर, व्यक्ति; 2. पति, स्वामी, दूल्हा, खसम, खाविन्द; 3. वीर, बहादुर, साहसी, हिम्मती, शूर।

मलिन—मैला, गंदा, गंदला, दूषित, ख़राब, अस्वच्छ, कलुषित।

मवाद—पीब, पस।

मशाल—अग्निशलाका, प्रदीप्त काष्ठ खंड, दीपदंड।

मसख़रा—हँसोड़, विदूषक, नक्काल, उपहासक, ठिठोलिया, मज़ाकिया, जोकर।

मसौदा—प्रारूप, प्रालेख, पांडुलिपि, मसविदा।

मस्तिष्क—भेजा, दिमाग़, मग़ज़, बुद्धि।

महत्त्व—महानता, अहमियत, महिमा, महता, श्रेष्ठता।

महल—राजप्रासाद, राजभवन, प्रासाद, राजसदन।

महसूल—1. कर, टैक्स, चुंगी, शुल्क, लगान, मालगुज़ारी; 2. भाड़ा, किराया।

महाजन—महापुरुष, श्रेष्ठ, पुरुष, श्रेष्ठ व्यक्ति, साहूकार, सूदखोर, सेठ, बनिया।

महात्मा—महामना, महापुरुष, महाशय, महानुभाव, उदारत्मा, उदारमति, श्रेष्ठ व्यक्ति।

महादेव—शिव, शंकर, शंभु, महेश्वर, चंद्रशेखर, भूतेश, हर, वामदेव, त्रिलोचन, उमापति, त्रिपुरारी, नंदीश्वर, नीलकंठ, श्मशानेश्वर, आशुतोष, गौरीपति।

महाल—1. मुहल्ला, टोला, पाड़ा, पुरवा; 2. भाग, हिस्सा, पट्टी, खंड।

महावत—हाथीवान, गज संचालक।

महाव्योम—अंतरिक्ष, आकाश, आसमान, गगन।

महिमा—1. महत्ता, गौरव, बड़ाई, प्रताप, प्रभाव, बड़ाई, महत्त्व, गरिमा, प्रभुत्वा, प्रभुता; 2. श्लाघा, प्रशंसा, तारीफ़।

महिषी—1. महारानी, पटरानी, राजरानी, 2. भैंस।

मही—पृथ्वी, धरा, धरणी, धरती, वसुंधरा, मेदिनी, भू, भूमि।

महीन—पतला, बारीक, सूक्ष्म, झीना।

माँग—1. चाह, आवश्यकता, फ़रमाइश, आग्रह, अनुरोध, तकाज़ा, दावा, मुतालबा, अपेक्षा; 2. अभ्यर्थना, प्रार्थना, याचना।

मांगलिक—कल्याणकारी, मंगलमय, मंगलकारी, मंगलसूचक, शुभकर, शुभ।

माँझी—केवट, कर्णधार, मल्लाह, नाविक।

माँसल—1. गूदेदार, गुदगुदा; 2. मोटा-ताजा, हृष्ट-पुष्ट, पीवर, पीनस्वस्थ, तंदुरुस्त।

माणिक—पद्मराग, मणि, लाल, गट्ठर, लोहित, माणिक्य, रत्नराट्, चन्द्रकांत, सूर्यकांत, मानिक।

मातम—मृत्युशोक, शोक, स्यापा।

मातहत—अधीन, अवर, अधीनस्थ, निम्न पदस्थ, नीचे, ताबे।

माता—1. जननी, माँ, अम्मा, माई, जन्मदात्री, जनयित्री, अम्बा, अम्बिका, महतारी, वालिदा; 2. चेचक, शीतला।

माथा—1. भाल, ललाट, मस्तक; 2. सिर, कपाल, खोपड़ी।

माधुरी—मधुरता, मिठास, माधुर्य, मधुरिमा।

मान—गौरव, प्रतिष्ठा, सम्मान, इज़्ज़त, मर्यादा, यश, कीर्ति।

मानक—आदर्श, प्रतिमान, कसौटी, मानदंड।

मानव—मनुष्य, मनुज, आदमी, व्यक्ति।

मानी—अहंकारी, अभिमानी, गर्वीला, घमंडी।

मान्य—1. सत्य, सप्रमाण, औचित्यपूर्ण, युक्तिसंगत, प्रामाणिक, वैध; 2. माननीय, सम्मानीय, पूजनीय, पूज्य।

माफ़ी—क्षमा, मुक्ति, विमुक्ति।

मामला— काम, बात, विषय।

मामूली—1. सामान्य, साधारण, स्थूल, महत्त्वहीन, औसत दर्जे का; 2. थोड़ा, किंचित।

माया—1. इंद्रजाल, प्रपंच, कपट, छल, धोखा, छलना, दृष्टिभ्रम, भ्रांति; 2. लीला; 3. धन।

मायावी—तिलस्मी, भ्रामक, आभासी, मायामय, फरेबी, छली, धूर्त।

मार्ग—रास्ता, पंथ, पथ, सड़क, राह।

मार्मिक—मर्मस्पर्शी, मर्मभेदी, मर्मांतक, हृदयस्पर्शी, हृदयविदारक।

मालदार—समृद्ध, सम्पन्न, ऐश्वर्यशाली, वैभवशाली, धनवान, धनी, धनिक।

माहात्म्य—महिमा, महत्त्व, बड़ाई, गरिमा, महानुभावता, महानता।

माहुर—विष, ज़हर, गरल, हलाहल।

मिचली—वमनेच्छा, ओकी, ओकाई, मतली।

मिज़ाज—1. प्रकृति, स्वभाव, शील, तबीयत, दिल; 2. गर्व, घमंड, अहंकार, अभिमान, शेखी।

मिती—तारीख़, दिनांक, तिथि।

मित्र—सखा, साथी, दोस्त, यार, हमदम, सहयोगी, सहचर, हमराज़, हितैषी।

मिथ्या—1. असत्य, झूठा; 2. कृत्रिम, बनावटी।

मिलन–1. मेल, संयोग, संसर्ग, संगम, समागम, सम्पर्क; 2. मिलाप, भेंट, दर्शन, अभिसार, वस्ल, साक्षात्कार; 3. मिश्रण, मिलावट, संश्लेषण, एकीकरण, सम्मेलन, सम्मिलन।

मिलावट–मिश्रण, समिश्रण।

मीठा–मिष्ट, मधुर, प्रियस्वादु, स्वादु, सुरस, सुमिष्ट, सरस, रसीला, मिठाई, मिष्ठान्न।

मुँह–1. आनन, मुख, आस्य; 2. चेहरा, शक्ल, सूरत, आकृति, छेद, दरार, सूराख, मुखविवर, मुखाकृति, मोहरा, नैन-नक्श।

मुँहज़ोर–उद्दंड, अशिष्ट, उच्छृंखल।

मुक़दमा–अभियोग, दावा, मामला, वाद, केस।

मुकुट–ताज, किरीट, शिरोमणि।

मुकुर–शीशा, दर्पण, आदर्श, आइना, आरसी।

मुक्त–स्वच्छन्द, बंधनरहित, पाशहीन, स्वतंत्र, आज़ाद, खुला।

मुक्ति–1. कैवल्य, निर्वाण, मोक्ष, अक्षय, स्वर्ग, अपसर्ग; 2. छुटकारा, छूट, रिहाई, आज़ादी, स्वतंत्रता।

मुखिया–प्रधान नेता, सरदार, अगुआ, अग्रगण्य।

मुख्य–1. प्रधान, प्रमुख, ख़ास, विशेष, प्रवर, उत्तम, उत्कृष्ट, श्रेष्ठ; 2. आवश्यक, सारभूत, महत्त्वपूर्ण, मौलिक, मूलभूत, प्राथमिक अनिवार्य, आधारभूत; 3. अग्र, अग्रगण्य, अग्रणी।

मुग्ध–आसक्त, आकर्षण, मोह, लुब्धता, लवलीनता, तल्लीनता।

मुग्धमति–मूर्ख, मूढ़, बेवकूफ़, अनाड़ी।

मुठभेड़–1. टक्कर, भिडंत, हाथापाई, लड़ाई; 2. सामना, भेंट, मिलाप, मिलन।

मुद्रा–1. सिक्का, रुपया, अर्थ, वित्त, धन, पैसा, द्रव्य; 2. भावभंगिमा, इंगित, भाव संकेत; 3. शील, मोहर, छाप।

मुनाफ़ा–लाभ, नफ़ा, फ़ायदा, प्राप्ति।

मुनि–ऋषि, तपस्वी, त्यागी, तापस, व्रती, संयमी, साधक, योगी।

मुफ़्त–1. व्यर्थ, फिजूल, निरर्थक, निष्प्रयोजन; फोकट, निःशुल्क।

मुलाक़ात–मिलन, भेंट, मेल, मिलाप, दर्शन।

मुलायम–सुकुमार, मृदु, कोमल, लोचदार, लचीला, गुदगुदा, पिलपिला, नरम, नाजुक।

मुसीबत–1. तकलीफ़, कष्ट, व्यथा, क्लेश, दिक्कत, मुश्किल, परेशानी, दुःख; 2. आपत्ति, विपत्ति, संकट, आफ़त, आपदा, विपदा, गर्दिश, कठिनाई।

मुस्तैद–1. कटिबद्ध, सन्नद्ध, तत्पर, उद्यत, तैयार; 2. चुस्त, फुर्तीला, तेज।

मुहब्बत–प्रीति, प्रेम, प्यार, लगाव, लगन, स्नेह, इश्क।

मुहिम–1. युद्ध, लड़ाई, आक्रमण; 2. अभियान, चढ़ाई, आंदोलन, ज़ेहाद।

मूक–गूँगा, अवाक, वाणीरहित, चुप, मौन।

मूढ़–मूर्ख, बेवकूफ़, बोदा, नासमझ, जाहिल, बेअक्ल; बुद्धिहीन, बुद्धू, मंदमति।

मूर्तिमान–सशरीर, प्रत्यक्ष, गोचर, साक्षात्, साकार।

मूल–नींव, बुनियाद, आधारशिला।

मूलधन–पूँजी, असल, सरमाया।

मूल्यवान–बहुमूल्य, क़ीमती, अनमोल।

मृग–1. चौपाया, जानवर; 2. हिरन, कुरंग, हरिण, हिरण।

मृगतृष्णा–मरीचिका, मृगमरीचिका।

मृगया–शिकार, आखेट, अहेर।

मृत्यु–मौत, निधन, देहांत, देहावसान, प्राणांत, अंत, निर्वाण, काल, कज़ा, इंतकाल, महाप्राण, अंतिमयात्रा, स्वर्गवास, परलोकगमन।

मृदु–1. कोमल, नरम, मुलायम, नाजुक, गुलगुला; 2. रोचक, सुहावना, प्रिय, मधुर, रुचिकर; 3. धीमा, मंद, हलका।

मेघ–अभ्र, वारिवाह, जलधर, वारिद, बादल, नीरद, अम्बुद, सारंग।

मेधावी–प्रतिभावान, प्रज्ञ, बुद्धिमान, बुध, सुधी, विद्वान्, दिमाग़वाला, मेधायुक्त।

मेल–1. मिलाप, संयोग, समागम, संसर्ग, संयोजन, सम्पर्क, सहचार, साहचर्य; 2. जोड़, बराबरी, समता, समानता, तुल्यता, एकता; 3. मिलावट, मिश्रण, सम्मिश्रण, घोल–माल, पंचमेल।

मेल-जोल–मेल-मिलाप, मेल-मुहब्बत, पारस्परिक, समझौता।

मेहनत–श्रम, परिश्रम, उद्योग, मशक्कत।

मेहनती–परिश्रमशील, कर्मठ, कर्तव्यपरायण, अध्यवसायी, उद्यमी, उद्योगी, परिश्रमी, प्रयत्नशील।

मेहमान–अतिथि, अभ्यागत, पाहुना, आगन्तुक।

मेहमानदारी–आवभगत, आदर-सत्कार, आतिथ्य, अतिथि, मेहमानवाज़ी।

मैत्री–मित्रता, दोस्ती, सौहार्द, स्नेहभाव, मेल-जोल, बंधुता, भाई-चारा, प्रेम, स्नेह।

मैना–मदना, मदन, शलाका, सारिका, चित्राक्षी, प्रियवादिनी।

मैला–कलुषित, अपवित्र, अशुद्ध, मलिन, गंदा, अस्वच्छ, धूसरित।

मोक्ष–मुक्ति, छुटकारा, निर्वाण।

मोती–मौक्तिक, मुक्ता, शुक्तिज, स्वातिसुत।

मोर–मयूर, शिखी, शिखाबल, शिखी, केकी, कलापी, सारंग, सर्पकाल।

मोह–1. अज्ञान, नासमझी, मूर्खता; 222. ममत्व, ममता, माया, स्नेह, प्यार, प्रेम।

मोहक–आकर्षक, मनोहरता, लुभावनापन, दिलचस्प।

मोहित–मुग्ध, आसक्त, लुब्ध, आकृष्ट, आकर्षित।

मौन–स्तब्ध, निस्तब्ध, नीरव, शांत, चुप, ख़ामोश, मितभाषी, अल्पभाषी।

मौलि–1. चोटी, शिरा, चूड़ा, वेणी; 2. मस्तक, ललाट, माथा; 3. किरीट, मुकुट, ताज।

मौलिक–मूलभूत, आधारभूत, बुनियादी, अकृत्रिम, वास्तविक, असली, तथ्यपूर्ण।

म्लान–1. मलिन, मैला, गंदा, दूषित, गँदला; 2. कमज़ोर, दुर्बल, आसक्त, बलहीन; 3. कुम्हलाया हुआ, मुरझाया हुआ, शुष्क; 4. उदास, खिन्न, विषादयुक्त।

य

य - देवनागरी वर्णमाला का छब्बीसवाँ व्यंजन वर्ण है। इसके उच्चारण में कुछ आंतरिक प्रयत्न तथा कुछ बाह्य प्रयत्न होते हैं।

यंत्र—मशीन, कल, संयंत्र, उपकरण, औज़ार।

यंत्रणा—क्लेश, यातना, वेदना, पीड़ा, दुःख, दर्द, तकलीफ़।

यकायक—अचानक, एकाएक, सहसा।

यकीनन—निश्चित, निःसंदेह, अवश्य, बेशक़, ज़रूर।

यज्ञ—याग, मख, ऋतु, हव, हवन, होम, ज्योतिष्टोम, अनुष्ठान, हरिकर्म।

यति—1. यति, संन्यासी, तपस्वी, तापस, साधु, जितेन्द्रिय; 2. यति; 3. विश्राम, विराम, विरति।

यतीम—अनाथ, असहाय, मातृ—पितृहीन।

यत्न—1. कोशिश, प्रयत्न, प्रयास, चेष्टा; 2. युक्ति, उपाय, तदबीर, जतन, उपचार।

यत्र-तत्र—इधर-उधर, जहाँ-तहाँ, सर्वत्र, जगह-जगह।

यथार्थ—1. ठीक, उचित, वाज़िब; 2. सत्य, वास्तविक, असली, सच्चा, सही, यथातथ्य।

यथेष्ट—यथेष्छ, अभीष्ट, इच्छानुसार, इच्छित, मनमाना।

यम—मृत्युपति, सूर्यपुत्र, महिषध्वज, काल, धर्मराज, जीवनपति, यमराज, श्राद्ध देव।

यमुना—सूर्यसुता, सूर्य तनया, कालिन्दी, स्वसा, कृष्णा, अर्कजा, रवितनया, हंससुता।

यश—ख्याति, शोहरत, नेकनामी, कीर्ति, प्रसिद्धि, प्रशंसा, बड़ाई, नाम, नामवरी, विख्याति, सुनाम।

यशोदा—नंदभार्या, नंदरानी, यशोमति, महरि।

याचना—विनती, विनय, निवेदन, प्रार्थना, अभ्यर्थना।

याचिका—प्रार्थना-पत्र, आवेदन-पत्र, अभ्यर्थना-पत्र।

यातना—तकलीफ़, पीड़ा, यंत्रणा, दुःख, कष्ट, परेशानी।

यात्रा—सफ़र, देशाटन, सैर, प्रस्थान, भ्रमण, पर्यटन, गति, गमन।

याद—स्मरण-शक्ति, मेधाशक्ति, स्मरण, स्मृति, सुधि।

यान—1. वाहन, सवारी, गाड़ी; 2. नभयान, वायुयान, विमान, हवाई ज़हाज़।

यामिनी—रात्रि, रात, निशा, रजनी।

युक्त—1. मिला हुआ, लगा हुआ, जुड़ा हुआ, मिश्रित, संयुक्त, संलग्न; 2. ठीक, उचित, वाज़िब, मुनासिब, संगत, उपयुक्त, सही।

युक्ति—1. उपाय, ढंग, तरकीब, तदबीर, जुगुत; 2. कौशल, चातुरी, प्रवीणता, योग्यता, चतुराई, होशियारी।

युक्त—मिला हुआ, जुड़ा हुआ, सम्मिलित, संयुक्त, संलग्न।

युद्ध—रण, जंग, लड़ाई, समर, संघर्ष, द्वंद्व, समाघात।

युद्धभूमि–रणभूमि, रणस्थल, रणांगन, समरभूमि, युद्धक्षेत्र, युद्धस्थल, मैदान-ए-जंग, लड़ाई का मैदान।

युधिष्ठिर–धर्मराज़, कौन्तेय, धर्मपुत्र, धर्मराज।

युवक–युवा, तरुण, कुमार, जवान, नौजवान।

युवती–तरुणी, बाला, कुमारी, यौवनवती, रमणी, प्रमदा।

युवावस्था–जवानी, तारुण्य, तरुणाई, यौवन, जोबन।

यूथ–1. समूह, झुंड, जत्था, समुदाय; 2. सेना, फ़ौज, कटक, लश्कर।

योग–1. मेल, मिलाप, मिलन, संयोग, संपर्क, जोड़, तप, तपस्या।

योग्य–सक्षम, कुशल, समर्थ, क्षमताशील, क्षमताशाली, शक्तिमान, कार्यक्षम, सुयोग्य, उपयुक्त, अनुरूप, माफ़िक, अनुकूल, काबिल, लायक।

योजना–परिकल्पना, प्रस्तावित कार्यक्रम, रूपरेखा, प्रोजेक्ट, प्लान, कार्यसाधन, कार्यव्यवस्था।

यौवन–युवावस्था, जवानी, जोबन, तारुण्य, तरुणावस्था।

र - हिन्दी वर्णमाला का सत्ताइसवाँ व्यंजन वर्ण और दूसरा अंतस्थ वर्ण है। इसका उच्चारण जीभ के अग्रभाग को मूर्धा के साथ स्पर्श करने से होता है।

रंक–ग़रीब, दरिद्र, कंगाल, निर्धन, धनहीन।

रंग–रूप–रूप, मुखाकृति, सूरत, शक्ल, गुण, आभा, कांति।

रंगीला–1. रसिया, रसिक, छैला, बाँका, मौजी; 2. सुन्दर, खूबसूरत, आकर्षक, मनभावन, मनोहर; 3. प्रेमी, अनुरागी, स्नेही, आशिक।

रंडी–वारांगना, वारवधू, वारनारी, गणिका, वेश्या, व्यभिचारिणी, गणिका, तवायफ।

रंध्र–छेद, सूराख, छिद्र, बिल।

रक्त–रुधिर, लहू, रक्तिम, खून।

रक्तपात–1. खून-खराबा, मार-काट, नरसंहार, लड़ाई-झगड़ा।

रक्षा–संरक्षण, त्राण, परित्राण, सुरक्षा, प्रतिरक्षा, हिफाजत, बचाव, रखवाली।

रखवाली–रक्षा, रक्षण, देखभाल, देखरेख, निगरानी, अवेक्षण, अभिरक्षण, परिरक्षा, चौकसी, पहरेदारी, बचाव।

रजनी–रात, रात्रि, निशा, यामिनी।

रण–लड़ाई, युद्ध, संग्राम, समर, जंग, संघर्ष।

रणभूमि–समरभूमि, संग्रामभूमि, युद्धस्थल, युद्धक्षेत्र, वीरभूमि, मैदान-ए-जंग।

रत–अनुरक्त, आसक्त, लिप्त, निमग्न।

रत्ती–1. ज़रा सा, थोड़ा-सा, रत्तीभर; 2. गुंजा, धुँधली।

रत्नाकर–समुद्र, सागर, अर्णव, पारावार, वारिध।

रब्त–मेलजोल, मेल-मिलाप, आत्मीयता, सम्पर्क, सम्बन्ध।

रमण–स्त्री प्रसंग, मैथुन, संभोग, रतिविलास, रतिक्रीड़ा, कामक्रीड़ा।

रम्य–सुन्दर, मनोरम, मनोहर, चित्ताकर्षक, मनभावन, मनमोहक, आकर्षक, हृदयस्पर्शी

रवि–सूर्य, भास्कर, दिवाकर, दिनकर, दिनमणि।

रवैया–चलन, तौर-तरीक़ा, रंग-ढंग।

रश्क–ईर्ष्या, डहन, जलन, द्वेष।

रस–1. जूस, रस, शोरबा; 2. सार, तत्व, सत्त; 3. अनुराग, प्रीति, प्रेम, मुहब्बत; 4. उमंग, तरंग, आवेश, मनोवेग; 5. आनंद, मज़ा, मौज।

रसीला–रसयुक्त, सरस, रसत्व, रसवान, रसाल, रसपूर्ण, रससिक्त, मधुर, मीठा, मृदु, मृदुल।

राका–पूर्णमासी, पूर्णिमा, पूनम, पूनो।

राक्षस–निशिचर, निशाचर, मनुजाद, रजनीचर, असुर, दैत्य, दानव, पिशाच, देवशत्रु।

राग–प्रेम, अनुराग, आसाक्ति, लगाव।

राज–1. शासन, हुकूमत; 2. प्रभुत्व, पूर्णाधिकार, पूर्ण स्वामित्व।

राजा–महीपाल, भूपाल, नरपति, अवनीश, नरेश, नृप, भूपति, पृथ्वीपाल, सम्राट्, भूप, पार्थ, प्रजापति, बादशाह, नरपाल।

राज्यपाल—गर्वनर।

रात्रि—निशा, शर्वरी, निशीथ, निशीशिनी, त्रियामा, विभावरी, रजनी, क्षपा, निशि, रैन, रात, तमी, तमस्वती।

राधा—राधिका, वृषभानुजा, हरिप्रिया, वृषभानुनंदिनी, कीर्ति-किशोरी, ब्रजरानी।

रानी—स्वामिनी, मालकिन, बेगम, राजपत्नी, महारानी, राज्ञी, साम्राज्ञी, महिषी।

रामचन्द्र—राम, दाशरथि, रघुवर रघुपति, रघुराज, रघुनंदन, सीतापति, अवधेश, राघ, पुरुषोत्तम।

राय—मत, सम्मति, सलाह, धारणा, विचारणा, विचार, विश्वास, सिद्धान्त, मंतव्य, परामर्श, मंत्रणा, अभिमत।

रावण—दशवदन, दैत्येंद्र, दशकंधर, लंकेश, निशिचरपति, दशकंठ, दशमाथ, लंकापति।

राशि—पुंज, ढेर, समूह, भंडार।

रासभ—गधा, गदहा, रजकवाहन, गर्दभ, खर, खच्चर।

राहगीर—राही, मुसाफ़िर, पथिक, बटोही, यात्री।

रिक्त—खाली, शून्य, रीता, खोखला, खोखा।

रिपु—शत्रु, दुश्मन, वैरी, विरोधी, द्वेषी।

रिश्ता—सम्बन्ध, सम्पर्क, नाता, नातेदारी, रिश्तेदारी, मेल।

रिश्वत—उत्कोच, घूस, लाँच, नज़राना, कमीशन, बख़्शीश।

रिहाई—छुटकारा, मुक्ति, छुट्टी, मोचन सम्मोचन, विमुक्ति, विमोचन।

रीति—1. ढब, ढंग, तरह, प्रकार; 2. विधि, तरीक़ा, पद्धति, प्रणाली; 3. रस्म, रिवाज़, प्रथा, परम्परा, परिपाटी, दस्तूर, रूढ़ि; 4. क़ायदा, नियम, क़ानून, विधान।

रुकावट—अड़चन, बाधा, निरोध, व्यवधान, प्रतिरोध, विघ्न, रोध, अवरोध, रुकाव, अटकाव, प्रतिबंध, अडंगा, पाबंदी, गतिरोध, रोड़ा, विराम, ठहराव।

रुग्ण—रोगग्रस्त, रोगी, बीमार, अस्वस्थ, व्याधिग्रस्त।

रुचि—चाह, इच्छा, अभिलाषा, कामना, पसंद, रुझान, प्रवृति, मनोवृत्ति, प्रेम, दिलचस्पी।

रूढ़ि—रीति, रस्म, रिवाज़, परम्परा, प्रथा, दस्तूर।

रूप—1. शक्ल, सूरत, आकार, आकृति, डौल, गठन, बनावट, हुलिया, चेहरा-मोहरा, नैन-नक्शा, रूपरंग।

रेत—बालु, रेणु, रेणुका, बालुका, सिकता।

रोक—1. रुकावट, अवरोध, रुकाव, अटकाव, अटक, रोध, विराम; 2. निषेध, मनाही, निरोचन, प्रत्यादेश, अभिषेध, प्रतिषेध।

रोकथाम—संयम, निग्रह, निरोध, नियंत्रण, दमन, रोक, प्रतिबंध, रुकावट।

रोग—व्याधि, बीमारी, मर्ज़, रुग्णता, अस्वस्थता।

रोगी—व्याधिग्रस्त, रुग्ण, बीमार, अस्वस्थ, रोगग्रस्त।

रोचक—1. रुचिकर, प्रिय, दिलचस्प, मनोरंजक, मनभावन, मनमोहक, मनोहर, लुभावना, सुहावना; 2. माधुर्य, मृदुता, स्वादुता, मीठापन, अलवणता।

रोज़गार—1. कारोबार, पेशा, जीविका, वृत्ति, काम, धंधा; 2. व्यवसाय, व्यापार, वाणिज्य, तिजारत।

रोटी–1. चपाती, फुलकी, फुलका; 2. जीविका, रोज़गार, कारोबार, काम, धंधा, निर्वाह।

रोना–आँसू बहाना, रुदन करना, रोदन करना, क्रंदन करना, विलाप करना, बिलखना, आर्तनाद करना।

रोब–प्रभाव, आतंक, दबदबा।

रोम–बाल, लोम, रोयां।

रोशनी–1. उजाला, प्रकाश, जगमगाहट, आभा, चमक, द्युति, कांति; 2. दीपक, चिराग, दीया।

रोष–1. क्रोध, कोप, गुस्सा, चिढ़, कुढ़न; 2. वैर, विरोध, दुश्मनी, शत्रुता, विरुद्धता, प्रतिकूलता।

रौ–गति, चाल, वेग, धुन, सनक।

रौबदार–गौरवशाली, प्रभावशाली, तेजस्वी, विख्यात, प्रशंसनीय।

ल – देवनागरी वर्णमाला का अट्‌ठाईसवाँ व्यंजन और तीसरा अंतस्थ वर्ण है। इसका उच्चारण स्थान दंत है।

लंघन–उपवास, व्रत, अनशन, रोज़ा, फ़ाका, निराहार।

लक्षण–1. चिन्ह, निशान, आसार, दाग़; 2. पहचान, स्वभाव, गुण, विशेषता।

लक्ष्मण–सौमित्र, शेषावतार, लखन, रामानुज, लछिमन।

लक्ष्मी–1. रमा, कमला, पद्‌मा, श्री, इंदिरा, हरिप्रिया, लोकमाता, विष्णुवल्लभा, सिंधुसुता, चंचला; 2. संपत्ति, धन, दौलत, माया, रुपया–पैसा, वैभव, ऐश्वर्य, संपदा, द्रव्य, अर्थ।

लक्ष्य–निशान, उद्‌देश्य, ध्येय, इष्ट प्रदेश, निर्दिष्ट स्थान, ठिकाना, मंज़िल।

लगातार–सतत, निरंतर, अनवरत, अविरल, अविराम, सिलसिलेवार, बराबर, सर्वदा, नित्य, अभग्न, क्रमिक, अजस्त्र।

लगाव–लगावट, सम्बन्ध, वास्ता, प्रेम, प्रीति, संलाग, आसक्ति, योग।

लग्न–1. मुहूर्त, लगन; 2. विवाह, शादी, ब्याह।

लघु–छोटा, संकुचित, संकीर्ण, अविस्तृत; 2. कम, थोड़ा, अल्प, न्यून; 3. तुच्छ, हेय, नीच।

लज्जा–1. लाज, शर्म, हया, संकोच, झिझक, गैरत; 2. मान, मर्यादा, प्रतिष्ठा, सम्मान, गौरव, गरिमा।

लड़ाई–भिडंत, मुठभेड़, टकराव, हाथापाई, युद्ध, जंग, समर, संग्राम।

लता–बेल, बल्ली, वल्लरी, लतिका।

लपट–1. लौ, ज्वाला, भभूका, जलाक; 2. लू, गर्म, हवा, भभक।

ललित–1. सुन्दर, मनोहर, मनभावन, मनोज्ञ, रमणीय; 2. अभिलषित, मनचाहा, यथेष्ट, अभीष्ट।

लहर–1. हिलोर, लहरी, वीचि, उर्मि, तरंग, कल्लोल; 2. उमंग, जोश, मौज, आनंद।

लाचार–विवश, मजबूर, असमर्थ, बेबस, निरुपाय, बाध्य।

लाज–लज्जा, शर्म, हया, संकोच, लिहाज़ मुरव्वत।

लाभ–प्राप्ति, उपलब्धि, मुनाफ़ा, फ़ायदा, नफ़ा।

लाल–पुत्र, बेटा, तनय, नंदन, सुवन, आत्मज।

लालच–लोभ, लिप्सा, ईहा, लोलुपता, तृष्ण, हिर्स, हवस, प्रलोभन, लालसा।

लालसा–इच्छा, साध, अभिलाषा, लिप्सा, ईहा, तृष्णा।

लाली–अरुणता, अरुणिमा, ललाई, सुर्खी, लालिमा, राग, लालपन।

लिप्त–लीन, तल्लीन, मग्न, निमग्न, अनुरक्त, आसक्त।

लिप्सा–लोभ, लालच, प्रलोभन, चाह, इच्छा, अभिलाषा, कामना, वासना।

लिहाज़–1. मुलाहज़ा, शील, संकोच; 2. रियायत, पक्षपात, तरफ़दारी; 3. लाज, शर्म, हया।

लीन–तल्लीन, तन्मय, रत, संलग्न, मग्न, मशगूल, आसक्त; 2. लुप्त, ग़ायब।

लुच्चा–दुराचारी, शोहदा, बदमाश, कमीना, कुकर्मी।

लुटेरा–दस्यु, अपहर्ता, अपहरणकर्ता, डाकू, डकैत।

लुत्फ़–आनंद, सुख, मज़ा, मौज, मस्ती, विनोद, हर्ष, रोचकता।

लुप्त–गुप्त, अप्रकट, अदृश्य, ग़ायब, अंतर्धान, गुम।

लुब्धक–शिकारी, बहेलिया, आखेटक, अहेरी।

लेखक–1. ग्रंथकर्ता, ग्रंथकार, रचयिता, प्रणेता, रचनाकार, साहित्यकार; 2. लिपिक, कातिब; 3. व्यावसायिक लेखक।

लोक–1. संसार, विश्व, दुनिया, जगत; 2. लोग, जन, प्राणी, मनुष्य, मानव, इंसान, आदमी।

लोकतंत्र–जनतंत्र, गणतंत्र, प्रजातंत्र, लोकशाही।

लोचन–आँख, नयन, नेत्र, चक्षु।

लोभ–लालच, तृषा, तृष्णा, लिप्सा, स्पृहा।

लोभी–लालची, स्पृह, आकांक्षी, इच्छुक, पिपासु, उत्सुक, तुष्णालु।

लोलुप–लोभी, लालची, आकांक्षी, उत्सुक।

लौ–1. लपट, ज्वाला, दीपशिखा; 2. लगन, चाह, तृष्णा।

लौटना–फिरना, पलटना, घूमना, वापस आना, मुड़ना।

व - देवनागरी वर्णमाला का उन्तीसवाँ व्यंजन वर्ण है। इसका उच्चारण शब्द दाँत और होंठ की सहायता से किया जाता है। अतः इसे दंत्यौष्ठ कहते हैं।

वंचक–धूर्त, धोखेबाज़, ठग, खल, फ़रेबी, दग़ाबाज़।

वंचना–धोखा, धूर्तता, ठगी, जाल, फ़रेब।

वंचित–विमुख, रहित, हीन, शून्य।

वंदना–स्तुति, प्रणाम, वंदन, अभिवादन, नमस्कार।

वंश–वंश परम्परा, वंश शृंखला, कुल, खानदान, घराना, गोत्र, जाति, नस्ल।

वक्ता–वाचक, व्याख्याता, भाषणकर्त्ता, तकरीर करने वाला।

वक्र–टेढ़ा, बाँका, तिरछा, तिर्यक, बंकिम, कुटिल।

वक्ष–छाती, उर, सीना, वक्षस्थल, उरस्थल।

वचन–1. शब्द, वाक्य, वाणी, बोली; 2. उक्ति, कथन, बात; 3. आश्वासन, वादा, प्रण, प्रतिज्ञा।

वणिक्–व्यापारी, व्यवसायी, रोज़गारी, बनिया।

वध–घात, हिंसा, हनन, प्रतिघातन, हत्या, क़त्ल।

वन–अटवी, अरण्य, विपिन, कानन, कांतार, जंगल।

वनिता–1. स्त्री, औरत, नारी, महिला, अबला; 2. प्रियतमा, प्रिया, प्रेयसी, अनुरक्त स्त्री, प्यारी।

वन्य–जंगली, वनचर, बनैला, आरण्यक, काननसेवी।

वपु–शरीर, देह, काया, बदन, तन।

वमन–उलटी, छर्दन, छाँट, छर्दि, वमि, प्रच्छर्दिका, ओकी।

वय–वयस, उम्र, अवस्था, आयु।

वर–दुल्हा, बन्ना, वरदान, उत्तम, श्रेष्ठ।

वरण–चुनाव, चयन, छँटाई।

वरदान–आशीष, आशीर्वाद, वर, फलसिद्धि, मनोरथसिद्धि, उपहार, भेंट।

वर्ग–कोटि, श्रेणी, समूह, समुदाय, कक्षा, दर्जा, जमात।

वर्जित–निषिद्ध, निषेधित, प्रतिषेधित, बाधित, अपजर्य।

वर्णन–बयान, चित्रण, कथन, विवेचन, व्याख्या, विवरण, वृतांत, उल्लेख, इतिवृत, मीमांसा, ज़िक्र, चर्चा।

वर्तमान–उपस्थित, प्रस्तुत, विद्यमान, मौजूद।

वर्ष–संवत्सर, संवत्, सन्, ईसवी, बरस, साल।

वर्षा–1. बरसात, वर्षाकाल, वृष्टिकाल, पावस ऋतु; 2. वृष्टि, बारिश, बरखा।

वलि–1. रेखा, लकीर, सतर; 2. पंक्ति, श्रेणी, कतार; 3. झुर्री, बल, सिकुड़न, सिलवट।

वल्लभ–पति, स्वामी, प्राणेश्वर, शौहर, ख़सम, खाविन्द।

वश–अधिकार, क़ाबू, नियंत्रण, अख्तियार, प्रभुत्व।

वसंत–ऋतुराज, कुसुमाकर, ऋतुपति, मधुमास, बहार, मौसम–ए–गुल, मौसम–ए–बहार, कामसखा।

वस्तु–चीज़, द्रव्य, पदार्थ।

वस्तुतः—वास्तव में, सचमुच, ठीक, यथार्थ।

वस्त्र—परिधान, पोशाक, लिबास, कपड़ा, पट, वसन, अंबर, चीर, वेशभूषा, जामा।

वहशत—असभ्यता, अशिष्टता, अभद्रता, जंगलीपन, उजड्डपन।

वाँछा—इच्छा, अभिलाषा, मनोरथ, स्पृहा, कांक्षा, आकांक्षा, चाह, कामना, वासना, ईप्सा।

वाँछित—इच्छित, अभिलषित, अभीष्ट, अभिप्रेत, अभीप्सित, चाहा हुआ।

वाकिफ़—ज्ञाता, जानकार, अनुभवी।

वाग्जाल—शब्दाडंबर, शब्दजाल, शब्दाडंबरी, भाषा।

वाण—तीर, शिलीमुख, शर, शायक।

वाणी—1. सरस्वती, ज्ञानदेवी, विद्या, हंसवाहिनी, श्वेतवसना; 2. बात, वचन, शब्द, जबान, भाषा; 3. जिव्हा, जीभ, रसना।

वातावरण—1. माहौल, परिवेश, पर्यावरण; 2. वायुमंडल, आबोहवा, जलवायु।

वाद-विवाद—1. तर्क, वितर्क, बहस, मुबाहिसा, सवाल-जवाब, शास्त्रार्थ; 2. वाग्युद्ध, कलह, तक़रार, झगड़ा, तू-तू मैं-मैं।

वार्ता—1. बातचीत, संवाद, संभाषण; 2. समाचार, ख़बर, संदेश, वृत्तांत, हाल।

वास—1. गंध, बू, महक, सुगंध; 2. निवास, आवास, वासगृह; 3. घर, मकान, गृह, आलय, निलय, सदन, शाला।

वास्तविकता—यथार्थता, सत्यता, असलियत, तथ्यता।

विकट—1. उग्र, तीव्र, प्रखर, प्रचंड; 2. भयंकर, डरावना, खौफ़नाक, भद्दा, भोंडा, कुरूप; 3. टेढ़ा, वक्र, तिर्यक, तिरछा।

विकराल—भीषण, भयानक, डरावना, खौफ़नाक।

विकार—दोष, बुराई, विकृति, बिगाड़, ख़राबी, नुक्स, त्रुटि, कमी।

विकास—प्रसार, फैलाव, बढ़ाव, प्रगति।

विक्रम—पराक्रम, वीरता, बहादुरी, शौर्यता, शूरता, साहस, दिलेरी।

विगत—1. गत, बीता हुआ; 2. रहित, रिक्त, हीन।

विघ्न—बाधा, रुकावट, अड़चन, अटकाव, अटक, व्यवधान, अवरोध, प्रतिरोध, रोड़ा, अड़ंगा।

विचार—धारणा, चिन्तन, भावना, ख़्याल, ध्यान, सोच, अनुमान।

विचित्र—विलक्षण, अजीब, निराला, अद्‌भुत, अनोखा, विस्मयकारी, आश्चर्यजनक, अपूर्व, अनूठा, अलौलिक, असाधारण, असामान्य।

विज्ञ—जानकार, बुद्धिमान, समझदार, विद्वान, पंडित, प्रवीण, निष्णात, पारंगत, कोविद, विशेषज्ञ, मर्मज्ञ।

विदग्ध—रसिक, विद्वान, पंडित, होशियार, प्रवीण, अनुभवी, विज्ञ।

विदित—अवगत, ज्ञात, मालूम, ज़ाहिर, प्रकट, व्यक्त।

विदुर—जानकार, ज्ञाता, पंडित, ज्ञानी, विवेकी, पंडित, विज्ञ।

विदूषक—वैहासिक, विनोदी, ठिठोलिया, मसखरा, भाँड, मज़ाक़िया।

विद्यालय—पाठशाला, शिक्षालय, ज्ञानमंदिर, मदरसा, विद्यापीठ।

विद्युत—बिजली, चपला, तड़ित, करका, क्षणप्रभा, चंचला, दामिनी।

विधाता—ब्रह्मा, विधि, स्रष्टा, सृष्टिकर्त्ता।

विधान—1. प्रबंध, व्यवस्था, आयोजन, इंतज़ाम; 2. निर्माण, रचना, सर्जन; 3. ढंग, प्रणाली, रीति; 4. क़ायदा, नियम, क़ानून, विधि, संविधान।

विधि—1. व्यवस्था, प्रबन्ध, इंतज़ाम; 2. ढंग, रीति, तरीक़; 3. क़ानून, नियम, मिन्नत, अर्ज़।

विनाशी—विनाशशील, नश्वर, ऐहिक, लौकिक, दैहिक, शरीरी, मरणशील, मरणधर्मी, कालधर्मी।

विनीत—विनम्र, सुशील, शालीन, शिष्ट, नम्र, विनयी, शीलवान।

विनोद—आमोद-प्रमोद, मजाक, उल्लास, आनंद, विलास, मनोरंजन, हँसी, क्रीड़ा, तमाशा, खेल-कूद, कौतुक।

विपन्न—आर्त्त, दुःखी, व्यथित, विपत्तिग्रस्त।

विपरीत—प्रतिकूल, विरुद्ध, उलटा, ख़िलाफ़, विरोधपूर्ण।

विपिन—वन, जंगल, अरण्य, कानन।

विप्र—ब्राह्मण, द्विज, भूदेव, पुरोहित, वेदज्ञ।

विभव—1. धन, संपत्ति, वित्त, अर्थ, ऐश्वर्य; 2. बल, शक्ति, पराक्रम, शौर्य; 3. अधिकता, आधिक्य, प्रचुरता, बाहुल्य।

विभा—1. प्रभा, आभा, कांति, चमक, प्रकाश, रोशनी; 2. किरण, रश्मि, ऊर्मि; 3. शोभा, छटा, सौन्दर्य, सुन्दरता।

विभिन्न—अलग—अलग, विविध, तरह-तरह का, भिन्न-भिन्न, कई प्रकार का।

विभूति—1. धन, संपत्ति, विभव, ऐश्वर्य, दौलत; 2. अधिकता, विपुलता; 3. प्रभुत्व, महानता, बड़प्पन।

विभेद—1. खंड, विभाग, प्रभाग; 2. भिन्नता, पृथकता, अलगाव; 3. भेद, अंतर, फ़र्क़, प्रकार, क़िस्म।

विभोर—1. विकल, व्याकुल, आकुल, व्यग्र; 2. मग्न, मुग्ध, लीन, तल्लीन; 3. मस्त, मत्त, मदहोश।

विमर्श—1. विवेचना, आलोचना, समीक्षा; 2. परामर्श, राय, सलाह, विचार; 3. जाँच, परख।

विमल—स्वच्छ, साफ़, निर्मल, शुद्ध, पवित्र, मलरहित, निर्दोष।

विमान—वायुयान, हवाई ज़हाज़, उड़न-खटोला।

विमुक्त—स्वतंत्र, स्वच्छंद, आज़ाद, रिहा, बरी।

विमुख—1. उदासीन, विरक्त, अनासक्त; 2. प्रतिकूल, विरुद्ध, परांगमुख।

विमुग्ध—मोहित, आसक्त, आकृष्ट, लिप्त, प्रभावित, उन्मत्त, मस्त, मतवाला, मदहोश, बेसुध।

वियोग—विरह, विछोह, जुदाई, विच्छेद, हिज्र, फिराक, अलगाव, पार्थक्य, अलहदमी, वियुक्ति।

विरक्त—संसार-विमुख, उदासीन, वैरागी, विरागी, अनासक्त, निर्लिप्त।

विरक्ति—विराग, निर्वेद, उदासीनता, अनासक्ति, निर्लिप्तता।

विरल—1. छिटपुट, विकीर्ण, कहीं—कहीं; 2. दुर्लभ, कठिन, अप्राप्य, दुष्प्राप्य, दुरुह; 3. तनु, पतला।

विरह—वियोग, बिछोह, बिलगाव, जुदाई।

विराग—अरुचि, विरक्ति, अस्पृहा, अप्रवृत्ति, विमुखता, अनिच्छा, ऊब, उदासीनता, विमोह, अप्रीति।

विराट—बड़ा, विशाल, विस्तृत, विकराल, विश्वरूप।

विराम—1. अटकाव, रुकावट, ठहराव, अवरोध; 2. आराम, विश्राम, शांति; 3. अवकाश, निवृत्ति, छुट्टी, फुरसत।

विलक्षण—अद्‌भुत, विचित्र, अलौलिक, अनोखा, निराला, आश्चर्यजनक, अपूर्व, अद्वितीय, अनूठा, अनुपम, बेजोड़, विस्मयकारी।

विलग—अलग, पृथक्, भिन्न, जुदा।

विलोम—विपरीत, प्रतिलोम, प्रतीप, उलटा।

विवरण—वर्णन, ब्यौरा, तफ़सील, खुलासा।

विवश—बेबस, मजबूर, लाचार, असहाय।

विवेचन—मीमांसा, तत्वविचार, निरूपण, समीक्षण, जाँच, परख।

विशद—1. स्वच्छ, निर्मल, विमल, साफ़; 2. स्पष्ट, व्यक्त, प्रकट; 3. विशाल, विस्तृत, विस्तार, युक्त, बड़ा।

विशारद—1. दक्ष, निपुण, प्रवीण; 2. विशेषज्ञ, ज्ञाता, पंडित, विद्वान, आचार्य।

विशिष्ट—1. अद्‌भुत, विलक्षण, असाधारण, अनोखा, अनूठा; 2. मुख्य, प्रधान, श्रेष्ठ, सर्वोच्च।

विश्रुति—प्रसिद्धि, ख्याति, शोहरत, मशहूरी।

विष—ज़हर, गरल, कालकूट, हलाहल, माहुर, मार, संगर।

विषम—असमान, अनमेल, असंगत, भयंकर, भीषण, डरावना, कठिन, दुरुह।

विषयी—विलासी, भोगी, कामी, लंपट, व्यभिचारी, कामाचारी।

विष्णु—नारायण, जनार्दन, हरि, धरणीधर, चतुर्भुज, चक्रपाणि, लक्ष्मीपति, कमलापति।

विस्तार—प्रसार, फैलाव, आयाम, विशालता, लम्बाई-चौड़ाई।

विस्फोट—स्फोट, फूटना, धमाका।

विहंग—पक्षी, चिड़िया, पखेरू, परेवा, खग।

वीर्य—शुक्र, धातु, बीज, बल, शक्ति, ताक़त, वीरता, शूरता, शौर्य, पुंसत्व, मर्दानगी, मुख-आभा।

वृथा—व्यर्थ, निरर्थक, निष्प्रयोजन, बेकार, फ़जूल, बेफ़ायदा।

वृष्टि—वर्षा, मेह, बारिश, मेघ, बरसात।

वेशभूषा—परिधेय, परिधान, वस्त्र, कपड़ा, पोशाक, लिबास, भेस।

वेश्या—रंडी, गणिका, वारांगना, विलासिनी, तवायफ़।

वैराग्य—वीतरागता, विरक्ति, संन्यास।

व्यंग्य—ताना, छींटाकशी, कटाक्ष, आक्षेप, तंज़, फ़बती।

व्यतिरेक—भेद, अंतर, फ़र्क़।

व्यथित—दुखित, पीड़ित, क्लेशित, वेदनाग्रस्त, आर्त्त, परिवेदित।

व्यवस्था—प्रबंध, इंतज़ाम, आयोजन, बंदोबस्त, रीति, पद्धति, प्रणाली, कानून, क़ायदा, नियम।

व्यसन—लत, आसाक्ति, खोटी आदत, बुरी आदत, बुरा शौक।

व्याधि—रोग, बीमारी, रुग्णता, अस्वस्थता।

व्रत—1. उपवास, निराहार, अनाहार, अनशन, रोजा; 2. दृढ़ संकल्प, प्रतिज्ञा, दृढ़निश्चय।

व्रीड़ा—लाज, शर्म, लज्जा, संकोच, हया।

श – देवनागरी वर्णमाला में व्यंजन का तीसवाँ वर्ण है। इसका उच्चारण स्थान तालू है।

शंकर–शिव, शंभु, महादेव, त्रिपुरारि, त्रिलोकीनाथ, मदनारि, मृत्युंजय, भोलेनाथ, महेश, उमापति, कैलाशपति, उमेश।

शंका–1. संदेह, संशय, शक, आशंका, अंदेशा, खटका, अनिर्णय; 2. भय, डर, खौफ़, दहशत।

शंकित–1. शंकाशील, अप्रतीतिकर, संदिग्ध, अविश्वस्त, संशययुक्त, आशंकाग्रस्त, संदेहास्पद; 2. भयभीत, डरपोक, बुज़दिल, भयाकुल।

शक–संशय, शंका, संदेह, आशंका।

शकुन–सगुन, शुभ मुहूर्त, शुभसूचक चिन्ह।

शक्ति–बल, ताक़त, ज़ोर, सामर्थ्य, क्षमता।

शक्तिशाली–बलवान, ताक़तवर, ज़ोरदार, समर्थ, सशक्त, ओजस्वी, ऊर्जस्वी।

शठ–धूर्त, चालाक, लुच्चा, बदमाश, दुष्ट, पाजी, कपटी।

शतक–शताब्दी, शती, सदी, सौ, सैकड़ा।

शनैः–धीरे, आहिस्ता, हौले।

शनैश्चर–शनि, मंदचाल, छायासुत, रविनंदन, मंदग्रह।

शपथ–सौंगध, कसम, सौंह, हलफ़, प्रतिज्ञा, प्रण।

शब्द–स्वर, ध्वनि, निनाद, स्वन, नाद, संख, घोष, लफ़्ज, कथन।

शब्दकोश–शब्द संग्रह, शब्द संकलन, शब्दावली, शब्दार्थिका, अभिधान।

शमन–निवृति, दमन, नियंत्रण, क़ाबू, रोक।

शरण–संश्रय, आश्रय, रक्षा, बचाव, पनाह, छाँह, छत्रछाया।

शराब–मदिरा, मद्य, वारुणी, दारू, हाला, मय, सुरा।

शराबखाना–मदिरालय, मद्यशाला, दारू-खाना, मयखाना, सुरालय, सुरा- सदन, हौली।

शराबी–मद्यप, मद्यासक्त, पियक्कड़, दारूबाज़, मदिरासेवी।

शरीफ़–भला, सज्जन, कुलीन, शिष्ट, विनीत।

शरीर–देह, तन, कलेवर, गात्र, वपु, काय अंग, पिण्ड, काया, जिस्म, बदन।

शर्त–दाँव, बाज़ी, पण, प्रतिबंध, अनुबंध

शर्म–लाज, लज्जा, झेंप, व्रीड़ा, हया संकोची, शर्मिन्दगी।

शर्मीला–लज्जालु, लज्जाशील, लजीला संकोची, झेंपू, असंलापी, एकांतप्रेमी।

शव–मुर्दा, लाश, लोथ, मिट्टी, पार्थिव शरीर।

शस्त्र–आयुध, अस्त्र, हथियार, युद्ध सामग्री।

शस्त्रधारी–सशस्त्र, हथियारबंद, सायुध।

शांत–प्रशांत, धीर, निःशब्द, स्तब्ध अक्षुब्ध, चुप, मौन, गंभीर, निश्चल संयत, निरपेक्ष, संवेगहीन, आवेशरहित नीरव, ख़ामोश, स्थिर।

शादी—विवाह, ब्याह, पाणिग्रहण, परिणय, गठबंधन।

शानदार—ऐश्वर्यशाली, वैभवशाली, भव्य, दिव्य, आलीशान, विलासपूर्ण, शोभनीय।

शाप—अभिशाप, बद्दुआ, अभिशाप, श्राप।

शामत—दुर्भाग्य, अभाग्य, बदूकिस्मती, विपत्ति, दुर्दशा, ख़राबी।

शायरी—काव्य, कविता, पद्य, छंद।

शालीन—शिष्ट, सौम्य, सभ्य, भद्र, विनीत, नम्र, सलज्ज।

शाश्वत—नित्य, सतत, सदैव, निरन्तर, लगातार, चिर, सनातन, सर्वकालिक, चिरस्थायी, अविरत, अक्षम।

शासन—1. आज्ञा, आदेश, हुक्म; 2. हुकूमत, प्रशासन, अनुशासन, प्रभुत्व, आधिपत्य, स्वामित्व।

शिकायत—गिला, शिकवा, निंदा, बुराई; 2. अभियोग, वाद, साध्य, निवेदन, परिवेदन, फरियाद।

शिकार—1. आखेट, मृगया, अहेर; 2. असामी।

शिक्षक—अध्यापक, उपदेशक, गुरु, आचार्य, मास्टर, टीचर।

शिक्षा—1. तालीम, पढ़ाई—लिखाई, शिक्षण, प्रशिक्षण, विद्या; 2. उपदेश, नसीहत, ज्ञान, सबक, सीख; 3. परामर्श, सलाह, राय।

शिखर—1. शिरा, चोटी, शिखा, शृंग; 2. कलश, कँगूरा।

शिखा—1. चूड़ा, चोटी, चुंडी; 2. लपट, लौ, ज्वाला; 3. कलगी, शीशगुच्छ।

शिथिल—1.सुस्त, धीमा, मंद, ढीला, आलसी; 2. दुर्बल, कमज़ोर, अशक्त।

शिरा—नाड़ी, नस, धमनी, स्नायु।

शिला—पाषाण, सिल, पाहन, पत्थर, चट्टान, प्रस्तर।

शिल्पी—वास्तुशास्त्री, स्थपति, कारीगर, शिल्पकार, दस्तकार।

शिव—चंद्रशेखर, उमापति, कैलाशपति, भोलेनाथ, महेश्वर, शंभु, त्रिलोचन, चंद्रभाल, चंद्रमौलि, भैरव, भूतनाथ, त्रिनेत्र, त्रिलोकीनाथ, आशुतोष, महादेव, महेश, कामारि।

शिविर—पड़ाव, कैंप, डेरा, खेमा, छावनी।

शिशिर—जाड़ा, शीतकाल, हिम, पाला, सर्दी, ठंडी।

शिशु—बालक, बच्चा, बाल, लड़का।

शीघ्र—त्वरित, क्षिप्र, द्रुत, अविलंब, तुरन्त, तत्क्षण, झटपट, तत्काल, फ़ौरन, चटपट, जल्दी।

शीर्ष—1. सिर, कपाल, मुंड; 2. सिरा, चोटी, शिखर, शिखा, शृंग।

शुक्ल—उजला, सफ़ेद, श्वेत, धवल, धौला, उज्जवल, हिममय, हिमसदृश।

शुचि—पवित्रता, शुद्धता, स्वच्छता, निर्मलता, सफ़ाई, विशुद्धि, पवित्र, शुद्ध, निर्मल, परिष्कृत।

शुद्ध—1. विशुद्ध, खरा, साफ़, चोखा, सज़ा, निर्दोष, स्वाभाविक; 2. विमल, निर्मल, पवित्र।

शुद्धि—स्वच्छता, सफ़ाई, पवित्रता, शुचिता, निर्मलता, विमलता।

शुभ—1. शिव, शुभकर, शुभकारी, मंगल, मंगलप्रद, माँगलिक, कल्याणकारी; 2. मंगल, कल्याण, भलाई।

शुरुआत—प्रारम्भ, सूत्रपात, पहल, श्रीगणेश।

शुष्क—1. सूखा, खुश्क, नीरस, विरस, रसहीन; 2. स्नेहरहित, हृदयहीन, शून्य, निर्मम।

शून्य—1. खाली जगह, रिक्त स्थान, अवकाश; 2. आकाश, आसमान, व्योम; 3. एकांत

स्थान, निर्जन स्थान, जनशून्य स्थान; 4. अभाव, रिक्तता, खालीपन, कमी; 5. बिन्दु, बिन्दी, नुकता, निरंकार, निराकार।

शूर—वीर, बहादुर, योद्धा, सूरमा, शूरवीर, साहसी।

शूल—पीड़ा, दर्द, चुभन, वेदना।

शृंखला—1. क्रम, सिलसिला, तारताम्य, माला; 2. ज़ंजीर, सांकल, मेखला; 3. श्रेणी, कतार, पंक्ति।

शृंगार—भूषा, साज, सजावट, ठाट, सिंगार, अलंकरण, रूपसज्जा।

शेखर—शीर्ष, सिर, खोपड़ी, कपाल, मूंड, मस्तक।

शेखी—गर्व, घमंड, अभिमान, ऐंठ, शान, अकड़, दंभ।

शेर—सिंह, नाहर, बाघ, पंचानन, केशरी, पशुनाथ, पशुराज, पारीन्द्र, गजारि, वनराज।

शैली—चाल, ढंग, ढब, प्रणाली, परिपाटी, तर्ज़, तरीक़ा, विधि।

शोध—1. दुरुस्ती, शुद्धि; 2. जाँच, परीक्षा, पड़ताल, छानबीन; 3. खोज, गवेषणा, अनुसंधान।

शोभन—1. सुन्दर, मनमोहक, मनोहर, मनोरम, सुहावना, सजीला, रमणीय; 2. उत्तम, श्रेष्ठ, उचित, उपयुक्त, सटीक; 3. शुभ, मंगलकारी, कल्याणकारी, कल्याणप्रद, भला, अच्छा।

शोभा—दीप्ति, कांति, छवि, श्री, सुषमा, विभा, आभा, प्रभा, छटा, सौंदर्य, सुन्दरता, चमक, सजावट, मनोहरता, मनमोहकता।

श्मशान—मरघट, मसान, मुरदघट्टा, मृतकदाह-स्थान, दग्धस्थान, शवदाहस्थान, कब्रिस्तान।

श्रमिक—श्रमजीवी, मज़दूर, कामगार, कामकर, मेहनतकश।

श्री—1. धन, संपत्ति, विभूति, वैभव, ऐश्वर्य; 2. शोभा, छटा, सौन्दर्य, रमणीयता; 3. कांति, चमक, आभा, प्रभा, चमक।

शृंगारिक—प्रेमात्मक, शृंगारात्मक, वासना-पूर्ण, प्यार का।

श्रेय—1. अच्छा, बढ़िया, बेहतर, उम्दा, श्रेष्ठ, उत्तम, उत्कृष्ट; 2. शुभ, कल्याणकारी, मंगलप्रद।

श्रेष्ठ—सर्वोपरि, अद्वितीय, उत्कृष्ट, उत्तम, सर्वोत्तम, अनुपम।

श्लाघा—प्रशंसा, तारीफ़, स्तुति, बड़ाई, खुशामद, चापलूसी।

श्वास—प्राण, साँस, दम, संजीवनी, वायु।

श्वेत—उजला, धवल, उज्जवल, शुभ्र, गोरा, साफ़, दुग्धवत, हिमवत् रजतसदृश।

ष - देवनागरी वर्णमाला में व्यंजन वर्ण का इकतीसवाँ अक्षर है। इसका उच्चारण स्थान मूर्धा है। इसलिए यह मूर्द्धन्य 'ष' कहलाता है।

ष–1. कच, केश, बाल; 2. स्वर्ग; 3. बुद्धिमान, विद्वान व्यक्ति; 4. निद्रा; 5. अंत; 6. शेष, बची वस्तु।

षंजन–आलिंगन, मिलन।

षंड–1. बैल, सांड; 2. नपुंसक, हीजड़ा; 3. ढेर, राशि, समूह, झुंड।

षंडाली–1. तालाब, ताल।

षटक–छः गुना, छः में ख़रीदा हुआ, छठी बार होने या किया जाने वाला, छः की संख्या, छः का समाहार।

षड्यंत्र–साज़िश, कुचक्र, अभिसंधि, कूट-योजना।

षोडशी–दस या बारह महाविद्यालयों में से एक, सोलह वर्ष की स्त्री, तरुणी, सोलह वस्तुओं का वर्ग, प्रेतकर्म विशेष।

स - देवनागरी वर्णमाला का बत्तीसवाँ व्यंजन वर्ण है। इसका उच्चारण स्थान दंत है। इसलिए इसे दंत्य 'स' कहते है।

संकट–आपत्ति, विपत्ति, आपदा, आफ़त, मुसीबत, विपदा, दुर्भाग्य, अभाग्य।

संकल्प–विचार, इरादा, चेष्टाहीन, इच्छाशक्ति, कामनाशक्ति, रुचिबल, दृढ़-निश्चय, प्रण, प्रतिज्ञा, व्रत।

संकीर्ण–तंग, सँकरा, अविस्तृत।

संकेत–1. चिन्ह, निशान, प्रतीक, लक्षण; 2. इंगित, इशारा, अंगविक्षेप, अंगभंगिमा।

संकोच–असमंजस, हिचक, लाज, लज्जा, शर्म।

संक्षिप्त–थोड़ा, अल्प, कम।

संक्षेप–सार, समाहार, सारांश, संक्षिप्त रूप।

संगति–मेल, मिलाप, संग, साथ, साहचर्य, सम्बन्ध, ताल्लुक, मैत्री, दोस्ती।

संगम–मेल, मिलाप, संयोग, संग, साथ, सम्पर्क, सम्बन्ध, संगति, सोहबत।

संग्रह–1. एकत्रीकरण, संचय, संकलन, जवाब; 2. ढेर, समूह, राशि।

संघ–वर्ग, समुदाय, गण, समूह, दल, टोली, जत्था, भीड़, गुट।

संघात–1. आघात, चोट, मार, टक्कर; 2. वध, हत्या, क़त्ल।

संचालन–निर्देश, निर्देशन, मार्गप्रदर्शन, प्रेषण, दिग्दर्शन।

संजीदा–1. गंभीर, शांत, सौम्य; 2. बुद्धिमान, समझदार, प्रतिभाशाली, अक्लमंद।

संतप्त–दग्ध, विदग्ध, पीड़ित, व्यथित, दुखित।

संतान–संतति, वंशज, वंश, औलाद, बाल-बच्चे।

संतुलन–साम्य, साम्यवस्था, समतोलन, समभार, समरसता।

संतोष–संतुष्टि, तृप्ति, तसल्ली, धीरज, धैर्य, ढाढस, सब्र, संशयपूर्ण, शुबहेवाला, सांत्वना।

संदिग्ध–संदेहजनक, संदेहास्पद, भ्रमयुक्त।

संधि–1. मेल, संयोग, सुलह, समाधान, समझौता; 2. गांठ, जोड़, मिलान।

संध्या–सायंकाल, विकाल, गोधूलि।

संन्यासी–त्यागी, वैरागी, यती, चतुर्थाश्रम, भिक्षुक, गोस्वामी, योगी, तपस्वी, विरागी, एकांतवासी, साधनाशील, साधक, विरक्त, परिव्राजक, वानप्रस्थ, संत, साधू, मुनि।

संपूर्ण–पूरा, सारा, समूचा, समग्र, समस्त, सब, अखिल, कुल, तमाम, सर्व, निखिल।

सम्बन्ध–सम्पर्क, वास्ता, नाता, रिश्ता, ताल्लुक, लगाव, सरोकार।

संबोधन–बुलाना, पुकारना, आह्वान करना।

संभावी–संभावित, संभव, मुमकिन, संभाव्य, कल्पनीय, आनुमानित।

संभूत–1. उत्पन्न, पैदा, जात; 2. युक्त, सहित, संयुक्त, संलग्न।

संभ्रम–घबराहट, व्याकुलता, व्यग्रता, बेचैनी, विकलता।

संभ्रांत—सम्मानित, प्रतिष्ठित, भद्र पुरुष।

संयत—नियंत्रित, शासित, नियमित, सीमित, मर्यादित, अनुशासित, भावसंयमी, शांत, गम्भीर।

संयोग—मेल, मिलाप, साथ, संग, लगाव, सम्बन्ध, सम्पर्क, संश्लेष, साहचर्य, संलग्नता।

संलग्न—संयुक्त, युक्त, संबद्ध, अनुबद्ध, लगा हुआ, नत्थी।

संविधान—नियम, क़ानून, राज्य नियम, क़ायदा।

संसर्ग—1. सम्पर्क, लगाव, सम्बन्ध, घनिष्टता, मेल-जोल, मेल-मिलाप; 2. सहवास, मैथुन।

संसार—विश्व, जगत, दुनिया, मर्त्यलोक, इहलोक, जग, जगती, भुवन, भव, भवसागर, आलम, ज़हान, पृथ्वी, भूलोक, भूमंडल, संसृति।

संसारी—पार्थिव, ऐहिक, लौकिक, इहलौकिक, सांसारिक, दुनियावी।

संसिद्धि—सफलता, कामयाबी, सिद्धि, फलवत्ता, मनोरथसिद्धि।

संस्थापक—प्रवर्तक, संचालक, जनक, स्रष्टा, मूलकर्ता, आरंभकर्ता, प्रतिष्ठापक।

संहार—1. ध्वस्त, नाश, विध्वंस, बरबादी; 2. अंत, समाप्ति, खात्मा।

सखा—साथी, मित्र, दोस्त, संगी।

सखी—सहेली, सहचरी, संगिनी, अली, आली, हमजोली।

सघन—1. घना, गझिन, अविरल, गुंजान; 2. ठोस, ठस, दृढ़, कड़ा।

सच—यथार्थ, वास्तविक; 2. सत्य, मिथ्यारहित, सच्चा।

सचमुच—1. यथार्थतः, ठीक-ठीक, वास्तव में, वस्तुतः; 2. निश्चित रूप से, अवश्य, ज़रूर, निश्चय ही।

सचाई—सत्यता, वास्तविकता, यथार्थता।

सचेत—1. समझदार, सयाना, चतुर, होशियार; 2. सजग, सावधान, चौकस।

सच्चाई—1. सत्यवादी, सत्यभाषी, सत्यनिष्ठ, सत्यवान, सत्यव्रती, ईमानदार, सत्यपरायण, धर्मनिष्ठ, सत्यकाम, निश्छल, निष्कपट; 2. प्रमाणयुक्त, प्रामाणिक, वास्तविक, यथार्थ, असली।

सजग—1. सावधान, सचेत, सतर्क, चौकस, चौकन्ना; 2. होशियार, चतुर, चालाक, निपुण।

सज-धज—बनाव-सिंगार, सजावट, अलंकरण, शान, दिखावट, आत्मप्रदर्शन, आडम्बर।

सजा—दंड, दंडादेश, दंडाज्ञा।

सज्जन—भला आदमी, भद्रजन, शरीफ़, शिष्ट व्यक्ति, महानुभाव, सम्मानित व्यक्ति।

सज्जा—सजावट, सजधज, अलंकरण, बनाव-सिंगार।

सठियाना—बुद्धिलोप होना, मंदबुद्धि होना, मूर्ख होना, मतिक्षीण होना, मतिभ्रष्ट हो जाना।

सतत—सदा, हमेशा, निरनतर, लगातार।

सतीत्व—पातिव्रत्य, जितेन्द्रियता, शुचिता, सतीधर्मिता, सतीपन, साध्विता, पतिव्रता।

सत्कार—ख़ातिरदारी, आतिथ्य, आवभगत, मेहमाननवाज़ी, मेहमानदारी, स्वागत, सम्मान, आदर।

सदन—घर, गृह, मकान, निवास-स्थान, आवास।

सदा—सतत्, सर्वदा, निरन्तर, सदैव, अविरत, नित्य, हमेशा, लगातार, हरदम, हरसमय।

सदृश—समान, अनुरूप, तुल्य, बराबर, सम।

सनातन—नित्य, हमेशा, निरन्तर, शाश्वत।

सन्नद्ध—तैयार, उद्यत, प्रस्तुत, तत्पर।

सफल—सार्थक, कारगर, कामयाब, फलीभूत, फलवान।

सभापति—अध्यक्ष, प्रधान, संचालक, प्रबंधक, चेयरमैन।

सभ्यता—सौजन्य, शिष्टता, शिष्टाचार, सुशीलता, शीलवत्ता, भद्रता, भलमन-साहत।

समकालीन—समवयस्क, समसामयिक, एककालीन, समवर्ती, सहभावी, सहवर्ती, समक्षणिक, समकालिक, हमवक़्त।

समता—साम्य, बराबरी, जोड़तोड़ तुल्यता, अनुरूपता, सदृशता।

समन्वय—समायोजन, सामंजस्य, संयोग, संसर्ग, संश्लेषण, मेल, मिलाप, एकीकरण, तालमेल, संतुलन।

समय—1. बेला, काल, घड़ी, कालमान, वक़्त; 2. अवसर, मौक़ा, अवकाश, फुरसत।

समर्थक—अनुगामी, अनुयायी।

समस्त—कुल, सब, सारा, समूचा, समग्र, सकल, सम्पूर्ण।

समान—तत्सम, अनुरूप, तुल्य, सम, सदृश, समकक्ष, बराबर, एक-सा, एक-जैसा, एक भाँति।

समाप्ति—संपूर्णता, पूर्णता, समापन, खात्मा, अवसान, इतिश्री।

समीक्षा—आलोचना, समालोचना, मीमांसा, विवेचन, समाकलन, निरूपण।

समीचीन—यथार्थ, ठीक, उचित, वाज़िब, न्यायसंगत।

समीप—पास, निकट, क़रीब, नज़दीक।

समुद्र—सागर, सिंधु, जलधि, अर्णव, उदधि, रत्नाकर, नदीश, नीरनिधि, वारीश, प्योधि, अंबुधि।

सम्मुख—सामने, समक्ष, आगे, सन्मुख, प्रत्यक्ष।

सम्राट—महाराजाधिराज, बादशाह, शंहशाह, महाराजा, सुलतान, अधीश्वर, अधिपति।

सरकारी—आधिकारिक, शासनिक, राजकीय, शासकीय, सार्वजनिक।

सरदार—1. नेता, नायक, अगुआ, मुखिया; 2. सेनापति।

सरमाया—1. मूलधन, पूँजी; 2. धन, दौलत, संपत्ति।

सरल—1. सीधा, दंडवत, 2. सीधा सादा, नम्र, कोमल, निश्छल, निष्कपट, सच्चा, ईमानदार, उदार, छलशून्य; 3. आसान, सुबोध, बोधगम्य, सहज, सुगम।

सरस्वती—ब्राह्मी, भारती, भाषा, वाचा, गिरा, वाणी, शरदा, इला, वाग्देवी, शारदा, वागीश्वरी, विद्या, हंसवाहिनी, वीणापणि, वर्णमातृका, वागीशा।

सरहद—उपांत, देशांत, सीमा, हद, प्रसीमा।

सरासर—पूर्णतः, पूर्णतया, सर्वथा, पूणरूपेण, एक सिरे से, बिलकुल, साक्षात, सम्मुख, समक्ष।

सरूर—1. आनंद, खुशी, प्रसन्नता; 2. मादकता, नशा, खुमारी।

सर्प—नाग, फणी, व्याल, अहि, उरग, पन्नग, साँप, मणिधर, फणधर, विषधर, भुजग, भुजंग।

सर्वज्ञ—सर्वज्ञानी, सर्वगत, संपूर्णज्ञाता, समग्रविज्ञानी, समूचा, जानकार, त्रिकालदर्शी।

सलाह—सम्मति, राय, परामर्श, मंत्रणा, मशविरा, विचार—विनिमय।

सलूक—1. व्यवहार, बरताव, सद्भाव; 2. तौर, तरीक़ा, ढंग, सलीका।

सह—सहित, समेत, संग, साथ।

सहनशील—सहिष्णु, क्षमाशील, क्षमावान, धैर्यवान, धीरज।

सहनशीलता—सहिष्णुता, तितिक्षा, धैर्य, क्षमावृत्ति।

सहसा—एकाएक, अकस्मात्, झटपट, अचानक, हठात्।

सहानुभूति—1. संवदेना, सहभावना, समभाव, सहवृति, हमदर्दी; 2. अनुकंपा, दया, करुणा।

सही—सत्य, यथार्थ, वास्तविक, सच, ठीक, शुद्ध, प्रमाणिक।

सांत्वना—आश्वासन, ढाढ़स, दिलासा, तसल्ली, धीरज।

साँवला—श्याम, नील, श्यामल, काला, कृष्णवर्ण।

साँस—1. श्वास, श्वसन, निश्वास, निश्वसन, दम, उच्छवास; 2. अवकाश, फुरसत; 3. गुंजाइश, समाई।

सांसारिक—लौकिक, लोकपरक, ऐहिक, सांसारी, दुनियावी।

साग-पात—शाक, भाजी, तरकारी।

साज़िश—षड्यंत्र, कुचक्र, कूटप्रबंध, छल, दाँवघात।

साधु—संत, संन्यासी, मुनि, ऋषि, महर्षि, यती, योगी, वैरागी, तपस्वी।

सामग्री—असबाब, सामान, द्रव्य, चीज़, वस्तु।

सामना—1. समक्ष, सम्मुख, सामने; 2. भेंट, मुलाकात, मिलाप, समागम; 3. मुकाबला, होड़, लाग-डाट, प्रतिस्पर्धा, प्रतियोगिता।

सामयिक—तात्कालिक, वर्तमान।

सामर्थ्य—योग्यता, शक्ति, ताक़त, पराक्रम, बल।

सामान—1. माल, असबाब, साज़—सामान, सामग्री; 2. उपकरण, औज़ार।

सायंकाल—रजनीमुख, सायं, दिनांत, संध्या, गोधूति, प्रदोषकाल।

साया—1. छाया, छाँह; 2. परछाई, प्रचिच्छाया।

सार—1. सत्व, सत्त, निचोड़, अर्क, रस; 2. संक्षेप, सारांश, निष्कर्ष, तात्पर्य; 3. गूदा, मग्ज।

सारणी—तालिका, सूची, सूची-पत्र, अनुक्रमणिका।

सारांश—1. निष्कर्ष, आशय, तात्पर्य, सार, अभिप्राय, भावार्थ, भाव, निचोड़, मतलब, तथ्य; 2. परिणाम, नतीजा, फल।

सालना—चुभना, गड़ना, टीस मारना, टीसना।

साह—1. व्यापारी, वणिक, महाजन, धनी; 2. साहूकार, बनिया, सेठ, रोज़गारी।

साहस—हिम्मत, हौसला, जीवट, जुर्रत, निःशंकता, निर्भयता, बहादुरी, दिलेरी।

सिंह—हरि, केसरी, केशरी, मृगेन्द्र, मृगराज, मृगारि, नखरायुध, शेर, बबर, व्याघ्र, बाघ, वनराज, पंचारन।

सिंहासन—राजासन, गद्दी, राजगद्दी, तख़्त।

सिकता—बालू, रेत, बालुका।

सिक्त—1. सिंचित, सींचा हुआ; 2. तर, गीला, भीगा हुआ।

सिखाना—शिक्षित करना, प्रशिक्षित करना, शिक्षा देना, प्रशिक्षण देना, योग्य बनाना, ट्रेनिंग देना, अनुशासित करना, नियमित करना।

सितारा—1. नक्षत्र, तारा; 2. भाग्य, प्रारब्ध, किस्मत।

सिद्ध—अविवाद्य, निर्विवाद, अवधारित, निश्चित, प्रमाणित, अप्रतिपाद्य, सर्वमान्य, पुष्ट, साबित।

सिफारिश करना—अनुशंसा करना, अभिस्ताव करना, अनुरोध करना, संस्तुति करना।

सीढ़ी—निसेनी, पैड़ी, जीना, सोपान।

सीता—वैदेही, भूतनया, भूमिजा, जनकनंदिनी, जानकी, रामप्रिया।

सीना—सिलाई करना, टांका लगाना, तुरपना, बखिया करना, तागना, गूंथना।

सीमित—परिमित, मर्यादित, निर्धारित, निश्चित, परिसीमित।

सुन्दर—कमनीय, काम्य, रम्य, सुरम्य, रमणीय, रमणीक, अभिराम, मनोरम, मनोहर, मनोज्ञ, चारु, सुचारु, मंजु, मंजुल, रुचिर, सुदर्शन, प्रिय, प्रियदर्शी, कलित, ललित, ललाम, सुभग, हसीन, खूबसूरत, दिलकश, सलोना, सुहावना, मनभावन, बढ़िया, उम्दा, कांत, अनुरंजक, आकर्षक, चित्ताकर्षक, हृदयग्राही।

सुन्दरता—सौंदर्य, शोभा, छवि, छटा, सुषमा, श्री, सौष्ठव, लालित्य, रमणीयता, रूपलावण्य, कांति, दीप्ति, हुस्न, खूबसूरती।

सुन्दरी—रूपसी, रूपराशि, सुदर्शना, रमणी, सुमुखी, सुभगा, प्रियदर्शिनी, शोभना, मुग्धा, चंद्रमुखी, विधुवदनी, मृगनयनी, गजगामिन, मीनाक्षी, सुनयना, सुलोचना, गोरी, पिंगला, अलबेली, छबीली, हसीना।

सुकुमार—1. कोमल, मृदु, नाजुक, नरम, मुलायम; 2. क्षयी, विनश्वर, सुभेद्य, भंगुर, भंगशील, भिदुरा, भुरभुरा।

सुगंध—परिमल, महक, सौरभ, सुरभि, सुवास, खुशबू।

सुगम—सहज, सरल, आसान, अभिगम्य, सुबोध, सुलभ।

सुपुर्दगी—अभ्यर्पण, प्रत्यर्पण, समर्पण, अर्पण, स्वत्व त्याग।

सुप्त—शयित, सुषुप्त, प्रसुप्त, निद्रागत, निद्रालीन, सोया हुआ।

सुबह—सवेरा, भोर, अरुणोदय, ऊषाकाल, प्रभात, प्रातःकाल, तड़का, भिनसार, विहान।

सुबोध—सुगम, सुज्ञेय, सुस्पष्ट, विशद, अव्यक्त, सुप्रकाशित, बोधगम्य।

सुभीता—सुगमता, सहूलियत, सुविधा, सुयोग।

सुर—देव, अमर, देवता।

सुरमा—काजल, अंजन, आँजन।

सुरा—मद्य, मदिरा, शराब, आसव, दारू।

सुरीला—मधुर, सुस्वर, संगीतपूर्ण, मीठा, रसीला।

सुलगना—1. धूमायित होना, धूमनिर्गत करना, धूँआ छोड़ना, धुँआ देना, धुँआ निकालना धुँआना; 2. घुटना, कुढ़ना, संतप्त होना, क्रोधित होना।

सुलभ—1. सरल, सहज, सुप्राप्य, सुगम, आसान, सहल; 2. साधारण, सामान्य, मामूली।

सुविधाजनक—सुखकर, सुखप्रद, आरामदेह, सुखदायक, सुखकारक, सुविधायुक्त।

सुष्ठु—1. अतिशय, अत्यधिक, अत्यंत; 2. अच्छी तरह, ठीक ढंग से, भली भाँति; 3. यथायोग्य, यथातथ्य।

सुस्त—आलसी, काहिल, अकर्मठ, मंद, शिथिल, श्रांत, क्लांत, म्लान, तंद्रिल, निद्रालु।

सुस्ताना—विराम लेना, आराम करना, दम लेना, रुकना, ठहरना।

सुस्थिर–दृढ़, सुस्थित, अचर, अचल, अटल, निश्चल, अविचल, कायम, जमा हुआ, डटा हुआ।

सुस्पष्ट–प्रकट, व्यक्त, साफ़, सुगम्य, सुबोध।

सूअर–शूकर, सूकर, बराह।

सूक्ष्म–1. तनु, कृश, स्तोक, पतला, दुबला; 2. लघु, छोटा, अणु; 3.अल्प, कम, रंचक, लवलेश; 4. महीन, बारीक, झीना।

सूखा–1. निर्जल, जलहीन, जलरहित; 2. नीरस, रूक्ष, शुष्क, रूखा।

सूचक–1. बोधक, द्योतक, परिचायक, ज्ञापक, व्यंजक; 2. संकेत, चिन्ह, लक्षण।

सूची–सारणी, तालिका, नामावली, पंजी, पुस्ती, बही, खर्रा, फिहरिस्त, रजिस्टर।

सूरज–सविता, मार्तण्ड, दिवाकर, दिनकर, भास्कर, भानु, आदित्य, रवि, सूर्य, दिनेश, प्रभाकर, आफ़ताब।

सूराख़–छिद्र, छेद, विवर, दरार।

सृष्टि–1. निर्माण, रचना, सृजन; 2. जन्म, उत्पत्ति, पैदाइश; 3. संसार, दुनिया, विश्व, पृथ्वी, भूमंडल।

सेज–शय्या, बिछावन, बिछौना, बिस्तर।

सोच–1. चिंता, फ़िक्र, उधेड़-बुन, दुविधा, संकल्प-विकल्प, अंतर्द्वन्द्व; 3. दुःख, रंज, खेद, पछतावा, पश्चाताप।

सोना–स्वर्ण, कंचन, कनक, हेम, हाटक।

सौंपना–समर्पण करना, अर्पण करना, सुपुर्द करना, दे देना, समर्पित काना, उत्सर्ग करना, प्रदान करना, हवाले करना, हस्तांतरित करना।

सौम्य–विनीत, शांत, विनयी, नम्र, सहृदय, शिष्ट, मिलनसार, अभिवादनशील।

स्तन–पयोधर, उरस्, कुच, छाती, चूचुक, चूची, स्तन्याशय, उरोज।

स्तुति–प्रशंसा, बड़ाई, तारीफ़।

स्त्री–1. नारी, औरत, महिला, वनिता, ललना, कामिनी, मानवी, कांता, वामा, भामा, भामिनी, अबला, पोषिता, पोषा, सीमन्तिनी; 2. पत्नी, जोरू, दारा, मेहरारू, अर्द्धांगिनी।

स्थायी–1. दृढ़, स्थिर, अवस्थित, स्थित; 2. भूभाग, ज़मीन, मैदान; 3. जगह, स्थान, मुकाम, ठौर; 4. पद, ओहदा; 5. अवसर, मौक़ा, समय; 6. गोदाम, भंडार, मोदीखाना।

स्थावर–अचर, अचल, स्थिर, अटल।

स्थिति–अवस्था, दशा, हालत।

स्नेह–प्रेम, प्रणय, प्यार, मुहब्बत, अनुराग, प्रीति।

स्फुट–1. व्यक्त, प्रकट, प्रत्यक्ष; 2. विकसित, प्रस्फुटित, खिला हुआ; 3. फुटकर, अलग–अलग, विविध, विभिन्न।

स्याही–काली, मसि, रोशनाई।

स्वगत–स्वतः, आत्मगत, मनोगत, आप ही आप, अपने आप।

स्वच्छंद–स्वतंत्र, निरंकुश, उच्छृंखल, उद्दाम, उद्दंड, स्वेच्छाचारी।

स्वर्ग–सुरलोक, देवलोक, अमरलोक, अक्षयलोक, अमरावती, गोलोक, परमधाम, जन्नत, नईम।

स्वार्थी–स्वार्थपरायण, मतलबी, खुदगरज।

स्वावलंबन–आत्मनिर्भरता, आत्माश्रय, स्वाश्रय, अपने पैरों पर खड़ा होना।

स्वीकार–अंगीकार, अंगीकरण, स्वीकरण, मंजूर करना, मान्य होना, मानना, कबूल करना।

ह - देवनागरी वर्णमाला का तैंतीसवाँ और उष्मसर्ग का अन्तिम व्यंजन वर्ण है। इसका उच्चारण स्थान कंठ है।

हंगामा—1. कोलाहल, अशांति, शोरगुल, हल्ला, हुल्लड़, शोर, जनरव, महारव; 2. उत्पात, उपद्रव, हुड़दंग, विप्लव।

हंस—मराल, मुक्ताभुक्, सरस्वती वाहन, नीर—क्षीर, विश्लेषक, कलकंठ।

हँसमुख—प्रफुल्ल, आनंदित, सहर्ष, उल्लसित, मगन, प्रसन्नचित्त, हँसोड़, ज़िंदादिल, खुशमिज़ाज, प्रमुदित।

हँसी—1. मुस्कान, मुस्कराहट, स्मिति, कहकहा, तबस्सुम, अट्हास, ठहाका, खिलखिलाहट; 2. परिहास, व्यंग्य, मज़ाक़, दिल्लगी, ठट्ठा, मखौल, खिल्ली।

हक़्—1. सत्य, सच; 2. उचित, वाज़िब, ठीक, अधिकार, इख्तियार, वश; 3. कर्तव्य, फ़र्ज़।

हटना—1. अलग होना, पृथक होना, विलग होना, मार्गच्युत होना; 2. विचलित होना, विमुख होना, बचना; 3. टलना, सरकना, खसक, जाना, स्थगित होना।

हठ—1. अड़, ज़िद, टेक, ज़बरदस्ती, दुराग्रह; 2. प्रतिज्ञा, संकल्प, दृढ़निश्चय।

हठी—ज़िद्दी, टेकी, अड़ी, दुराग्रही, ढीठ, धृष्ट।

हताश—निराशोन्मत्त, निराश, आशाहीन।

हत्या—वध, हिंसा, क़त्ल, खून, जीवघात।

हत्यारा—वधिक, हिंसक, खूनी, जीवघाती, क़ातिल, घातक, हंता, हिंसालु।

हथियाना—1. हड़पना, हरण करना, दबा लेना, छीन लेना; 2. कब्ज़ा करना, अधिकार जमाना, वश में करना, दख़ल करना।

हद—1. परिबंध, सीमा, छोर, किनारा, सीमारेखा; 2. मर्यादा, पराकाष्ठा।

हनुमान—पवनसुत, अंजनीकुमार, महावीर, महाबली, केशरीनंदन, कपीश, जितेन्द्रिय, बजरंगबली, प्रभंजनात, रामदूत, मारुति, हनुमंत, हरीश।

हमदर्द—सहानुभूतिशील, ग़मख्वार, दर्दमंद, हितचिंतक, हितैषी, हितेच्छु।

हमेशा—निरन्तर, सदा, सर्वदा, बराबर, लगातार।

हरजाई—स्वैरिणी स्त्री, पुंश्चली स्त्री, कुलटा, दुष्टा स्त्री, छिनाल, व्यभिचारिणी स्त्री।

हरा—हरित, सब्ज़, अंगूरी, तोतई, धानी।

हरापन—हरियाली, हरीतिमा, सब्ज़ी।

हरिण—मृग, कुरंग, सारंग, ऋश्य, हिरन।

हर्ष—सुख, आनंद, प्रसन्नता, आमोद, उल्लास, प्रफुल्लता, मोद—प्रमोद।

हर्षित—प्रफुल्ल, प्रसन्न, उल्लासमय, प्रसन्नचित्त।

हलचल—आंदोलन, उपद्रव, सनसनी, हंगामा, खलबली, उथल-पुथल।

हवा—1. पवन, वायु, समीर, मारूत, अनिल, बयार, बतास; 2. चलन, फैशन, 3. अफवाह; 4. प्रभाव।

हवाई अड्डा—विमान पत्तन, वैपत्तन, हवाई पत्तन।

हवाई ज़हाज़—वायुयान, विमान, नभयान, व्योमयान, पुष्पक विमान।

हवाला—1. प्रमाण, दृष्टांत, मिसाल, उदाहरण, नज़ीर; 2. समर्पण, अर्पण, सुपुर्दगी; 3. उल्लेख, विवरण, संकेत, टिप्पणी।

हाकिम—अधिकारी, शासक, शासनकर्त्ता।

हाथ—हस्त, कर, पाणि।

हाथी—गज, हस्ती, करी, वारण, मातंग, गजेंद्र, कुंजर, इभ, शुंडाल, वितुंड, नाग, सारंग।

हानि—1. घाटा, टोटा, नुक़सान, क्षति; 2. अनिष्ट, अपकार, बुराई; 3. नाश, संहार, क्षय।

हासिल—प्राप्त, लब्ध, उपलब्ध।

हिचकना—संकोच करना, सकुचाना, झिझकना, ठिठकना, हिचकिचाना।

हिजड़ा—नपुंसक, नामर्द।

हित—कल्याण, मंगल, भलाई, उपकार; 2. लाभ, फ़ायदा।

हितैषी—उपकारक, शुभचिंतक, शुभेच्छु, शुभाकांक्षी, मंगलाकांक्षी, हितचिन्तक।

हिसाब—अभिकलन, संगणन, संगणना, गणना, गिनती, हिसाब-किताब।

हिस्सा—1. विभाग, भाग, अंश, खंड, टुकड़ा; 2. अंग, अवयव।

हिस्सेदार—भागीदार, साझीदार, पट्टीदार।

हीन—1. रहित खाली, रिक्त, बग़ैर, शून्य; 2. ओछा, नीच, तुच्छ, नाचीज़; 3. अल्प, कम, न्यून, रंच, रंचक।

हेतु—1. अभिप्राय, उद्देश्य, आशय, मतलब; 2. कारण, वजह, सबब।

हेय—धृणित, तुच्छ, उपेक्षापूर्ण, अनादरपूर्ण, तिरस्कारपूर्ण।

होड़—1. शर्त, बाज़ी, पण; 2. मुकाबला, स्पर्धा, प्रतियोगिता, प्रतिस्पर्धा; 3. अड़, हठ, जिद्द, टेक।

ह्रास—1. क्षय, नाश, विध्वंस; 2. पतन, गिरावट, उतार, घटाव, तनज्जुली; 3. कमी, घटती, न्यूनता।

परिशिष्ट–1
कुछ पदनाम

अध्यक्ष एवं प्रबन्ध निदेशक	chairman & managing director
कार्यपालक निदेशक	executive director
महाप्रबन्धक	general manager
संयुक्त महाप्रबन्धक	joint-general manger
उपमहाप्रबन्धक	deputy general manager
मुख्य प्रबन्धक	chief manager
शाखा प्रबन्धक	branch manager
मण्डल प्रबन्धक	divisional manager
मुख्य अधिकारी	chief officer
लेखाकार	accountant
सुरक्षा अधिकारी	security officer
चिकित्साधिकारी	medical officer
विधि अधिकारी	law officer
जाँच अधिकारी	investigation officer
प्रधानलिपिक	head clerk
अनुवादक	translator
टंकण	typist
खजांची	cashier
बिल संग्राहक	bill collector
प्रकाशन	publication
प्रकाशक	publisher
प्रकाशन व्यवसाय	publishing
पुस्तक लेखक/रचयिता	author
लेखक	writer
सम्पादक	editor
समाचार सम्पादक	news editor
मुख्य उप-सम्पादक	chief sub-editor
उप-सम्पादक	sub editor
लेख त्रुटि शोधक	proof reader
मुद्रक	printer
पुलिस अधीक्षक	superintendent of police

परिशिष्ट–2
विज्ञान शब्दावली

अकार्न	पु.	बाँझ फल, बंजू फल, बलूत के पेड़ का फल।
अकास्टिक	वि.	ध्वनिक; सुनने या ध्वनि की अनुभूति से सम्बन्धित।
अकिलीज टेण्डन	पु.	टाँग के अन्दर का मजबूत और महीन पदार्थ जो पिण्डली को ऐड़ी से जोड़ता है।
अकिलीज हील	पु.	किसी वस्तु या व्यक्ति का कमजोर पक्ष।
अक्रिलिक	पु.	एक कृत्रिम पदार्थ जो वस्त्र और पेंट बनाने में काम आता है।
अकैडमी	पु.	विशेष प्रशिक्षण देने वाली संस्था, विज्ञान, कला या साहित्य के क्षेत्र में सुप्रतिष्ठित व्यक्तियों का मान्यता प्राप्त अधिकारी वर्ग।
अकैशिया	पु.	बबूल, कीकर जिसके पीले या सफेद फूल होते हैं। इस पेड़ के अनेक प्रकार होते हैं, कुछ पेड़ों में से चिपचिपा द्रव निकलता है।
अक्वीडक्ट	पु.	पुल के समान बना एक ढाँचा जिसके माध्यम से पानी को घाटी के पार ले जाया जाता है, कृत्रिम जलप्रणाली।
अक्वेटिक	वि.	जल में रहने वाला, जल में होने वाला।
अक्वेरिअम	पु.	पानी से भरी शीशे की टंकी जिसमें मछली आदि जलजीवों को रखा जाता है, मछली घर, जलजीवशाला।
अक्सीलिरेट	क्रि.	गति का गढ़ाना, किसी वस्तु, घटना आदि की गति को बढ़ाना।
अक्सीलिरेशन	पु.	वाहन का वह नियन्त्रक यन्त्र जिसे वेग बढ़ाने के लिए पैर से दबाते हैं, एक्सिलिरेटर।
अटामिक	वि.	परमाणविक।
अटामिक एनर्जी	स्त्री.	परमाणु ऊर्जा।
अटामिक मॉस	पु.	परमाणु पिण्ड, परमाणु की मात्रा, द्रव्यमान।
अटामिक नम्बर	पु.	किसी रासायनिक तत्त्व के नाभि में स्थित धनात्मक विद्युत आवेश वाले प्रोटॉनों की संख्या, परमाणु संख्या।
अट्रॉफी	स्त्री.	रक्ताल्पता के कारण शरीर के क्षीण हो जाने की स्थित।
अट्रोसिटी	स्त्री.	पाशविक कृत्य, अत्याचार, अतिक्रूर व्यवहार।
अडल्टरेट	क्रि.	अपमिश्रम करना, खाद्यपदार्थ में मिलावट करना।
अडल्टरी	स्त्री.	परस्त्री या परपुरुष के साथ यौन सम्बन्ध, परस्त्रीगमन, परपुरुषगमन, व्यभिचार।
अडैप्टर	पु.	वह यन्त्र जिससे विद्युत के स्रोत के साथ एक से अधिक विद्युत उपकरणों को जोड़ा जा सकता है, एडॉप्टर, एक प्रकार का यन्त्र

है जो विद्युत उपकरणों के अलग-अलग पुर्जों को जोड़ता है, जो एक-दूसरे के साथ जोड़े जाने के उद्देश्य से नहीं बनाये गये।

अर्थवार्म	पु.	केंचुआ।
अनाइण्ट	पु.	शरीर पर या चोट आदि पर मरहम या तेल आदि लगाना।
अनीमिया	स्त्री.	रक्त में लाल कणों की कमी, रक्ताल्पता, खून की कमी।
अपेण्डिक्स	पु.	उदर के निकट का एक छोटा अंग, उण्डुक पुच्छ।
अपेण्डिसाइटिस	स्त्री.	एक बीमारी जिसमें उदर के पास स्थित एक अंग में दर्द उत्पन्न होता है और इस अंग को निकालना पड़ता है।
अप्रेण्टिस	पु.	प्रशिक्षु, प्रशिणार्थी, किसी विशेष हुनर को सीखने के लिए कम वेतनमान पर काम करने को तैयार व्यक्ति।
अप्रेण्टिसशिप	पु.	प्रशिक्षुता, प्रशिखणार्थिता, प्रशिक्षु की अवस्था।
अबजार्ब	क्रि.	(द्रव पदार्थ, ताप आदि को) अपने में सोख लेना, अवशोषित करना, आत्मसात करना, अपने में समा लेना किसी के यान या रुचि को आकृष्ट करना, अचानक पहुँचे तीव्र आघात के प्रभाव को कम करना।
अबजार्बेंट	वि.	द्रव को सोख लेने की क्षमता रखते हुए।
अबजार्पशन	पु.	द्रव, गैस या अन्य पदार्थ के अवशोषित होने की प्रक्रिया।
अबसलूट जीरो	पु.	परम शून्य, न्यूनतम सम्भव तापमान, निरपेक्ष शून्य तापमान।
अबॉर्ट	क्रि.	गर्भपात कराना, भ्रूणहत्या कराना।
अबार्शन	पु.	गर्भपात कराने लिए शल्य क्रिया।
अबैकस	पु.	एक धातु या लकड़ी का बना ऐसा चौखटा जिसमें तार लगे होते हैं और उन तारों में धातु, लकड़ी या रबर की बनी गोलियाँ पिरोयी होती हैं। इसका प्रयोग बच्चे गिनती सीखने के लिए करते हैं, गिनतारा।
अब्रीविएशन	पु.	किसी शब्द या पदबन्ध का संक्षिप्त रूप।
अमीनो एसिड	पु.	एक प्रकार का अम्ल जो पशुओं और पौधों में पाये जाने वाले तत्त्वों से मिलकर प्रोटीन का निर्माण करता है। प्रोटीन शारीरिक स्वास्थ्य और विकास के लिए आवश्यक होता है।
अमोनियम	पु.	अमोनियायुक्त पदार्थों में पाया जाने वाला एक विशेष रसायन, यह धनावेशयुक्त होता है।
अमोनिया	स्त्री	एक तेज गन्धयुक्त रंगहीन गैस, अमोनियायुक्त एक तरल पदार्थ जो सफाई के काम आता है।
अम्बिलिकल कार्ड	पु.	नाभि रज्जु, गर्भस्थ शिशु को माँ से जोड़ने वाली नलिका।
अरिथमेटिक	पु.	अंकगणित।
अरिथमेटिक प्रोग्रेशन	पु.	समान अन्तर से संख्याओं के बढ़ने या घटने की एक गणना विधि, समान्तर श्रेणी।

अर्थ्राइटिस	पु.	सन्धिवात, गठिया रोग।
अर्थ्रोपॉड	पु.	सन्धिपाद, मेरुदण्ड रहित कठोर शरीर वाला कोई भी प्राणी, इन प्राणियों के टाँगों में कई जोड़ होते हैं और प्रत्येक जोड़ पर मुड़ जाती है।
अलना	पु.	कलाई और कोहनी के बीच बाँह के नीचे की दो में से एक लम्बी हड्डी, अतः प्रकोष्ठिका।
अल्कलाइड	पु.	पौधों में पाया जाने वाला एक विषैला पदार्थ जिसका प्रयोग औषधियाँ बनाने के लिए किया जाता है।
अल्कोहलिक	वि.	मादक, मादक पेय का अभ्यस्त।
अल्कोहलिज्म	पु.	अत्यधिक अल्कोहल के सेवन के कारण उत्पन्न शारीरिक अक्षमता।
अल्जेबरा	पु.	बीजगणित।
अल्ट्रासाउण्ड	पु.	शरीर की आन्तरकि भाग का चित्र प्रस्तुत करने वाली डाक्टरी प्रक्रिया, ऐसी ध्वनि जो मानव की श्रवण क्षमता से परे हो।
अल्ट्रासोनिक	वि.	मानव की श्रवण क्षमता से परे का, पराश्रव्य, पराध्वनिक।
अल्ट्रावायलेट	वि.	एक तरह का प्रकाश जिसके प्रभाव से मनुष्य की त्वचा काली पड़ जाती है, इस प्रकाश की अधिक मात्रा बहुत हानिकारक होती है, पराबैंगनी।
अल्सर	पु.	फोड़ा, व्रण, नासूर।
असेक्शुअल	वि.	यौन क्रिया से असम्बद्ध, अलिंगी, यौन लक्षणों से वंचित, यौन क्रिया का अनिच्छुक।
असेप्टिक	वि.	हानिकारक जीवाणुओं से रहित।
अस्कार्बिक एसिड	पु.	नींबू, सन्तरे व हरी सब्जियों में पाया जाने वाला एक प्राकृतिक पदार्थ, जो स्वास्थ्यवर्द्धक होता है।
अस्ट्रॉलॉजी	स्त्री.	सौरग्रहों तथा तारों की स्थिति और उनकी गति तथा उनका मानव जीवन पर पड़ने वाला प्रभाव का अध्ययन, फलित ज्योतिष।
अस्टिमेटिज्म	पु.	दृष्टि वैषम्य, अविन्दुकता, आँख का एक ऐसा बेडौलपन जिसके कारण साफ दिखायी नहीं देता।
अस्ट्रोनॉट	पु.	अन्तरिक्ष यात्री।
अस्ट्रोनॉमर	पु.	खगोलविद, ज्योतिर्विद।
अस्ट्रोनॉमी	स्त्री.	नक्षत्रों, सूर्य, ग्रहों तथा चन्द्रमा का वैज्ञानिक अध्ययन, खगोलविज्ञान।
अस्थमा	पु.	एक प्रकार का श्वास रोग, दमा।
अस्थमेटिक	पु.	दमे का रोगी।
अस्पैरागस	पु.	सतावरी, सतावर, नागदौन नामक वनस्पति।
अस्लीप	वि.	नींद में सोया हुआ।

आइण्टमेण्ट	पु.	मलहम जिसे चोट आदि पर लगाते हैं।
ऑक्साइड	पु.	ऑक्सीजन और अन्य रासायनिक तत्त्वों का संयोजन, ऑक्साइड।
ऑक्सीजन	पु.	एक जीवनदायी गैस जिसे आप न देख सकते हैं और न सुन सकते हैं, जीवधारी बिना ऑक्सीजन के जीवित नहीं रह सकते।
ऑटोमेटिक	पु.	स्वचालित मशीन।
आटोप्सी	स्त्री.	मृत्यु का कारण जाने के लिए की गयी शव परीक्षा।
ऑपरेटिंग थियेटर	पु.	शल्यकाक्ष, ऑपरेशन कक्ष।
ऑपरेटिंग सिस्टम	पु.	कम्प्यूटर प्रोग्राम जो अन्य प्रोग्रामों को व्यवस्थित करता है एवं संचालित करता है, प्रचालन तन्त्र।
ऑपरेशन	पु.	शल्यक्रिया।
आबट्यूज	वि.	मन्द बुद्धि।
आबट्यूज एंगिल	पु.	अधिक कोण, 90 और 180 डिग्री का कोण।
आरिकल	पु.	हृदय का उपरिगह्वर जिसमें से रक्त प्रवाहित होकर सारे शरीर में जाता है, कान का बाहरी भाग, बहिकर्ण।
आरिन्थोलॉजी	स्त्री.	पक्षियों वैज्ञानिक अध्ययन, पक्षी विज्ञान।
आर्किओलॉजिकल	वि.	पुरातत्त्व विज्ञान से सम्बन्धित, पुरातत्त्वीय।
आर्किटोलॉजिस्ट	पु.	पुरातत्त्वज्ञ, पुरातत्त्व विज्ञान विशेषज्ञ।
आर्किटोलॉजी	स्त्री.	पुरातत्त्व विज्ञान।
आर्कीटेक्चर	पु.	वास्तुकला, भवननिर्माण विज्ञान, स्वापत्य कला, वास्तुशैली, स्थानत्यशैली।
आर्कीटेक्ट	पु.	वास्तुशिल्पी, स्थापत्यविद्, भवन निर्माण का नक्शा बनाने वाला।
आर्कीपेल्गो	पु.	(भूगोल में) द्वीप समूह।
आर्गाज्म	पु.	कामोत्तेजना का चरम बिन्दु, रति निष्पत्ति।
आर्गेनिज्म	पु.	अतिसूक्ष्म जीव, जिन्हें माइक्रोस्कोप से देख जा सकता है।
आर्च	पु.	चाप, मेहराब, तोरण, पैर के तलवे की चाप।
आर्चरी	स्त्री.	धनुर्विद्या, तीरन्दाजी।
आर्टिलरी	पु.	तोपखाना।
आर्टीफीशियल इण्टेलिजेंस	पु.	ऐसी युक्ति जिसे कम्प्यूटर को मानव बुद्धि की नकल करने में सक्षम बनाया जा सके, यान्त्रिक बुद्धि।
आर्टीफीशियल इंसेमिनेशन	पु.	कृत्रिम गर्भाधान।
आर्टीफीशियल	पु.	कृत्रिम श्वसन क्रिया।
आर्थोपीडिक्स	पु.	विकलांग चिकित्सा, इस चिकित्सा पद्धति में अस्थियों या मांसपेशियों की क्षति से सम्बन्धित रोगों की चिकित्सा की जाती है।
आर्म	पु.	बाँह, भुजा, बाहु।

आल्टरनेट करेण्ट	पु.	नियमित रूप से बार-बार दिशा परिवर्तन करने वाली विद्युतधारा, प्रत्यावर्ती विद्युतधारा।
आल्टरनेट	पु.	कार में प्रयोग किया जाने वाला वह कम्पोनेण्ट जो विभिन्न दिशाओं में जाने वाली विद्युतधारा उत्पन्न करता है, प्रत्यावर्तित।
आसिलेट	क्रि.	विद्युत या रेडियो तरंगों का लगातार शक्ति या दिशा बदलना, झूलना, दोलायमान होना।
आसिलोस्कोप	पु.	दोलनदर्शी, विद्युतधारा की तरंगों को परदे पर एक रेखा के रूप में दर्शाने वाला यन्त्र।
आस्टियोपैथ	पु.	अस्थि चिकित्सक।
आस्टियोपोरोसिस	स्त्री.	अस्थि सुषिरता, अस्थियों की दुर्बलता एवं भंगुरता का रोग।
इंजक्ट	क्रि.	सिरिंज में लगी सुई के द्वारा शरीर में त्वचा के अन्दर दवा पहुँचाना, सूई लगाना, इंजेक्शकन लगाना, टीका लगाना।
इंजिन	पु.	गति उत्पादक यन्त्र, इंजन।
इंजीनियर	पु.	अभियन्ता, इंजीनियर।
इंजीनियरिंग	पु.	अभियान्त्रिकी, इंजीनियरी विद्या।
इंजेक्शन	पु.	सिरिंज व सूई से मनुष्य के त्वचा के अन्दर दवा पहुँचाने की क्रिया।
इण्टर कनेक्ट	क्रि.	एक समान वस्तुओं को आपस में परस्पर जोड़ना।
इण्टरकॉम	पु.	किसी कार्यलय, विमान आदि में रेडियो या टेलीफोन द्वारा संचालित संचार प्रणाली, इस प्रणाली को प्रयोग में लाने वाला उपकरण।
इण्ट्रानेट	पु.	एक ही संगठन के अन्दर का कम्प्यूटर तन्त्र, आन्तरिक कम्प्यूटर तन्त्र।
इण्ट्रावेनस	वि.	नसों के अन्दर जाने वाली दवा, शिरा अभ्यान्तर।
इण्टेगर	पु.	पूर्ण संख्या।
इण्टोमोलॉजी	पु.	कीटविज्ञान, एण्टोमालॉजी।
इंसुलिन	पु.	शरीर में स्वयं उत्पन्न होने वाला एक पदार्थ, जो रक्त में ग्लूकोज की मात्रा को नियन्त्रित करता है।
इंसुलेटर	पु.	ताप, विद्युत या ध्वनिरोधक यन्त्र।
इंसुलेटिंग टेप	पु.	बिजली के आघात से बचने के लिए बिजली के तारों पर चढ़ाया गया विद्युतरोधी टेप।
इको	पु.	गूँज, प्रतिध्वनि।
इकोलॉजी	स्त्री.	पर्यावरण विज्ञान, पर्यावरण का अध्ययन।
इक्लिप्स	पु.	चन्द्रमा या सूर्य का कुछ देरी के लिए पूर्ण या आंशिक रूप से पृथ्वी पर दिखायी न पड़ना, सूर्य या चन्द्र ग्रहण का लगना।
इक्वीलिब्रियम	पु.	संतुलन की स्थिति।

इक्वीलैट्रल	वि.	समान लम्बाई की भुजाओं वाला त्रिभुज।
इक्वेशन	पु.	समीकरण।
इजेक्ट	क्रि.	किसी मशीन से बटन दबाकर टेप, डिस्क आदि को बाहर निकाल देना।
इजैकुलेशन	पु.	वीर्य स्खलन।
इटियोलॉजी	स्त्री.	रोगों के कारणों का अध्ययन करने वाला शास्त्र, रोगहेतु विज्ञान।
इग्नियस	वि.	आग्नेय।
इग्निशन	पु.	इंजन आदि स्टार्ट करने वाली प्रणाली, ज्वलन क्रिया, जलने या जलाने की क्रिया।
इनएडिबल	वि.	आखाद्य जो खाने लायक न हो।
इनडक्शन	पु.	एक प्रकार की क्रिया जिसके द्वारा विद्युत या चुम्बक शक्ति एक वस्तु से दूसरी वस्तु तक बिना स्पर्श किये पहुँचती है, प्रेरण, प्रवर्तन।
इनडाइजेशन	पु.	भोजन पचने में कठिनाई के कारण उत्पन्न होने वाला उदरशूल, बदहजमी, अपच।
इनफर्टाइल	वि.	सन्तानोत्पादन में असमर्थ, बाँझ या बन्ध्या, अनुपजाऊ, अनुर्वर।
इनफर्टिलिटी	स्त्री.	बाँझपन, बन्ध्या।
इनफार्मेशन टेक्नॉलॉजी	पु.	सूचना प्रोद्यौगिकी, कम्प्यूटर के माध्यम से सूचनाओं के सम्प्रेषण के विषय में अध्ययन और उनका प्रयोग।
इनफेक्शन	पु.	संक्रमण, रोगसंचार, हानिकारक बैक्टीरिया या हानिकारक कीटाणुओं के सम्पर्क से उत्पन्न होने वाली बीमारी, रोगाणु ग्रस्तता।
इनफेक्शस	वि.	छुतहा, संसर्गज, संक्रामक।
इनफैक्ट	पु.	अबोध शिशु।
इनफ्यूजन	पु.	अनुप्रेरण, निषेचन, काढ़ा, क्वाथ, शरीर की नसों में द्रव पदार्थ को प्रविष्ट करना।
इनबार्न	वि.	जन्मजात, नैसर्गिक।
इनब्रीडिंग	पु.	अन्तः प्रजनन।
इनर्ट	वि.	रासायनिक गुणरहित, निष्क्रिय, अन्य रसायनों के प्रति क्रियाहीन।
इनवर्टेब्रेट	पु.	बिना रीढ़ का प्राणी, मेरुदण्ड रहित प्राणी।
इनवेंशन	पु.	आविष्कार प्रक्रिया, खोज, आविष्करण।
इनर्शिया	स्त्री.	जड़ता, ऊर्जा की न्यूनता, शक्तिहीनता, निष्क्रियता वस्तु की स्थिति स्थिरता, गतिस्थिरता, वस्तु की स्थिरता शक्ति।
इनसीजन	पु.	शल्य क्रिया के दौरान सावधानीपूर्वक लगाया गया चीरा।
इंसुलिन	स्त्री.	शरीर में उत्पन्न एक पदार्थ जो शरीर में शक्कर की मात्रा को नियन्त्रित करता है।
इनसेक्टीसाइड	स्त्री.	कीटनाशक पदार्थ

इनसेफलाइटिस स्त्री. मस्तिष्क में सूजन का एक रोग, मस्तिष्क शोथ।

इनहेलर पु. प्रश्वसन यन्त्र, औषधियुक्त छोटी नली के आकार की वस्तु जिसे आप नाक पर रखकर साँस अन्दर खींचते हैं, यह साँस के रोगियों के लिए बहुत उपयोगी है।

इनार्गेनिक वि. अजैव, जो सजीवों से प्राप्त या निर्मित नहीं होते हैं।

इनैमल पु. एक चमकीला पदार्थ जो धातुओं को सुरक्षित रखने के काम आता है।

इंजाइम पु. एक प्रकार का पदार्थ जो रासायनिक परिवर्तन के घटित होने में सहायता करता है किन्तु स्वयं परिवर्तित नहीं होता।

इण्डक्शन पु. एक प्रक्रिया जिसके द्वारा विद्युत या चुम्बक शक्ति एक वस्तु से दूसरी तक बिना उनका स्पर्श पाये पहुँचती है; प्रेरण, प्रवर्तन।

इफिकेशी स्त्री किसी औषधि या चिकित्सीय उपचार की प्रभावोत्पादकता।

इमर्सन पु. किसी वस्तु को द्रव में पूरी तरह से डुबा देने की क्रि[illegible] द्रव में पूरे तरह से डूबे होने की स्थिति।

इमल्शन पु. प्राय: मिश्रित न होने वाले द्रवों का मिश्रण; फोटोग्राफिक फिल्म पर लगा एक पदार्थ, जिससे फिल्म प्रकाश के प्रति संवेदनशील हो जाते हैं।

इम्पोटेण्ट वि. नपुसंक।

इम्प्रेसन पु. प्रभाव, छाप।

इम्प्योर वि. अशुद्ध, मिलावटी, अनैतिक।

इम्प्योरिटी स्त्री. अशुद्धता, मिलावट।

इम्मिजरेबुल वि. अमापनीय, अपरिमित।

इम्यूिनाइजेशन पु. प्रतिरक्षीकरण।

इयर पु. कान, श्रवणेन्द्रिय।

इयारऐक पु. कान में दर्द, कर्णशूल।

इयरड्रम पु. कर्णपटल, कान का पर्दा।

इयरफोन पु. सुनने के लिए कान पर लगाया जाने वाला उपकरण, इयरफोन।

इलास्टिक वि. लचीला, लचकदार, ऐसा लचीला पदार्थ जो खींचने के बाद बड़ा होता है किन्तु छोड़ने पर अपनी पूर्व अवस्था में लौट आता है।

इलास्टीसिटी स्त्री. लचीलापन, प्रत्यास्थता।

इलेक्ट्रॉन पु. परमाणु के तीन मूल कणों में से एक जिस पर ऋणात्म विद्युत आवेश होता है।

इलेक्ट्रॉनिक वि. इलेक्ट्रॉनिक्स के प्रयोग से युक्त, इलेक्ट्रॉनिक्स पर आधारित।

इलेक्ट्रानिक्स पु. एक प्रकार की प्रोद्यौगिकी जो इलेक्ट्रॉन पर आधारित होती है, जिसकी सहायता से कम्प्यूटर और दूसरे विभिन्न प्रकार के उपकरण

तैयार किये जाते हैं, आजकल यह प्रोद्यौगिकी बहुत विकसित हो गयी है और नित नई-नई सम्भावनाएँ ढूँढ़ी जा रही है।

इलेक्ट्रिक वि. विद्युत उत्पन्न करने वाला, विद्युत से चलने वाला।

इलेक्ट्रिक शाक पु. बिजली से लगने वाला झटका।

इलेक्ट्रीफाई क्रि. विद्युतीकरण करना।

इलेक्ट्रीशियन पु. बिजली का मिस्त्री, बिजली के उपकरणों की मरम्मत करने वाला।

इलेक्ट्रीसिटी स्त्री. विद्युत, बिजली, विद्युतधारा।

इलेक्ट्रोस्टेटिक्स वि. स्थिर विद्युत आवेशों से सम्बन्धित।

इलेक्ट्रोड पु. बैटरी का बिन्दु जहाँ से विद्युतधारा आती या जाती है, विद्युदग्र।

इलेक्ट्रोमैगनेटिक वि. विद्युत के लक्षणों के साथ चुम्बकीय क्षमता से युक्त, विद्युत चुम्बकीय।

इलेक्ट्रोलाइट पु. एक द्रव जिसमें से विद्युतधारा प्रवाहित की जा सकती है।

इलेक्ट्रोलिसिस पु. विद्युत के प्रयोग से द्रव के विभिन्न रासायनिक अंशों को पृथक् करने की विधि, विद्युत अपघटन; विद्युत के प्रयोग से शरीर के बालों से स्थायी रूप से साफ करने की प्रक्रिया।

इस्थीट स्त्री. सौन्दर्य संवेदी, सौन्दर्यवादी; सुन्दर वस्तुओं में रुचि रखने वाला व्यक्ति।

इस्थेटिक वि. सौन्दर्य परक, सौन्दर्य विषयक।

इस्थेटिक्स पु. सौन्दर्य शास्त्र, कला और सौन्दर्य का विश्लेषण करने वाला शास्त्र।

ईको साउण्डर पु. बोलने वाले के पास प्रतिध्वनि के लौट आने में लगे समय के माप के अनुसार समुद्र की गहराई या समुद्र में पड़ी वस्तुओं की जानकारी के लिए बना एक यन्त्र।

ईको सिस्टम पु. क्षेत्र विशेष में पाये जाने वाले व अपने परिवेश से सम्बन्धित सभी पौधे व पशु; पारिस्थितिकी तन्त्र।

ई-मेल पु. एक कम्प्यूटर से दूसरे कम्प्यूटर को इलेक्ट्रॉनिक संदेश या सूचना भेजने की विधि।

ईथेन पु. एक रंगहीन, गंधहीन, ज्वलनशील प्राकृतिक गैस।

ईफीकेसी पु. किसी औषधि या चिकित्सीय उपचार की प्रभावोत्पादकता।

ईफेक्ट पु. प्रभाव।

ईवैपोरेट क्रि. वाष्पीकरण होना, भाप बन जाना।

ईवोलूशन पु. परिवर्तन और विकास की क्रमिक प्रक्रिया।

ईशोफेगस पु. भोजन की नली, जो भोजन को मुख से आमाशय तक पहुँचाती है।

ईस्ट्रजन पु. अण्डाशय रस, एक प्रकार का रस जो हार्मोन के प्रभाव से बनता है जिसे स्त्री अत्यधिक कामुक होकर गर्भ धारण के लिए तैयार हो जाती है।

एअरेट	क्रि.	वायु को मिट्टी, पानी आदि में मिश्रित करना; किसी द्रव पदार्थ में दबाव के साथ गैस मिलाना।
एरियल	पु.	मकान के ऊपर धातु की लगी लम्बी छड़ जो रेडियो या टेली. विजन की तरंगे ग्रहण करती हैं; आकाशकीय, हवाई।
एअरोडॉयनॉमिक्स		वायुगति विज्ञान, वायुगतिकी।
एअरोनाटिक्स	पु.	विमान के निर्माण और उसके उड़ाने की शिक्षा देने वाला शास्त्र, विमान विज्ञान।
एअरोबिक	पु.	ऑक्सीजन पर आधारित, ऑक्सीजन से सम्बन्धित।
एअरोसाल	पु.	एक पात्र जो द्रव पदार्थों को दाब में रखकर फव्वारे के रूप में दगव को छिड़कने के काम आता है।
एअरोस्पेस	पु.	वायुयान और अन्तरिक्षयान बनाने का उद्योग।
एक्यूट	वि.	वह बीमारी जो तेजी से खतरनाक बन जाये; तीव्र, प्रखर; कुशाग्र, तेज।
एक्यूट एंगिल	पु.	न्यूनकोण, वह कोण जो 90° से कम होता है।
एक्यूपंक्चर	पु.	शरीर में बारीक सूइयों से छेद करके रोग को ठीक करने की चिकित्सा करने की प्रणाली।
एक्यूमेन	पु.	स्थिति को तत्काल और स्पष्ट रूप से समझ लेने की योग्यता, विदग्धता, कुशाग्र बुद्धि।
एक्वामैरीन	पु.	हलका हरापन लिए नीला रत्न; हरितनील; हलका हरापन लिए नीला रंग।
एगोनाइज	क्रि.	किसी कठिन समस्या या कठिन परिस्थिति में सोचना या चिन्तित होना।
एगोनी	स्त्री.	तीव्र पीड़ा, तीव्र वेदना, अत्यधिक व्यथा, कष्ट।
एगोराफोबिया	पु.	भीड़-भाड़ वाले स्थान पर जाने से भय; विवृत्त स्थान-भीति।
एग्रीकल्चर	पु.	कृषि, खेती।
एग्रोकेमिकल	पु.	कृषि रसायन, खेती में प्रयोग किये जाने वाले रसायन।
एग्रोनामिस्ट	पु.	शस्यविज्ञानी, कृषिशास्त्री।
एग्रोनामी	स्त्री.	कृषि शास्त्र, शस्यविज्ञानी।
एज	पु.	उम्र, आयु, वय।
एजलिमिट	पु.	कुछ करने के लिए निर्धारित न्यूनतम आयु सीमा।
एजिटेट	क्रि.	आन्दोलन करना।
एजीज्म	पु.	अतिवृद्ध मानकर किसी के साथ किया गया अनुचित व्यवहार।
एण्डोथर्मिक	पु.	ताप से निस्पन्न होने वाली एक रासायनिक क्रिया।
एण्डोस्केलटन	पु.	पशुओं का अन्तः कंकाल, पशुओं के अन्दर की हड्डी का ढाँचा।
एण्डोस्कोप	पु.	शरीर के अन्दरूनी भाग को देखने का यन्त्र।

एण्डोस्पर्म	पु.	पौधों के बीज का वह भाग जो पौधे के विकास के लिए भोजन को संचित रखता है, भ्रूणकोष।
एडल्ट	पु.	वयस्क, बालिग, पूर्णतया विकसित।
एडल्ट एजूकेशन	पु.	वयस्कों के लिए गैर औपचारिक शिक्षा।
एडिक्ट	पु.	वह व्यक्ति जिसे हानिकारक या नशीली वस्तुओं की आदत है।
एडिनॉयड्स	पु.	बच्चों के नाक और गले का पिछला भाग जो कभी-कभी सूज जाता है, जिससे साँस लेने और छोड़ने में कठिनाई होती है।
एडोलसेंस	पु.	किशोरावस्था, 13 से 17 वर्ष के बीच की उम्र।
एडोलसेण्ट	पु.	तेरह से सत्तरह वर्ष के बीच की उम्र के लड़के व लड़की, किशोर, किशोरी।
एथलीट	पु.	खेल-कूद प्रतियोगिताओं में भाग लेने वाले व्यक्ति।
एनर्जी	पु.	ऊर्जा, सक्रिय रहने की क्षमता; कोयला, विद्युत, गैस आदि से उत्पन्न होने वाली शक्ति, ऊर्जा, जैसे-परमाणविक ऊर्जा।
एनलजेशिक	पु.	पीड़ाहारी पदार्थ, पीड़ानाशक पदार्थ।
एनलज़ेशिय	पु.	पीड़ा शून्यता; पीड़ा शून्य करने वाली दवा।
एनस	पु.	गुदाद्वार, मलद्वार।
एनाइन	पु.	रसायन शास्त्र में ऋणात्मक आयन।
एनाबोलिकइस्टेरॉयड	पु.	एक रसायन जिसका प्रयोग करने से मांसपेशियों के आकार में वृद्धि होती है।
एनीमामीटर	पु.	पवन वेग मापी यन्त्र।
एनीमेशन	पु.	ऐसी फिल्में, कम्प्यूटर गेम आदि बनाने की तकनीक, जिसमें चित्र चलते हुए दिखायी देते हैं।
एनोड	पु.	धनाग्र; बैटरी का वह भाग जिससे विद्युत प्रवेश करती है।
एनोरक्सिया	स्त्री.	स्त्रियों को होने वाला एक रोग जिसमें मोटा हो जाने की अस्वाभाविक भय पैदा हो जाता है और रोगिणी खाना-पीना बन्द कर देती है।
एपिटाइट	पु.	भूख, क्षुधा, बुभुक्षा।
एपिलेप्सी	स्त्री.	मिरगी रोग।
एपीग्लाटिस	स्त्री.	गले की घण्टी, कौआ, उपजिह्वा।
एपीडर्मिस	स्त्री.	बाहरी त्वचा।
एपीडेमियोलॉजी	स्त्री.	रोगों के फैलने और उन पर नियन्त्रण का वैज्ञानिक अध्ययन, महामारी विज्ञान।
एमीनोसेण्टेसिस	पु.	एक प्रकार का डाक्टरी परीक्षण जिसमें गर्भाशय के तरल पदार्थ की जाँच कर गर्भस्थ शिशु के स्वास्थ्य की जाँच की जाती है।
एम्नियोटिक फ्लूड	पु.	गर्भस्थ शिशु के चारों ओर का तरल पदार्थ।
एम्नीजिया	पु.	याददाश्त खो बैठने की अवस्था; स्मृति लोप।

ऐण्टीबायोटिक	पु.	जीवाणु नाशक औषधि, प्रतिजैविक।
ऐण्टीबैक्टीरियल	वि.	जीवाणु निरोधक, प्रति जीवाणु।
ऐण्टीलोप	पु.	बारहसिंगा।
ऐण्टीसेप्टिक	पु.	रोगाणुरोधक दवा या मरहम।
ऐण्टीहिस्टेमाइन	पु.	एलर्जी दूर करने वाली दवा।
ऐक्रिड	वि.	गन्ध और स्वाद में कड़वा, तीव्र और तीखा।
ऐक्ने	पु.	युवावस्था में होने वाला चेहरे का एक रोग जिसमें चेहरे पर छोटी-छोटी फुंसियाँ निकल आती हैं।
ऐक्सीडेण्ट	पु.	दुर्घटना।
ऐक्सीडेण्ट प्रोन	वि.	दुर्घटना आशंकित स्थान, वह स्थान जहाँ अधिकतर दुर्घटनाएँ होती हैं।
ऐटमास्फेयर	पु.	वायुमण्डल; किसी स्थान का वातावरण; मनःस्थिति, मनोदशा।
ऐटम	पु.	परमाणु; किसी तत्त्व का सबसे सूक्ष्म भाग।
ऐड	क्रि.	संख्याओं या राशियों को जोड़ना, योग करना।
ऐडहेसन	पु.	आसंजन, चिपकाव; किसी के साथ चिपकने की क्रिया।
ऐडहेसिव	पु.	आसंजक, आपस में चिपकाने वाला पदार्थ।
ऐड्स (।प्क्)	पु.	यह एक्वायर्ड इम्यून डिफीशियंसी सिण्ड्रोम का संक्षिप्त रूप है। यह एक प्रकार का रोग है, जो शरीर की रोग प्रतिरोधक क्षमता को पूर्णतया समाप्त कर देता है।
ऐनेरोबिक	वि.	जिसे ऑक्सीजन की जरूरत न हो, ऑक्सीजन निरपेक्ष।
ऐनेस्थीजिया	स्त्री.	संवेदनाहरण; एक प्रकार की औषधि जो शल्य चिकित्सा से पूर्व रोगी को संवेदन शून्य करने के लिए दी जाती है।
ऐनेस्थेटिक	पु.	संवेदनहीनता उत्पन्न करने वाला रसायन या पदार्थ; संवेदनहारी पदार्थ।
ऐनेस्थेटिस्ट	पु.	संवेदनाहरक, निश्चेतना विज्ञानी।
ऐन्थ्रासाइट	पु.	एक कठोर प्रकृति का कोयला जिसकी ज्वलनशीलता बहुत कम होती है और जो धुआँहीन होता है।
ऐन्थ्रैक्स	पु.	गाय, बैलों और भेड़ों आदि को होने वाला गम्भीर रोग जिसमें मृत्यु सम्भव है।
ऐन्थ्रोपोलोजी	स्त्री.	मानव की उत्पत्ति उसके विकास प्रथाओं और विश्वासों का वैज्ञानिक अध्ययन मानव विज्ञान के द्वारा होता है।
ऐप	पु.	एक प्रकार का बड़ा पूँछहीन बन्दर।
ऐप्रीशियेशन	पु.	गुण ग्रहण, गुणदोष विवेचन; आभार, कृतज्ञता; किसी समस्या स्थिति आदि का बोध, परिबोध।
ऐब्सट्रैक्शन	पु.	सार ग्रहण; पृथक्करण; किसी वस्तु को किसी अन्य वस्तु से अलग करना।

ऐस्ट्रोफिजिक्स	पु.	खगोल भौतिकी।
ऐस्पिरिन	स्त्री.	ज्वर कम करने और दर्द कम करने की एक औषधि।
ऐस्फाल्ट	पु.	एक काला गाढ़ा पदार्थ जिसे सड़कों को रंगने के काम में लिया जाता है, अलकतरा, कोलतार, डामर।
ऐस्फिक्सिया	स्त्री.	साँस न ले पाने की स्थिति, जो मृत्यु का कारण भी बन सकती है; श्वास रोग।
ओजोन	पु.	एक जहरीली गैस है। यह भी ऑक्सीजन का एक दूसरा रूप है।
ओजोन लेयर	पु.	वायुमण्डल में बहुत ऊँचाई पर ओजोन गैस की एक मोटी सतह जो कि सूर्य की हानिकारक किरणों से पृथ्वी को बचाने में सहायक होती है।
ओडोर	पु.	गन्ध।
ओबरी	स्त्री.	अण्डाशय; पौधे में बीच उत्पन्न करने वाला अंश।
ओम	पु.	विद्युत की प्रतिरोध शक्ति को मापने की इकाई, वैद्युत प्रतिरोध मात्रक।
ओविपैरस	वि.	अण्डज प्राणी, ऐसे प्राणी जो शिशु न पैदा कर अण्डा देते हैं।
ओवम	पु.	अण्डाणु।
ओव्यूल	पु.	बीज वाले पौधों में बीजास्म का वह भाग जिसमें मादा कोशिका रहती है, जो कि आगे चलकर बीच बनता है; डिम्ब।
ओव्यूलेट	क्रि.	अण्डा देना, अण्डाणु उत्पन्न करना।
ओव्यूलेशन	पु.	अण्डोत्सर्ग।
कण्टाजियस	वि.	संसर्गज रोग; सम्पर्क या स्पर्श के द्वारा फैलने वाला रोग।
कण्डक्टर	पु.	वह पदार्थ जो ताप या विद्युत को अपने में से गुजरने दे; संवाहक पदार्थ, चालक।
कनफिगरेशन	पु.	किसी कम्प्यूटर पद्यति का निर्माण करने वाले उपकरण और प्रोग्राम तथा उनकी विशिष्ट संरूपण व्यवस्था।
कम्पाउण्ड	पु.	यौगिक पदार्थ; दीवार से घेरा गया भूक्षेत्र जिस पर अनेक भवन बने हों।
कम्पास	पु.	कुतुबनुमा, दिक्सूचक।
कम्प्यूटर	पु.	एक प्रकार की अत्याधुनिक इलेक्ट्रॉनिक मशीन जिसमें जानकारी संचित करने, ढूँढ़ने, उसे व्यवस्थित करने, परिकलन करने व अन्य मशीनों पर नियन्त्रण रखने के लिए तैयार किया गया है।
कम्प्यूटराइजेशन	पु.	कम्प्यूटरीकरण।
कम्प्यूटरलिटरेट	वि.	कम्प्यूटरदक्ष; कम्प्यूटर के प्रयोग का जानकार।
कम्प्यूटिंग	पु.	कम्प्यूटर का प्रयोग।
कम्पोनेण्ट	पु.	अवयव।

क्यूबरूट	पु.	(गणित में) घनमूल।
क्यूबिक	पु.	घनीय।
क्लाइटोरिस	स्त्री.	भगशिश्न; स्त्री के जननेन्द्रिय का एक भाग।
क्लाइमेट	पु.	जलवायु, वातावरण आबोहावा।
क्लाइमटोलॉजी	स्त्री.	जलवायु विज्ञान।
क्लाट	पु.	खून का थक्का।
क्लीनिक	पु.	चिकित्सा सुविधा प्रदान करने वाला छोटा अस्पताल।
क्लीनिकल	वि.	रोगियों के परीक्षण और चिकित्सा से सम्बन्धित; नैदानिक, उपचारात्मक।
क्लोज्ड सर्किट टेलीविजन	पु.	अपराध पर नियन्त्रण रखने के लिए किसी भवन में लगायी गयी एक प्रकार की टेलीविजन व्यवस्था।
क्लोन	पु.	किसी पौधे या पशु की कोशिका से वैज्ञानिक पद्धति द्वारा बनी उसकी सही अनुकृति।
क्लोरोफार्म	पु.	एक तीव्रगन्ध वाला रंगहीन द्रव पदार्थ जिसका प्रयोग कर मरीज को शल्यचिकित्सा से पूर्व बेहोश किया जाता है।
क्लोरोफिल	पु.	पौधों में पाया जाने वाला हरा पदार्थ जो सूर्य की किरणों को ग्रहण कर पौधों की वृद्धि में सहायता करता है; पर्णरहित।
क्लोरोप्लास्ट	पु.	पौधों की कोशिका का क्लोरोफिल वाला वह भाग जहाँ प्रकाश संश्लेषण होता है।
गामा	पु.	ग्रीक वर्णमाला का तीसरा अक्षर।
गामारेडिएशन	पु.	रेडियो सक्रिय पदार्थों से निकलने वाली किरणें।
गार्गल	पु.	किसी रासायनिक द्रव पदार्थ से गरारे करना।
गालब्लैडर	पु.	शरीर में यकृत से जुड़ा पित्त को संचित करने वाला एक अंग; पित्ताशय।
गाल स्टोन	पु.	पित्ताशय में गन जाने वाली पथरी, जो बहुत कष्टदायी होती है।
ग्राइण्डर	पु.	पीसने की मशीन।
ग्राफ	पु.	एक आरेख जिसमें दो मात्राओं, मापों आदि के बीच सम्बन्ध को सीधी या वक्र रेखाओं में दिखाया जाता है, लेखाचित्र।
ग्राफिक्स	पु.	आरेखन चित्रों आरेखों आदि का निर्माण।
ग्रिड	स्त्री.	मानचित्र पर बनी वर्ग प्रणाली जिस पर किसी स्थान की स्थिति अंकित की जा सकती है या पता लगाया जा सकता है; विद्युत वितरण के लिए बिजली के तारों की व्यवस्था।
गीयर	पु.	किसी वाहन या मशीन का वह पुर्जा जिससे वाहन या मशीन चलती है।
गीयर लीवर	पु.	गीयर बदलने की छड़।
ग्रेफाइट	पु.	पेंसिलों में प्रयुक्त कोमल काला पदार्थ।

ग्रैविटी	पु.	गुरुत्वाकर्षण बल।
गेज	पु.	किसी वस्तु की चौड़ाई या दो वस्तुओं के बीच की दूरी की माप।
गैंगरीन	पु.	किसी रोग या चोट के कारण शरीर के किसी अंग में रक्त रुक जाने से अंग का निष्क्रिय और निष्प्राण हो जाना।
गैमीट	पु.	नर या मादा कोशिका जो विपरीत लिंग के साथ मिलकर शिशु का निर्माण करने वाली कोशिका बनाती है; युग्मक कोशिका।
गैलन	पु.	द्रव को मापने का एक माप।
गैलेक्सी	स्त्री.	सूर्य और ग्रहों का तारापथ जो रात्रिकालीन आकाश में प्रकाशित पट्टी जैसा दिखायी देता है; आकाश गंगा।
गैलवैनाइज	पु.	लोहे पर या इस्पात पर जस्ता चढ़ाना जिसमें उसमें जंग न लगे।
गैस	पु.	वायु के समान पदार्थ जो न ठोस हो न द्रव; भोजन बनाने या किसी धातु को गलाने में प्रयोग आने वाली एक प्रकार की प्राकृत गैस।
गैसकिट	पु.	रबर आदि का समतल टुकड़ा जिसे पाइप या इंजन की दो धातुई सतहों के बीच में रख देते हैं जिससे भाप या तेल बाहर न निकले।
गैस्ट्राइटिस	स्त्री.	आमाशय में सूजन और दर्द की बीमारी।
गैस्ट्रो-इण्ट्राइटिस	स्त्री.	आमाशय और आँतों में सूजन और दर्द की बीमारी।
गैस्ट्रोपॉड		कोमल शरीर और कड़े आवरण वाला प्राणी जो भूमि और जल में रह सकता है, जठरपाद।
गैसमीटर	पु.	घरों में प्रयोग की जाने वाली गैस की मात्रा को मापने का मीटर; मैस मीटर।
ग्लिसरीन	स्त्री.	चरबी और तेलों से बना एक गाढ़ा मीठा रंगहीन द्रव पदार्थ, जो विस्फोटकों में और सौन्दर्य प्रसाधनों में प्रयोग किया जाता है।
ग्लौकॉमा	पु.	एक नेत्र रोग जिसमें क्रमशः दृष्टि क्षीणता होती है, काला मोतिया।
चारकोल	पु.	लकड़ी का कोयला, काठ कोयला।
चार्ज	पु.	किसी वस्तु में विद्युत आवेश।
चिकेनपाक्स	पु.	चेचक, खसरा। इस रोग में रोगी के शरीर पर छोटे-छोटे, लाल दाने उभर आते हैं।
चेनरिएक्शन	पु.	रसायन विज्ञान में रासायनिक क्रियाओं की श्रृंखला, श्रृंखलाबद्ध प्रक्रिया।
चैनल	पु.	टेलीविजन स्टेशन, चैनल; रेडियो या टेलीविजन कार्यक्रमों के प्रसारण के लिए प्रयुक्त तरंगदैर्ध्य, द्रवों आदि के बहने के लिए मार्ग।
जर्म	पु.	रोग उत्पन्न करने वाले बहुत छोटे जीवाणु।

जाइरोस्कोप	पु.	घूर्णाक्षदर्शी।
जिप्सम	पु.	एक खड़िया जैसा सफेद, मुलायम खनिज।
जीओथर्मल	वि.	जमीन की गहराई में चट्टानों के प्राकृतिक ताप से सम्बन्धित।
जीओमेट्रिक	वि.	रेखागणित, ज्यामिति सम्बन्धी।
जीओमेट्रिक प्रोग्रेशन	पु.	1, 3, 9, 27, 81 आदि संख्याओं की शृंखला जिसमें प्रत्येक को एक निश्चित संख्या से गुणा या भाग किया जाता है जिसके परिणाम स्वरूप अगली संख्या आती है।
जीओमेट्री	स्त्री.	गणित के अन्तर्गत रेखाओं, आकृतियों आदि का अध्ययन।
जीओलॉजी	स्त्री.	भूविज्ञान।
जीनोम	पु.	कोशिका या सजीव में स्थित पूर्ण जीन समुच्चय।
जेनरेटर	पु.	विद्युत उत्पन्न होने वाली मशीन।
जेनिओलॉजी	स्त्री.	स्त्रीरोग विज्ञान।
जेनिटल	पु.	जनन सम्बन्धी।
जेनेटिक	वि.	आनुवंशिक विज्ञान, अनुवांशिकी।
जेनिटिक इंजिनियरिंग	पु.	जीन परिवर्तन के द्वारा मनुष्य, पशु या पौधे के विकास में परिवर्तन का वैज्ञानिक अध्ययन।
जेनेटिक्स	पु.	सजीवों में विभिन्न लक्षणों का माता-पिता से उनकी सन्तान तक पहुँचाने की विकास प्रक्रिया का वैज्ञानिक अध्ययन; आनुवंशिकता विज्ञान, जनन विज्ञान।
जेरिएट्रिक्स	पु.	जरा चिकित्सा; बूढ़ों, बुजुर्गों के स्वास्थ्य की देखभाल।
जेलिग्नाइट	पु.	विस्फोटकों को बनाने के लिए प्रयोग में आने वाला पदार्थ।
टंगस्टन	पु.	एक कड़ी स्लेटी रंग की धातु या इस्पात जिससे बिजली के बल्ब के तार बनते हैं।
टरबाइन	पु.	एक मशीन जो पानी, वायु, गैस के दाब से चलने वाले पहिए के सहारे चलती है।
टरमरिक	स्त्री.	हल्दी, हरिद्रा।
टाइपराइटर	पु.	टाइप करने की मशीन, टंकण मशीन।
टाइफाइड	पु.	आन्त्रज्वर, एक प्राणघातक ज्वर।
ट्रांजिस्टर	पु.	रेडियो, कम्प्यूटर में लगने वाला एक छोटा उपकरण।
ट्रांसपिरेशन	पु.	पौधे या पत्ते की सतह पर जलकण या वाष्प प्रकट होने की क्रिया; वाष्पोत्सर्जन।
ट्रांसपैरेण्ट	वि.	पारदर्शी।
ट्रांसपैरेसी	पु.	पारदर्शी प्लास्टिक खण्ड जिस पर कुछ लिखा हो, आरेख या चित्र बना हो और जिसे प्रोजेक्ट द्वारा प्रकाश फेंक कर देखा जा सके; दृश्यता।

ट्रांसप्लाण्ट	पु.	किसी एक व्यक्ति के शरीर से शल्यक्रिया द्वारा कोई अंग निकालकर दूसरे के शरीर में प्रत्यारोपित करने की क्रिया।
ट्रांसफार्मर	पु.	बिजली की शक्ति को बढ़ाने या घटाने का यन्त्र; बिलजी का ट्रांसफार्मर।
ट्रांसफ्यूजन	पु.	रक्ताधान करना; किसी के शरीर में रक्त चढ़ाने की क्रिया।
ट्रांसमिशन	पु.	कोई सूचना या डेटा एक व्यक्ति या स्थान से दूसरे व्यक्ति या स्थान को संचारित करने की क्रिया; संचारण, सम्प्रेषण।
ट्रांसल्यूसेण्ट	पु.	पारभाषक, जिसमें से प्रकाश पार तो कर जाये पर स्पष्ट दिखायी न दे।
ट्रांसवर्सवेब	पु.	अंश को कोण पर कम्पन करने वाली लहर; अनुप्रस्थ तरंग।
ट्राईसेप्स	पु.	बाँह के ऊपरी भाग के पीछे की मांसपेशी, त्रिशिरस्क।
टिटैनस	पु.	एक प्रकार का रोग जिसमें रोगी की शरीर में अकड़न आ जाती है। यह बैक्टीरिया जनक रोग है।
ट्रिग्नोमेट्री	स्त्री.	(गतिण) त्रिकोणमिति।
ट्रिलियन	पु.	दस खरब की संख्या या एक लाख करोड़ की संख्या।
ट्रीटमेण्ट	पु.	किसी बीमार या घायल व्यक्ति का उपचार।
टेक्नीकल	वि.	विज्ञान और उद्योग के क्षेत्र में मशीनों आदि के व्यावहारिक उपयोग से सम्बन्धित तकनीक की जानकारी वाला।
टेक्नीशियन	पु.	मशीनों आदि की जानकारी से युक्त क्षमता वाला व्यक्ति, तकनीकी कारीगर।
टेक्नोलॉजी	स्त्री.	किसी उद्योग आदि के लिए आवश्यक वैज्ञानिक जानकारी।
टेक्नोलॉजिस्ट	पु.	प्रौद्योगिकीवेत्ता, शिल्प विज्ञानी।
टेप	पु.	संगीत, वीडियो आदि को रिकॉर्ड करने वाला कैसेट; रिकॉर्डर का टेप।
टेपरिकार्डर	पु.	ध्वनी को टेप पर रिकॉर्ड करने और सुनाने वाली मशीन।
टेपवार्म	पु.	आँतों में रहने वाला एक कीड़ा; फीताकृमि।
टेलीकम्युनिकेशंस	पु.	दूरसंचार प्रणाली।
टेलीकास्ट	पु.	दूरदर्शन पर प्रसारण।
टेलीग्राफ	पु.	तारों की सहायता से विद्युत संकेतों को दूर भेजने की प्रेषण प्रणाली।
टेलीग्राम	पु.	टेलीफोन प्रणाली द्वारा किसी को भेजा गया लिखित सन्देश; तार।
टेलीफोन	पु.	एक ऐसा इलेक्ट्रो इलेक्ट्रॉनिक उपकरण जिससे हम दूरदराज में रहने वाले व्यक्तियों से सीधे वार्तलाप कर सकते हैं।
टेलीस्कोप	पु.	दूरबीन, दूरदर्शक यन्त्र, दूर की वस्तुओं को साफ-साफ देखने वाला यन्त्र।
टेस्टट्यूब	स्त्री.	परखनली।

टेस्टोस्टेरोन	पु.	पुरुष के शरीर में उत्पन्न विशेष हार्मोन जो पुरुष के विशिष्ट शारीरिक और लैंगिक गुणों का विकास करता है।
ट्रेनर	पु.	प्रशिक्षण देने वाला, शिक्षक।
ट्रेनी	पु.	प्रशिक्षणार्थी, प्रशिक्षु।
ट्रेमर	पु.	अँगुलियों आदि में हल्का कम्पन।
टैंजेण्ट	पु.	(गणित) स्पर्शज्या; किसी 90 डिग्री कोण वाले त्रिकोण के सामने और बगल वाली विकर्ण से भिन्न भुजाओं की लम्बाइयों का अनुपात।
टैक्सोनॉमी	पु.	वस्तुओं को वर्गीकरण करने की वैज्ञानिक प्रक्रिया।
टैबलेट	पु.	औषधि की गोली, टिकिया।
ट्रैंक्विलाइजर	पु.	रोगी को या अनिद्रा रोग से ग्रस्त व्यक्तियों को सोने के लिए दी जाने वाली औषधि; दर्दनाशक औषधि।
ट्रैक्टर	पु.	खेतों में जोताई आदि करने की मशीन; भारी मशीनें खींचने के लिए बड़ी मशीन।
ट्रैक्शन	पु.	टूटी हुई हड्डी को जोड़ने का ढंग; अंगकर्षण; वाहन के पहियों आदि को फिसलने से रोकने वाली शक्ति; सतह पर खींचने की क्रिया, कर्षण।
ट्रैचिया	स्त्री.	श्वास नली।
ट्रैपेजियम	पु.	समलम्बाभ चतुर्भुज; वह चतुर्भुज जिसकी आमने-सामने की भुजा समानान्तर होती हैं।
ट्रैवेलसिक	वि.	वाहन के निरन्तर हिलने-डुलने के कारण उल्टी आने या मतली आने की बीमारी।
ट्रौमा	पु.	गहरा आघात और खिन्नता की स्थिति।
ट्यूब	पु.	नली।
ट्यूबर क्यूलोसिस	पु.	क्षय रोग, टीवी।
डर्मेटाइटिस	पु.	एक त्वचारोग, जिसमें त्वचा लाल, सूजनयुक्त और दर्द युक्त हो जाती है।
डर्मेटोलॉजिस्ट	पु.	चर्मरोग विशेषज्ञ, त्वचा विशेषज्ञ।
डर्मेटोलॉजी	स्त्री.	त्वचा विज्ञान, चर्मरोग विज्ञान।
डाइअटामिक	वि.	द्विअंशी, दो अंशों वाला।
डाइटेटिक्स	पु.	आहार शास्त्र, भोजन और स्वास्थ्य पर उसके प्रभाव का वैज्ञानिक अध्ययन।
डाउंजसिण्ड्रोम	पु.	एक जन्मजात विकृति जिसमें रोगी का चेहरा सपाट और चौड़ा तथा बुद्धि मन्द हो जाती है।
डाक्टर	पु.	चिकित्सक।
डॉक्टरिन	पु.	सिद्धान्त।

डॉयगोनल	पु.	विकर्ण रेखा; वर्ग के सामने कोणों को मिलाने वाली सीधी रेखा अथवा वर्ग के एक कोण से दूसरे कोण तक खींची गयी सीधी रेखा।
डायग्राम	पु.	आरेख, रेखाचित्र।
डायग्नोसिस	स्त्री.	रोगी के रोग सम्बन्धी समस्या के कारण को पहचाने की क्रिया, निदान क्रिया।
डायबिटीज	पु.	मधुमेह का एक रोग।
डायबेटिक	स्त्री.	मधुमेह रोगी।
डायरिया	पु.	अतिसार रोग, दस्त की बीमारी।
डॉयलसिस	स्त्री.	क्षतिग्रस्त गुर्दों के रोगियों के लिए एक रक्त शोधन प्रक्रिया।
डायलॉगबॉक्स	पु.	कम्प्यूटर स्क्रीन पर उभरने वाला बॉक्स जो प्रयोगकर्ता को अगली क्रिया सम्पादित करने का निर्देश देता है।
डायाफ्रैग्म	पु.	फेफड़ों और पेट के बीच की मांसपेशी जो श्वसन क्रिया में सहायक होती है।
डायोड	पु.	एक इलेक्ट्रॉनिक उपकरण जिसमें विद्युतधारा केवल एक दिशा में प्रवाहित होती है।
ड्राइव	स्त्री.	कम्प्यूटर का वह भाग जो सूचना को ग्रहण और संचित करता है; वाहन का ऐसा उपकरण जो इंजन द्वारा उत्पन्न शक्ति को उसके पहियों तक पहुँचाता है।
डिकम्पोज	क्रि.	विघटित होना, प्राकृतिक रासायनिक प्रक्रियाओं द्वारा क्रमशः नष्ट हो जाना।
डिजिट	पु.	0 से 9 तक की संख्या।
डिटेक्टर	पु.	किसी वस्तु (धातु या विस्फोटक आदि का) पता लगाने वाली मशीन।
डिटोनेट	क्रि.	बम आदि का विस्फोट होना या करना।
डिटोनेटर	पु.	विस्फोट करने वाला उपकरण।
डिनामिनेटर	पु.	(गणित में) भिन्न में हर को व्यक्त करने वाली संख्या, जैसे–3/4 भिन्न में 4 संख्या।
डिप्लायड	वि.	दो पूर्ण गुणसूत्र सेटों वाली कोशिका।
डिफलेक्ट	क्रि.	किसी से टक्टर खाकर दिशा बदल देना।
डिफलेक्शन	पु.	(टकराने से) दिशा परिवर्तन।
डिफिब्रिलेटर	पु.	हृदय की मांपपेशियों की हरकत को बिजली के झटके देकर नियन्त्रित करने की क्रिया।
डिफ्रैक्ट	क्रि.	भौतिक शास्त्र में बहुत पतले छिद्र से या किनारे के आर-पार जाती हुई प्रकाश की किरणों या प्रकाश की लहर की शृंखला का बहुरंगी पैटर्न में विभाजन करना।
डिफ्यूज	क्रि.	किसी गैस या द्रव का अन्य दूसरी वस्तु में मि़ल जाना या मिलकर एक हो जाना।

डिमेंशिया	पु.	मस्तिष्क रोग या आघात के कारण होने वाला एक गम्भीर मानसिक विकार जो व्यक्ति को सोचने, याद रखने और सामान्य व्यवहार करने की क्षमता नष्ट हो जाती है।
डिलीरियम	पु.	अत्यधिक ज्वर से उत्पन्न मस्तिष्क विभ्रम।
डिलीरियस	वि.	उन्मादग्रस्त, उन्मत्त; अत्यधिक प्रसन्न।
डिवाइस	स्त्री.	उपकरण मशीन।
डिसएबिलिटी	स्त्री.	शारीरिक रूप से असक्त होने की स्थिति।
डिस्इंफेक्शन	पु.	रोगाणुनाशन।
डिस्क	स्त्री.	कम्प्यूटर में प्रयोग की जाने वाली सूचना संचित करने वाली प्लास्टिक की बनी एक गोलाकार वस्तु।
डिस्कड्राइव	स्त्री	विद्युत से चलने वाला कम्प्यूटर में लगा एक इलेक्ट्रॉनिक उपकरण जो डिस्क से सूचना ग्रहण करता है या डिस्क में सूचना संगृहीत करता है।
डिस्कवरी	स्त्री.	खोज, अनुसंधान।
डिस्टेस्ट	पु.	अरुचि, स्वादहीन, नापसन्द।
डिस्टिल	क्रि.	द्रव को शुद्ध करने के लिए उसे भाप बनाना और फिर ठण्डा करके पुनः द्रव में बदलना।
डिस्टिलरी	स्त्री.	आसवनशाला; मद्यनिर्माणशाला।
डिस्टिलेशन	पु.	द्रवशोधन, आसवन।
डिस्पेंसरी	स्त्री.	अस्पताल, औषधालय, दवाघर।
डिस्प्रपोर्शनेट	पु.	अन्यु वस्तु की तुलना में बहुत बड़ा या छोटा, असंगत, बेमेल, अनुपातहीन।
डिहाइड्रेशन	पु.	निर्जलीकरण।
डीएनए	पु.	किसी सजीव प्राणी या पौधे की कोशिकाओं में विद्यमान रसायन जो उसके गुण-धर्म को निर्धारित करता है।
डीजे	पु.	रेडियो पर संगीत कार्यक्रम को प्रस्तुत करने वाला व्यक्ति।
डेण्टिस्ट्री	पु.	दाँत और मुख के विषय में अध्ययन; दन्त चिकित्सा।
डेंसिटी	स्त्री.	घनत्व, किसी स्थान के क्षेत्रफल का, वहाँ के व्यक्तियों व वस्तुओं की संख्या का आनुपातिक सम्बन्ध; सघनता।
डेक्सट्रोज	पु.	ग्लूकोज का एक रूप।
डेसीमल	वि.	दशमलव पद्धति से सम्बद्ध, दस या दसवें इकाइयों में परिगणित। पु. दशमलव भिन्न।
डेसिमल प्वाइण्ट	पु.	दशमलव बिन्दु।
डेसीमीटर	पु.	लम्बाई मापने की इकाई। यह मीटर का दसवाँ हिस्सा होता है।
डेस्कटॉप	पु.	कम्प्यूटर की स्क्रीन जिस पर कम्प्यूटर में उपलब्ध प्रोग्रामों के संकेत चित्र होते हैं।

डेस्कटॉप पब्लिशिंग	पु.	पुस्तक आदि मुद्रित करने के लिए कम्प्यूटर और प्रिण्टर का प्रयोग।
ड्यूडोनियम	स्त्री.	छोटी आँत का आगे का भाग, ग्रहणी।
ड्यूप्वाइण्ट	पु.	ओसांक, तापमान का वह बिन्दु जहाँ वायु में जल का अंश नहीं रहता। इस तापमान से नीचे के बिन्दु पर जल ओस बनकर वायु में से निकल जाता है।
थर्मामीटर	पु.	तापमामी, ताप मापने का उपकरण।
थर्मोस	पु.	द्रव को ठण्डा या गरम रखने के लिए प्रयोग में आने वाली बोतल, थर्मस बोतल।
थर्मोस्टेट	पु.	किसी मशीन के तापमान को नियन्त्रित करने वाला उपकरण, तापस्थिरिक।
थर्मोस्फीयर	पु.	वाह्य वायुमण्डल।
थाईबोन	पु.	जाँघ की हड्डी।
थ्राम्बोसिस	पु.	हृदय या रक्तनली में थक्का जमने का गम्भीर रोग, शिरावरोध।
थियोडोलाइट	स्त्री.	कोणों को मापने का उपकरण, कोणमापी।
थिरेपी	स्त्री.	शारीरिक रोगों की चिकित्सा।
थोरेक्स	पु.	छाती, वक्ष, सीना (आदि की चिकित्सा)।
थ्रोट	पु.	गला, कण्ठ।
थ्योरम	पु.	प्रमेय, सत्यसिद्ध किया जाने वाला नियम या सिद्धान्त।
नर्व	पु.	स्नायु तन्त्र, नस, तन्त्रिका।
नर्वस	वि.	स्नायु विषयक, स्नायु स्नायविक।
नाइट्रिक एसिड	पु.	यह एक शक्तिशाली अम्ल है, इसका प्रयोग विनाशकारी और विस्फोटक पदार्थों में किया जाता है।
नाइट्रेट	पु.	नाइट्रोजन से बना एक यौगिक। यह मिट्टी को बहुत उपजाऊ बनाने में सहायता करता है।
नाइट्रोजन	पु.	एक गैस जो रंग, स्वाद और गन्धरहित होती है। यह वायुमण्डल में 80 प्रतिशत के अनुपात में मौजूद होता है।
नाटिकलमाइल	पु.	समुद्र में दूरी नापने की इकाई समुद्री मील।
नार्कोटिक	पु.	शक्तिशाली नशीला पदार्थ; स्वापक; ऐसी दवा या पदार्थ जो तनाव को दूर करे, दर्द मिटाये और नींद लाये।
नास्ट्रिल	पु.	नासाछिद्र, नथुना।
नासा	पु.	यह नेशनल एयरोनॉटिक्स एण्ड स्पेस ऐडमिनिस्ट्रेशन का संक्षिप्त रूप है। यह अमेरिकी सरकार का एक संगठन है जो अन्तरिक्ष अनुसन्धान तथा अन्तरिक्ष यात्रा का आयोजन करता है।
निआन	पु.	एक प्रकार की प्रतिक्रियाहीन गैस जो लैम्पों और विज्ञापन पट्टों को चमकदार बनाती है।

निकिल पु. एक धातु जो चाँदी के समान सफेद होती है और दूसरे धातुओं में अकसर मिलायी जाती है।

निकोटीन पु. तम्बाकू में पाया जाने वाला एक विषैला रसायन।

नेफ्थालीन पु. पेट्रोलियम और तारकोल के आसवन से बनी फिनायल की गोलियाँ जिनका प्रयोग कीटनाशक दवाओं के निर्माण में किया जाता है।

नोज पु. नाक, नासिका।

नोज ब्लीड पु. नक्सीर, नाक से खून का गिरना।

नोड पु. वह बिन्दु जहाँ दो रेखाएँ मिलती हैं या एक-दूसरे को काटती हैं; मानव शरीर में हड्डियों के जोड़ के निकट एक ठोस मांसपिण्ड होता है।

न्यूक्लियर वि. आणविक या नाभिकीय ऊर्जा; परमाणु के नाभिक से सम्बन्धित।

न्यूक्लियर डिसआर्मामेंण्ट पु. परमाणुविक निःशस्त्रीकरण; परमाणु अस्त्रों के विकास और प्रयोग पर रोक

न्यूक्लियर फिजिक्स पु. परमाणु नाभिकों का वैज्ञानिक अध्ययन; परमाणुविक भौतिकी।

न्यूक्लियर रिऐक्टर पु. परमाणु ऊर्जा उत्पन्न करने का संयन्त्र।

न्यूक्लियस पु. परमाणु या कोशिकाओं का केन्द्रीय भाग।

न्यूक्लेयिक एसिड पु. सभी सजीव कोशिकाओं में उपस्थिकत दो प्रकार के एसिड-डीएनए और आरएनए में से कोई एक।

न्यूटर क्रि. किसी पशु या मनुष्य को नपुंसक बनाना।

न्यूट्रान पु. परमाणु के तीन घटकों में से एक। न्यूट्रान में कोई विद्युत आवेश नहीं होता है।

न्यूट्रिएण्ट पु. पोषक तत्त्व।

न्यूट्रिशन पु. स्वास्थ्य को पुष्ट करने वाला आहार, पोषाहार।

न्यूमरल पु. मात्रा या संख्या का सूचक चिह्न या प्रतीक अंक।

न्यूमरेटर पु. भिन्न में रेखा के ऊपर की संख्या, अंश जैसे 3/4 की संख्या अंश है।

न्यूरोलॉजिस्ट पु. स्नायुरोग विशेषज्ञ, स्नायु विज्ञानी।

न्यूरोलॉजी स्त्री. स्नायु विज्ञान।

न्यूरोसिस पु. मनस्ताप का स्नायुरोग जिसमें भय और चिन्ता की बहुलता होती है।

न्यूरोसिस्टम पु. मस्तिष्क तथा समस्त स्नायुमण्डल।

फंक्शन-की पु. कम्प्यूटर के की-बोर्ड पर एक कुंजी जिससे विशेष प्रक्रिया सम्पन्न की जाती है।

फन्नीबोन पु. कोहनी की हड्डी।

फरटाइल वि. मनुष्य, पशु या पौधे सन्तान उत्पत्ति में सक्षम, फलोत्पादन में सक्षम नये पौधों आदि के उत्पादन में सक्षम।

फरटिलिटी	स्त्री.	उत्पादन क्षमता; उर्वरता।
फाइबरऑप्टिक्स	पु.	प्रकाश संकेतों के यप में सूचना सम्प्रेषण के लिए फाइबर का प्रयोग; तन्तु प्रकाशिकी।
फाइब्रिन	पु.	रक्त में पाया जाने वाला पदार्थ जिससे फाइब्रिन बनता है।
फाइब्रिनोजन	पु.	ताप मापने का एक पैमाना; ताप मापेन की एक इकाई।
फॉरेनहाइट	पु.	अपराध सम्बन्धी जाँच के लिए वैज्ञानिक परीक्षणों का प्रयोग करने वाला।
फीबुला	पु.	घुटने से टखने के बीच की दो हड्डियों में से बाहरी हड्डी; बहिर्जंघिका।
फिलामेण्ट	पु.	विद्युतधारा प्रवाहित होने पर बल्ब में प्रकाश उत्पन्न करने वाला महीन तार; फूल के बीच का रेसा।
फिल्टर	पु.	कैमरे के साथ प्रयोग होने वाला एक छोटा रंगीन शीशा जो कुछ प्रकार की प्रकाश रेखाओं को पार नहीं होने देता; द्रव या गैस को छानने का उपकरण, छननी।
फिल्टरेशन	पु.	फिल्टर द्वारा द्रव या गैस को छानने की क्रिया।
फीमर	स्त्री.	जाँघ की हड्डी उर्विका।
फीसीज	स्त्री.	विष्ठा, मल।
फुलफ्रेम	पु.	वह आधार बिन्दु जिस पर कोई वस्तु घूमती है या जिस पर किसी वस्तु को टिकाया जाता है; टेक, आधार।
फूडप्रोसेसर	पु.	विद्युत चालित मशीन जो भोज्य पदार्थों को काटती और मिश्रित करती है।
फेल्ड्स्पार	पु.	(भूविज्ञान) एक प्रकार की सफेद या लाल चट्टान।
फैक्टर	पु.	(गणित) गुणक; एक को छोड़कर वह पूर्ण संख्या जिससे बड़ी संख्या विभाजित हो सके।
फैक्टरी	स्त्री.	कारखाना, उद्योग।
फैलोपियन ट्यूब	स्त्री.	यह मादा पशु के शरीर में दो नलियाँ जिनमें से होकर डिम्ब अण्डाशय से गर्भाशय तक पहुँचता है; डिम्बवाही नलियाँ।
फ्रैक्चर	पु.	अस्थिभंग; किसी कठोर वस्तु में छूट।
फ्रैक्शन	पु.	छोटा अंश या छोटी मात्रा।
फ्रैक्शन डिक्टिनेशन	पु.	द्रव मिश्रण को तपाकर उसके अंश विभाजन की प्रक्रिया ताप बढ़ने के साथ प्रत्येक अंश गैस में बदल जाता है और फिर ठण्डा होकर नली में से गुजरते हुए द्रव बन जाता है।
फोकलप्वाइण्ट	पु.	अभिरुचि या क्रियाकलाप का केन्द्र बिन्दु; वह बिन्दु जहाँ किरणें या प्रकाश की तरंगें परावर्तन या अनुवर्तन के बाद मिलती है।
फोकललेन्थ	पु.	दर्पण या लेंस के केन्द्र बिन्दु से उसके फोकस की नाभीय दूरी।
फोकस	क्रि.	आँखों या कैमरे का वस्तुओं से ऐसा मेल होना बैठना कि वस्तुएँ साफ दिखायी दें।

फोयटस	पु.	भ्रूण; स्त्री या मादा पशु के शरीर में बढ़ता बच्चा।
फ्लाइंगसासर	पु.	उड़नतस्तरी; एक गोलाकार अन्तरिक्षयान जिसे कुछ लोग देखने का दावा करते हैं और मानते हैं कि यह यान किसी ग्रह से आया है।
फ्लापी डिस्क	पु.	कम्प्यूटर से सूचना संचित करने वाली प्लास्टिक की चौकोर तस्तरी।
फ्लक	पु.	पशुओं या पक्षियों के शिशुओं के शरीर पर आने वाली नयी रोयेंदार खाल।
फ्लैमेबल	वि.	प्रज्वलनशील, जिसमें आग आसानी से लग सके।
फ्लोचार्ट	पु.	क्रमदर्शी आरेख, प्रवाह चार्ट।
फ्लोराइड	पु.	एक रासायनिक पदार्थ जिसे दाँतों की रक्षा के लिए पानी या टूथपेस्ट में मिलाया जा सकता है।
फ्लोरीन	स्त्री.	एक विषैली हलके पीले रंग की गैस।
बम्ब	पु.	बम, गोला, विस्फोटक पदार्थों से भरा पात्र; परमाणु अस्त्र।
बर्ड	स्त्री.	चिड़िया।
बर्थ	पु.	जन्म; माँ के शरीर से बाहर आने की क्रिया।
बर्थकण्ट्रोल	पु.	सन्तति निग्रह।
बर्नर	पु.	चूल्हे का वह भाग जिसमें से आग निकलती है।
बल्ब	पु.	बिजली के लैम्प का शीशे वाला हिस्सा, जिसमें से प्रकाश फैलता है।
बाण्ड	पु.	किसी रासायनिक मिश्रण में अणुओं के संयोजित होने की विधि।
बाइल	पु.	पित्त।
बाइसेप्ट	क्रि.	विभाजन करना, दो खण्डों में बाँटना।
बाइसेप्स	पु.	भुजा के शिखर पर बड़ी मांसपेशी।
बाईकार्बोनेट	पु.	कार्बनडाई ऑक्साइड की दुगनी मात्रा वाला लवण।
बाईफोकल	पु.	दो हिस्सों वाले लेंस का चश्मा।
बाक्साइट	पु.	एक मुलायम चट्टान जिससे एल्युमिनियम प्राप्त होता है।
बाटनिस्ट	पु.	वनस्पति शास्त्री।
बाटनी	स्त्री.	वनस्पति शास्त्र।
बॉटलगोर्ड	पु.	लौकी।
बायोकेमिस्ट	पु.	जीव रसायनविद्।
बायोकेमेस्ट्री	स्त्री.	जैवीय रसायन का वैज्ञानिक अध्ययन, जीव रसायन।
बायोगैस	पु.	पौधे और पशुओं के अपघटन से निर्मित मिथेन तथा कार्बन ऑक्साइड गैस का मिश्रण।
बायोडायवर्सिटी	पु.	जैव विविधता।
बायोप्सी	पु.	रोग की परख के लिए शरीर से किसी ऊतक को निकालने की क्रिया।

बायोमास	पु.	जैव पिण्ड।
बॉयोलाजी	पु.	सजीवों का वैज्ञानिक अध्ययन; जीव विज्ञान।
बायोलाजिकल वारफेयर	पु.	हानिकारक जीवाणुओं का युद्ध के अस्तरों के रूप में प्रयोग; जैविकयुद्ध।
बायोफिजिक्स	पु.	भौतिकी के नियमों पर जीव विज्ञान का अध्ययन; जैव भौतिकी।
बायोरिद्म	पु.	सजीवों के जीवन में होने वाले परिवर्तनों की नियमित शृंखला; जैवीय लय।
बार्ली	स्त्री.	जौ, यव।
बॉलबियरिंग	पु.	धातु निर्मित गोली जो मशीन के पुर्जों के बीच लगती है ताकि मशीन आसानी से चलती रहे।
बाल्ड	वि.	गंजा।
बिटरगोर्ड	पु.	करेला।
बिटूमेन	पु.	सड़कों को रंगने वाला तारकोल, डामर।
बीकर	पु.	वैज्ञानिक प्रयोगों में काम आने वाला एक काँच का बना बर्तन जिसमें द्रव रखते हैं।
बीजवैक्स	पु.	मधुमक्खी का मोम, इसका प्रयोग लकड़ी की पालिश करने और मोमबत्तियाँ बनाने में होता है।
बीटल	पु.	एक प्रकार का बड़ा काला और चमकीला कीट, जिसके पंखों का आवरण बहुत कठोर होता है; भौंरा।
बुलमिया	पु.	एक प्रकार का रोग जिसमें रोगी अपने भोजन पर नियन्त्रण नहीं रख पाता; क्षुधातिशयता।
बुल्डोजर	पु.	भूमि को समतल बनाने की एक भारी एवं शक्तिशाली मशीन।
बूटेन	पु.	पेट्रोल से बनी और द्रव रूप में प्रयोग की जाने वाली एक गैस।
बेंजीन	पु.	पेट्रोलियम से प्राप्त एक रंगहीन द्रव पदार्थ जिससे प्लास्टिक या विभिन्न रासायनिक पदार्थ बनते हैं।
बेंजीन रिंग	पु.	बेंजीन एंव अन्य यौगिकों में उपलब्ध छः कार्बन अणुओं का वलय।
बेकिंग पाउडर	पु.	एक रासायनिक मिश्रण जिसे केक बनाते समय प्रयोग किया जाता है।
बेबीइश	वि.	शिशु समान, शिशु के समान आचरण करते हुए।
बेबीहुड	पु.	बचपन, शैशव।
बेरियम	पु.	एक चाँदी जैसी मुलायम धातु।
बेरीलियम	पु.	एक सफेद कठोर धातु जिससे विभिन्न मिश्र धातुएँ बनती हैं।
बेस	पु.	एक रसायन; क्षार।
बेसिल	पु.	तुलसी का पौधा।
बैण्डविड्थ	पु.	इलेक्ट्रॉनिक सन्देश भेजने में प्रयुक्त की जाने वाली तरंग पट्टिका में आवृत्तियों का परास, बैण्ड चौड़ाई; कम्प्यूटर के नेटवर्क या

		इण्टरनेट के कनेक्यान द्वारा एक विशेष अवधि में भेजी जा सकने वाली सूचना की माप, इसे बिट्स प्रति सेकंड में मापा जाता है।
बैण्डेज	पु.	चोट पर बाँधने के लिए पट्टी।
बैकबोन	पु.	रीढ़ की हड्डी।
बैक्टीरिया	स्त्री.	ऐसे जीवाणु जो बड़ी संख्या में वायु, जल, मिट्टी और प्राणियों में पाये जाते हैं।
बैटरी	स्त्री.	विद्युत उत्पन्न करने वाला एक यन्त्र।
बैरोमीटर	पु.	वायुदाब मापी, वायु का दाब मापने और मौसम में परिवर्तन देने वाला यन्त्र।
बैलास्ट	पु.	हवा के गुब्बारे या जहाज को स्थिर रखने के लिए उसमें रखा गया भारी सामान।
बैलिस्टिक्स	पु.	वायु में प्रक्षेपित होने वाली वस्तुओं का वैज्ञानिक अध्ययन, जैसे बुलेट।
बैलून	पु.	गुब्बारा; आकाश में उड़ाया जाने वाला गैस का गुब्बारा जिसके नीचे एक बड़ी टोकरी लगी रहती है जिसमें बैठकर लोग उड़ते हैं।
बैलेंस	पु.	तराजू, तुला, काँटा।
बैसिलस	पु.	बहुत छोटे जीवाणु जो रोगजनक होते हैं।
बोन	पु.	हड्डी, अस्थि।
बोल्ट	पु.	धातु का बना चूड़ीदार उपकरण जिससे किसी पुर्जे आदि को कसते हैं।
ब्रांकस	पु.	फेफड़ों तक हवा ले जाने वाली नली।
ब्रांकइटिस	पु.	श्वासनली की एक बीमारी जिसके कारण बहुत खाँसी आती है; श्वसनी शोथ।
ब्रांकियल	वि.	श्वसनी, श्वासनली के मुख्य दो शाखाओं से सम्बन्धित।
ब्रांज	पु.	ताँबे और टिन के मिश्रण से बनी धातु।
ब्रीड	पु.	किसी पशु की विशेष नस्ल।
ब्रीद	पु.	श्वास, साँस; श्वसन क्रिया।
ब्रीद टेस्ट	पु.	शराब पीकर चलाने वाले वाहन चालक की जाँच के लिए श्वास परीक्षण।
ब्रीस्ट	पु.	स्त्री का स्तन, स्त्री की छाती।
ब्रीस्ट बोन	पु.	छाती के मध्य स्थित लम्बी चपटी हड्डी जिससे पसलियाँ जुड़ी होती हैं।
ब्रोमाइड	पु.	औषधियों में प्रयोग किया जाने वाला एक रासायनिक मिश्रण जो उपशामक होता है।
ब्रोमीन	पु.	एक विषैली तेज गन्ध वाली लाल रंग की गैस।
ब्लड	पु.	खून, रक्त, रुधिर।

ब्लडग्रुप	पु.	रुधिर वर्ग, रक्त के चार प्रकार।
ब्लडप्वाइजनिंग	पु.	रक्तविषाक्तता; रक्त में जीवाणुओं के संक्रमण से उत्पन्न होने वाला रोग।
ब्लडट्रांसफ्यूजन	पु.	किसी के शरीर में रक्त चढ़ाना।
ब्लडवेसल	पु.	रक्तवाहिका, शिरा।
ब्लीच	पु.	कपड़ों आदि को अधिक सफेद या वस्तुओं को साफ करने वाला शक्तिशाली रासायनिक पदार्थ।
ब्लैडर	पु.	मूत्राशय।
ब्वायल	पु.	वह तापमान जिसपर कोई द्रव उबलने लगता है; व्रण, फोड़ा।
ब्वायलर	पु.	वाष्पित्र, ब्वायलर; एक बहुत बड़ा पात्र या चैम्बर जिसमें ताप द्वारा पानी को उबालकर भाप बनाते हैं।
ब्वायलिंग प्वाइण्ट	पु.	वह तापमान जिसपर कोई द्रव उबलना शुरू कर देता है; क्वथनांक।
मर्करी	पु.	बुध ग्रह; चाँदी के रंग की एक धातु जो द्रव रूप में होती है और जिसका प्रयोग मानक उपकरणों जैसे, थर्मामीटर आदि के लिए किया जाता है, पारा।
मलेरिया	पु.	मच्छरों के काटने से होने वाली एक जानलेवा बीमारी जिसमें बहुत कंपकंपी के साथ बहुत तेज ज्वर होता है।
मशीन	पु.	यन्त्र, मशीन।
मशीन कोड	पु.	प्रोग्राम के लिए प्रयुक्त (विशेष) भाषा जिसमें निर्देशों को संख्याओं के रूप में लिखा जाता है ताकि कम्प्यूटर उसे समझकर तदनुसार कार्य कर सके, अंक-भाषा।
मशीन गन	पु.	मशीन गनऐसी बन्दूक जो लगातार गोलियाँ निकालती हो।
मशीनटूल	पु.	मशीन में प्रयोग किये जाने वाले औजार।
मशीनरी	स्त्री.	सभी प्रकार की मशीनें, मशीन के चलने वाले पुर्जे, यन्त्रों का समूह।
मशीनिस्ट	पु.	मशीन चलाने वाला व्यक्ति; मशीनें बनाने वाला व्यक्ति; यन्त्राकार।
माइक्रो कम्प्यूटर	पु.	माइक्रोप्रोसेसर युक्त छोटा कम्प्यूटर।
माइक्रोचिप	पु.	कम्प्यूटर के अन्दर प्रयुक्त सिलिकान का सूक्ष्म कण। जो कम्प्यूटर को सक्रिय करता है।
माइक्रोप्रोसेसर	पु.	कम्प्यूटर का वह भाग जो सेण्ट्रल प्रोसेसिंग यूनिट का काम करता है।
माइक्रोफोन	पु.	ध्वनिवर्द्धक या एसे रिकॉर्ड करने वाला विद्युत उपकरण।
माइक्रोब	पु.	अति सूक्ष्म जीवाणु; रोगाणु।
माइक्रोबायोलाजिस्ट	पु.	सूक्ष्म जीवों का वैज्ञानिक अध्ययन करने वाला; सूक्ष्मजीव विज्ञानी।
माइक्रोबायोलाजी	स्त्री.	सूक्ष्म जीव विज्ञान; सूक्ष्म जीवों का वैज्ञानिक अध्ययन।
माइक्रोमीटर	पु.	लम्बाई नापने की इकाई।

माइक्रोवेब	पु.	रेडियो संकेतों को भेजने के लिए प्रयुक्त सूक्ष्म विद्युत तरंग।
माइक्रोस्कोप	पु.	सूक्ष्मदर्शी यन्त्र जिसमें न दिखायी देने योग्य वस्तुएँ भी इसके द्वारा दिखायी देती हैं।
माइनस	पु.	घटना, घटाना; शून्य से कम या नीचे; गणित में प्रयुक्त ऋण चिह्न जो यह व्यक्त करता है कि संख्या शून्य से कम या नीचे है, किसी दूसरी संख्या को पहली संख्या को घटाने के लिए प्रयोग किया जाने वाला चिह्न (-)।
माल्टोज	पु.	शरीर के रसायनों द्वारा स्टार्च से बनायी गयी शर्करा।
मिक्सर	पु.	मिश्रित करने वाली मशीन।
मिक्सचर	पु.	मिश्रण; कई वस्तुओं को मिलाकर बनायी गयी एक वस्तु।
मिथेन	पु.	एक रंगहीन, गन्धहीन ज्वलनशील गैस जो बहुत ताप उत्पन्न करती है।
मीजर	पु.	किसी वस्तु का आकार, मात्रा आदि बताने का पैमाना।
मीटर	पु.	दूरी या गहराई को मापने वाला मात्रक।
मीटरिक	वि.	जिसमें मीटरिक पद्धति पर आधारित मापन प्रणाली का प्रयोग हुआ है।
मीटरिक सिस्टम	पु.	मीटर, किलोग्राम और लीटर को मूल इकाइयों के रूप में प्रयुक्त करनै वाली मापन, प्रणाली मीटरिक पद्धति।
मीडियम वेब	पु.	रेडियो संकेतों को प्रसारित करने की प्रणाली जिसमें 100 और 1000 मीटर के बीच की ध्वनि तरंगों का प्रयोग होता है।
मेंस्टुअल	वि.	मासिकधर्म सम्बन्धी।
मेकेनिक	पु.	यन्त्रों या मशीनों की मरम्मत करने वाला व्यक्ति, मिस्त्री।
मेकेनिज्म	पु.	कुछ करने या संचालित होने की विधि; विशेष काम करने वाले मशीन के सचल कलपुर्जे।
मेटलर्जिस्ट	पु.	धातु विज्ञानी।
मेटलर्जी	पु.	धातु विज्ञान।
मेटाबोलिज्म	पु.	पेड़-पौधों और जन्तुओं में होने वाली रासायनिक प्रक्रियाएँ जो भोजन को ऊर्जा में परिवर्तित कर देती है जिससे उनकी वृद्धि होती है; चयापचय।
मेटामार्फोसिस	पु.	प्राकृतिक विकास प्रक्रिया के अर्न्तगत पूर्णरूप से आकृति में परिवर्तन।
मेटिअरोलॉजी	स्त्री.	मौसम विज्ञान।
मेटिओर	पु.	उल्का, एक आकाशीय पिण्ड जिसका पृथ्वी के वातावरण में प्रवेश करने पर आकाश में प्रकाशमयी रेखा बन जाती है।
मेथड	पु.	रीति, विधि।
मेथडोलॉजी	स्त्री.	विशेष सिद्धान्तों और विधियों पर आधारित कार्यप्रणाली।

मेथनाल	पु.	अलकोहल का विषैला रूप जो रंग और गन्ध से रहित होता है और आसानी से गैस में बदल जाता है।
मेथिलेटेड स्प्रिट	पु.	एक प्रकार का अपेय अलकोहल, जिसका प्रयोग गन्दे धब्बे को दूर करने, जलाने या गरम करने के लिए किया जाता है।
मेनोपाज	पु.	रजोनिवृत्ति; उम्र के साथ महिलाओं का मासिकधर्म का बन्द हो जाना।
मेमोरी	स्त्री.	स्मरणशक्ति, याददाश्त; स्मृतिकोश; कम्प्यूटर का वह भाग जहाँ सूचना संग्रहीत रहती है।
मेसोफिल	पु.	वह तत्त्व जिससे पत्ती का आन्तरिक भाग बना होता है; मध्यपर्ण
मैंगनीज	पु.	एक प्रकार की कठोर या भूरी धातु।
मैण्डिबल	पु.	जबड़ा, अधोहनु, चिबुकास्थि।
मैटरनिटी	वि.	आसन्न प्रसवा या सद्यः प्रसूता माता से सम्बन्धित।
मैटीरियल	पु.	कुछ बनाने या कुछ करने के लिए प्रयुक्त पदार्थ।
मैटीरियलिज्म	पु.	धन आदि भौतिक वस्तुओं को सर्वाधिक मानने की प्रवृत्ति; भौतिकवाद।
मैटीरियलिस्ट	पु.	भौतिकवादी।
मैथमेटिक्स	पु.	गणितशास्त्र।
मैथमेटीशियन	पु.	गणितज्ञ।
मैक्रो	पु.	कम्प्यूटर के लिए अकेला बड़ा निर्देश जिसे वह स्वचालित रूप से निर्देश समुच्चय के रूप में ग्रहण करता है। ताकि विशिष्ट कार्य को सम्पन्न किया जा सके।
मैक्रोबायोटिक	पु.	ऐसा ख़ाद्य पदार्थ जो रसायन के प्रयोग से मुक्त होता है और आयुवर्द्धक माना जाता है।
मैगनीफाइंग ग्लास	पु.	छोटी वस्तुओं या छोटे अक्षर को बड़े आकार में देखने के लिए मूठ लगा एक लेंस; आवर्द्धक लेंस।
मैग्नीशियम	पु.	एक हल्की चाँदी जैसी सफेद धातु जिसमें से चमकदार सफेद लौ निकलती है।
मैगनेट	पु.	चुम्बक।
मैगनेटिक	वि.	चुम्बकीय।
मैगनेटिक फील्ड	पु.	चुम्बकीय क्षेत्र; चुम्बक या चुम्बकत्व वस्तुओं का प्रभाव क्षेत्र।
मैगनेटिज्म	पु.	चुम्बकत्व; चुम्बक शक्ति।
मोटर	पु.	पेट्रोल, गैस, विद्युत आदि से चलने वाला यन्त्र जिसमें मशीनें आदि चलती हैं।
मोडेम	पु.	टेलीफोन लाइनों द्वारा कम्प्यूटरों को परस्पर जोड़ने वाला यन्त्र।
मोबाइल फोन	पु.	एक प्रकार का टेलीफोन जिसे कहीं आते-जाते समय भी आप अपने पास रख सकते हैं और उसका प्रयोग कर सकते हैं।

मोलस्क	पु.	मृदु कवचधारी जन्तु जो सामान्यतया कठोर आवरण युक्त कोष में रहते हैं।
मोशन	पु.	गति।
म्यूकस मेम्बरेन	पु.	श्लेष्मल झिल्ली। यह नाक अं।ः मुँह के अन्दर त्वचा की महीन परत होती है। जिससे श्लेष्मा उत्पन्न होता है जो इन अंगों को सूखने नहीं देता।
रडार	पु.	रेडियो तरंगों का प्रयोगकर चलते जहाज, उड़ते विमान आदि की स्थिति का पता लगाने की एक प्रणाली।
रिफ्लेक्स एंगिल	पु.	108ु से बड़ा कोण।
रिफ्लेक्टिव	वि.	पर.वर्तनशील, प्रकाश या ताप को लौटाने वाला।
रिफ्रैक्ट	क्रि.	(भौतिक विज्ञान) पानी, काँच आदि में प्रकाश रेखा का दिशा परिवर्तन, अपवर्तन करना।
रिसिस्टर	पु.	विद्युत शक्ति को परिपथ पर खुलकर प्रवाहित हरेने वाला उपकरण।
रिसिस्टेण्ट	वि.	प्रतिरोधी।
रिस्पीरेशन	पु.	श्वसन; साँस लेने व छोड़ने की क्रिया।
रेडिएण्ट	वि.	प्रकाश या ताप को बिखेरने वाला, विकिणकारी।
रेडिएटर	पु.	कमरे को गरम करने के उद्देश्य से धातु का बना हुआ उपकरण जिसमें गरम पानी भरकर दीवार पर लगाया जाता है; कार के इंजन को ठण्डा करने के लिए उसके आग लगाया गया एक उपकरण जिसमें पानी भरा जाता है और इंजन को शीतल करता है।
रेडिएशन	पु.	कुछ पदार्थों से निकलकर फैलने वाली शक्तिशाली और हानिकारक किरणें। इन किरणों को हम देख या महसूस नहीं कर सकते, किन्तु इन किरणों के प्रभाव से गम्भीर रोग हो सकता है जो मृत्यु का कारक हो सकता है।
रेडियम	पु.	एक रासायनिक तत्त्व। यह सफेद रंग का एक विकिरणशील तत्त्व है। इसका प्रयोग गम्भीर रोगों के उपचार में भी किया जाता है।
रेडियस	पु.	वृत्त या व्यासार्ध; त्रिज्या; वृत्त के केन्द्र से परिधि तक की दूरी; बाँह की कलाई से कुहनी तक की छोटी हड्डी; बहिः प्रकोष्ठिका।
रेडियो	पु.	विद्युत संकेतों या रेडियो तरंगों द्वारा वायु के माध्यम से सन्देशों को भेजने या प्राप्त करने की क्रिया।
रेडियोएक्टिव	वि.	विकिरणशील या रेडियो सक्रिय। अणु विखण्डन के कारण उत्पन्न होने वाली शक्तिशाली और हानिकारक किरणें जो गम्भीर रोगों अन्तः मृत्यु का कारण होती हैं।
रेडियोग्राफर	पु.	अस्पताल में शरीर के अंगों का एक्स-रे लेने वाला व्यक्ति।
रेफ्रिजरेशन	पु.	प्रशीतन।

रोटेन	वि.	सड़ा गला।
रोटेशन	पु.	धुरी पर वृत्ताकार आवर्तन, घूर्णन।
रोम	पु.	इसका पूर्णरूप रीड ओनली मेमोरी है। इसमें आवश्यक सामग्री स्थाई रूप से संचित की जाती है और उसमें किसी भी प्रकार का परिवर्तन नहीं किया जा सकता है।
रोलर	पु.	एक बेलनाकार उपकरण या मशीन का भाग जो किसी चीज को दबाकर उसकी सतह समतल करे।
लांगीट्यूड	पु.	उत्तर से दक्षिणी ध्रुव तक जाने वाली रेखा के पूर्व या पश्चिम में उस रेखा से किसी स्थान की दूरी; देशान्तर रेखा। इसे डिग्री में मापा जाता है।
लांगीट्यूडनल वेब	पु.	देशान्तरीय लहर।
लाइट	पु.	सुप्रकाशित, रोशनीदार, प्रकाशमय।
लाइट ईयर	पु.	प्रकाश वर्ष, एक वर्ष में प्रकाश द्वारा तय की जाने वाली दूरी जो लगभग $9.46x10^{12}$ किलोमीटर होती है।
लाउडस्पीकर	पु.	रेडियो, सीडी प्लेयर आदि में लगा स्पीकर; ध्वनि विस्तारक यन्त्र।
लॉग-आउट/लॉग-ऑफ	क्रि.	कम्प्यूटर प्रणाली को निष्क्रिय करने के लिए आवश्यक क्रियाएँ करना।
लॉगैरिथ्म	पु.	लघुगणक; लघुगणक तालिका में क्रम से संख्याएँ दी हुई होती हैं। यहाँ संख्याओं में गुणा या भाग करने के लिए संख्याओं के सामने दिये गये अंकों को जोड़ा या घटाया जाता है। तत्पश्चात् एक अन्य तालिका से गुणनफल या भागफल प्राप्त हो जाता है।
लिक्विड क्रिस्टल डिस्प्ले (एलसीडी)	पु.	एक प्रकार की इलेक्ट्रॉनिक मशीन जिसमें एक विशेष द्रव में विद्युतधारा को प्रवाहित किया जाता है और छोटे परदे पर संख्याएँ और अक्षर दिखायी देते हैं।
लिगामेंट	पु.	मनुष्य या पशु के शरीर के अन्दर एक ऊतक जो हड्डियों को जोड़ती है; स्नायु अस्थिबन्ध।
लिग्नाइट	पु.	भूरा कोयला।
लिटमस	पु.	एक विशेष पदार्थ जो अम्ल के स्पर्श से लाल और क्षार के स्पर्श से नीला हो जाता है।
लिम्फ	पु.	मानव शरीर में श्वेत रक्त कोशिकाओं वाला रंगहीन द्रव, जो संक्रमण को रोकता है।
लिम्फनोड	पु.	शरीर में गाँठ जिसमें से होकर लसीका प्रवाहित होती है।
लिम्फोसाइट	स्त्री.	एक प्रकार की छोटी श्वेत रक्त कोशिका, लसीका कोशिका।
लुब्रीकेण्ट	पु.	चिकना पदार्थ जिसको लगाने से मशीन के पुर्जे बिना रुकावट के आसानी से कार्य करते हैं।
लेंस	पु.	आँख में पुतली के पीछे एक पारदर्शी अंग जो प्रकाश को नियन्त्रित करने के लिए अपनी आकृति बदलता है।

लेजर	पु.	अत्यधिक शक्तिशाली प्रकाशपुंज उत्पन्न करने वाली क्रिया जिसका प्रयोग उपकरण के रूप में भी किया जा सकता है।
लेजर प्रिण्टर	पु.	कम्प्यूटर से संयुकत लेजर किरणों के सहायता से प्रिण्ट करने वाला एक मुद्रण यन्त्र।
लेथर्जी	पु.	बहुत थकान या कमजोरी।
लैक्टोज	पु.	दूध में पायी जाने वाली शर्करा, जिसका प्रयोग शिशु आहारों में किया जाता है।
लैक्सेटिव	पु.	विरेचक औषधि, पेट साफ करने में सहायक औषधि, दस्तावर औषधि।
लैक्टिक एसिड	पु.	एक विशेष प्रकार का अम्ल जो दूध के बासी हो जाने पर उसमें उत्पन्न होता है। यह शारीरिक कठोर श्रम करने के फलस्वरूप मांसपेशियों में भी उत्पन्न हो जाता है, दुग्धाम्ल।
लैंगुयेज लैबोरेटरी	पु.	भाषा प्रयोगशाला; इलेक्ट्रॉनिक उपकरणों टेप, वीडियो आदि की सहायता से भाषा सीखने की प्रयोगशाला।
लैण्टर्न	पु.	लालटेन।
लैण्डस्लाइड	पु.	भूस्खलन, चट्टानों आदि का टूटकर गिरना।
लैडर	पु.	सीढ़ी, जीना।
लैपटॉप	पु.	एक छोटा अत्याधुनिक कम्प्यूटर जिसे बिजली न होने पर बैटरी से भी चलाया जा सकता है।
लैबरिन्थ	पु.	आन्तरकर्ण।
लैबियल	पु.	ओष्ठ्य ध्वनि, ओठों से उत्पन्न ध्वनि।
लैबोरेटरी	पु.	विज्ञान की प्रयोगशाला।
लैरिंक्स	पु.	कण्ठ, स्वरयन्त्र, गले का ऊपरी भाग जिसमें ध्वनि उत्पादक मांसपेशियाँ होती हैं।
लैरिंजाइटिस	पु.	गले का एक रोग जिसके कारण बोलने में कठिनाई होती है; गले की सूजन, कण्ठ शोथ, स्वरयन्त्र शोथ।
लोलेवल	वि.	कम्प्यूटर में सामान्य भाषा में विभिन्न अंकों की पद्धति जिसे कम्प्यूटर समझता है, कम्प्यूटर ग्राह्य अंक पद्धति की भाषा।
लोवेस्टकॉमन डिनामिनेटर	पु.	(गणित) लघुत्तम समापवर्त्य।
ल्यूकेमिया	स्त्री.	रक्त का एक गम्भीर रोग जो मृत्यु का कारण भी हो सकता है।
ल्यूकोसाइट	पु.	रक्त का श्वेतकण; रक्त की श्वेत कोशिका।
सरकमफरेंस	पु.	परिधि, घेरा।
सर्कल	पु.	गोल आकृति, वृत्त, घेरा, गोला।
सर्किट	पु.	विद्युतधारा का परिपथ।
सर्किटबोर्ड	पु.	विद्युत यन्त्रों के अन्दर का विद्युत परिपथ।

सर्कुलेशन	पु.	शरीर में रक्त का संचरण; परिचालन।
साइकल	पु.	घटना शृंखलाओं या प्रक्रियाओं की उसी क्रम में अनेक बार पुनरावृत्ति होना।
साइक्लोन	पु.	चक्रवात, बवण्डर।
साइटोलॉजी	पु.	पौधों और पशुओं की कोशिकाओं का वैज्ञानिक अध्ययन; कोशिका विज्ञान।
साइटोप्लाज्म	पु.	वह पदार्थ या द्रव्य जिससे कोशिका का निर्माण होता है।
साइबर कैफे	पु.	जहाँ भाड़े पर इण्टरनेट व कम्प्यूटर के प्रयोग की सुविधा हो।
साइबरनेटिक्स	पु.	सम्प्रेषण और नियन्त्रण की प्रक्रियाओं का वैज्ञानिक अध्ययन जिसमें उदाहरण के लिए पशु के मस्तिष्क का मशीन और इलेक्ट्रॉनिक उपकरण से तुलना की जाती है।
साइबर स्पेस	पु.	एक अभौतिक स्थल जहाँ एक से दूसरे कम्प्यूटर को भेजे जा रहे इलेक्ट्रॉनिक सन्देश स्थिर होते हैं।
सायनाइड	पु.	एक विषैला रसायन।
सिरोसिस	पु.	यकृत को प्रभावित करने वाला एक विशेष रोग। यह रोग मदिरापान के कारण होता है।
सिलेण्डर	पु.	बेलन की आकार की वस्तु; किसी इंजन का बेलनाकार पुर्जा।
सिस्ट	स्त्री.	शरीर के अन्दर बन जाने वाली एक खोखली गाँठ जिसमें द्रव पदार्थ जमा हो जाता है।
सिस्टिकफाइब्रोसिस	पु.	एक गम्भीर जन्मजात प्राणघातक रोग जिसमें रोगी के कुछ अंग ठीक से काम नहीं करते।
सिस्टाइसिस	पु.	मूत्राशय की सूजन।
सीडी	पु.	इसका पूरा रूप कम्पैक्ट डिस्क है। यह प्लास्टिक का गोल आकार में बना एक चपटा टुकड़ा है जिस पर सूचना सामग्री व ध्वनि रिकॉर्ड किया जाता है।
सीडी रोम	पु.	कम्प्यूटर में प्रयोग की जाने वाली सीडी जिसमें सूचना सामग्री संगृहीत होती है किन्तु इसमें किसी प्रकार का बदलाव नहीं किया जा सकता और न ही इसे मिटाया जा सकता है।
सेण्टीमीटर	पु.	लम्बाई मापने की एक इकाई, 100 सेमी के बराबर 1 मीटर होता है।
सेण्ट्रल प्रोसेसिंग यूनिट	पु.	कम्प्यूटर के विभिन्न भागों को नियन्त्रित करने वाला केन्द्रीय अंश या भाग। इसे संक्षिप्त में सीपीयू भी कहा जाता है।
सेण्ट्रल हीटिंग	पु.	केन्द्रीय तापन प्रणाली।
सेण्ट्रीपेटल	वि.	अभिकेन्द्रीय; केन्द्र की ओर जाते हुए।
सेण्ट्रीफ्यूगल	वि.	अपकेन्द्री; केन्द्रबिन्दु से दूर हटते हुए।
सेरेबेलम	पु.	मस्तिष्क के पिछले हिस्से का वह भाग जो मांसपेशियों की गतिविधियों को नियन्त्रित करता है।

सेरेब्रल | वि. | प्रमस्तिष्कीय; मस्तिष्क विषयक।
सेरेब्रल पाल्सी | पु. | जन्म के समय या पहले हुई मस्तिष्क क्षति जिसके कारण भुजाओं और टाँगों पर नियन्त्रण भी क्षतिग्रस्त हो जाता है; प्रमस्तिष्क विषयक।
सेरेविक्स | पु. | गर्भाशय ग्रीवा; गर्भाशय के विवर का संकीर्ण मार्ग
सेल्यूलोज | पु. | एक प्राकृतिक पदार्थ जो प्राणियों की कोशिका भित्तियों को बनाता है। इस पदार्थ से प्लास्टिक कागज आदि भी बनाये जाते हैं।
सेल्सियस | पु. | तापमान मापने की एक प्रणाली जिसमें पानी का हिमांक 0° और क्वथनांक 100° पर होता है।
हर्ट | पु. | हृदय, दिल; मनुष्य के मनोभावों का केन्द्र।
हर्ट अटैक | पु. | दिल का दौरा; हृदयगति का अनियमित होना।
हर्टऐच | पु. | मनोवेदना।
हर्पीच | पु. | एक संक्रामक त्वचा रोग जिसमें त्वचा पर विशेष रूप से गुप्तांगों पर अत्यधिक कष्टदायी चकत्ते पड़ जाते हैं, बिसर्पिका।
हर्ब | पु. | जड़ी-बूटी।
हर्बीसाइड | स्त्री. | अनावश्यक पौधों के उगने पर उनको नष्ट करने का रसायन।
हर्माफ्रोडाइट | पु. | व्यक्ति, पशु या पुष्प जिनमें नर और मादा दोनों के लक्षण हों, उभयलिंगी।
हाइजीन | पु. | मानव शरीर और उसके परिवेश की स्वच्छता, साफ-सफाई।
हाइड्राक्साइड | पु. | एक यौगिक रसायन जिसमें किसी धातु और ऑक्सीजन एवं हाइड्रोजन का मिश्रण होता है।
हाइड्रोइलेक्ट्रिक | वि. | जल की शक्ति से उत्पन्न किया हुआ; विद्युत उत्पादन में जल की शक्ति का प्रयोग करने वाला।
हाइड्रोकार्बन | पु. | (रसायन शास्त्र) हाइड्रोजन और क्लोरीन युक्त अम्ल।
हाइड्रोजन | पु. | एक हलकी रंगहीन गैस।
हाइड्रोजन बम | पु. | बहुत शक्तिशाली नाभिकीय बम।
हाइड्रोलॉजी | पु. | भूजल का वैज्ञानिक अध्ययन, भूजल विज्ञान।
हाईटेक | वि. | अत्याधुनिक मशीनों और तकनीकों का प्रयोग करने वाले।
हाइपर लिंक | पु. | कम्प्यूटर स्थित इलेक्ट्रॉनिक डॉक्यूमेण्ट में एक स्थान जो दूसरे इलेक्ट्रॉनिक डाक्यूमेण्ट से जुड़ा हो।
हाइपोकॉण्ड्रिया | स्त्री. | वास्तविकता के विपरीत रोगी होने का भ्रम, रोगभ्रम।
हाइपोटेन्यूज | पु. | समकोण त्रिभुज का कर्ण।
हाइपोडर्मिक | वि. | त्वचा के नीचे इंजेक्शन लगाने के लिए प्रयुक्त यन्त्र।
हाइपोथेटिकल | वि. | प्राक्कल्पना पूर्वक; प्राकल्पित रूप से।
हाइपोथर्मिया | पु. | शरीर का तापमान सामान्य से बहुत कम हो जाने की दशा।

हाइपोथेसिस	स्त्री.	किसी तथ्य को समझने के लिए मान ली जाने वाली बात, अनुमान पर आधारित विचार; प्राक्कल्पना।
हाईब्रिड	पु.	दो विभिन्न प्रजातियों के जनकों से उत्पन्न पशु या पौधा, संकर पशु या पौधा; वर्णसंकर।
हाईड्रण्ट	पु.	सड़क पर लगा नल जिससे पानी लेकर सड़क साफ करने या आग बुझाने का कार्य किया जाता है।
हाईड्रेट	पु.	किसी को जलयुक्त करना; कोई ऐसा उपाय करना जिससे पानी अन्दर जाये।
हाईड्रौलिक	वि.	दाब की स्थिति में पाइप आदि में से बहते पानी या अन्य द्रव से चलने वाला द्रव चालित।
हाउंचेज	पु.	पशु का पुट्ठा; पुरुष का नितम्ब।
हाटलाइन	पु.	किसी संगठन की या व्यापार केन्द्र की सीधी टेलीफोन लाइन।
हॉरिजेण्टल	वि.	क्षितिज के समानान्तर; समतल।
हार्डकॉपी	पु.	कागज पर मुद्रित कम्प्यूटर संचित जानकारी, पढ़ने योग्य कॉपी।
हार्डडिस्क	पु.	कम्प्यूटर के अन्दर लगी एक डिस्क जिसमें आँकड़े और प्रोग्राम स्थायी रूप से संचित रहते हैं।
हार्डड्रग	स्त्री.	शक्तिशाली और गैरकानूनी मादक पदार्थ जिसका सेवन करना एक आदत बन जाती है।
हार्डवेयर	पु.	कम्प्यूटर में प्रयोग की जाने वाली कम्पोनेण्ट्स एवं डिवाइस, जिनके सहयोग से कम्प्यूटर चलता है।
हिस्टामिन	पु.	घायल होने पर या स्पर्श आदि की प्रतिकूल प्रतिक्रिया स्वरूप शरीर में उत्पन्न रसायन।
हिस्टीरिया	स्त्री.	भावोन्माद; व्यक्ति की अपनी भावनाओं पर नियन्त्रण खो बैठने की दशा।
हिस्टेरिक्स	पु.	उन्माद का रोग; हिस्टीरिया का दौरा।
हीटर	पु.	पानी या कमरे को गरम करने के लिए प्रयोग की जाने वाली मशीन।
हीमोफिलिया	स्त्री.	अधिक रक्तस्राव का रोग।
हील	पु.	एड़ी, पैर के पीछे का भाग।
हेक्सागॉन	पु.	छः फलकों वाली आकृति।
हेटरोजाइगोट	पु.	जीवधारी, जिसमें जीव के विशेष दो रूप हैं; विषम, युग्मज प्राणी।
हेटरोसेक्सुअल	वि.	विपरीत लिंगी व्यक्ति के प्रति कामुक भाव से आकृष्ट होना।
हेडलाइट	पु.	किसी वाहन के अग्रभाग में चमकने वाला तेज प्रकाश का स्रोत।
हेपेटाइटिस	स्त्री.	यकृतशोथ।
हेमीस्फीयर	पु.	पृथ्वी का आधाभाग, गोलार्द्ध।

हेरेडिटी	पु.	वह प्रक्रिया जिसके द्वारा माता-पिता के शारीरिक व मानसिक गुण सन्तान तक पहुँचते हैं; आनुवंशिकता।
हेलिक्स	पु.	कुण्डली मारे सर्प जैसी आकृति, सिलेण्डर या कोन।
हेल्थ	पु.	मनुष्य के शरीर व मन की दशा; स्वास्थ्य, शरीर के स्वस्थ एवं रोगमुक्त होने की स्थिति।
हेल्थ सर्विस	स्त्री.	स्वास्थ्य सेवा, चिकित्सा सेवा।
हेल्थ सेण्टर	पु.	स्वास्थ्य केन्द्र, अस्पताल।
हैकर	पु.	कम्प्यूटर में संचित सूचना की चोरी करने वाला व्यक्ति।
हैक्सॉ	पु.	धातुओं को काटने वाली आरी।
हैमर	पु.	हथौड़ा।
हैमराइड्स	पु.	बवासीर, अर्श।
हैमरेज	पु.	शरीर के अन्दर किसी नलिका के फटने से अधिक रक्तस्राव होना।
हैमस्ट्रिंग	पु.	घुटने की पीछे की नस जो टाँग के ऊपर के हिस्से की मांसपेशियों के नीचे की हड्डियों से जोड़ती है; घुटनस।
हैमोग्लोबिन	पु.	रक्त में पाये जाने वाले लालकण जिसमें आयरन की मात्रा अधिक होती है और ये लाल कण ऑक्सीजन का वहन करते हैं।
हैलूसिनेशन	पु.	दृष्टिभ्रम या मतिभ्रम।
हैलोजन	पु.	पाँच रसायनों में से कोई एक जो हाइड्रोजन के साथ मिलकर शक्तिशाली अंग का निर्माण करते हैं।
होमियोपैथ	पु.	होम्योपैथी का डॉक्टर।
होमियोपैथी	स्त्री.	होम्योपैथी चिकित्सा पद्धति।
होमियोस्टैटिस	पु.	परिवर्तनों के प्रति शारीरिक प्रतिक्रिया की प्रक्रिया जिसमें शरीर की अन्दरूनी दशाएँ स्थिर रहती हैं।
होमोजाइगोट	पु.	सयुग्मज प्राणी; ऐसा प्राणी जिसमें एक विशेष जीन का केवल एक ही रूप होता है।
होलोग्राम	पु.	किसी सतह पर लगी कोई लघु छवि या चित्र जो प्रकाश मिलने पर अलग से चमकती और उभरती है।

परिशिष्ट–3

(रोजमर्रा के जीवन में आवश्यक अवयव)

शरीर के अंग

अनामिका-Capital-finger
अँगुली (पैर की)-Toe
अँगुली (हाथ की)-Finger
अँगूठा (हाथ का)-Thumb
आँख-Eye
आँत-Intestine
ओंठ-Lip
एड़ी-Heel
कन्धा-Shoulder
कनपटी-Temple
कमर-Waist
कलाई-Wrist
कान-Ear
कानी अँगली-Little-finger
काँख-Arm-pit
कोहुनी-Elbow
खोपड़ी-Skull
गर्दन-Neck
गर्भ-Womb
गर्भाशय-Uterus
गलमुच्छा-Whiskers
गला-Throat
गाल-Cheek
गुदा-Anus
गोद-Lap
घुटना-Knee
चमड़ा-Skin
चूचूक-Nipple
चूतड़-Buttock

चेहरा-Face
चोटी (बालों की)-Braid
छाती (मनुष्य की)-Chest
छाती (स्त्री की)-Breast
जाँघ-Thigh
जिगर-Liver
जीभ-Tongue
जूड़ा (बालों का)-Lock
जोड़-Joint
ठुड्डी-Chin
तर्जनी-Index-finger
तलवा-Sole
तालु-Palate
दाढ़-Jaw
दाढ़ी-Beard
दाँत-Tooth
दिमाग-Brain
धमनी-Artery
नख-Nail
नथुना-Nostril
नरेटी-Gullet
नली (पैर की)-Calf
नस-Vein
नाक-Nose
नाभि-Navel
पलक-Eyelid
पसली-Rib
पोर (अँगुली की)-Phalange
प्लीहा-Spleen

पीठ-Back
पेट-Belly stomach
पेड़ू-Abdomen
पुतली (आँख की)-Eyeball
पेशी (पुट्ठा)-Muscle
पैर-Foot
फेफड़ा-Lung
बगल-Arm-pit
बरौनी-Eyelash
बाल-Hair
बाँह-Arm
भेजा-Brain
भौंह-Eyebrow
मध्यमा-Middle finger
मसूढ़ा-Gum
मुट्ठी-Fist
मुख-Mouth
मूत्राशय-Kidney
मोंछ-Moustache
योनि-Vagina
रीढ़-Backbone
रोमकूप-Pore
रोवाँ-Hair
ललाट-Borehead
लोहू-Blood
शिश्न-Penis
हड्डी-Bone
हथेली-Palm (of hand)
हँसिया-Collar-bone
हृदय-Heart

रत्न और आभूषण

अँगुठी Ring	जोसन Armlet	माला Garland
कंगन Bracelet	तमगा Medal	मुकुट Tiara
कड़ा Bangle	तल्ला (कान का) Ear-stud	मूँगा Coral
कड़ी Link	तोड़ा Wristlet	मोती Pearl
कमीज का बटन Stud	नथुनी Nose-ring	मोती सीप Mother of pearl
करनपफूल Ear-ring	नीलम Sapphire	लटकन Locket
काँटा (बाल का) Hair-pin	पन्ना Emerald	लोलक Pendant
काँटा (साड़ी का) Brooch	पेटी Belt	सिकड़ी Chain
कील नाक की Nose-pin	पैजनी Anklet	सुलेमानी पत्थर Agate
गोमेके Zircon	पुखराज Topaz	लहसुनियाँ Cat's eye
चिमटी Clip	पोलकी Opal	हार Necklace
चूड़ी Bangle	फीरोजा Turquoise	हीरा Diamond
जवाहरात Gems	मानिक Ruby	हँसुली Neckband

खनिज पदार्थ

अकीक Cornellan	चाँदी Silver	संखिया Arsenic
अभ्रक Mica	जस्ता Zinc	सज्जी Fuller's earth
कांस्य Bronze	ताँबा Copper	सज्जीखार Natron
कुरुन Emery	तूतिया Blue vitriol	सिंगरिपफ Cinnabar
कोयला (पत्थर का) Coal	पक्का लोहा Steel	सीसा Lead
खड़िया Chalk	पारा Mercury	सफेदा White lead
खान Mine	पीतल Brass	सिन्दूर Vermilion
गंधक Sulphur	राँगा Tin	संगमरमर Marble
गेरू Ochre	शिलाजीत Bitumen	लोहा Iron
चकमक पत्थर Flint	सूरमा Antimony	हड़ताल Orpiment

व्यवसाय

अखबार वाला News-agent
अध्यापक Professor
अहिरिन Milkmaid
अहीर Milkman
इंजीनियर Engineer
कसाई Butcher
कारीगर Artist
किसान Farmer
किताब फरोश Book-seller
कुली Coolie
कोचवान Coachman
कोठीवाल Banker
खजांची Treasurer
खरादने वाला Turner
खुदरा विक्रेता Retailer
गन्धी Perfumer
गाड़ीवान Coachman
ग्रन्थकार Author
चिट्ठीरसाँ Postman
जर्राह Surgeon
जहाजी Sailor
जादूगर Magician
जिल्दसाज Book-binder
जुलाहा Weaver
जूता बनाने वाला Shoe-maker
जौहरी Jeweller
टाइप बैठाने वाला Compositor
ठठेरा Brasier
ठीकेदार Contractor
डाक्टर Doctor
तबलची Drummer
तमोली Betel-seller
तेली Oil-man
तान्त्रिक Sorcerer
दर्जी Tailor
दलाल Broker
दवा विक्रेता Druggist
दाई Midwife
दाँत बनाने वाला Dentist
दुकानदार Shopkeeper
धाय Nurse
धुनियाँ Carder

पक्षी

अबाबील Swallow
अड्डा Perch
अण्डा Egg
उल्लू Owl
कठफोड़वा Wood-pecker
कबूतर Pigeon
काकातुआ Cockatoo
काला (डोम) कौवा Raven
कोयल Cuckoo
कौवा Crow
गरुड़ Eagle
गिद्ध Vulture
गौरैया Sparrow
घोंसला Nest
चमगादड़ Bat
चील Kite
चोंच Beak
चोटी Crest
डैना Wing
तीतर Partridge
नीलकण्ठ Magpie
पर Feather
पिंजड़ा Cage
पंख Plume
पेड़की Dove
बत्तक Drake
बत्तक का बच्चा Duckling
बत्तकी Duck
बुलबुल Nightingale
बया Weaverbird
बटेर Quail
बाज Falcon
मुर्गा Cock
मुर्गी Hen
मुर्ग Fowl
मुर्गी का बच्चा Chicken
मोर Peacock
मोरनी Peahen
लवा Lark
शुतुर्मुर्ग Ostrich
सारस Crane
सुग्गा Parrot
सेना (अण्डे का) Hatching
हिरामन तोता Macaw
हंस Swan

जानवर

ऊँट Camel
कस्तूरी मृग Musk-deer
कुत्ता Dog
कुतिया Bitch
खच्चर Mule
खरगोश Rabbit
खरहा Hare
गदहा Ass
गाय Cow
गिलहरी Squirrel
गैंड़ा Rhinoceros
गोरखर Zebra
घोड़ा Horse
घोड़ी Mare
चीता Panther
चूहा Mouse
छछूँदर Mole
जंगली सुअर Boar
झबरा कुत्ता Spaniel
टट्टू Pony
तेंदुआ Leopard

नेवला Mongoose
दुम Tail
पशु Beast
पंजा CIaw
पिल्ला Puppy
बकरा He-goat
बकरी She-goat
बकरी का बच्चा Kid
बछड़ा Calf
बछिया She-calf, Heifer
बछेड़ा Colt
बछेड़ी Filly
बिल्ली Cat
बिल्ली का बच्चा Kitten
बन्दर Monkey
बनमानुस Orang-outang
बैल Ox
बारहसिंगा Antelope, Stag
बारहसिंगी Hind
भालू Bear
भेंड़ Sheep

भेंड़ी Ewe
भेंड़ी का बच्चा Fawn
भैंसा Buffalo
माँद Den
मेमना Lamb
मूसा Rat
मृग Stag
लोमड़ी Fox
लकड़बग्घा Hyena
लंगूर Ape
व्याघ्र Tiger
शिकारी कुत्ता Hound
साँड़ Bull
साही Porcupine
सियार Jackal
सिंह Lion
सींग Horn
सुअर Hog, Pig
सुअरी Swine
हरिन Deer
हाथी Elephant

कीड़े, मकोड़े

अजगर Boa
कछुवा Turtle
काला साँप Adder
केचुली Slough
केंचुवा Earthworm
केकड़ा Crab
खटमल Bug
गिरगिट Chameleon
गेहुवन साँप Cobra
गोजर Centipede
घड़ियाल Beetle
घोंघा Alligator
छिपकली Snail
जहर Lizard
जहर का दाँत Fang

चींटी Ant
जुगनू Firefly
जू Louse
जोंक Leech
झींगुर Cricket
टिड्डी Locust
तितली Butterfly
दरियाई घोड़ा Hippoptamus
बिच्छू Scorpion
मछली Fish
दीमक White ant
मछली का बच्चा Spawn
मधुमक्खी (नर) Drone
मधुमक्खी (मादा) Bee
मेढक Forg

मेढक का बच्चा Tadpole
फन Hood
फतंगा Grasshopper
मकड़ा Spider
मकड़े का जाला Web
मक्खी Fly
मगर Crocodile
मच्छड़ Mosquito
बर्रे Wasp
रेशम का कीड़ा Silkworm
रेशम का कोआ Cocoon
लीख Nit
साँप Snake
शंख Conch
सीप Oyster
सुफना (मछली का) Fin

लिखने-पढ़ने तथा दफ़्तर के सामान

अखबार Newspaper
अलमारी Almirah
आधी रसीद Counterfoil
आरामकुर्सी Easy Chair
आलपीन Pin
आलपीन गद्दी Pin cushion
कलम Pen
कागज Paper
कागजदाब Paper-weight
काग Cork
कार्ड Card
कोश Dictionary
खड़िया पेंसिल Crayon
खाता Register
गड्डी File
गोंद Gum
चिमटी Clip
चौकी Bench
जेबी पोथी Pocket Book
टिकट (स्टाम्प) Postage stamp
टेबुल Table

डोरी कीलदार Tag
ड्राइंग पिन् Drawing Pin
तार Wire
तार की डोलची Office Tray
तिपाई Stool
दवात Inkpot
दैनिक पत्र Daily Paper
नकल करने का कागज Carbon paper
नकल करने की स्याही Copying ink
नकल करने की पेंसिल Copying pencil
नक्शा Map
निमन्त्रण पत्र Invitation card
नीली स्याही Blue Ink
परकाल Divider
पुकारने की घंटी Call-bell
पेंसिल Pencil
पेंसिल पकड़ Crayon
पोस्टकार्ड Post Card

फाइल File
फीता Tape
भेंट कार्ड Visiting Card
मासिक पत्रिका Magazine
मोहर Seal
रबड़ Eraser
रबड़ की मोहर Rubber-stamp
रद्दी की टोकरी Waster basket
रसीद बही Receipt-Book
रूलर Ruler
रोशनाई Ink
रोशनाई का गद्दा Ink-pad
लपेटने का कागज Packing paper
लाल रोशनाई Red ink
लिखने की पट्टी Writing pad
लिफाफा Envelope
लेखाबही Ledger
साप्ताहिक पत्र Weekly paper
सरेस Glue
सादा कागज Blank paper
सोखता Blotting-paper
होल्डर Holder

परिशिष्ट–4

हिन्दी कहावतें तथा उनकी अंग्रेजी पर्याय

अ

अक्ल के पीछे डंडा लिये फिरते हैं	He demands tribute of the dead
अक्ल बड़ी कि भैंस	Knowledge is more powerful than strength.
अँखिया सुख कलेजा ठण्डा	Bright to sight heart's delight.
अज्ञानी किसी से नहीं डरते	They that know nothing fear nothing.
अज्ञानी धन चाहता है और ज्ञानी गुण	The foolish seek for wealth, the wise perfection.
अंत भला तो सब भला	All is well that ends well.
अंधे के आगे रोये अपना दीदा खोये	Throwing pearls before swine.
अपना मकान कोट समान	Everyman's house is his castle.
अपना तोसा अपना भरोसा	Everyone must stand on his own legs.
अपनी इज्जत अपने हाथ	Respect yourself and you will be respected.
अपनी गली में कुत्ता भी शेर होता है	Every cock fights best in his own dunghill.
अपने दही को कोई खट्टा नहीं कहता	Every potter praises his own pot.
अपने किये को भुगतो	Abide by your deeds.
अपने आप मियाँ मिट्ठू	Self-praise is no recommendation.
अनुभव सारे ज्ञान की जननी है	Experience is the mother of all invention.
अनुभव सुगमता से प्राप्त नहीं होता	Experience cannot be bought too cheap.
अपमान का जीवन मृत्यु से भी बुरा है	Dishonour is worse than death.
अभी दिल्ली दूर है	Make not your sauce till you have caught your fish.
अवसर को हाथ से न गँवाओ	Strike the iron while it is hot.
अशर्फियाँ लुट, कोयले पर मुहर	Penn,y wise, pound foolish.
अशुभ कार्य का अशुभ फल	A bad deal has a bad end.
अंधों में काना राजा	A figure among cyphers.
अपना पूत सबको प्यारा	Every potter praises his own pot.
अपनी मर्यारा अपने हाथ	Respect yourself and you will be respected.
अधजल गगरी छलकत जाये, भरी गगरिया चुपके जाय	Deep rivers move with silent majesty, shallow brooks, are noisy.

आ

आगे दौड़ पीछे छोड़	Haste makes waste.

आप मरे जग लोप	Death's day is doomsday.
आपका जूता आपका सिर	To try one in one's own Greece.
आप भला तो जग भला	Good mind, good find.
आपका नौकर और खाये उधर	Your servant lives on credit.
आप काज महा काज	Better do a thing than wish it to be done.
आप मरे जग प्रलय	When I am dead, the world is gone.
आदमी की कदर मरे पीछे	A man's worth is known after his death.
आदत प्रकृति बन जाती है	Habit is the second nature.
आधी छोड़ सारी धावे, आधी रहे न सारी पावे	He who grasps all things will lose all.
आज ऐसा क्यों करें कि कल पछताना पड़े	Do not do today what you will repent tomorrow.
आय लिए की लाज	A bargain is after all a bargain.
आया न घाव वैद्य बुलाओ	Call not a surgeon before you are hurt.
आम के आम गुठलियों के दाम	Earth's joys and heaven's combined.
आवश्यकता विपत्ति हटाने को होती है	Necessity knows no law.
आशीर्वाद विपत्ति हटाने को होती है	Blessings are not relieved till they are
आसमान का थूका मुँह पर पड़ता है	Puff not against the wind.
आहार व्यवहार में लज्जा क्या	Fair exchange is no robbery. Fair bottle leave no bitterness behind.

इ

इलाज से बचाव अच्छा	Prevention is better than cure.
इस हाथ दे उस हाथ ले	Early sow, early mow.

उ

उतावला सो बावला	Hurry spoils curry. Marry in haste repent at leisure.
उपदेश करने से स्वयं करना भला	Example is better than precept.
उतने पाँव पसारिये जितनी चादर होये	Cut your coat according to your cloth.
उधर स्नेह की कैंची है	He that does lend does lose a fore friend.
उलटे बाँस बरेली को	To carry coal to New Castle.

ऊँची दुकान फीका पकवान	Great cry, little wool. Great boast, little roast.
ऊँट के मुँह में जीरा	A drop in the ocean.

ए

एक पंथ दो काज	To kill two birds with one stone.
एक हाथ से ताली नहीं बजती	It takes two to make a quarrel.
एक म्यान में दो तलवार नहीं समाती	Two of a trade seldom agree.
एक ही साँचे में ढले हैं	Cast in the same mould.
एक रंग की चिड़िया उड़ी	Birds of the same feather flock together.
एक परहेज सौ इलाज	Diet cures more than doctors.
एक नजर सौ नसीहत	Example is better than precept.
एक परहेज लाख दवा	Temperature is the best physic.
एक मछली सारे जल को गंदा करती है	One bad apple spoils the bunch.
एक ही थाली के चट्टे-बट्टे	Cast in the same mould.
एक अनार सौ बीमार	One post and one hundred candidates.
एक कान सुना दूसरे कान उड़ा दो	In at one ear and out at the other.
एकता में बड़ी शक्ति है	Union is strength.

ओ, औ

ओछे के पेट में बात नहीं पचती	Children and fools tell the truth.
ओस चाटे प्यास नहीं बुझती	A fog cannot be dispelled by a fan.
औरत की बात का क्या विश्वास	A winter's wind and a woman's heart oftenest change.

कभी निराश न हो	Despair loses all.
कम खर्च वाला नशीन	Small cost and great show.
कभी अंधो के हाथ भी बटेर लग जाती है	A blind man sometimes hits the mark.
कर भला हो भला	Light reflects light.
कर काम ले दाम	No miles no meals.
करने की सौ राह	Where there is a will there is a way.
कर बुरा हो बुरा	Do evil and look for the like.
कमीने मित्र से सदा भय	Friendship with mean fellow is always dreadful.
कहना और करना और	Deeds are fruits, words are but leaves.
कही खेल की सुनी खीलों की	Talk of chalk and to hear cheese.
कहीं बूढ़े तोते भी पढ़ते हैं	Can you teach an old woman to dance?
कमबख्ती जब आवे उफँट चढ़ें तो कुत्ता काटे	He who is born in misfortune stumbles as he goes.
कल किसने देखा	Tomorrow never comes.

हीं गदहा भी घोड़ा बन सकता है | Can the Ethopian change his skin.
विता चित्त को प्रफुल्लित करती है | The charms of poetry captivate the soul.
ाठ की हड़िया एक ही बार चढ़ती है | It is the silly fish that is caught with the same bait. A cheating play never thrives.
ाम ही कारीगर बनाता है | Practice makes perfect.
ानी के ब्याह को सौ-सौ जोखिम | There is many a slip between the cup and the lip.
ाली माँ के गोरे बच्चे | A black hen lays white eggs.
ाम-काम को सिखलाता है | It is work that makes a workman.
ाम प्यारा होता है चाम नहीं | Handsome is that handsome does.
ाल के गाल में सब चले जाते हैं | Time devours everything.
छ न होने से थोड़ा अच्छा है | Something is better than nothing.
म्हारी अपने बर्तन सराहती है | Every potter praises his own pot.
ुत्ते की पूँछ टेढ़ी ही होती है | Curst cows have short horns.
ुत्ते को कभी भी हजम नहीं होता | A low-born person feels proud of honours.
ुत्ता भूँके तो चन्द्रमा को क्या | The moon does not heed the barking dog.
ुत्ते के भी दिन फिरते हैं | Every dog has his day.
ौन है जिससे गलती नहीं होती | Even a good horse stumbles.
ौन सुख ऐसा नहीं जिसमें दुःख न होय | No joy without pain.
या बूढ़े तोते भी पढ़ते हैं | An old dog will learn no tricks.
या अक्ल चरने गयी है | Wits have gone wool-gathering.

ख

री मजूरी चोखा काम | A good servant should have good wages.
ाने में भी क्या शर्माना | Never feel shy to eat your meal.
र पीछे खाँड़ | After meat mustard.
ती खसम सेती | The master's eye makes the mare fat.

ग

ार गन्ना न दे भेली दे | Penny wise, pound foolish.
धे का खिलाया पाप न पुन्न | Kindness is lost upon an ungrateful man.
धे को अंगूरी बाग | Honey is not for donkey's mouth.
या वक्त फिर हाथ नहीं आता | Time and tide wait for no man.
जी यार किसके, दम लगाय खिसके | The dinner over, away go the guest.
रीब की जोरू सबकी भाभी | A light purse is a heavy curse.
रीबी में आटा गीला | Misfortune never comes alone.

गाँठ गिरह में कौड़ी नहीं मियाँ गये लौहार	His purse and plate ate ill-met.
गोली अन्दर दम बाहर	Pill in and breath out.
गुड़ खाना गुलगुले से परहेज	To swallow a camel and to strain at gnat.
गेरुये वस्त्रों से साधू नहीं बनता	Cowl does not make a monk.
गुड़ न दे गुड़ की ऐसी बात कह दें	A good word costs nothing.
गेहूँ के साथ घुन भी पिस जाता है	When the buffaloes fight crops suffer.

घ

घर का जोगी जोगना आन गाँव का सि(	A prophet is not honoured in his own country.
घर में सूत न कपास, जुलाहे से लट्ठम लट्ठा	Count not your chicken befoie they are hatche
घर की आधी भली बाहर सारी नहीं	Dry bread ai home is better than sweetmeat abroa
घर का भेदी लंका ढावे	Traitors are the worst enemies.
घायल की गति वैद्य क्या जाने	Only the wearer knows where the shoe pinches.
घूँघट वाली देख के भूली वीर मत जाना	Beauty may have fair leaves yet bitter fruits.

च,छ

चार दिन की चाँदनी फिर अँधेरी रात	A nine days wonder.
चिंता सो चिता	Grief is the canker of heart.
चिराग तले अँधेरा	Near the church further from heaven.
चोरी का माल लेने वाला भी चोर	The receiver is as bad as the thief.
चौबे गये छब्बे होने दूबे होकर आये	An ass went to ask for horns but-lost his ears.
चोर का साथी गिरहकट	Birds of the same feather fiock together.
छोटे से बड़े होते हैं	Lads will be men.

ज

जब तक साँस तब तक आस	As long as there is life, there is hope.
जब अपनी उतारी तो दूसरे की उतारते क्या देर	Beware of him who regards not his reputation.
जब तक जहरमोहरा आयेगा साँप का काटा मर जायेगा	The steed will die, until the grass grows.
जबान को लगाम जरूरी है	A bridle for the tongue is a necessary piece of furniture.
जबान कैंची सी कतरती है	His tongue runs on wheels.
जमीन और आसमान का फर्क	There is a world of difference in it.
जबान खल्क नक्कारा खुदा	Public voice is God's voice.

बान तलवार से ज्यादा तेज है	Tongue is nor steel but cuts deeper.
र जमीन औरत लड़ाई की जड़ है	Money, women and land are the roots of all troubles.
ल्दी का काम अच्छा नहीं होता	Quick and well do not go well together.
हाँ फूल वहाँ काँटा	No rose without a thorn.
रूरत के वक्त गधे को भी बाप बनाना ड़ता है	When many people prognosticate, the event is not too far.
ाहिरा सूरत पर मत जाओ	The needy stoops to every thing however mean.
ान बूझकर कुवें में गिरना	To run against the point of spear.
ाये लाख रहे साख	A good name is better than bags of gold.
जस काम से रोका जाय उसी को ी चाहे	From prohibition desires increase.
जस काम की ओर ध्यान न दो वही बगड़ जाता है	Business neglected, business lost.
जसके गेहूँ नहीं वह चने की रोटी ी ही राजी	They that have no other meat bread and butter are good to them.
जतना धन उतनी चिंता	Much coin, much care.
जसका इलाज नहीं उसका कोई उपाय नहीं	What cannot be cured must be endured.
ैसा बाप वैसा बेटा	Like father, like son.
ैसा बर्ताव अपने साथ करना चाहो सा आप भी करो	Do unto others what you want done to you.
ैसा आया वैसा गया	Evil got, evil spent.
ैसा राजा वैसी प्रजा	As the king so are the subjects.
ैसे को तैसा	Tit for tat.
ैसा बोओगे वैसा काटोगे	As you sow, so you shall reap.
ैसी करनी वैसी भरनी	As you sow, so you shall reap.
ैसा पति वैसी पत्नी	A good Jack makes a good jill.
ैसा देश वैसा भेष	When you are in to Rome, do as Romans do.
ैसी तेरी तुमड़ी वैसी तेरी गीत	Work according to wages.
ैसे काली कामरी चढ़े न दूजो रंग	Black will take no other hue.
ो होना था सो हो चुका	What is done is done
जसके न पैर फटी बेवाई, वह क्या जाने पीर पराई	He laughs at scars who never felt a wound.
ो आता है अपना सिक्का चलाता है	New lords, new laws.
ाको राखे साइयाँ मार सके ना कोय	Whom God keeps no frost can kill.

जो गरजते हैं वे बरसते नहीं	Barking dogs seldom bite.

झ,ट,ठ,ड

झूठे की याददाश्त तेज होती है	A liar should have a good memory.
टालमटोल समय का चोर	Procrastination is the thief of time.
ठण्डा करके खाओ	Blow first and sip afterwards.
डायन को भी दामाद प्यारा है	It is a hard winter when dogs eat dogs.
डंडा सबका पीर	Rod tames every brute.
डौला डौल की मिट्टी खराब	A rolling stone gathers no moss.
तुरंत दान महा कल्यान	He gives thrice who gives in a trice.
तेता पाँव पसारिये तेती लम्बी सौर	Cut your coat according to your cloth.
तु मुझको मैं तुझको	Claw me and I will claw thee.
तीन तेरह होना	To be at sixes and sevens.
तेल देखो तेल की धार देखो	See which way the wind blows.
तेल डालने से आग नहीं बुझती	Casting oil into the fire is not the way to extinguish i

थ

थोथा चना बाजे घना	Empty vessels make much noise.
थोथे वृक्ष पर कोई नहीं बैठता	In times of prosperity friends are plenty; In times of adversity not one in twenty.

द

दयानतदारी सबसे अच्छी रीति है	Honesty is the best policy.
दाम करावे काम	Money makes the man run.
दाल में जरूर काला है	There is something black.
दीवाल के भी कान होते हैं	Hedges have eyes and walls have ears.
दुविधा में दोनों गये माया न राम	Between two stools one falls to the ground.
दुर्बल में क्रोध अधिक होता है	A little pot is soon hot.
दूध का जला छाछ फूँककर पीता है	A burnt child dreads the fire.
दूध का दूध पानी का पानी	The truth must come out.
दिये का उजाला प्रलय तक	Whatever is given to the poor is laid up in heaven
दुःख भोग बिना सुख कहाँ	No meat without some sweat.
दुःख में समय पहाड़	Grief lengthens the hour.
दूर के ढोल सुहावने लगते हैं	Distant drums sound well.

दूसरों की बुराइयाँ निकालना	To pick holes in the coat.
देखिए उफँट किस करवट बैठता है	Let us see which way the wind blows.
दो मुल्लाओं में मुर्गी हराम	Too many cooks spoil the broth.
दान की बछिया का दाँत नहीं देखा जाता	Beggars can't be choosers.

ध

धन को धण्न कमता है	Imitation has no intelligence.
धन ईश्वर से भी बढ़कर है	Money has more worshippers than God.
धन सबको अंधा कर देता है	The writ of fate never changes.
धन के सिर सेहरा	Money is a god of the world.
धन तमाम खूबियों की जड़ है	Money begets money.
धूप में बाल नहीं पकाये हैं	Wisdom is the daughter of old age.

न

नई नौ दिन पुरानी सौ दिन	New brooms are not better than old ones.
न कुत्ता देखे न भूँके	A blind dog won't bark at the moon.
न आये का आनन्द न गये शोक	If rich.be not elected, if poor be not dejected.
नकल में शक्ल क्या	Imitation has no intelligence.
न घर का न घाट का	Neither fish nor fowl.
नाचने लगे तो घूँघट गया	Poverty breeds contempt.
नकटा जीये बुरा हवाल	He that hath ill name is half hanged.
नया नौकर शेर मारता है	New brooms sweep clean.
न नौ मन तेल होगा न राधा नाचेगी	If the sky falls we shall catch larks.
नौ नगद न तेरह उधर	A bird in hand is worth two in the bush.
नाक की सीध में चले जाना	To follow one's nose.
नाच न आवे आँगन टेढ़ा	A bad workman always quarrels with his tools.
निर्धन के बच्चे ही धन हैं	Children are treasures of the poor.
नीम हकीम खतरे जान	A little knowledge is a dangerous thing.
नीम न मीठी होय चाहे सींचो गुड़ घी से	Crows are never the whiter for washing.
नेक नाम दौलत से अच्छा है	A good name is better than riches.
नेकी कर दरिया में डाल	Do good and cast it into the river.
नौ सौ चूहे खाकर बिल्ली हज को चली	Singing all the days in the week and going to church on Sundays.
नौकरी की क्या जड़	Service is no inheritance.

प

पढ़े न लिखे नाम विद्यासागर	An ignorant man keeping a great fuss.
परिश्रम कभी व्यर्थ नहीं जाता	Perseverance is never unfruitful.
परिश्रम सौभाग्य का दाहिना हाथ है	Industry is fortune's right hand.
पहले आप सम्हालो	Sweep before your own door.
पहले योग्य बनो फिर माँगो	First deserve then desire.
पानी में रहे मगर से बैर	To live in Rome and strife with the Pope.
पाँचों अँगुलियाँ घी में	Your bread is buttered on both sides.
पहले बात को तौलो फिर मुँह से बोलो	Tnink before you speak.
पेट की खातिर टोकरी उठाना पड़ता है	Want goads to industry.
पेड़ फल से जाना जाता है	The tree is known by the fruit it bears.
पैसा गाँठ का यार साथ का	Fetters even of gold are heavy.
पूत कपूत पालने में ही पहचाने जाते हैं	The child is the father of the man.
प्रत्येक कार्य मनुष्य नहीं कर सकता	No living man can do all things.
प्रश्न गेहूँ उत्तर जौ	His answer is besides the question.
प्राण बचे लाखों पाये	Life is better than bags of gold.
प्रेम रोग असाध्य है	Love is incurable.

फ

फिजूलखर्ची पर कमर बँधी है	He burns the candles at both ends.
फिक्र से क्या होता है	Care avails not.
फिराक में इश्क तड़पता है	Absence sharpens love.
फिक्र पीती है खूने दिन	Anxietv is the canker of the heart.

ब

बंदा जोड़े पली-पली और राम उघारे कुप्पा	Man proposes, God disposes.
बकरी की माँ कब तक खैर मनावेगी	How long will the mother's prayers avail to save her kid.
बड़े मियाँ सो बड़े मियाँ छोटे मियाँ सुभान अल्ला	The younger is even worse than the elder.
बद अच्छा बदनाम बुरा	A bad man is better than a bad name.
बहती गंगा में हाथ धोना	Make hay while the .sun shines.
बड़ों की बड़ी बात	Great men have great views.
बातों से पेट नहीं भरता	It is money that buys the land.

बात का बतंगड़ बन गया	To make a mountain out of mole-hill.
बिन बुलाये मान नहीं होता	Uninvited guests sit on thorns.
बिन पानी मोजे उतारना	Crying before you are hurt.
बिपता में कोई साथी नहीं	Adversity flatters no man.
बिना भाव चीज खरीद लेना	To buy a pig in a pike.
बिल्ली ने शेर पढ़ाया, बिल्ली को खाने आया	My foot my tutor.
बिना मारे का ताकबा	To cry before you are hurt.
बिन सेवा मेवा नहीं मिलता	No pain, no gain.
बीती ताहि बिसार दे	Let the past bury its dead.
बुरे के साथ भलाई	Charity towards uncharitable.
बुरा कर बुरा हो	Do evil and look for the like.
बुरी संगत से अकेला भला	Better be alone than in bad company.
बूँद-बूँद में तालाब भर जाता है	Many a pickle makes a mickle.
बेकार से बेगार भली	Forced labour is better than idleness.
बेतरतीबी से काम करना	To put the cart before the horse.
बेकारी से शैतानी सूझती है	An idle brain is a devil's workshop.
बैठे से बेगार भली	Better wear your shoes than your bad clothes.
बेड़ी सोने की भी बुरी	Fetters even of gold are heavy.
बोये पेड़े बबूल के आम कहाँ से खाय	What an army without a general?

भय और प्रेम एक जगह नहीं रहते	Gather thistles, and expect pickles.
भलाई से न चूको	Dread and affection never exist together.
भाग्य के लिखे को कौन मिटा सकता है	Never be weary of doing good.
भाग्य ने मारा दुनिया ने मारा	What is lotted, cannot be blotted.
भिडों के छत्तों को मत छेड़ो	All the world will beat the man whom fortune buffets.
भीख और भिगोंड	Let sleeping dogs lie.
भूखा सो रूखा	Hungry man is an angry man.
भूख में चने भी मखाने	Hunger is the best sauce.
भूसा बहुत, आटा कम	Much bran, little meal.

मुख में राम-राम बगल में छूरी	A wolf in lamb's skin.

महँगा रोये एक बार, सस्ता रोये बार-बार	The cheaper buyer takes no meat.
मरता क्या न करता	The desperate man does all things.
मक्खी खाँड़ पर गिरती है	Dab your mouth with honey and you will get plenty of flies.
मरे मुर्दे मत उखाड़ो	Let by-gones be by-gones.
माले मुफ़्त दिल बेरहम	Ill-gotten, ill-spent.
माया को माया मिले कर-कर लम्बे हाथ	Money begets money.
मित्र वही जो समय पर काम आवे	A friend in need, is a friend indeed.
मीठा बोलना ही खिलान है	Welcome is the best cheer.
मुझसे तू झगड़ा न कर	But me no buts.
मुँह पर झूठ नहीं बोला जाता	Face to face the teeth comes out.
मुल्ला से बल है	The priest goes no further from the church.
मेल से बल है	Union is strength.
मेरे साथ अगर-मगर मत करो	But me no buts.
मेहनत का फल मीठा	No roses without thorns.
मौन आधी स्वीकृति है	Silence is half consent.

यथा राजा तथा प्रजा	As King, so are his subjects.
यहाँ तुम्हारी दाल नहीं गल सकती	Your schemes won't take root here.

रफूचक्कर होना	To show a clear pair of heels.
राई का परबत बनाना	To make a mountain of a mole hill.
राम भरोसे जो रहे मार न सके कोय	What God will, no frost can kill.
राम राम जपना पराया माल अपना	A robber in the garb of a saint.
रूप को अलंकार की आवश्यकता नहीं	A fair face needs no paint.
रोब में सब अधिकार छिपा रहता है	Devil hides under glittering garments.
रोज के टपके से पत्थर भी घिस जाता है	Constant dropping wears the stone away.

लकड़ी के बल बन्दर नाचे	Need makes the old wife trot.
लड़ाई मौत का त्यौहार है	War is death's feast.
लातों के देवता बात से नहीं मानते	Rod is the logic of fools. Honey is not for the ass's mouth. A pet lamb makes a cross ram.

लालच बुरी बला	No vice like avarice.
लोभ से कुछ पेट सदा खाली	All covet, all lost.
लोहे को लोहा काटता है	A covetous man is ever in want.

वह पुरानी चाल चलता है	He keeps to the beaten path.
वह दिन गये जब जनाब फाख्ता उड़ाते थे	Gone is the goose that was golden.
वैद्य आप ही बीमार है वह दूसरों का क्या अच्छा करेगा	An ill physician cannot cure others.
वीरता का काम न चाहे नाम	Good deeds need no show.

शक्करखोरे को ईश्वर शक्कर देता है	Spend and God will send.
शनैः-शनैः उन्नीत करने वाला जोतता है	Slow and steady wins the race.
श्रीगणेश अच्छा हो तो आधा काम हो गया	Well begun is half done.
श्रीगणेश ही गलत	Wrong at the very beginning.

संतोष धन परम धन है	A contented mind is a contented feast.
संतोष कड़वा है पर फल मीठा	Patience is bitter but its fruit is sweet.
सबको अपनी ही मतलब प्यारा है	Every one knows his interest best.
सबसे भला चुप	Silence is golden.
समय को दुर्लभ जानो	Make hay while the sun shines.
समय पर टाँका नौ का काम देता है	A stitch in time saves nine.
समझदार को इशारा काफी	Word to the wise is enough.
सावन के अंधे को हरा दिखाई देता है	Every thing looks yellow to a jaundiced eye.
सब्र का फल मीठा होता है	Bear and forbear is good.
सलाह हर समय की अच्छी	Counsel is never out of date.
सब्र बड़ा धन है	Contentment is more than a kingdom.
साँप के सँपोले ही होंगे	As the crow is, so the egg be.
सर मुड़ाते ही ओले पड़ना	His fortune overtook him at the very outset.
साझे की हँड़िया चौराहे में फूटती है	A common horse is worst shod.
सारा जाता देखिए आधा लीजे बाँट	Better give the wool than the whole sheep.

हथेली पर सरसों नहीं जमती	Rome was not built in a day.
होनहार बिरवान के होत चीकने पात	Coming events cast their shadows before.

परिवर्तन सारिणी—बीच वाले कालम में मोटे अक्षरों में छपे अंक मीट्रिक या ब्रिटिश पैमाने के हैं। अतः 1 मीटर = 1.09 गज या 1 गज = 0.91 मीटर।

मीटर		गज	लीटर		पिन्ट्स	किग्रा		पाउंड
0.91	1	1.09	0.28	½	0.88	0.11	¼	0.55
1.83	2	2.19	0.57	1	1.76	0.23	½	1.10
2.74	3	3.28	1.14	2	3.52	0.45	1	2.20
3.66	4	4.37	1.70	3	5.28	0.68	1	3.31
4.57	5	4.47	2.27	4	7.04	0.91	2	4.41
			2.84	5	8.80	2.27	5	11.02
						2.72	6	13.23
						3.17	7	15.47
कि.मी		**मील**	**सें.ग्रे.**		**फा.हाईट**	**लिटर**		**गैलन**
1.61	1	0.62	−18	0	32	4.55	1	0.22
3.22	2	1.24	−14	6	43	6.82	1½	0.33
4.83	3	1.86	−11	12	54	9.09	2	0.44
6.44	4	2.48	−4	24	75	11.36	2½	0.55
8.05	5	3.11	0	32	90	13.64	3	0.66
9.65	6	3.73	2	36	97	15.91	3½	0.77
11.26	7	4.35	9	48	118	18.18	4	0.88
12.87	8	4.97	16	60	140	20.46	4½	0.99
14.48	9	5.59	22	72	162	22.73	5	1.10
			29	84	183	27.28	6	1.32
			36	96	205	31.82	7	1.54
			38	100	212	36.37	8	1.76
						40.91	9	1.98

रोमन अंक प्रणाली
(Roman Numerals)

1	एक	I	33	तैंतीस	XXXIII
2	दो	II	34	चौंतीस	XXXIV
3	तीन	I I I	35	पैंतीस	XXXV
4	चार	IV	36	छत्तीस	XXXVI
5	पाँच	V	37	सैंतीस	XXXVII
6	छः	VI	38	अड़तीस	XXXVIII
7	सात	VII	39	उन्तालिस	XXXIX
8	आठ	VIII	40	चालीस	XL
9	नौ	I X	41	इकतालिस	XLI
10	दस	X	42	बयालिस	XLII
11	ग्यारह	XI	43	तैतालिस	XLIII
12	बारह	XII	44	चौवालिस	XLIV
13	तेरह	XIII	45	पैंतालिस	XLV
14	चौदह	XIV	46	छियालिस	XLVI
15	पन्द्रह	XV	47	सैंतालिस	XLVII
16	सोलह	XVI	48	अड़तालिस	XLVIII
17	सत्रह	XVII	49	उन्चास	XLIX
18	अठारह	XVIII	50	पचास	L
19	उन्नीस	XIX	51	इक्यावन	LI
20	बीस	XX	52	बावन	LII
21	इक्कीस	XXI	53	तिपन	LIII
22	बाइस	XXII	54	चौवन	LIV
23	तेइस	XXIII	55	पचपन	LV
24	चौबीस	XXIV	56	छप्पन	LVI
25	पच्चीस	XXV	57	सत्तावन	LVII
26	छब्बीस	XXVI	58	अट्ठावन	LVIII
27	सत्ताइस	XXVII	59	उनसठ	LIX
28	अट्ठाइस	XXVIII	60	साठ	LX
29	उन्तीस	XXIX	61	एकसठ	LXI
30	तीस	XXX	62	बासठ	LXII
31	इक्तीस	XXXI	63	तिरसठ	LXIII
32	बत्तीस	XXXII	64	चौंसठ	LXIV

65	पैंसठ	LXV	89	नवासी	LXXXIX
66	छाछठ	LXVI	90	नब्बे	XC
67	सड़सठ	LXVII	91	एक्यानबे	XCI
68	अड़सठ	LXVIII	92	बानवे	XCII
69	उनहत्तर	LXIX	93	तिरानवे	XCIII
70	सत्तर	LXX	94	चौरानबे	XCIV
71	इकहत्तर	LXXI	95	पंचानबे	XCV
72	बहत्तर	LXXII	96	छियानवे	XCVI
73	तिहत्तर	LXXIII	97	सत्तानबे	XCVII
74	चौहत्तर	LXXIV	98	अट्ठानवे	XCVIII
75	पचहत्तर	LXXV	99	निन्यानवे	XCIX
76	छिहत्तर	LXXVI	100	सौ	C
77	सतहत्तर	LXXVII	200	दो सौ	CC
78	अठहत्तर	LXXIII	300	तीन सौ	CCC
79	उन्यासी	LXXIX	400	चार सौ	CD or CCCC
80	अस्सी	LXXX	500	पाँच सौ	D or ↃI
81	एक्यासी	LXXXI	600	छः सौ	DC or I ↃC
82	बयासी	LXXXII	700	सात सौ	DCC or IↃCC
83	तिरासी	LXXXIII	800	आठ सौ	DCCC or IↃCCC
84	चौरासी	LXXXIV	900	नौ सौ	CM or DCCCC
85	पचासी	LXXXV			or IↃCCCC
86	छियासी	LXXXVI	1000	एक हजार	M
87	सत्तासी	LXXXVII	2000	दो हजार	MM
88	अट्ठासी	LXXXVIII	5000	पाँच हजार	V^3 or (IↃ Ↄ)

परिशिष्ट–5

लोकोक्तियाँ तथा हिन्दी मुहावरें

1.	अंगूर खट्टे हैं	: The grapes are sour.
2.	अंत भला, सो सब भला।	: All is well that ends well.
3.	अंधा क्या चाहे, दो आँखें।	: A blind person needs but two eyes.
4.	अंधा क्या जाने बसंत की बहार।	: A blind man is no judge of colours.
5.	अंधेर नगरी चौपट राजा, टके सेर भाजी, टके सेर खाजा।	: Knaves alone reign in the kingdom of fools.
6.	अंधे को सब अंधे ही जान पड़ते हैं।	: Everything looks yellow to the jaundiced eye.
7.	अंधेरे में हर औरत सुन्दर होती है।	: (i) In the dark all cats are grey. (ii) In the dark every woman seems sexy.
8.	अंधों में काना राजा।	: (i) A figure among ciphers. (ii) In the kingdom of the blind the one-eyed man is king.
9.	अक्ल घास चरने गई है।	: His senses have taken leave.
10.	अकेला चना भाड़ नहीं फोड़ सकता।	: One swallow does not make a summer.
11.	अक्ल बड़ी या भैंस?	: The pen is mightier than the sword.
12.	अक्लमंद को इशारा, अहमक को फटकारा।	: A nod to the wise and a rod to the foolish.
13.	अक्लमंद को इशारा ही काफी है।	: The wise need just a nod.
14.	अच्छा साथी, रास्ता आसान।	: A good companion makes the journey pleasant.
15.	अच्छी चीज खुद बोलती है।	: Quality speaks for itself.

16. अति किसी भी चीज की बुरी होती है। : An excess of anything is bad.

17. अधजल गगरी छलकत जाए। : An empty vessel makes more noise.

18. अपना-अपना, पराया-पराया। : Blood is thicker than water.

19. अपना पूत सभी को प्यारा। : Every potter praises his own pot

20. अपना-सा मुँह लेकर बैठना। : To cut a sorry figure.

21. अपना हाथ जगन्नाथ। : Self-help is the best help.

22. अपनी गली में कुत्ता शेर। : (i) Every cock fights best on its own dunghill.
(ii) Every dog is a lion in his backyard.

23. अपने काम से काम रखना। : To mind one's own business.

24. अपने दही को कोई खट्टा नहीं कहता। : Every cook commends his own sauce.

25. अपने मुँह मियां मिट्ठू। : Self-praise is no recommendation.

26. अभी दिल्ली दूर है। : The destination is still far off.

27. अभी नहीं, तो कभी नहीं। : Now or never.

28. अल्प विद्या भयंकरी। : A little knowledge is a dangerous thing.

29. अवसर हाथ से न जाने दो। : Don't let opportunity pass by.

30. असलियत छिपती नहीं, सामने आ ही जाती है। : The truth is never hidden.

31. आँख का अंधा नाम नैनसुख। : Blind of sight, called Mr Brigh

32. आग से खेलना खतरे से खाली नहीं। : Don't play with fire.

33. आगे कुआँ, पीछे खाई।	:	Between the devil and the deep sea.
34. आज की कसौटी बीता हुआ कल है।	:	Things present are judged by the things past.
35. आज मेरी, कल तेरी।	:	Better today than tomorrow.
36. आदमी अपनी संगति से पहचाना जाता है।	:	Man is known by the company he keeps.
37. आदमी अपने भाग्य का निर्माण स्वयं करता है।	:	Man is the architect of his own fate.
38. आदमी अपने सलीके से पहचाना जाता है।	:	A man is known by his manners.
39. आप काज महाकाज।	:	Self effort, self gain.
40. आप भला तो जग भला।	:	Good mind, good find.
41. आ बैल मुझे मार।	:	To ask for trouble.
42. आम के आम, गुठलियों के दाम।	:	A dime a dozen.
43. आमने-सामने झूठ नहीं बोला जाता।	:	Face to face the truth comes out.
44. आरंभ अच्छा तो काम हुआ ही समझो।	:	Well begun is half done.
45. आलस्य गरीबी की जड़ है।	:	Indolence is the root cause of poverty.
46. आवश्यकता आविष्कार की जननी है।	:	Necessity is the mother of invention.
47. आसमान पर थूका मुँह पर आता है।	:	Slander rebounds on the slanderer.

48.	आसमान से गिरा, खजूर में अटका।	:	From the frying pan into the fire.
49.	इंतजार का फल मीठा।	:	The rewards of patience are sweet.
50.	इंतजार की घड़ियां लम्बी।	:	A watched kettle never boils.
51.	इंतजाम ऐसा कि परिंदा भी पर न मार सके।	:	A foolproof arrangement.
52.	इलाज से परहेज अच्छा।	:	Prevention is better than cure.
53.	इन्सान कमजोरी का पुतला है।	:	Man is a bundle of faults.
54.	इच्छाओं का अंत नहीं।	:	A beggar's bowl is bottomless.
55.	इश्क अंधा होता है।	:	Love is blind.
56.	इश्क और मुश्क छिपाए नहीं छिपते।	:	Love and smoke cannot be concealed.
57.	इस हाथ दे, उस हाथ ले।	:	Give with one hand and take with the other.
58.	ईद का चाँद होना।	:	Once in a blue moon.
59.	ईमानदारी सबसे अच्छी नीति है।	:	Honesty is the best policy.
60.	ईर्ष्या कभी तृप्त नहीं होती।	:	Jealousy is the canker of the heart.
61.	ईश्वर की माया, कहीं धूप कहीं छाया।	:	Ups and downs are part and parcel of life.
62.	ईश्वर के दरबार में देर है, पर अंधेर नहीं।	:	God's justice may be delayed, but never
63.	ईश्वर की इच्छा बलवान है।	:	God's great power is in the gentle breeze, not in the storm.
64.	उँगली दी तो पहुँचा पकड़ा।	:	Give him an inch and he will take a yard.

65. उतावला, सो बावला। : Haste makes waste.

66. उतने पाँव पसारिए जितनी चादर होय। : Cut your coat according to your cloth.

67. उन्नति के पीछे अवनति। : Every rise has a fall.

68. उचित समय पर ही कार्य कर लेना बेहतर है। : A stitch in time saves nine.

69. उम्मीद पर दुनिया कायम है। : Hope sustains life.

70. उल्टा चोर कोतवाल को डांटे। : The pot calls the kettle black.

71. ऊँची दुकान, फीका पकवान। : Great cry, little wool.

72. ऊँट किस करवट बैठेगा? : See which way the wind blows.

73. ऊँट के मुँह में जीरा। : A drop in the ocean.

74. ऊधो का लेना न माधो का देना। : To mind one's own business.

75. उसकी अक्ल चरने गई। : His wits are gone wool-gathering.

76. एक अनार सौ बीमार। : One woman and a hundred suitors.

77. राम मिलाई जोड़ी, एक अंधा एक कोढ़ी। : Adversity brings in strange bedfellows.

78. एक और एक ग्यारह होते हैं। : Unity is strength.

79. एक तो करेला, दूजे नीम चढ़ा। : (i) A pimple upon an ulcer. (ii) A bad man in bad company.

80. एक तन्दुरुस्ती हजार नेमत। : Health is wealth.

81. एक नजीर, सौ नसीहत। : An ounce of example is better than a ton of precept.

82. एक पंथ दो काज। : To kill two birds with one stone.

83. एक पापी सारी नाव डुबाए। : One bad apple spoils the basket.

84. एक फूल के खिलने से बहार नहीं आती। : One swallow does not make a summer.

85. एक बिल वाला चूहा आसानी से पकड़ा जाता है। : To live under a cat's foot.

86. एक मछली सारे तालाब को गंदा कर देती है। : A black sheep infects the whole flock.

87. एक म्यान में दो तलवारें। : (i) Two swords in one scabbard.
(ii) Two suns in the sky.

88. एक से दो भले। : Two heads are better than one.

89. एक हाथ से ताली नहीं बजती। : (i) It takes two to make a quarrel.
(ii) You can't clap with one hand.

90. एक ही साधन पर निर्भर करने वाला पछताता है। : Never keep all your eggs in one basket.

91. एकै साधे सब सधे, सब साधे सब जाय। : All covet, all lose.

92. एड़ियाँ रगड़-रगड़ कर मरना। : To die a lingering death.

93. ऐरे-गैरे नत्थू खैरे। : Tom, Dick and Harry.

94. ओखली में सिर दिया तो मूसलों का क्या डर। : (i) He who would catch fish must not mind getting wet.
(ii) Those who handle thorns must suffer pain.
(iii) What cannot be cured, must be endured.

95. ओस चाटे प्यास नहीं बुझती। : (i) The dew can never slake one's thirst.
(ii) The chicken have to be

		first slaughtered before the curry can be enjoyed.
96. कंगाली में आटा गीला।	:	Misfortunes never come alone.
97. कथनी और करनी में बड़ा अन्तर है।	:	(i) There is a world of difference between precept and practice. (ii) Example is better than precept. (iii) It is not easy to walk the talk.
98. कब्जा सच्चा, मुकदमा झूठा।	:	Possession is nine points of the law.
99. कभी घी घना, कभी मुट्ठी भर चना, कभी वह भी मना।	:	All times are not alike.
100. कभी नाव गाड़ी पर, कभी गाड़ी नाव पर।	:	(i) Life is full of ups and downs. (ii) Every dog has its day.
101. कम बोलना सभ्यता की निशानी है।	:	A quiet tongue shows a wise head.
102. कमान से निकला तीर और मुँह से निकली बात वापस नहीं आती।	:	(i) Wounds heal but not ill words. (ii) Words and arrows can never be recalled.
103. कमाई में हाथ गंदे करने ही पड़ते हैं।	:	You have to soil your hands to earn a livelihood.
104. कर्म ही पूजा है।	:	Work is worship.
105. बुरे काम का बुरा नतीजा।	:	(i) Evil begets evil. (ii) You reap as you sow.
106. कर भला, हो भला।	:	One good turn deserves another.

107. करनी न खाक की, बात मारे लाख की।	:	All talk, no work.
108. करिये मन की, सुनिये सब की।	:	(i) Dogs bark, but the caravan moves on. (ii) Age considers, youth ventures.
109. करे सो डरे।	:	A guilty conscience needs no excuse.
110. कल किसने देखा है!	:	Who has seen tomorrow!
111. कहीं गधा भी घोड़ा बन सकता है।	:	An ass can never become a horse.
112. कहीं पर निगाहें कहीं पर निशाना।	:	To look one way, and row another.
113. कहीं बूढ़े तोते भी पढ़ते हैं।	:	An old dog learns no new tricks.
114. कहीं की ईंट कहीं का रोड़ा, भानुमती ने कुनबा जोड़ा	:	A marriage of convenience.
115. का वर्षा जब कृषि सुखाने।	:	After death, the doctor.
116. कांटे से कांटा निकलता है।	:	Use a thorn to remove a thorn.
117. काठ की हंडिया बार-बार नहीं चढ़ती।	:	You cannot fool all the people all the time.
118. काठ का उल्लू।	:	Bloody fool!
119. कानी के ब्याह में सौ जोखम।	:	There is many a slip between the cup and the lip.
120. काम नहीं तो दाम कैसा।	:	A horse that will not carry a saddle must have no oats.
121. काम प्यारा है, चाम नहीं।	:	Handsome is as handsome does.
122. काम से ही कारीगर की पहचान होती है।	:	A carpenter is known by his tools.

123. कायर जीवन में कई बार मरते हैं।	: Cowards die a thousand deaths.
124. काल के पेट में हर चीज समा जाती है।	: Time devours all things.
125. काला अक्षर भैंस बराबर।	: This is Greek to me.
126. काली माँ के गोरे बच्चे।	: A black hen also lays white eggs.
127. किसी के भी दिन सदा एक-जैसे नहीं रहते।	: All days are never the same.
128. कुछ खोकर ही सीखते हैं।	: One learns through one's failures.
129. कुछ न होने से तो कुछ होना अच्छा।	: Something is better than nothing.
130. कुछ नहीं से थोड़ा भला।	: Half a loaf is better than none.
131. जहाँ आग वहीं धुँआ।	: No smoke without fire.
132. कुत्ते की दुम बारह बरस गाड़ो, फिर भी टेढ़ी की टेढ़ी।	: A dog's tail is always crooked.
133. कुत्ते के भौंकने से हाथी नहीं डरता।	: Dogs bark but the caravan moves on.
134. कुत्ते को घी नहीं पचता।	: An upstart always grows haughty.
135. कुत्ते की मौत मरना।	: To die a dog's death.
136. कुसंगत से अकेला ही भला।	: No company is better than bad company.
137. कोई काम अधूरा मत करो।	: Never do things by halves.
138. कोई काम तब तक आरंभ मत करो जब तक उसकी पूरी तैयारी नहीं हो।	: Draw not your bow till your arrow is fixed.

139. कोई दूध का धोया नहीं है।	:	Nobody is pure as milk.
140. कोई भी व्यक्ति एक समय में दो काम नहीं कर सकता।	:	Always do one thing at a time.
141. कोई भी सर्वगुणसम्पन्न नहीं।	:	No one is perfect.
142. कौड़ियों के मोल।	:	At a throwaway price.
143. कौआ चला हंस की चाल, अपनी भी भूल गया।	:	Shining in borrowed plumes.
144. कौवों के कोसे ढोर नहीं मरते।	:	Solid worth is not sullied by slander.
145. खग ही जाने खग की भाषा।	:	Few save the poor feel for the poor.
146. खरबूजे को देखकर खरबूजा रंग बदलता है।	:	Association inevitably breeds affinity.
147. खरी मजूरी, चोखा काम।	:	A fair day's work for a fair day's wage.
148. खाने के बिना किसी का भी काम नहीं चलता।	:	Lips, however rosy, must be fed.
149. खाने के दांत और, दिखाने के और।	:	(i) A sheep in wolf's clothing. (ii) An ass in a lion's skin.
150. खामोश नीम रजा।	:	Silence is half-consent.
151. खाली दिमाग शैतान का घर।	:	An empty mind is the devil's workshop.
152. खाली बातों से पेट भरना।	:	Empty words cannot fill one's stomach.
153. खूबसूरती गहनों की मोहताज नहीं।	:	Beauty needs no ornaments.
154. खूबसूरती विरासत में नहीं मिलती।	:	Beauty is not inherited.

155. खोदा पहाड़, निकली चुहिया। : (i) Great boast, little roast.
(ii) Much ado about nothing.

156. गड़े मुर्दे मत उखाड़ो। : (i) Let bygones be bygones.
(ii) Let sleeping dogs lie.

157. गधे से घोड़े का काम नहीं लिया जा सकता। : You can't make a silk piece out of a sow's skin.

158. गया वक्त फिर हाथ नहीं आता। : Time and tide wait for none.

159. गए थे नमाज बख्शवाने, रोजे गले पड़े। : Go for wool and come home shorn.

160. गरज आदमी को सभी तरह का नाच नचाती है। : Need makes a man dance to different tunes.

161. गरीब की जोरू सबकी भाभी। : Adversity makes strange bed-fellows.

162. गरीबी झगड़े की जड़ है। : Poverty breeds strife.

163. गरीबी सौ ऐबों का एक ऐब है। : Poverty is the greatest sin.

164. गलती अच्छे-अच्छों से भी हो जाती है। गलती इन्सान से ही होती है। : No one is born without faults, he is best who is beset by fewest.

165. गया वक्त फिर हाथ नहीं आता। : A lost opportunity never returns.

166. गुनाह का अंजाम मौत है। : The wages of sin is death.

167. गूदड़ में लाल नहीं छिपता। : Myrtle shines among nettles.

168. गेहूँ के साथ घुन भी पिस जाता है। : When bulls fight, it is the grass that gets trampled.

169. गोद में छोरा, शहर में ढिंढोरा। : To miss something right under one's nose.

170. घमंडी का सिर नीचा।	:	Pride has a fall.
171. घर का जोगी जोगड़ा, आन गांव का सिद्ध।	:	No prophet is honoured in his own land.
172. घर का भेदी लंका ढाए।	:	A small leak will sink a great ship.
173. घर की फूट घर को खाय।	:	United we stand, divided we fall.
174. घर की मुर्गी दाल बराबर।	:	Familiarity breeds contempt.
175. घर फूँक तमाशा देखना।	:	To kill the goose that lays the golden eggs.
176. घोड़ा घास से यारी करे तो खाए क्या?	:	The horse that befriends the grass starves.
177. चंदन विष व्यापत नहीं, लिपटे रहत भुजंग।	:	Sludge doesn't corrupt gold.
178. चंद्रमा में भी कलंक (दाग) है।	:	Nothing is perfect. (ii) Even the moon has spots.
179. चढ़ते सूरज को नमस्कार।	:	Salute the rising sun.
180. चलते घोड़े को चाबुक न मारें।	:	Do not whip a willing horse.
181. चाँद को भी ग्रहण लगता है।	:	Every white will have its black, every sweet its sour.
182. चाँद पर थूका मुँह पर आता है।	:	Spit directed at the heavens falls on one's face.
183. चापलूसी का ही जमाना है।	:	It is the age of flattery.
184. चार दिन की चाँदनी, फिर अंधियारी रात।	:	(i) The brightest day is followed by the darkest night. (ii) Every spring is followed by autumn.

185. चाह है तो राह भी। : Where there is a will, there is a way.

186. चिंता चिता समान है। चिंता बुरी बला है। : Curiosity killed the cat.

187. चिकनी-चुपड़ी बातों से पेट नहीं भरता। : Fine words butter no parsnips.

188. चिकने घड़े पर पानी नहीं ठहरता। : Water doesn't stay on a duck's back.

189. चित भी मेरी, पट भी मेरी। : Heads I win, tails you lose.

190. चुल्लू भर पानी में डूबना। : To drown in shame.

191. चुप्पा आदमी गहरा होता है। : Still waters run deep.

192. चोर की दाढ़ी में तिनका। : A guilty conscience needs no

193. चोर के घर मोर। : Catch a weasel asleep.

194. चोर-चोर मौसेरे भाई। : Birds of a feather flock together.

195. चोर चोरी से जाए, हेराफेरी से न जाए। : Wolves may lose their teeth but not their temper.

196. चोरी का माल मोरी में। : Ill got, ill spent.

197. चौबे जी गये छब्बे बनने, दूबे ही रह गये। : Go for wool and come home shorn.

198. छुपे रुस्तम निकले। : You turned out to be a sly man.

199. छोटा मुँह, बड़ी बात। : Small wit, great brag.

200. जब तक साँस तब तक आस। : (i) Man lives on hope. (ii) Hope rests eternal.

201. जब ईश्वर देता है तो छप्पर फाड़ कर देता है। : The gifts of God sometimes choose strange channels.

202. जबान का कड़वा, मन का साफ।	:	Clean at heart but harsh of tongue.
203. जल में रहकर मगर से बैर।	:	Never quarrel with the crocodile when in the river.
204. जवानी की अपनी ही मस्ती होती है।	:	(i) The young will sow their wild oats. (ii) Youth has its own charm.
205. जहाँ काम आवे सुई, कहाँ करे तलवार।	:	Little sticks kindle the fire, but big ones put it out.
206. जहाँ गुड़ होगा, वहाँ मक्खियाँ आएंगी।	:	Wherever there is a flame burning, there are moths ready to die.
207. जहाँ चाह, वहाँ राह।	:	Where there is a will, there is a way.
208. जहाँ फूल, वहाँ काँटा।	:	No rose is without a thorn.
209. जहाँ सुख, वहाँ दुःख	:	Joy and sorrow go hand in hand.
210. जागते को जगाना मुश्किल है।	:	None so deaf as those that won't hear.
211. जादू वह जो सिर चढ़ कर बोले।	:	The proof of the pudding is in the eating.
212. जिंदगी का मजा काम करते रहने में है।	:	(i) Work is worship. (ii) Life is action not contemplation. (iii) Work is the salt of life.
213. जिन्दगी छोटी-छोटी चीजों से बनती है।	:	Life is made up of little things.
214. जितना गुड़ डालोगे, उतना ही	:	The harder you work, the

मीठा होगा। | sweeter the rewards.

215. जितना ज्यादा, उतना मजा। : The more the merrier.

216. जितने मुँह, उतनी बातें। : As many mouths, as much gossip.

217. जिधर रब उधर सब। : Who has God, hath all.

218. जिन खोजा तिन पाइयाँ गहरे पानी पैठ। : (i) The best fish swim near the bottom.
(ii) The feather floats high, and the pearl lies below.

219. जिसकी गोद में बैठे, उसी की दाढ़ी नोचे। : To bite the hand that feeds.

220. जिस बर्तन में खाना, उसी में छेद करना। : To spit into one's own plate.

221. जिसकी जूती, उसी का सिर। : Beat one with his own staff.

222. जिसने की शरम, उसके फूटे करम। : He who hesitates is lost.

223. जिसने चोंच दी, वह चारा भी देगा। : God gives both mouth and meat.

224. जिसका खाइए, उसका गुण गाइए। : Sing for the one who pays.

225. जिसकी लाठी, उसकी भैंस। : Might is right.

226. जिसके पास रुपैया वह सबका भैया। : A full purse never lacks friends.

227. जिसे अपनी जबान पर नियंत्रण है उसे बहुत बतियाना नहीं आता। : It is the wise head that makes the still tongue.

228. जियो और जीने दो। : Live and let live.

229. जीती मक्खी निगली नहीं जाती।	:	One does not eat the spoils of war.
230. जीवन वह, जो दूसरों के काम आए।	:	Live a life of service to others.
231. जीने के लिए खाओ, खाने के लिए न जिओ।	:	Eat to live, not live to eat.
232. जेब खाली, मन उदास।	:	A light purse makes a heavy heart.
233. जेब भारी, तो चेहरे पर हँसी।	:	A heavy purse makes a light heart.
234. जैसा अन्न, वैसा मन।	:	A drunkard is qualified for all vices.
235. जैसा आया, वैसा गया।	:	(i) Easy come, easy go. (ii) Ill got, ill spent.
236. जैसा कर्म, वैसा फल।	:	As you sow, so shall you reap.
237. जैसा गुरु, वैसा चेला।	:	Like master, like servant.
238. जैसा दाम, वैसा काम।	:	(i) Like offerings, like blessings. (ii) Fair work for fair wages.
239. जैसा देवता, वैसी पूजा।	:	As the Gods, so the worshippers.
240. जैसा बाप, वैसा पूत।	:	Like father, like son.
241. जैसे को तैसा।	:	(i) Tit for tat. (ii) Eye for an eye. (iii) To pay back in the same coin.
242. जैसे नागनाथ, वैसे साँपनाथ।	:	Hawk and hog go together.
243. उधार खाए, दुःख बुलाए।	:	He who borrows attracts

244. जो कमाए, सो खाए। : He who would eat the fruit must climb the tree.

245. जो काम करेगा वह गलती भी करेगा। : He who works is bound to make a few mistakes.

246. जो कर नहीं सकता वही उपदेश देता है। : He who talks a lot accomplishes little.

247. जो सोया, सो खोया। : A sleeping fox catches no poultry.

248. जो गरजते हैं, वे बरसते नहीं। : Barking dogs don't bite.

249. जो चमकता है, सोना नहीं इोता। : All that glitters is not gold.

250. जो जागत है, सो पावत है। : The early bird catches the worm.

251. जो देखना नहीं चाहता, वही सबसे बड़ा अंधा है। : None so blind as one who won't see.

252. जो बात मधुर शब्दों से हो जाती है, कड़वे शब्दों से नहीं होती। : A drop of honey catches more flies than a barrel of vinegar.

252. जो बीत गई सो बात गई। : Let bygones be bygones.

253. जो मुर्गी सोने का अंडा दे उसे मारना नहीं चाहिए। : Kill not the goose that lays the golden eggs.

254. जो गलतियों से सबक नहीं लेते, उन्हें दोहराते हैं। :
(i) Those who forget history are condemned to repeat it.
(ii) Those who don't learn from their mistakes repeat them.

255. जो मनुष्य अपने काम की देखभाल नहीं करता, उसको हानि पहुँचती है। : A sleeping fox catches no poultry.

256. जो होना है, होगा ही। : Whatever is destined to happen will happen.

257. झूठ बोलना पाप है। : To tell a lie is a sin.

258. झूठे का बोला हुआ सच भी अविश्वसनीय होता है। : Speak the truth and shame the devil.

259. झूठे दोस्त से सच्चा दुश्मन अच्छा। : Better a known enemy than a false friend.

260. टका सा जवाब। : Flat refusal.

261. टाँय-टाँय फिस्स। : To end up in smoke.

262. डंडा सबका पीर है। : The rod tames every brute.

263. डायन भी सात घर छोड़कर खाती है। : A wise fox will never rob his neighbour's hen.

264. डूबते को तिनके का सहारा। : A drowning man clutches at a straw.

265. तंदुरुस्ती हजार नेमत। : Health is wealth.

266. तन सुखी तो मन सुखी। : Sound mind in a sound body.

267. तर्कबुद्धि आदमी को अनुशासित करती है। : Reason disciplines the man.

268. तरकश में कई तीर होना। : To have many arrows in the scabbard.

269. तलवार के घाव से बात का घाव गहरा होता है। : Evil words cut worse than a sword.

270. तह तक पहुँचना। : To get to the bottom of an issue.

271. ताकत झूठ को भी सच करवा लेती है। : Might is right.

272. तिल का ताड़ बनाना। : To make a mountain out of a molehill.

273. तुम जो काम कर नहीं सकते, उसमें हाथ मत डालो। : Don't try to fly without wings.

274. तुम भगवान और शैतान दोनों को एक साथ खुश नहीं कर सकते। : One can't serve two masters at the same time.

275. तुरंत दान महाकल्याण। : He gives twice who gives in a trice.

276. तेरा माल मेरा मेरा तो है ही मेरा। : Heads I win, tails you lose.

277. तेल देखो, तेल की धार देखो। : (i) See which way the wind blows.
(ii) Let us see how the cat jumps.

278. तैराक ही प्रायः डूबते हैं। : It is a good horse that stumbles.

279. थूक से सत्तू नहीं साना जाता। : You cannot make a horn out of a pig's tail.

280. थोड़ा-थोड़ा करके बहुत हो जाता है। : Many a little makes a mickle.

281. थोथा चना, बाजे घना। : Empty vessels make the most noise.

282. दरबार तक पहुँच हो तो दरबारी के पास क्यों जाएं। : He is a fool that kisses the maid when he may kiss the mistress.

283. दरिद्रता कलह की जड़ है। : Poverty breeds strife.

284. दरिद्रता बूढ़ा बना देती है। : Wrinkled purses make wrinkled faces.

285. दरिया में रहके मगर से बैर। : Never quarrel with the crocodile when in the river.

286. दाई से पेट नहीं छिपाया जा सकता। : Wear one's heart upon one's sleeve.

287. दाँत काटी रोटी। : Intimate friendship.

288. दान की बछिया के दाँत नहीं देखे जाते। : Never look a gift horse in the mouth.

289. दाल-भात में मूसलचंद। : An unwelcome person or an intruder.

290. दाल में कुछ काला है। : (i) Nigger in the woodpile.
(ii) There is something fishy.
(iii) I smell a rat.

291. दिल को दिल से राह।
दिल का दिल साखी है। : Love begets love.

292. दिल्ली दूर है। : The goal is distant.

293. दीपक तले अँधेरा। : Nearer the church, farther from God.

294. दीवार के भी कान होते हैं। : Even walls have ears.

295. दीवाली साल में एक बार आती है। : Christmas comes but once a year.

296. दुर्जन व्यक्ति की मृत्यु देर से होती है। : Sinners die late.

297. दुर्दिन के समान और कोई शिक्षा नहीं। : Sweet are the uses of adversity.

298. दुश्मन को भेद की बात कभी न बताएं। : Never tell an enemy that your foot aches.

299. दुष्ट का स्वभाव कभी नहीं बदलता। : The wolf may lose his teeth, but never his temper.

300. दूध का दूध, पानी का पानी। : To sift the chaff from the grain.

301. दूध का जला छाछ को भी फूँक-फूँक कर पीता है। : (i) A burnt child dreads fire.
(ii) Once bitten twice shy.

302. दूर के ढोल सुहावने। : Distant mountains always look green.

303. दुश्मन के साथ भी न्याय करो। : Give the devil his due.

304. दूसरों के इशारे पर नाचना। : To dance to the tune of others.

305. देखो, ऊँट किस करवट बैठता है। : See which way the wind blows.

306. दो घरों का पाहुना भूखा सोये। : Between two stools one falls to the ground.

307. दो जोरुओं का खसम फूँके चूल्हा। : Between two stools one falls to the ground.

308. दो नावों का सवार डूबता है। : He who pursues two hares catches neither.

309. दो लड़े, तीसरा ले उड़े। : When two cats fight, the third benefits.

310. दोनों एक जैसे हैं। : Both are alike.

311. दो हाथों से ताली बजती है। : It takes two to quarrel.

312. दोनों हाथों में लड्डू हैं। : To butter one's bread on both sides.

313. दो मुल्लाओं में मुर्गी हराम। : Too many cooks spoil the broth.

314. दोस्त की पहचान मुसीबत पड़ने पर होती है। : Prosperity gains friends, adversity tries them.

315. दोस्त वही जो मुसीबत में काम आए। : A friend in need is a friend indeed.

316. दौड़ के चले सो मुँह के बल गिरे। : Hasty climbers have sudden falls.

317. दौलत आज मेरी, कल तेरी। : Riches have wings.

318. दौलत से इज्जत कहीं अच्छी होती है। : A good name is better than a golden girdle.

319. धन मित्र बनाता है, दुख उनकी परख करता है। : Prosperity gains friends, adversity tries them.

319. धागा जहाँ सबसे कमजोर होता है, वहीं से टूटता है। : The rope breaks from the weakest point.

320. धीरज से सब कुछ मिलता है। : Patience is the plaster for all sores.

321. धोबी का कुत्ता, न घर का न घाट का। : (i) A rolling stone gathers no moss.
(ii) Whistling maid and crowing hen are neither fit for Gods nor for men.

322. नंगी नहाएगी क्या, और निचोड़ेगी क्या! : (i) To keep body and soul together.
(ii) To live from hand to mouth.

323. न इधर के रहे, न उधर के। : Neither here nor there.

324. नई बहू नौ दिन की। : (i) Glamour doesn't last long.
(ii) Nine days' wonder.

325. न खाए, न खाने दे। : Dog in the manger.

326. न देने के हजारों बहाने। : An ill payer never needs an excuse.

327. नपी-तुली प्रशंसा। : Qualified praise or remark.

328. नदी में रहे और मगर से बैर। : Never quarrel with the crocodile when in the river.

329. न नौ मन तेल होगा, न राधा नाचेगी। : When the sky will fall, we shall gather larks.

330. न निगला जाय, न उगला जाय।	:	(i) Between two fires. (ii) On the horns of a dilemma.
331. न बाप बड़ा न भैया, सबसे बड़ा रुपैया।	:	Money is paramount in life.
332. नया नवाब, आसमान पर दिमाग।	:	The newly rich easily fly off the handle.
333. नया नौ दिन, पुराना सौ दिन।	:	(i) An old cart outlives a new one. (ii) Old is gold.
334. नया नौकर तीरंदाज। नया मुल्ला प्याज ज्यादा खाता है।	:	A new broom sweeps clean.
335. नये आविष्कार का जन्म अभाव से होता है।	:	Necessity is the mother of invention.
336. नरम उत्तर से गुस्सा भी नरम हो जाता है।	:	(i) Politeness cools temper. (ii) A soft answer turns away wrath.
337. न रहेगा बाँस, न बजेगी बाँसुरी।	:	Take away the fuel, take away the flame.
338. नशे में आदमी सच बोलता है।	:	A drunk man speaks the truth.
339. नहले पे दहला।	:	To go one better.
340. नाच न जाने आंगन टेढ़ा।	:	A bad workman quarrels with his tools.
341. नाम बड़े, दर्शन छोटे।	:	(i) Much cry, little wool. (ii) Much ado about nothing.

342. नाम में क्या रखा है।	:	What's in a name?
343. निर्बल के बल राम।	:	God tempers the wind to the shorn lamb.
344. नीम-हकीम खतरा-ए-जान।	:	A little knowledge is a dangerous thing.
345. नौ नकद न तेरह उधार।	:	Neither a borrower nor a lender be.
346. परमेश्वर की माया, कहीं धूप, कहीं छाया।	:	Life has its ups and downs.
347. पराधीन सपनेहुं सुख नाहीं।	:	It is better to rule in hell than serve in heaven.
348. पसंद अपनी-अपनी, स्वभाव अपना-अपना।	:	Many men, many minds.
349. पहले आत्मा, फिर परमात्मा।	:	First self, then God.
350. पहले पहुँचे, मन भर खाए।	:	The early bird catches the worm.
351. पाँचों उँगलियाँ बराबर नहीं होतीं।	:	All five fingers are not alike.
352. पानी का बुलबुला।	:	Nine days' wonder.
353. पापी से घृणा मत करो, पाप से डरो।	:	Hate the sin and not the sinner.
354. पुरानी मछली, पुराना तेल।	:	Old is gold.
355. पूत के पाँव पालने में ही पहचाने जाते हैं।	:	Coming events cast their shadows long before.
356. पैसा सबको अंधा कर देता है।	:	Lust for money is a blinding passion.
357. प्यार अंधा होता है।	:	Love is blind.
358. प्यार और लड़ाई में सब कुछ उचित है।	:	All is fair in love and war.

359. प्यार को प्यार खींचता है। : Love begets love.

360. प्यासे को ही कुएँ के पास जाना पड़ता है। : The mountain will not come to Mohammed; Mohammed must go to the mountain.

361. प्रभु जब चाहता है तो मिट्टी भी सोना हो जाती है। : When God wills, all winds bring rain.

362. प्रयास से ही काम सधता है। : Only effort leads to success.

363. प्रेम का पुरस्कार प्रेम है। : Love is its own reward.

364. फिजूलखर्ची से फकीरी। : (i) Waste not, want not.
(ii) Burn the candle at both ends.

365. फिक्र में हाथी भी घुल जाता है। : Worry kills the cat.

366. बंदर क्या जाने अदरक का स्वाद! : A blind man is no judge of colours.

367. बगल में छोरा, शहर में ढिंढोरा। : To miss something right under one's nose.

368. बड़ों की बड़ी बात। : High winds blow on high hills.

369. बद अच्छा, बदनाम बुरा। : (i) Give the dog a bad name and hang it.
(ii) A bad name is worse than bad deeds.

370. बदनाम होंगे, तो क्या नाम न होगा! : Notoriety also makes one known.

371. बदमिजाज का कोई न साथी। : The ill tempered have no friends.

372. बंदर के गले में मोतियों की माला। : (i) To cast pearls before a swine.
(ii) Honey is not for the ass's mouth.

373. बलवान का भगवान भी साथी।	:	Fortune favours the brave.
374. बहती गंगा में हाथ धोना। बहते दरिया में हाथ धोना।	:	Make hay while the sun shines.
375. बांझ क्या जाने प्रसूति की पीड़ा!	:	(i) Only the wearer knows where the shoe pinches. (ii) One who dives, knows the depth of the sea.
376. बातों से पेट नहीं भरता।	:	Bare words buy no barley.
377. बाप बड़ा न भइया, सबसे बड़ा रुपैया।	:	Money is paramount in life.
378. बालू से तेल नहीं निकलता।	:	You cannot draw blood from a stone.
379. बिना आग धुआँ नहीं उठता।	:	There is no smoke without fire.
380. बिना खर्च किए कुछ नहीं मिलता।	:	No pain, no gain.
381. बिना दान कैसा प्रतिदान?	:	An empty hand is no lure for a hawk.
382. बिना दूध के दही नहीं बनता।	:	You cannot make curd without milk.
383. बिना परिश्रम के कुछ नहीं मिलता।	:	(i) Patience and perseverance overcome mountains. (ii) Perseverance conquers all difficulties.
384. बिना मथे मक्खन नहीं निकलता।	:	Nothing ventured, nothing gained.
385. बिन मांगे मोती मिले, मांगे मिले न भीख।	:	Those who desire nothing get everything, while those who hanker get nothing.

386. बिना रोये माँ भी बच्चे को दूध नहीं पिलाती।	: A closed mouth catches no flies.
387. बिना विचारे जो करे, सो पाछे पछताए।	: Think before you speak.
388. बिना सेवा मेवा नहीं।	: No pain, no gain.
389. बिना मरे स्वर्ग नहीं मिलता। बिना हाथ-पैर हिलाए रोजी नहीं मिलती।	: Nothing ventured, nothing gained.
390. बिल्ली के सर पे छीका नहीं टूटता।	: Cattle do not die from a crow's curses.
391. बिल्ली के भागों छीका टूटा।	: To secure a windfall.
392. बिल्ली, और दूध की रखवाली!	: Set a wolf to guard the sheep.
393. बुरी आदत बड़ी मुश्किल से छूटती है।	: Old habits die hard.
394. बुरी आदतें जल्दी पड़ जाती है। बुरी आदतें पड़ना आसान है।	: Bad habits are contagious.
395. बुरे का अंत बुरा।	: Evil begets evil.
396. बुरे की भी अच्छाई पहचानो।	: (i) Give the devil his due. (ii) There is a soul of goodness in all things evil.
397. बुरे काम का बुरा नतीजा।	: Evil begets evil.
398. बूँद-बूँद करके घड़ा खाली हो जाता है।	: Drop by drop the lake is drained.
399. बूँद-बूँद से घड़ा भरता है।	: Many drops make the ocean.
400. बूढ़ा होने से स्वभाव तो नहीं बदलता।	: The wolf may lose his teeth but never his temper.

401. बोए कोई, काटे कोई। : One sows the seed, another reaps the corn.

402. बोए पेड़ बबूल का, आम कहां से खाय! : (i) To sow thistles and expect figs.
(ii) As you sow, so shall you reap.

403. बोलने से मौन भला। : (i) Silence is the best policy.
(ii) Silence is golden, speech is silvern.

404. भगवान के यहाँ देर है पर अंधेर नहीं। : The mills of God grind slowly, but surely.

405. भगवे कपड़े पहनने से कोई साधु नहीं बन जाता। : (i) It is not the cowl that makes a monk.
(ii) Borrowed garments never fit well.

406. भले आदमी जल्दी ही अल्लाह को प्यारे हो जाते हैं। : Whom the Gods love, die young.

407. भागने से पहले चलना सीखो। : Learn to walk before you run.

408. भाग्य के लिखे को कौन टाल सकता है। : What is lotted cannot be blotted.

409. भूल-चूक लेनी-देनी। : Errors and omissions accepted.

410. भैंस के आगे बीन बजाए, भैंस खड़ी पगुराय। : (i) Honey is not for the ass's mouth.
(ii) Casting pearls before swines.

411. भौंकते कुत्ते को रोटी का टुकड़ा। : To give one a bone to pick.

412. मंजिल एक, राह अनेक। : All roads lead to Rome.

413. मखमल में टाट का बखिया। : Even the lion has to defend himself against flies.

414. मरता क्या न करता। : The drowning man clutches at straws.

415. मनुष्य अपने काम से जाना जाता है। : A man is known by his deeds.

416. महँगा रोये एक बार, सस्ता रोये बार-बार। : The cheap buyer takes the bad meat.

417. मान न मान, मैं तेरा मेहमान। : Welcome or not, I am your guest.

418. मित्र वही जो समय पर काम आए। : A friend in need is a friend indeed.

419. मुँह में राम, बगल में छुरी। : (i) A fair face may be a foul bargain.
(ii) A fair face may have a foul heart.

420. मुँह से निकली बात वापस नहीं आ सकती। : Words once spoken cannot be recalled.

421. मुफलिसी में आटा गीला। मुसीबतें कभी अकेली नहीं आतीं। : Misfortunes never come alone.

422. मुफलिसी में दोस्त भी साथ छोड़ देते हैं। : When misfortune strikes even friends leave your side.

423. मुँह तोड़ जवाब। : A fitting response.

424. मृत्यु का कोई समय नहीं। : Death keeps no calendar.

425. मौका बार-बार हाथ नहीं आता। : Opportunity does not knock twice.

426. मौन का अर्थ है आपकी 'हाँ'। : Silence means half consent.

427. यथा नाम तथा गुण। यथा राजा तथा प्रजा। : Like ruler like subjects.

428. यह मुँह और मूसर की दाल।	:	First deserve then desire.
429. यहाँ उल्टी गंगा बहती है।	:	(i) Here everything is topsy-turvy. (ii) Putting the cart before the horse.
430. राई का पहाड़।	:	To make a mountain out of a molehill.
431. राजा किसी को सामंत बना सकता है किंतु शरीफ नहीं।	:	The king can make a knight, but not a gentleman.
432. राजा के घर मोतियों का क्या टोटा (अकाल) !	:	A great ship needs deep waters.
433. राजा गलती नहीं करता।	:	The boss is always right.
434. राम नाम जपना, पराया माल अपना।	:	(i) A devil in the garb of a saint. (ii) Cross on the chest and devil in the heart.
435. राम मिलाई जोड़ी, एक अन्धा एक कोढ़ी।	:	A deaf husband and a blind wife always make a happy couple.
436. राष्ट्र का भविष्य माँ के हाथ में होता है।	:	The hand that rocks the cradle rules the world.
437. रोज कुआँ खोदना, रोज पानी पीना।	:	Living from hand to mouth.
438. राम की माया, कहीं धूप कहीं छाया।	:	Life is full of shade and sunlight.
439. लकीर के फकीर होना।	:	To tow the dotted line.
440. लक्ष्मी चंचल है।	:	Riches have wings.
441. जिसकी लाठी, उसकी भैंस।	:	Might is right.
442. लातों के भूत बातों से नहीं मानते।	:	Some only understand the language of force.

443. लेन-देन में लाज कैसी! : Fair exchange is no robbery.

444. लेना एक न देना दो। : To burn daylight.

445. लोहा लोहे को काटता है। : Diamond cuts diamond.

446. लौट के बुद्धू घर को आए। : A bad penny always returns to the owner.

447. लोहे के चने चबाना। : A hard nut to crack.

448. वक्त बड़े-से-बड़े घाव को भर देता है। : Time is the best healer.

449. वही होता है जो मंजूर-ए-खुदा होता है। : God's will reigns supreme.

450. वही ढाक के तीन पात। : King's breakfast, queen's lunch, a beggar's dinner.

451. विनाश काले विपरीत बुद्धि। : Those whom God wants to destroy, He first makes mad.

452. विष की दवा विष है। : Diamond cuts diamond.

453. वैसा ही व्यवहार करो जैसा तुम अपने लिए चाहते हो। : Do unto others as you would have others do unto you.

454. व्यापार में शर्म कैसी! : Fair exchange is no robbery.

455. शर्म घोल कर पीना। : To loose all sense of shame.

456. शिष्टाचार का ध्यान रखो। : Mind your P's and Q's.

457. शेर चूहे का शिकार नहीं करता। : The eagle does not hunt flies.

458. शैतान को याद करो, शैतान हाजिर। : Think of the devil and there he appears.

459. संगठन में बड़ी ताकत है। : Unity is strength.

460. सच का बोलबाला और झूठे का मुँह काला। : Tell the truth and shame the devil.

461. सच्चाई कड़वी होती है। : Truth is always bitter.

462. सदा न फूले केतकी, सदा न सावन होय। : Death and decay spare none.

463. सबका खून लाल होता है। : The colour of blood is always red.

464. सबको एक आँख से देखो। : You must measure all by the same criteria.

465. सबसे भली चुप। : Silence is the biggest virtue.

466. सब्र का फल मीठा। : Slow and steady wins the race.

467. सभी अपने फायदे की बात सोचते हैं। : Everyone sees their own interests.

468. सभी से दोस्ती करने वाला किसी का दोस्त नहीं। : (i) One who tries to please everybody, pleases none. (ii) Everybody's friend is nobody's friend.

469. समझदार को इशारा काफी है। : The wise can read between the lines.

470. समय किसी की प्रतीक्षा नहीं करता। : Time and tide wait for none.

471. समय को दोष देना अपने को ही दोष देना है। : There never was a good war or a bad peace.

472. सरसों हथेली पर नहीं जमती। : Rome was not built in a day.

473. सवेरे का भूला साँझ को घर आए तो भूला नहीं कहलाता। : It is never too late to mend one's ways.

474. सस्ता रोए बार-बार महँगा रोए एक बार। : The cheap buyer takes the bad meat.

475. साँच को आँच नहीं। : Truth fears no examination.

476. सारी से आधी भली।	: Half a loaf is better than no bread.
477. सावन के अंधे को हरा ही हरा दिखाई देता है।	: Everything looks pale to the jaundiced eye.
478. सिर मुंड़ाते ही ओले पड़े।	: Misfortune in the very first adventure.
479. सिर पर कफन बाँधे फिरते हैं।	: To always be prepared for the worst.
480. सिर्फ मौजमस्ती का नाम जिंदगी नहीं है।	: Life is not a bed of roses.
481. सीखने की भी एक उम्र होती है।	: You cannot teach your grandmother to suck eggs.
482. सीधी उंगली से घी नहीं निकलता।	: Softness evokes no compliance.
483. सीधे का मुँह कुत्ता चाटे।	: All lay loads on a willing horse.
484. सुअवसर एक ही बार हाथ आता है।	: Opportunity never knocks twice.
485. सूम का धन शैतान खाय।	: Ill got, ill spent.
486. सूरज पूरब में ही उगेगा।	: Water seeks its own level.
487. सेब का पेड़ जितना पुराना, उतने ही अधिक फल देता है।	: Old is gold.
488. सेवा बिना मेवा नहीं। सेवा करे सो मेवा पावे।	: No pain, no gain.
489. सोने से पहले एक सेब खाए, डॉक्टर के पास कभी न जाए।	: An apple a day keeps the doctor away.
490. सौ सयानों का एक मत।	: Great men think alike.
491. सौ सुनार की, एक लुहार की।	: The stroke of a hammer equals hundred strokes of a chisel.

492. स्वर्ग की गुलामी से नरक का राज भला। : Better to reign in hell than to serve in heaven.

493. स्वार्थ आदमी को अंधा बना देता है। : Selfishness turns a man blind.

494. सबसे बड़ा सुख, निरोग काया। : Health is wealth.

495. हंस कभी कीचड़ नहीं खाता। : True blue will never stain.

496. हड़बड़ का काम शैतान का। : Haste makes waste.

497. हताशा गीदड़ को भी शेर बना देती है। : Silent dogs and still waters are dangerous.

498. हर आदमी को अपनी ही चीज अच्छी लगती है। : The owl thinks her own young fairest.

499. हर आदमी खरीदा जा सकता है। : Every man has a price.

500. हर आदमी में बुराइयाँ होती हैं। : No garden is without weeds.

परिशिष्ट–6

भिन्नार्थक शब्द

हिन्दी में अनेक ऐसे शब्द हैं, जिनमें अर्थ की दृष्टि से भिन्नता होती है, किन्तु लोग भ्रमवश उनका प्रयोग प्रायः समान अर्थ में कर देते हैं। ऐसे शब्दों का अर्थगत सूक्ष्म अन्तर जानना जरूरी है, ताकि उनके प्रयोग में गलती न हो। इसी दृष्टि से यहाँ आमतौर पर प्रयोग किये जाने वाले शब्दों की सूची प्रस्तुत है :

अबला : अबला स्त्री मात्र को कहते हैं।
निर्बला : बलहीन नारी।

अभिमान : सच्चा वर्ग।
अहंकार : झूठा घमंड।

दर्प : नियम के विरुद्ध काम करने पर भी घमंड।
घमंड : सभी परिस्थितियों में अपने को बड़ा और दूसरे को हीन समझना।

अवस्था : उम्र, जीवन के कुछ बीते समय।
आयु : जीवन की पूरी गणना।

अलौकिक : अद्भुत, उत्तम गुणवाला।
अस्वाभाविक : प्रकृति के विरुद्ध।

ईर्ष्या : दूसरे की उन्नति से जलना।
द्वेष : वैर-भाव।

उद्योग : उद्यम, परिश्रम।
उपाय : समस्या सुलझाने का तरीका या तरकीब।

कृपा : किसी के कष्ट दूर करने की साधारण चेष्टा या किसी की सहायता।
दया : दीन-दुःखी पर पिघलना अथवा दुःखियों के दुःख दूर करने की स्वाभाविक इच्छा।

खेद : मन का खिन्न होना।
शोक : मृत्यु आदि पर अफ़सोस।

कष्ट : साधारण तक़लीफ।
दुःख : तन-मन या आत्मा का दुःखी होना।

निर्णय : फैसला।
न्याय : इनसाफ।

पाप : धर्म के विरुद्ध कार्य।
अपराध : कानून के विरुद्ध कार्य करना।

देखना : साधारण अर्थ में देखना।
दर्शन देना : सम्मान के अर्थ में।

श्रद्धा : महात्माओं, धर्मों के प्रति।
भक्ति : ईश्वर के प्रति।

भिन्न : अलग।
विपरीत : उलटा।

भ्रम : जो नहीं है उसे समझ बैठना, जैसे– रस्सी को साँप समझना।
संदेह : दुविधा, जैसे– साँप है या रस्सी।

धर्म	: सत्य आदि मानवता के आदर्श।
मत	: मजहब।
मूर्ख	: मुढ़ बुद्धिहीन।
अनभिज्ञ	: जिसे पता न हो।
अज्ञात	: जिसका पता न हो।
अपरिचित	: नावाकिफ।
स्त्री	: सम्पूर्ण नारी जाति।
पत्नी	: किसी की विवाहिता।
लज्जा	: शर्म।
ग्लानि	: किसी पाप या अपराध का अफसोस।
शंका	: शक।
आशंका	: खतरा।
भय	: साधारण डर।
त्रास	: भयंकर भय।
बहुमूल्य	: बहुत कीमती।
अमूल्य	: जिसका मूल्य न आँका जा सके।
यत्न	: कोशिश।
चेष्टा	: हरकत।
वेदना	: शारीरिक कष्ट।
व्यथा	: मानसिक कष्ट
कलंक	: भारी दोष लगना।
अपयश	: अपकीर्ति।
प्रलाप	: बकना, बकवाद।
विलाप	: किसी के मरने पर रोना।
परिचर्या	: रोगी की सेवा।
सेवा	: किसी की भी सेवा।

अनुग्रह	: कृपा करना।
अनुकंपा	: बहुत कृपा।
अनुरोध	: बराबर वालों से अनुरोध किया जाता है।
प्रार्थना	: ईश्वर या अपने से बड़ों से प्रार्थना की जाती है।
अस्त्र	: वह हथियार जो फेंककर चलाया जाता है।
शस्त्र	: वह हथियार जो हाथ में लेकर चलाया जाता है।
अधिक	: आवश्यकता से ज्यादा।
काफी	: पर्याप्त।
अनुराग	: किसी विषय-वस्तु पर शुद्ध भाव से मन का केन्द्रित होना।
आसक्ति	: मोहजनित प्रेम।
अंतःकरण	: विशुद्ध मन की केन्द्रीय शक्ति।
आत्मा	: अनश्वर, जीवों की चेतना।
अध्यक्ष	: किसी गोष्ठी, समिति या संस्था के स्थायी प्रधान।
सभापति	: अस्थायी प्रधान।
अर्चना	: धूप, दीप, फूल इत्यादि से पूजा करना।
पूजा	: बिना किसी सामग्री के भी भक्तिपूर्ण विनय अथवा प्रार्थना।
अभिनंदन	: किसी श्रेष्ठ का मान या स्वागत।
स्वागत	: अपनी सभ्यता-संस्कृति से सम्बन्धित किसी को सम्मान देना।

आदि	: साधारणतः एक या दो उदाहरण के बाद।
इत्यादि	: दो से अधिक या पूरे उदाहरण के बाद।
आज्ञा	: पूज्य व्यक्ति द्वारा दिया गया कार्य-निर्देश।
आदेश	: किसी अधिकारी द्वारा दिया गया कार्य-निर्देश।
आदरणीय	: अपने से बड़ों या महान् व्यक्तियों के प्रति सम्मान सूचक शब्द।
ूजनीय	: पिता, गुरु या महान् पुरुषों के प्रति सम्मान सूचक शब्द।
इच्छा	: साधारण चाह।
अभिलाषा	: किसी विशेष वस्तु की हार्दिक इच्छा।
उत्साह	: काम करने की बढ़ती हुई इच्छा।
ाहस	: भय पर विजय प्राप्त करना।
कंगाल	: जिसे पेट पालने के लिए भीख माँगनी पड़े।
ीन	: निर्धनता के कारण जो दया का पात्र हो।
न्थ	: इससे पुस्तक के आकार की गुरुता और विषय के गांभीर्य का बोध होता है।
ुस्तक	: साधारणतः सभी प्रकार की किताबें।
क्ष	: जो हाथ से किये जाने वाले काम को अच्छी तरह और जल्दी करें।
नपुण	: जिसने अपने कार्य विषय का पूरा-पूरा ज्ञान प्राप्त कर लिया हो।
कुशल	: जो हर काम में मानसिक तथा शारीरिक शक्तियों का अच्छा प्रयोग करना जानता है।
कर्मठ	: जिस काम पर लगाया जाये उस पर लगा रहने वाला।
निबंध	: ऐसी गद्य रचना जिसमें विषय गौण और लेखक का व्यक्तित्त्व एवं शैली प्रधान हो।
लेख	: ऐसी गद्य रचना जिसमें वस्तु या विषय की ही प्रधानता हो।
निधन	: महान् और लोकप्रिय व्यक्ति की मृत्यु।
मृत्यु	: सामान्य शारीरांत की मृत्यु।
निकट	: सामीप्य का बोध।
पास	: अधिकार के सामीप्य का बोध।
प्रणाम	: बड़ों को प्रणाम किया जाता है।
नमस्कार	: बराबर वालों को।
नमस्ते	: बराबर वालों को।
पारितोषिक	: किसी प्रतियोगिता में विजयी होने पर।
पुरस्कार	: किसी व्यक्ति के अच्छे काम या सेवा पर।
पुत्र	: अपना बेटा।
बालक	: कोई भी लड़का।
बड़ा	: आकार का बोधक।
बहुत	: परिणाम का बोधक।
बुद्धि	: प्रज्ञा कर्तव्य का निश्चय करती है।
ज्ञान	: इन्द्रियों द्वारा प्राप्त अनुभव।

मित्र	: वह पराया व्यक्ति जिसके साथ आत्मीयता हो जाती है।
बन्धु	: आत्मीय मित्र, सम्बन्धी।
मन	: जहाँ संकल्प-विकल्प हो।
चित्त	: जहाँ बातों का स्मरण-विस्मरण हो।
महाशय	: सामान्य लोगों के लिए महाशय का प्रयोग होता है।
महोदय	: अपने से बड़ों या अधिकारियों को महोदय कहा जाता हे।
यन्त्रणा	: असहाय दुःख का अनुभव।
यातना	: आघात से उत्पन्न कष्ट की अनुभूति, विशेषकर शारीरिक क्षेत्र में या रूप में।
विषाद	: अतिशय दुःखी होने के कारण किंकर्तव्यविमूढ़ होना।
व्यथा	: किसी आघात के कारण मानसिक कष्ट या पीड़ा।
सेवा	: गुरुजनों की टहल।
शुश्रुषा	: दीन-दुःखियों या रोगियों की सेवा।
साधारण	: जो वस्तु या व्यक्ति एक ही आधार पर आश्रित हो।
सामान्य	: जो बात दो अथवा कई वस्तुओं तथा व्यक्तियों आदि में समान रूप से पायी जाती है।
सहानुभूति	: दूसरे के दुःख को निज दुःख मानना।
स्नेह	: छोटों के प्रति प्रेम-भाव रखना।
सम्राट	: राजाओं का राजा।
राजा	: साधारण राजा।
अनुरूप	: रूप के अनुसार।
अनुकूल	: अपने पक्ष के मुताबिक।
अनुभव	: अभ्यासादि द्वारा प्राप्त ज्ञान।
अनुभूति	: चिंतन मननादि द्वारा प्राप्त आंतरिक ज्ञान।
अनबन	: दो व्यक्तियों का आपस मे नहीं बनना।
खटपट	: दो पात्रों या व्यक्तियों मे साधारण झगड़ा।
अर्पण	: अपने से बड़े को जो भेंट दी जाती है।
प्रदान	: बड़ों की ओर से छोटों को दिया जाना।
अन्वेषण	: अज्ञात पदार्थ, स्थानादि क पता लगाना।
अनुसंधान	: छानबीन, जाँच-पड़ताल करना।
गवेषणा	: किसी गूढ़ विषय की मूल स्थिति जानने के लिए गम्भीर अध्ययन-मननादि।
अशुद्धि	: लाई गयी भूल।
भूल	: कार्य-व्यवहारादि में किसी चीज का छूट जाना, र जाना।
आधि	: मानसिक कष्ट।
व्याधि	: शारीरिक कष्ट।
आह्लाद	: वह प्रसन्नता जो क्षणिक, प तीव्र भावों से समन्वित हो
उल्लास	: किसी अभिलषित पदा

की प्राप्ति की आशा में जो आनंद आता है।

आगामी : आगे आने वाला समय।
भावी : भविष्य का बोध हो जाना।
आराधना : किसी देवता या गुरुजन के समक्ष दया की याचना।
उपासना : अपने इष्टदेव से किसी उद्‌देश्य की पूर्ति के लिए एकनिष्ठ साधना करना।
उपकरण : वह सामग्री जो किसी कार्य की सिद्धि के लिए जुटाई जाती है।
उपादान : किसी पदार्थ के निर्माण की सामग्री।
उदाहरण : किसी पदार्थ को सिद्ध करने के लिए दिया गया प्रमाण आदि।
दृष्टांत : किसी बात की परिपुष्टि के लिए दिया गया तथ्य।
अभिनेत्री : रंगमंच पर नारी की भूमिका अदा करने वाली अभिनेत्री कहलाती है।
नायिका : नाटक या उपन्यासादि की मुख्य नारी पात्र।
त्रुटि : कमी का भाव प्रकट होना।
दोष : उचित-अनुचित का भाव।
निवेदन : अधिकारी व्यक्ति के समक्ष नम्रता का भाव बरतना।
आवेदन : दरख्वास्त।
क्रांति : जनसाधारण द्वारा शासन को उलटने के लिए संघर्ष।
विद्रोह : शासन के विरुद्ध कार्य।
आज्ञा : किसी गुरुजन की आज्ञा।
अनुज्ञा : अनुमति स्वीकृति।
आमंत्रण : किसी समारोह में सम्मिलित होने के लिए बुलावा।
निमंत्रण : कहीं भोजन करने के लिए बुलाहट।
ऋषि : सत्य का साक्षात्कार, आविष्कार करने वाला।
मुनि : सत्य का मनन करने वाला।
संत : पवित्र, निष्काम तथा निर्विरोध जीवन बिताने वाला।
बालक : अल्पवयस्क मानव, शिशु से अधिक उम्र वाला।
लड़का : बालक और बेटा दोनों अर्थों में प्रसंगानुसार प्रयुक्त।
बचपन : बच्चे की अवस्था।
बचपना : बच्चों का स्वभाव, बच्चे जैसी चेष्टा।
धन्यवाद : किसी की सहायता पाकर उसके प्रति कृतज्ञता का भाव प्रकट करना।
बधाई : किसी की उपलब्धि से अपनी प्रसन्नता प्रकट करते हुए उसकी उन्नति की शुभकामना।
सहयोग : किसी काम को मिल-जुलकर करना।
सहायता : किसी काम में मदद, हाथ बँटाना।

परिशिष्ट–7
समोच्चरित शब्द

कुद शब्द उच्चारण और वर्तनी की दृष्टि से प्रायः समान प्रतीत होते हैं, किन्तु उनके अर्थ पर्याप्त भिन्न होते हैं। उदाहरण के लिए 'शाखा' और 'साख' शब्दों को लिया जा सकता है। 'शाख' शब्द का अर्थ है वृक्ष की डाली, जबकि 'साख' शब्द का अर्थ है प्रतिष्ठा। ऐसे शब्दों का अर्थगत सूक्ष्म अंतर जानना जरूरी है, ताकि उनके प्रयोग में गलती न हो। इसी दृष्टि से यहाँ आमतौर पर प्रयोग किये जाने वाले शब्दयुग्मों की सूची प्रस्तुत हैः

अंब : आम
अंभ : जल
अंश : हिस्सा
अंस : कंधा
अधम : नीच
अधर्म : पाप
अनल : आग
अनिल : हवा
अणु : कण
अनु : पीछे
अनुदित : नहीं उगा
अनूदित : अनुवादित
अनुप्राश : भोजन
अनुप्रास : एक शब्दालंकार
अन्न : अनाज
अन्य : दूसरा
अपत्य : संतान
अपथ्य : अहितकर
अपेक्षा : इच्छा, आवश्यकता
उपेक्षा : निरादर
अभय : निर्भय
उभय : दोनों
अभिज्ञ : जानने वाला

अनभिज्ञ : अनजान
अभिराम : सुन्दर
अविराम : लगातार
अयश : अपकीर्ति
अयस : लोहा
अरि : शत्रु
अरी : सम्बोधन स्त्री के लिए
अर्घ्य : पूजनीय, पूजा में देने योग्य वस्तु
अर्ध : आधा
अलि : भौंरा
अली : सखी
अवधि : काल
अवधी : अवध की भाषा
अवश : विवश
अवश्य : निश्चय
अशक्त : असमर्थ, शक्तिहीन
असक्त : विरक्त
आदि : आरम्भ
आदी : अभ्यस्त, अदरक
आभास : अनुमान
आवास : वास स्थान

आस्तिक	: ईश्वरवादी		कुच	:	स्तन
आस्ती	: एक ऋषि		कूच	:	प्रस्थान
आहुत	: यज्ञ		कुल	:	वंश
आहूत	: आमन्त्रित		कूल	:	किनारा
इतर	: अन्य		कृति	:	रचना
इत्र	: सुगन्धित पदार्थ		कृती	:	यशस्वी
ईशा	: ऐश्वर्य, दुर्गा		केशर	:	कुंकुम
ईषा	: हल की लम्बी लकड़ी		केसर	:	सिंह के गर्दन के बाल
उपपति	: पति भिन्न प्रेमी				
उपपत्ति	: सिद्धि		कोर	:	किनारा
उपयुक्त	: उचित		कौर	:	ग्रास
उपर्युक्त	: ऊपर कहा हुआ		कोश	:	शब्दकोश
उद्धत	: उद्‌दंड		कोष	:	खजाना
उद्यत	: तैयार		क्षत्र	:	क्षत्रिय
एतवार	: रविवार		छत्र	:	छाता
उतबार	: विश्वास		खोआ	:	दूध का बना ठोस पदार्थ
कंकाल	: ठटरी				
कंगाल	: गरीब		खोया	:	भूल गया, खो गया
कंटीली	: काँटेदार		गज	:	हाथी
कटीली	: तीक्ष्ण		गज	:	मापक
कपशि	: मटमैला		गुड़	:	शक्कर
कपीश	: हनुमान, सुग्रीव		गूढ़	:	गम्भीर
करकट	: कूड़ा		गृह	:	घर
कर्कट	: केकड़ा		ग्रह	:	सूर्य, चन्द्र आदि
कर्म	: कार्य		चक्रवात	:	बवंडर
क्रम	: सिलसिला		चक्रवाल	:	चकवा पक्षी
कलि	: कलियुग		चषक	:	शराब पीने का प्याला
कली	: अधखिला फूल		चसक	:	चस्का, लत
काश	: शायद, खास		चिर	:	देर/पुराना
कास	: खासी		चीर	:	कपड़ा
कीला	: गाड़ा या बँधा		जगत	:	कुएँ का चौतरा
किला	: गढ़		जगत्	:	संसार

जब	:	जिस समय
जव	:	वेग/जौ
जबान	:	जीभ
जवान	:	युवा/सैनिक
जाया	:	व्यर्थ
जाया	:	पत्नी
जिन	:	सूर्य/महावीर
जिन्न	:	प्रेतात्मा
जोश	:	आवेश
जोष	:	सुख, आराम
तक्र	:	मट्ठा
तर्क	:	बहस
तड़ाक	:	जल्दी
तड़ाग	:	तालाब
तप्त	:	गरम
तृप्त	:	संतुष्ट
तरंग	:	लहर
तुरंग	:	घोड़ा
तरणि	:	सूर्य
तरणी	:	नाव
तरुणी	:	युवती
तब	:	उसके बाद
तव	:	तुम्हारा
थाती	:	धरोहर
थाति	:	स्थिरता
दाई	:	धात्री, दासी
दायी	:	देने वाला
दारा	:	स्त्री
द्वारा	:	माध्यम, मारफत
दूत	:	संवादवाहक
द्यूत	:	जुआ
देव	:	देवता
दैव	:	भाग्य
दौड़	:	दौड़ने की कला
दौर	:	चक्कर
द्रव	:	तरल
द्रव्य	:	पदार्थ, धन
द्विप	:	हाथी
द्वीप	:	टापू
परिक्षा	:	कीचड़
परीक्षा	:	इम्तिहान
पुरी	:	नगरी
पूड़ी/पूरी	:	एक व्यंजन
पूरी	:	सारी
प्रहर	:	पहर (समय)
प्रहार	:	चोट (आघात)
फन	:	साँप का फण
फन	:	कला, सुन्दर
बदन	:	शरीर
वदन	:	मुख
बन	:	बनना/मजदूरी
वन	:	जंगल
बलि	:	बलिदान
बली	:	वीर
बहन	:	बहिन
वहन	:	ढोना
बाईं	:	बायाँ का स्त्री रूप
बाई	:	वेश्या
बात	:	वचन
वात	:	हवा
बाण	:	तीर
बान	:	लत, आदत
बार	:	दफा
वार	:	चोट
बाला	:	लड़की
वाला	:	एक प्रत्यय

बाह्य	:	बाहरी
वाह्य	:	वहन करने योग्य
भारती	:	सरस्वती
भारतीय	:	भारत के निवासी
मद	:	अहंकार/नशा
मद्य	:	शराब
मरिचि	:	किरण
मरीचि	:	सूर्य/चन्द्र
मल	:	पखाना
मैल	:	गन्दगी
वरण	:	चुनाव/ब्याह करना
वरन्	:	बल्कि
वर्ण	:	रंग
व्रण	:	घाव
वसन	:	कपड़ा
व्यसन	:	लत
संग	:	साथ
संघ	:	समूह/दल
संभावना	:	संदेह, आशा
समभावना	:	तुल्यता की भावना
सन	:	पटुआ/सनुई
सन्	:	साल
सन्मति	:	अच्छी मति
सम्मति	:	परामर्श
सर्ग	:	अध्याय
स्वर्ग	:	देवलोक
साँस	:	प्राणवायु
सास	:	पति/पत्नी की माँ
सुधि	:	स्मरण
सुधी	:	विद्वान
सुत	:	बेटा
सूत	:	सारथि/धागा

सुर	:	देवता/लय
सूर	:	अंधा/सूर्य
सूचि	:	शूची, सूई
सूची	:	विषयक्रम
सेब	:	एक फल
सेव	:	बेसन का पकवान
श्याम	:	श्रीकृष्ण/काला
स्याम	:	एशिया का एक देश
हरि	:	विष्णु
हरी	:	एक वर्णवृत्त
ओटना	:	कपास से बिनौले निकालना/रुई धुनना।
औटना	:	दूध को बार-बार उबालने की क्रिया।
ओर	:	एक तरफ/किनारा
और	:	एक से अधिक वस्तु
खोलना	:	किसी बन्द वस्तु को खोलना।
खौलना	:	किसी तरल पदार्थ का उबलना।
पाश	:	बंधन
पास	:	नजदीक/करीब
मेला	:	अवसर विशेष पर एकत्र होने वाला जनसमुदाय।
मैला	:	मल/गन्दगी
मोर	:	हमारा राष्ट्रीय पक्षी।
मौर	:	विवाह के वक्त सिर पर पहना जाने वाला एक विशेष प्रकार का अलंकरण।
लोटना	:	धूल में लेटना
लौटना	:	वापस आना

संकर : मिश्रित/दोगला

शंकर : महादेव

सकल : सब/पूरा/सम्पूर्ण

शक्ल : सूरत/चेहरा/रूपसर

सर : तालाब/सिर

शर : वाण/तीर

सादी : सादा/साधारण

शादी : विवाह/परिणय सूत्र

साला : पत्नी का भाई

शाला : घर, मकान

शोक : दुःखी होना/किसी प्रिय की मृत्यु पर होने वाला दुःख।

शौक : रुचि/अभिरुचि

सेर : तौल का एक पुराना मापक (वाट)

सैर : घूमना/टहलना

परिशिष्ट–8

सहचर शब्द

हिन्दी में कुछ शब्द प्रायः विरोधाभासी होने के बावजूद साथ-साथ प्रयोग किये जाते हैं। यहाँ ऐसे ही कुछ शब्दों का संग्रह प्रस्तु है :

अंधा	–	काना	जूता	–	चप्पल
अच्छा	–	भला	झगड़ा	–	टंटा
अता	–	पता	टेढ़ा	–	मेढ़ा
आकुल	–	व्याकुल	ढोल	–	मजीरा
आटा	–	दाल	थाली	–	लोटा
आदर	–	सत्कार	दंगा	–	फसाद
आन	–	बान	दवा	–	दारू
आब	–	भगत	नदी	–	नाला
ईंट	–	पत्थर	पूछ	–	ताछ
ऊबड़	–	खाबड़	पैसा	–	कौड़ी
ऐसा	–	वैसा	बाग	–	बगीचा
कभी	–	कभार	बाप	–	दादा
कलम	–	दवात	बाल	–	गोपाल
कागज	–	कलम	भला	–	चंगा
खट्टा	–	मीठा	मकान	–	दुकान
खाना	–	पीना	मार	–	पीट
गोर	–	चिट्ठा	यत्र	–	तत्र
घास	–	पात	यदा	–	कदा
चकला	–	बेलन	यहाँ	–	वहाँ
चाल	–	ढाल	रख	–	रखाव
चोर	–	उचक्का	रुपया	–	पैसा
छेड़	–	छाड़	रोक	–	टोक
छैल	–	छबीला	रोग	–	शोक

रोना	–	गाना	सर्दी	–	जुकाम
लड़ाई	–	झगड़ा	सीधा	–	सादा
लाल	–	पीला	हक्का	–	बक्का
लूला	–	लंगड़ा	हल्ला	–	गुल्ला
शाक	–	भाजी	हाथ	–	पैर
शोर	–	शराबा	हाथी	–	घोड़ा
सड़ा	–	गला	हिसाब	–	किताब

परिशिष्ट–9

अनेक शब्दों के लिए एक शब्द

अंडे से उत्पन्न होने वाला–**अंडज**
अनिश्चित जीविका–**आकाशवृत्ति**
अनुचित बात के लिए आग्रह–**दुराग्रह**
अपनी हत्या–**आत्महत्या**
आँखों के सामने–**प्रत्यक्ष**
आकाश को चूमने वाला–**गगनचुम्बी**
आत्मा से सम्बन्ध रखने वाला–**अध्यात्म**
इन्द्रियों को जीतने वाला–**जितेन्द्रिय**
उच्च कुल में उत्पन्न हुआ–**कुलीन**
उपकार के बदले किया गया उपकार–**प्रत्युपकार**
एक ही माता से जन्म लेने वाला–**सहोदर**
एक ही समय में रहने वाला–**समसामयिक**
ओछी जाति में जन्म लेने वाला–**अंत्यज**
कम बोलने वाला–**अल्पभाषी**
काँटों से भरा हुआ–**कंटकाकीर्ण**
कानून के विरुद्ध–**गैरकानूनी**
घुटने तक जिसके हाथ हों–**आजानुबाहु**
जन्म लेते ही मर जाना–**आदंडपात**
जल की सवारी–**जलयान**
जानने की इच्छा रखने वाला–**जिज्ञासु**
जिसका शत्रु जनमा ही न हो–**अजातुशत्रु**
जिसका पति मर गया हो–**विधवा**
जिसका जन्म पीछे हुआ हो–**अनुज**
जिसका जन्म पहले हुआ हो–**अग्रज**
जिसका दमन करना कठिन हो–**दुर्दम्य**
जिसका मूल न हो–**निर्मूल**
जिसका आधार न हो–**निराधार**
जिसकी आशा नहीं की गयी हो–**अप्रत्याशित**
जिसकी उपमा न हो–**अनुपम**
जिसकी गर्दन कबूतर की तरह (सुन्दर) हो– **कपोतग्रीव**
जिसकी चार भुजाएँ हैं–**चतुर्भुज**
जिस स्त्री को सूर्य भी न देख सके–**असूर्यपश्या**
जिसे टाला न जा सके–**अनिवार्य**
जिसे कोई जीत न सके–**अजेय**
जिसे छेड़ा या तोड़ा ज जा सके–**अभेद्य**
जिसके हाथ में चक्र है–**चक्रपाणि**
जिसके चार पैर हों–**चतुष्पद**
जिसके दशमुख हैं–**दशानन**
जिसके आर-पार देखा जा सके–**पारदर्शक**
जिसके हाथ में वज्र हो–**वज्रपाणि**
जिसके हाथ में वीणा हो–**वीणापाणि**
जिसके हाथ में शूल हो–**शूलपाणि**
जिसके बराबर दूसरा न हो–**अद्वितीय**
जिसकी पत्नी मर गयी हो–**विधुर**
जिसके आर-पार न देख जा सके–**अपारदर्शक**
जिसे लाँघना कठिन हो–**दुर्लंघ्य**
जिसे समझना कठिन हो–**दुर्बोध**
जिसे कभी बुढ़ापा न आये–**अजर**
जिसे ईश्वर में विश्वास हो–**आस्तिक**
जो कहा न जा सके–**अकथनीय**
जो मापा न जा सके–**अपरिमेय**
जो प्रमाण द्वारा सिद्ध न हो सके–**अगोचर**

जो दूर या भविष्य की बात सोचता है– **अग्रशोची**

जो सबसे आग रहे–**अग्रणी, अग्रसर**

जो देखा न जा सके–**अलक्ष्य**

जो छाती के बल चलता है–**उदग**

जो इच्छा के अधीन हो–**ऐच्छिक**

जो उपकार मानता ह–**कृतज्ञ**

जो कल्पना से परे हो–**कल्पनातीत**

जो इन्द्रियों के ज्ञान के बाहर हो–**गोतीत**

जो बहुत समय तक ठहरे–**चिरस्थायी**

जो उपकार नहीं मानता है–**कृतघ्न**

जो ठेंगे के समान नाटा हो–**ठिंगना**

जो जन्म से अन्धा हो–**जन्मांध**

जो देखने योग्य हो–**द्रष्टव्य**

जहाँ जाना कठिन हो–**दुर्गम्य**

जो देखने में प्रिय लगे–**प्रियदर्शी**

जो परदे के भीतर रहे–**परनादर्शी**

जो पृथ्वी के भीतर का हाल जानता हो–**भूगर्भवित्ता**

जो पहले था या हुआ–**भूतपूर्व**

जो आसानी से पच जाये–**लघुपाक/सुपाच्य**

जो बुरी आदतों में फँसा हो–**विषयासक्त**

जो सब कुछ जानता हो–**सर्वज्ञ**

जो वेद जानता हो–**वेदज्ञ**

जो मांस नहीं खाता–**निरामिष**

जो मांस खाता हो–**मांसाहारी**

जो बहुत बोलता हो–**वाचाल**

जानने की इच्छा–**जिज्ञासा**

जो क्षमा करने योग्य हो–**क्षम्य**

जो अनुकरण करने योग्य हो–**अनुकरणीय**

जहाँ पहुँचा न जा सके–**अगम्य**

जो नया आया हुआ हो–**नवागंतुक**

जो मर न सके–**अमर**

जो दूसरे के अधीन हो–**पराधीन**

जो नष्ट होने वाला हो–नश्वर

जो दूसरों का उपकार करे–**परोपकारी**

जो सोचने योग्य न हो–**अचिंत्य**

तालाब में उत्पन्न होने वाला–**सरसिज**

तेज या प्रतिभा से रहित–**निस्तेज**

थोड़ा जानने वाला–**अल्पज्ञ**

दिल खोलकर कहना या गाना–**मुक्तकंठ**

दिल खोलकर (खुले हाथ)–**मुक्तहस्त**

न बहुत ठण्डा और न बहुत गरम–**समशीतोष्ण**

धन का देवता–**कुबेर**

पति के द्वारा त्याग दी गयी स्त्री–**परित्यक्ता**

परम अर्थ अर्थात् मोक्ष या ब्रह्म–**परमार्थ**

परलोक का हो–**पारलौकिक**

पसीने से उत्पन्न जीव–**स्वेदज**

पेट की आग (भूख)–**जठराग्नि**

प्राणदायक अथवा जीवन देने वाली–**प्राणदा**

बहुत बढ़कर कहना–**अतिशयोक्ति**

बहुत तेज चलने वाला–**द्रुतगामी**

बहुत दूर तक देखने वाला–**दूरदर्शी**

बार-बार कही गयी बात–**पुनरुक्ति**

बिना वेतन का–**अवैतनिक**

बिना पलक गिराये, एकटक–**निर्निमेष**

बिजली की तरह चमक वाला–**विद्युत्प्रभ**

बिना विचारे किया गया विश्वास–**अंधविश्वास**

बहुत तेज बुद्धि वाला–**कुशाग्रबुद्धि**

पृथ्वी से संबद्ध–**पार्थिव**

पृथ्वी को धारण करने वाला—**भूधर**

बायें हाथ से तीर चलाने वाला—**सव्यसाची**

माता की हत्या करने वाला—**मातृहंता**

मृदु बोलने वाला—**मृदुभाषी**

रात में विचरण करने वाला—**निशाचर**

राह दिखाने वाला—**पथ प्रदर्शक**

लौटकर आया हुआ—**प्रत्यागत**

वस्तुओं (नदियों) का मिलन—**संगम**

विष्णु का उपासक या विष्णु से संबद्ध —**वैष्णव**

व्याकरण जानने वाला—**वैयाकरण**

विदेश में रहने वाला —**प्रवासी**

शक्ति का उपासक—**शाक्त**

शत्रु को मारने वाला—**शत्रुघ्न**

शब्द द्वारा जो व्यक्त नहीं हो सके—**अनिर्वचनीय**

हमेशा रहने वाला—**शाश्वत**

शिव का उपासक—**शैव**

सब कुछ खाने वाला—**सर्वभाषी**

सब जगह मौजूद रहने वाला—**सर्वव्यापी**

सहन करना जिसका स्वभाव हो—**सहनशील**

साँझ और रात के बीच का समय—**गोधूलि**

सिर से पैर तक—**आपादमस्तक**

सुनने योग्य—**श्रव्य या श्रवणीय**

शाक, भाजी, फल-फूल खाने वाला —**शाकाहारी**